KB260568

황순원 문학연구

박양호

박문사

황순원 문학연구

머리말
황 순 원 문 학 연 구

1974년에 현대문학으로 데뷔하여 2010년 오늘까지 나는 오랫동안 소설을 써왔고 또 앞으로도 그럴 것이다. 그렇게 살아있는 한 소설을 쓴다는 일은 하나의 숙명처럼 나를 오랫동안 지켜줘 왔다.

여기 『황순원 문학연구』라는 박사 논문은 1994년에 썼던 것으로 논문하나를 덧붙여서 책으로 내게 되었다.

소설을 쓰는 일은 <개성>을 무엇보다도 중요시 하는 일이며 논문을 쓴다는 것은 <객관성>을 담보로 하는 것이다. 말하자면 소설을 써서 발표한다는 것과 논문을 써서 내놓는다는 것은 서로가 양극단에 서 있는 셈인 것이다. 그 두 가지 일을 한꺼번에 한다는 것은 그야말로 어려운 일이며 나는 오랫동안 논문을 쓰는 것을 거의 포기하고 소설만을 써서 발표해 왔다.

여하간에 그렇게 지내다 보니 어언 환갑인 60을 갓 넘어섰고 그제야 이리저리 둘러보고 생각해 보다가 논문이라는 것을 모아서 발표하게 된 셈이다.

잘난 놈과 못난 놈도 모두 다 내 자식이라는 생각에서 이 책을 낸다.

2010년 봄
박 양 호

목차

황 순 원 문 학 연 구

제3장 소설 연구 / 65

제 4 장　**결론** / 239

제1장 서론

황순원 문학연구

제1장 서론

1. 문제제기

황순원은 1993년 현재 78세의 생존 작가이다. 1931년 시로 데뷔한 이래 시, 소설 양대 장르에 걸쳐서 많은 작품을 창작해 냈으며, 1985년 그의 나이 71세 때에 문학과지성사에서 간행한 『황순원전집』은 12권에 이른다. 그 내용을 보면 1-5권까지는 단편소설 및 중편소설, 6-10권은 장편소설, 11권은 시선집, 12권은 황순원문학 연구로 되어 있다. 이는 60여 년이 넘은 그의 작품 활동의 결과이기도 하다. 따라서 그의 많은 작품들은 학문적인 연구의 대상이 되었다.

황순원은 두 권의 시집을 문단에 상재한 이후에 단편소설로 방향을 전환하여 장편으로 그 문학적 영역을 확대해 가면서도 간간히 시를 발표해 왔다. 그러나 황순원 하면 소설가로 더 잘 알려져 있다. 이 점은 그가 소설을 쓰기 시작한 이후 시보다는 소설 쪽에 많은 노력을 경주하였으며, 또한 시보다는 그의 소설이 여러 논자들에 의하여 높이 평가된 때문이기도 하다.

황순원 소설에 대한 전반적 평가는 그의 소설이 '서정적이며 시적'이라는 것이다. 그의 소설의 보편적 특질이 서정적이며 시적이라고 한다면 그의 시와 소설이 아울러 연구되어야 한다. 따라서 그의 시에 대한 연구가 선행된 이후에 시적 특징들이 어떤 방법과 내용으로 소설작품에 용해되어 나타나는지를 규명해 내야만 한다. 또한 황순원 소설의 어떤 보편적 특성들이 그의 소설 전반을 서정적이며 시적으로 평가 받게 하는 요인으로 작용하는지에 대해서도 연구해 보아야 한다. 본고는 그러한 점에 착안하여 먼저 그의 시를 연구하여 그 특징을 선별해 낸 다음에 그러한 요소들이 소설 속에서 어떻게 구현되고 있는가를 논구해 보고자 한다. 그러나 어떤 소설을 두고 '시적'이라고 말할 수 있는 준거 기준을 마련한다는 것은 시와 소설이라는 장르상의 변별성과 그것을 뛰어 넘는 공통성 내지 동질성으로 인하여 매우 어려운 일이 아닐 수 없다. 그런 의미에서 본고는 향후 많은 연구 대상이 될 그의 문학연구의 초보적 보탬이 되고자 한다.

2. 연구사 검토

앞에서 밝힌 바대로 황순원은 60년이 넘는 작품 활동 기간에 11권의 방대한 작품을 한국문단에 상재하였다. 따라서 그의 작품들은 많은 문학 비평가나 연구자들의 연구 대상이 되었다. 기존 연구자들의 연구물들은 부록의 <자료 1>에서 보이는 바와 같이 방대하여 일일이 문장화하기가 어렵다. 그러나 <자료 1>의 도표 분석을 통하여 다음과 같은 분석을 해낼 수 있다.

우선 발표지면을 보면 ①전집 해설, ②문예지, ③논문집, ④저서, ⑤석사논문으로 나눌 수 있다. 이를 다시 장르별로 나누어 보면 ①전집 해설(시, 소설 포함), ②단편, ③장편으로 분류할 수 있다.

(1) 전집 해설의 경우에는 각권에 수록된 작품들의 특징을 논하면서 황순원 문학의 총괄적 특성들을 '해설'하고 있는바 김현, 유종호씨의 글이 여기에 해당한다. 여기에 해설을 맡아 쓰고 있는 사람들은 황순원에 대한 본격적인 연구물들을 여타의 지면에서 이미 발표한 문학비평가 혹은 학자들이다.

(2) 단편소설에 관한 논의의 특징을 살펴보면 연구물의 발표 지면에 관계없이 황순원 단편의 초기에 해당하는 작품들이 주로 많은 논의의 대상이 되고 있음을 발견할 수 있다. 그 중에서도 「별」, 「소나기」, 「학」, 「닭제」가 많은 연구의 대상이 되었다. 이는 「별」, 「소나기」, 「학」이라는 작품이 오랫동안 중·고등학교 교과서에 수록되어 왔고, 대학입학시험 문제에도 자주 출제된 것이 그 이유의 하나라고 할 수가 있다. 그러나 이들 작품 이외에 「맹아원에서」, 「산골아이」, 「왕모래」 등의 소년을 주인공으로 한 작품들에 주목하여 많은 연구가 이루어짐으로써 작가 황순원의 작품들, 특히 초기 작품들을 일반적으로 소년을 주인공으로 하는 '통과의례'적인 작품 형식으로 보는 계기가 마련됐다고 본다.

(3) 장편에 관한 논의의 특징은 그의 전 장편에 대한 연구가 골고루 진행되어 왔으나, 그 중에서도 『움직이는 城』에 관한 연구물들이 압도적으로 많다. 부록의 <자료 1>에서 보이는 바와 같이 필자가 조사한 황순원 장편에 관한 연구물이 41편인데 이중에서 12편이 『움직이는 城』에 집중되어 있다. 그것은 『움직이는 城』이 주제면에서 볼 때에 흔히 말하는 바와 같이 '샤머니즘과 기독교', 즉 가장 한국적이고 토속적인 사상과 외래 사상으로 대표되는 기독교의 문제를 다루고 있기 때문에 흥미의

대상이 되지 않았나 싶다.

(4) 황순원이 시로써 문학적 출발을 하여 단편 - 장편으로 그 문학적 영역을 확대하여 왔고, 4권의 시집이 있으며 고희 이후에도 간간히 시를 발표하고 있는 시인의 한 사람이라는 사실에 비하여 그의 시에 관한 논의는『전집』11권 시선집에 있어서의 김주연의 해설과 최동호의 논문 이외에는 찾아 볼 수 없는 점이 특이하다. 아마도 이 점은 작가 황순원이 소설가로서 더 잘 알려져 있고, 또 문학적 성과도 소설 쪽에서 많이 이루었기 때문이라고 볼 수 있다.

다음으로 연구물의 내용적 검토가 필요하다. 예를 들어서 황순원의 문체에 관한 논의를 보면『전집』1권의 해설에서 "이런 묘사는 소설적 묘사라기보다는 시적 묘사에 가깝다"[1])라는 평가나『전집』2권의 해설에서 "황순원의 특징이 되어 있는 간결하고 세련된 문체……"[2]) 등과 같은 단편적인 지적들은 권영민, 김치수, 김병익, 최래옥, 천이두, 최일수, 조연현, 이선영 등등의 많은 논자들에 의해서 여러 지면을 통해 논해져 왔다. 그의 문체에 대해서 간략하게 그 특징들을 지적한 논자들은 <자료 1>에 보이는 바와 같이 40명에 이른다. 그러나 그의 문체에 대한 본격적인 연구물은 김형자의 "황순원과 김승옥의 문체연구", 천이두의 "시와 산문", 김상태의 "한국 현대소설의 문체 변화", 권영민의 "황순원의 문체, 그 소설적 미학", 김현의 "계단만으로 된 집" 등이 본격적인 황순원 문체 연구라고 할 수 있다. 따라서 이러한 단편적인 지적들과 본격적인 연구물들을 아울러 살펴봐야만 황순원의 문체에 관한 논의를 시작할 수 있다. 물론 본격적인 연구물들을 우선 살피고 그 다음으로 단편적인 지적들, 여기에 따르는 문제점들을 종합적으로 검토해보는 것이 순서일 것이다.

---

1)『전집』1. 김현, p.386.
2)『전집』2. 유종호, p.257.

　부록의 <자료 1>의 도표에서 보이는 구성이나, 주제나 기타의 다른 요소들도 대체로 문체에 관한 논의와 비슷한 유형으로 전개되고 있다.
　황순원에 관해서 주로 문예지를 통하여 가장 많은 연구물을 남긴 사람은 천이두로써 10편에 이른다. 그 연구물은 특정한 소설에 관한 비평과 시, 소설에 대한 종합적인 글, 다른 작가와의 비교연구 등이다. 특히 천이두는 황순원의 시와 소설의 연결고리를 찾는 중요한 연구물을 발표하였다. 천이두의 황순원 문학론의 핵심은 황순원 소설 미학이 '시적 이미지의 미학'이며 '서정적이고 반산문적'이라는 데에 있다. 이 점에 대해서는 본 논문의 각론에서 자세히 살펴보기로 하겠다.
　부록의 <자료 1>에서 보이는 바와 같이 그에 관한 연구물들이 다양한 방법과 내용과 관점을 보이고 있으므로 이 항목에서 장황하게 그것들을 문장화하는 것보다는 본론의 각 항목에서 필자의 연구 논점과 관계된 연구물의 성과들을 부분별로 검토해 보도록 하겠다.

3. 연구 방법론

(1) 전통시학적 접근

　"문학을 창작하는 사람, 문학을 논하는 사람, 문학을 즐기는 사람은 모두 문학에 대해서 어느 정도의 무의식적인 앎은 마련하고 있지만 무의식적인 앎이 의식적인 앎은 아니다"[3]라는 말은 모든 '문학 연구'가 결국은 무의식적인 앎을 구체적인 앎으로 바꾸는 과정임을 지적한 말이다. 최근에 학문연구자들 사이에 자주 논의되고 있는 시학이라는 용어도, 문

---

3) 조동일, 『문학 연구 방법』(서울; 지식산업사, 1980), p.10.

학연구에서 무분별하고 애매모호하게 사용되어 왔던 용어나 개념들에 대해서 좀 더 확실한 정의를 내리거나 정리해 나가야만 앞으로의 문학 연구가 덜 혼란스러워질 것이라는 기본 假定에 입각해 있다고 할 수 있다.

문학연구, 그 중에서도 작가 작품론의 경우에는 많은 연구 방법론이 있으나 전통적인 것은 어떤 작가와 작품과 사회와의 관계를 연계시켜서 연구하는 방법이다. 즉 이것은 그 작가가 어떤 특정한 작품을 쓸 당시의 시대 상황이 그 작가와 작품에게 어떤 영향을 끼쳤느냐 하는 점을 작품과 함께 연구하는 방법으로 역사·전기비평이라 한다.

황순원은 1915년 평안남도에서 출생, 이북에서 숭실중학교를 다니면서 1931년(17세)부터 시를 발표하기 시작, 두 권의 시집을 낸 이후 소설을 쓰기 시작했다. 물론 당시는 일제치하였다. 그 후 태평양전쟁 발발, 8·15해방, 가족과 함께 월남, 6·25전쟁으로 부산 피난시절을 겪고 다시 서울로 환도하였다. 그는 우리 근대사의 격동기를 모두 거친 역사의 증인세대라고 할 수 있다. 그런 측면에서 보면 그의 작품을 역사·전기비평 방법으로 접근할만한 충분한 논거가 있는 셈이다. 특히 그의 제 1시집인 『放歌』는 상기의 방법으로 접근할 수 있다.

그러나 주지하다시피 그는 자신의 문학작품 이외에는 대 사회적 발언을 금기시해온 결벽증을 가진 작가이다. 시와 소설 이외의 일체의 잡문을 쓰지 않은 작가로서도 유명하다. 따라서 그가 당대의 사회현실에 대해 어떤 생각을 가지고 있었는가 하는 점에 대해서는 오직 그의 문학작품 속에 나타난 언표들만을 가지고 추측해 보아야 한다. 물론 시집 『放歌』, 『木炭畵』, 소설 「황소들」, 「曲藝士」, 「집」, 『카인의 後裔』, 『나무들 비탈에 서다』 등에서 당시의 시대상이 다분히 들어나 있기는 하나 당대의 사회 현실에 대한 비판적 소설에서조차 주제를 깊이 내면화시키는 그의 문학적 특성 때문에 역시 역사·전기적 접근은 일부 초기 시와 작품을 제외하고는 일률적이고 전반적인 황순원의 작품론에 대한 방법론으로 삼기에는 부적절하다.

또한 황순원이 1993년 현재 78세의 생존 작가라는 점이다. 역사·전기적인 방법으로 작가 작품론을 하는데 있어서는 외국의 경우 통상 그 작가가 서거한 지 30년 후에야 그 작가 생존시의 모든 흔적과 자료들을 수집하여 문학연구를 진행하는 것이 통례라고 한다. 그것은 예를 들어 가족, 친지, 동료들에게 보낸 편지 같은 자료발굴이 이루어지고 난 다음에야 올바른 사회시학적인 작가 작품론이 쓰일 수 있다는 전제하에서다. 황순원의 경우는 반세기에 걸친 문학작품 생활 가운데 신문 문화면에서의 인터뷰 한두 번과, 문학잡지와의 인터뷰를 단 한 번밖엔 하지 않았고 아직까지 그의 사진 한 장 공개된 적이 없다.

고된 작업을 하는 전기 작가에게는 또 한 가지의 다른 유형의 대상 인물들이 있으니, 바로 종이를 내버릴 줄 모르고 쌓아 쟁이는 유형의 정반대가 되는 그런 인물이 그들이다. 이 반대되는 유형의 인물들은 자기 집의 방마다에 - 보다 신속히 종이들을 제거해 버릴 수 있도록 - 화로를 갖고 있는 것처럼 보인다.

비평가 특히 신비평가(New critics)의 과제는 얼마나 판이한 것인가! 전기 작가의 책상과는 달리 그의 책상 위에는 아무 것도 어질러질 것이 없다. 그 어떤 출생증명서도, 어떤 법적 증서도, 서한문도, 일기도, 과다한 양의 문학적 자료도 필요가 없는 것이다. 다만 고양되고 명료화된 문학적 시선으로 말과 인쇄화가 서로 교류를 이루는 가운데, 지성의 흐름에 따라 다소 비평적 지성을 지니고서, 읽고 또 읽고, 숙고하고 분석해야 할 시라든가 소설 희곡만이 필요할 뿐이다.[4]

---

4) 레온 에델, 앞의 책, pp.87-88.

이 말은 역사 전기 비평과 이른바 신비평의 방법론을 명료하게 보여주는 단초가 된다. 신비평, 나중에는 구조주의 비평 방법으로 발전한 이 이론에서는 '작품 자체'를 가지고 연구하는 것이 그 근본이 된다. 그러나 신비평에서 발원한 구조주의 문학비평 방법은 오늘날 변형이론, 형식주의 이론, 기호학적 구조분석, 발생구조주의 등등으로 계속 분화 발전되어 가고 있는 추세이다. 또한 그 이론은 성행하나 이를 한국소설에 적용하여 논구한 연구물은 극소수에 불과한 실정이다. 물론 현대적 의미의 구조주의적 방법으로 황순원의 작품을 논한 연구물은 아직 학계에 나오지 않고 있다.

이런 점들을 숙고해본 끝에 필자는 황순원에 대한 작품 연구 방법론으로 '전통시학'의 방법을 택할 수밖에 없었다. 전통시학이란 예를 들어 '구성'에 관한 이론적 근거를 아리스토텔레스, 헨리 제임스, 포스터가 제시해 놓은 '원론'들에서부터 출발하는 것이다.

(2) 연구 영역의 분류

다음으로 황순원 연구에 있어서 분류가 문제가 되는 것은 시, 소설이라는 두 장르에 걸쳐서 60여 년 동안 꾸준히 문학 활동을 한 결과로서 많고 다양한 경향의 작품을 발표했다는 점이다. 따라서 분석을 위한 접근으로 분류가 필요하다.

소설가 황순원을 말한다는 것은 해방 이후의 한국 소설사의 전부를 말하는 것과 다름없다. 그는 소설이라는 장르가 용납할 수 있는 모든 방법을 시험해 왔고, 소설적 형상화가 가능한 모든 주제를 다루어 왔다. 작가 황순원의 작품 세계를 하나의 특징을 들어 설명하기란 곤란하다. 그의 소설이 보여주고 있는 다양한 수법과 폭 넓은 경험을 포괄

할만한 말을 쉽게 찾아 낼 수가 없기 때문이다. 그는 소설이 요구하는 가능한 모든 방법을 시험해 왔고, 소설적 형상화가 가능한 모든 주제를 다루어 왔던 것이다. 그러나 이 변화의 작가가 보여주는 소설의 세계를 편의상 몇 단계로 나누어 볼 수는 있다. 6·25를 전후한 시기까지의 단편 위주의 작품 활동을 제 1단계로 생각한다면, 장편『카인의 後裔』(1953) 이후『日月』(1964)에 이르기까지를 제 2단계로 볼 수 있고 그 이후의 활동을 제 3단계로 생각해 봄직하다. 이러한 단계의 설정은 단편소설에서 장편소설의 영역으로 장르적 확대를 지향해온 작가의 태도에서 그 실마리를 찾을 수 있고, 또한 주제 의식의 심화 확대라는 측면에서도 그러한 판단을 가능하게 하는 징후를 발견할 수 있다.[5]

이 말은 황순원의 전 작품을 소설이라는 장르로 국한해서 분류할 때 가능하다. 즉 황순원의 문학을 소설에만 초점을 맞추었을 때 장르별로 1)단편소설, 2)중편소설, 3)장편소설로 나누고, 내용적으로 다시 장편을『日月』이후로 분류해 볼 수 있다는 점이다.

그러나 그의 작품을 전 장르별로 확대하면 문제가 복잡해진다.

첫 번째로 어떤 한 작가의 작품을 분류하는데 일반적으로 흔히 사용하는 방식대로 시대별로 나누는 방법이 있다. 황순원의 전 작품을 이러한 준거에 의하여 나누어 본다면 가령 일제강점기, 해방이후, 제 1,2공화국과 그 이후……하는 식으로 1기, 2기로 역사적 사건이나 사회 격변기를 기준으로 나눌 수도 있다. 하지만 그러한 분류도 가령 황순원이 그의 연보에 적은 대로 "일제의 한글 말살 정책에 의하여 발표 기관이 없어지기 시작하여 작품을 발표하지 못하고 써둔"[6] 작품 같은 경우는 어떻게 처리

---

5) 권영민, "일상적 경험과 소설의 수법",『황순원전집』4.(서울;문학과지성사, 1985), p.345. 앞으로『황순원전집』은『전집』으로 표기함.

할 것인가, 하는 것이 문제가 된다. 즉 일제강점기에 써둔 작품을 해방 이후에 발표했을 경우에 있어서 상기와 같은 시대 구분은 무의미해 진다는 것이다.

두 번째로 그는 1931년 7월에 「나의 꿈」이라는 시를 발표하기 시작하여 시인으로 출발, 1937년 4월 「거리의 副詞」라는 소설로 전환했지만 그 이후에도 간간히 시를 발표하고 있고 그런 점은 현재도 계속되고 있다. 따라서 시라는 장르에만 열중해 있던 1931-1936년간을 한 부류로 잡고, 나머지 소설들만을 다른 종류로 잡아 가지고 하위분류하기도 어렵다. 또한 단편소설만 쓰던 시기와 장편소설만 쓰던 시대로 나누기도 어렵다. 왜냐하면 그는 단편, 장편 작업을 병행해 왔고 또 간간히 시를 발표했기 때문이다.

따라서 그의 『전집』 11권에 대한 전 작품을 일단 장르별로 분류하고 다시 전반기, 후반기로 하위분류하여 연구하고자 한다.

1> 시(詩)(황순원의 시 전부)
2> 전반기 단편소설(『전집』 1-3)
3> 후반기 단편소설(『전집』 4-5)
4> 중편소설 (작품 「내일」)
5> 전반기 장편소설(『별과 같이 살다』, 『카인의 後裔』, 『人間接木』, 『나무들 비탈에 서다』, 『日月』)
6> 후반기 장편소설(『움직이는 城』, 『神들의 주사위』)

이렇게 분류해 보아도 문제는 있다. 가령 『日月』같은 작품은 그 주제적 흐름으로 보아서 『움직이는 城』과 깊은 관련이 있다. 또 주제면에서

---

6) 『전집』 12, p.223.

깊이 검토해 보면 그의 장편소설 전체에서 일관된 흐름을 발견할 수도 있다. 따라서 분류의 문제는 본 연구를 원활하게 수행하기 위한 자의적인 접근 방법의 하나일 뿐이다.

황순원의 시와 소설을 총체적으로 연구해 보려고 하는 이유는 앞에서 밝힌 바 있다. 그러나 시, 소설이라는 장르가 가지는 서로 다른 점과 같은 점 때문에 그 준거들을 명백히 제시하기는 어렵다. 그의 시를 연구하여 들어난 특질들이 어떻게 소설 속에 용해되어 나타나고 있는가를 논구해 낸다고 하더라도 '그의 소설 전체가 정확히 그의 시적 특질과 같다'라고 단언할 수는 없을 것이다. 다만 전반적인 보편성이 그의 소설이 시적 세계를 지향하고 있지 않은가 하는 근거들을 제시할 수는 있을 것이다.

기본적으로 그는 "모든 예술은(음악 포함) 시의 상태를 동경하고 그것은 궁극적으로 '시적 근원'에 도달한다"[7]고 믿고 있다. 즉 그는 자신이 '시적 근원'이라고 하는 '예술혼'이 소리로 나타날 때는 음악이 되고 문자로 나타날 때에는 시라는 문학이 될 수 있다는 말을 하고 있다. 따라서 그는 원래부터 시와 소설이라는 장르를 대하는데 있어서 그것은 '시적 근원'을 담아내기 위한 그릇의 하나라고 생각하고 있다. 그러면서도 모든 예술은 시의 상태, 나아가 예술혼에 도달하기 위한 방법의 하나라고 말하고 있다. 물론 문학 연구에 있어서 작가의 말을 중요한 분석의 열쇠로 삼는 것은 의도적 오류에 빠질 수 있다. 그러나 상기한 시와 소설에 대한 황순원의 기본 인식이 시와 소설이라는 장르에 대한 그의 태도, 아울러

---

7) 1972년 문학사상 2호 인터뷰. 이 인터뷰에서 그의 소설이 시적인 상태랄까 시적인 분위기를 강렬하게 느낀다는 질문에 대해서 '문학, 미술, 음악 등 모든 창조적 예술은 <시적인 근원>에 도달하려 한다'라고 대답하고 있다. 모든 예술은 시의 상태를 동경하고 그것은 <시적 근원>상태를 말한다. 그가 말하는 <시적인 근원>은 정신 혹은 <예술혼>이라고 말할 수 있다. 또 여기서 그는 <시>란 문자로된 문학이지 시적 근원 상태를 말하는 것이 아니라고 하고 있다.

그의 문학 전반엔 걸쳐 있는 문학정신과 연관되어 있다는 점을 지적할 수는 있다.

황순원의 소설 전반을 서정적 시적이라고 할 때, 그 서정적, 시적 요소들은 소설의 제반 요소에서 고루 들어날 수 있다. 구체적이며 표면적으로 문체에서 시적인 특질이 드러나기도 하지만 시점이나 배경이나 인물에서도 그러한 특질들을 발견할 수 있다. 따라서 본고는 상기한 분류에 따라서 전반기 단편에서는 그가 어떤 <배경>을 사용하고 있는가를 세밀히 살펴보고, 후반기 단편에서는 <인물>을, 중편소설「내일」에서는 <낭만주의적인 태도>를, 전반기 장편에서는 <서술자와 서술방법> 및 <설화>, <꿈>의 사용방법과 의미망을, 후반기 장편에서는 구성의 문제인 <우연과 필연> 그리고 <주제>를 연구해 보기로 하겠다.

이런 방법론에 따라서 황순원을 연구할 경우 11권에 이르는 그의 전 작품을 전반적으로 살펴볼 수 있는 장점은 있으나 각각의 관점이 달라 그것을 어떻게 통괄적으로 처리하느냐 하는 문제가 있다. 따라서 본고는 예를 들어서 전반기 단편에서 중점적으로 그의 소설의 배경을 연구하여 본 다음, 그것이 후반기 단편, 장편소설 배경과 어떤 관계가 있는가를 밝혀 보기로 하겠다. 그런 방법론을 통하여 그의 전체적 소설의 배경들이 어떤 보편적인 특성들을 보이고 있으며 또한 어떻게 시적인 세계를 지향하고 있는가를 논구해 보기로 하겠다.

제2장 시 연구

1. 문학적 상황
2. 시 의식의 변모과정

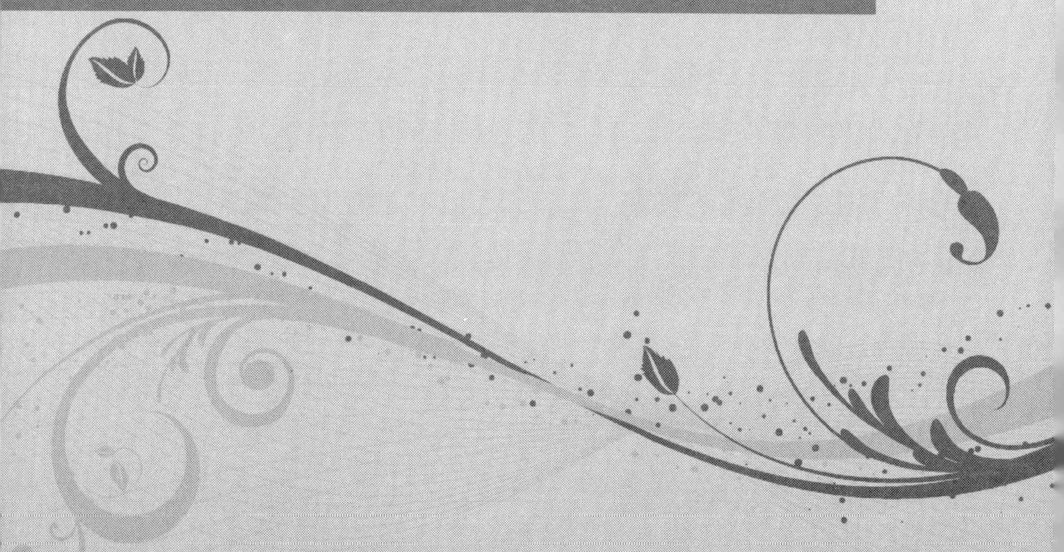

황순원 문학연구

황 순 원 문 학 연 구

제2장 시 연구

1. 문학적 상황

황순원이 시를 발표하기 시작한 것이 1931년, 그가 최초의 시집 『放歌』를 상재한 시기가 1935년, 두 번째 시집 『骨董品』이 1936년, 최초의 소설을 발표한 연도가 1937년이고, 역시 처음으로 단편소설집 『늪』을 간행한 것은 1940년이다.

한 작가가 문단에 데뷔할 때의 제반 상황을 살피는 것은 굳이 그 작가를 연구하는데 있어서 역사 전기적 비평방법을 사용하지 않는다고 하더라도 중요한 일의 하나이다. 왜냐하면 어떤 작가나 시인이라 하더라도 자신의 세계관과 그에 따르는 문학관이 있기 마련이며 그것이 점차 변모해 간다 할지라도 기본적으로 당시의 시대 상황과 직, 간접적으로 상관관계를 갖고 있기 때문이다.

황순원의 문학적 출발은 일제 말기의 식민지 탄압이 극도에 달해 언론의 자유가 철저히 제한되고, 민족 언어의 표현이 금지된 불행한 상황 속

에서 이루어 졌다. 많은 작가들이 친일로 기울고, 일본어로 글을 쓰면서
암담한 현실을 극복하려 했다.[1]

작가나 시인에게 있어서 모국어로 글을 쓸 수 없다는 것, 또 글을 써도
읽어 줄 사람도 발표할 곳도 없다는 사실처럼 극단적으로 불행한 사실은
없고, 더 이상의 비극도 없는 셈이다. 일제의 식민지 정책의 결과로 나타
난 제반 사회현상을 짧게 말하기는 어렵다. 이는 사회과학적인 방법으로
논구되어야 할 것이다. 그러나 상식적인 얘기지만 당대의 현실과 그 시대
의 문학 현상과는 밀접한 관련이 있으므로 이에 대한 기존의 관점들을
살펴보겠다.

계속되는 가혹한 식민정책의 과정, 혹은 결과로 나타난 것이 '궁핍화
현상'이라고 보는 견해가 있다. 이러한 '궁핍한 현상'이 '논리적 응전'을
가져와 정치·경제·사회·문화적 저항을 가져왔다. 또한 이러한 현실
을 문학적으로 초월하는 방법으로 시에서는 한국적 시형의 개발이라는
문학적 현상이 나타났고, 김소월, 한용운, 이상화 등이 이에 몰두했다는
관점이 그것이다. 한편 1920년대 지식인은 사회과학적 서적에 관심을
갖는 지적 호기심과 미래파, 다다이즘 등 전위 예술에의 호기심을 갖게
되는 과정을 거쳤다.[2]

소설 쪽에서도 '궁핍한 시대와 가난의 생태학'으로 1920·30년대를
특징 지우면서 빈궁문학의 차원이 제시된다고 한다. 박영희, 김기진, 조
명희, 이기영, 최서해 등이 이러한 현상을 작품화했다고 본다. 그러다가
죽음의 문제로, 프롤레타리아 문학운동으로, 1934년에 이르러서는 '관심
의 다원화 현상'이 일어났다.[3]

---

1) 오생근, "전반적 검토", 『황순원전집』 12.
2) 김윤식/김 현, 『한국문학사』 (민음사, 1973)
3) 이재선, 『한국현대소설사』 (홍성사, 1979), pp.223-313 참조.

일제강점기 문학의 정통성은 항일적인 민족적 주체의식이며, 넓은 의미에서는 민족의식에 속하는 토착정신, 혹은 일제강점기를 말세로 보는 종말의식도 여기에 포함시킬 수 있다.[4]

일제강점기 문학의 공통점은 그 이데올로기나 문학적 방법을 떠나서 항일적·민족적 주체의식으로 가느냐, 아니면 어용문학 쪽으로 가느냐 하는 두 가지의 큰 선택이 있을 수 있었다.

김윤식의 견해에 따라 우리 근대사상사를 검토할 경우, 그 사상을 주장한 사람들이 내세운 푯대랄까 깃발이랄까 그 상징적인 표시물에 주목한다면 우리는 다음과 같은 세 가지의 깃발과 마주치게 된다. 1) 마르크스주의자들이 내세운 붉은 깃발, 2) 아나키스트들이 내세운 검은 깃발, 3) 에스페란티스트들이 내세운 녹색 깃발이 그것이다.[5] 김윤식은 이를 문학운동과 연계시켜서 1)은 카프계의 문학사상, 2)는 단재사상, 3)은 김억의 문학사상과 관련지어 논구하고 있다.

다른 한편의 시각으로는 1920년대 후반부를 이데올로기의 시대, 1930년대를 탈이데올로기의 시대로 보기도 한다. 1920년대 잔재로서의 프롤레타리아 문학이 아직 1930년대 중반까지 지속되고 30년대 말엔 벌써 일제의 어용문학인 국민문학이 어두운 그림자를 서서히 드리우기 시작하였지만 1930년대를 일별할 때 그 주류를 이루었던 것은 순수문학이었다고 할 수 있다.[6]

이러한 관점은 주로 문학과 당시의 이데올로기를 연계시킨 것이다.

또 다른 관점으로 1930년대를 살펴볼 수 있다. 이것은 상기한 바와 같은 당시의 시대적 상황과 문학인들의 사조적 계보와의 관계이다. 김기

---

4) 이보영, 『식민지시대의 문학』(필그림, 1984), p.63 참조.
5) 김윤식, 『한국근대문학사상사』(한길사, 1984), ·p.114 참조.
6) 김재홍, "1930년대의 문학적 상황과 순수문학의 대두", 황패강 외, 『한국문학연구입문』(지식산업사, 1982), p.589 참조.

진은 당시의 조선문학을 크게 (1)'민족주의', (2)'절충적 계급협조주의', (3)'프로문학'으로 나누고 있다. (1)'민족주의'를 다시 ①'국수주의'(정인보, 최남선, 이은상, 이병기, 이윤재), ②'봉건적 인도주의'(이광수, 윤백남), ③'소시민적 자유주의', ④'교회문학'(정지용, 모윤숙, 장정심, 한용운, 김일엽)으로 나누었다. ③'소시민적 자유주의'의 하위범주로는 ㉠'낭만주의'(김억, 노춘성, 유도순, 김소월, 한정동), ㉡'기교주의'(김기림, 박태원), ㉢'이상주의'(주요한, 김동환, 김석송, 박종화, 홍사용, 변영노, 박팔양, 박용철, 정지용, 이하윤, 김상용, 모윤숙, 심훈, 유완희, 윤석중), ㉣'자연주의'(현진건, 방인근, 최상덕, 이익상, 김운정, 박승희, 이종명, 김일엽), ㉤'사실주의'(김동인, 염상섭, 주요한, 강경애) 등을 들고 있다. (2)'절충적 계급협조주의'에는 양주동, 정노풍 등이 속한다. (3)'프로문학'은 ①'카프파'와 ②'동반자적 경향'으로 나뉜다. '카프파'에는 이기영, 송영, 한설야, 김남천, 이북명, 임화, 권환, 박영희, 안막, 신고송, 백철 등이 속한다. '동반자적 경향'에는 유진오, 장혁우, 이효석, 이무영, 채만식, 조벽암, 유치진, 안함광, 안덕근, 엄흥섭, 홍효민, 박화성, 한인택, 김해강, 최정희, 이흡, 조용만 등이 속한다.7)

물론 위의 김기진의 견해가 모두 타당한 것은 아니다. 그러나 여기서 알 수 있는 것은 황순원이 문학을 공부하고 또 첫 시집을 내던 그의 시대는 '혼류시대'8) 라고 할 수 있다. '혼류시대'라 함은 시대상황과 관련된 정치적 이데올로기의 혼류, 서구 문예사조의 혼류, 그러한 상황 속에서 문학적으로 무엇인가 새로운 사상과 방법을 찾기 위한 시대라고 할 수가

---

7) 김기진, "조선문학의 현재수준", 『신동아』 27. (1934.1), p.150.
8) 이러한 개념은 윤재근이 문예사조의 수용을 가리켜 '혼류현상'이라고 부르는 것과 동일한 것이다. 윤재근, "시정신의 지향성", 『만해시와 주체적 시론』 (문학세계사, 1983), pp.80-129 참조.

있겠다.

황순원이 문학적 출발을 하던 시대는 상기한 바와 같이 일제강점기의 사상적·문예사조적 혼류시대였고, 그가 자전적 소설인 「내고향 사람들」에서 말했듯이 '언제 햇빛을 보게 되는지조차 알 길이 없는 원고를 써야 하는 암담하고 혹독한 시절'이었다. 그러나 우리가 잘 알다시피 당시의 작가들은 불리한 조건과 표현의 억압을 극복하기 위하여 꾸준히 노력했고, 그런 노력이 오히려 후대에 일제강점기의 문학을 가치 있는 문학유산으로 남겼음을 알 수가 있다.

2. 시 의식의 변모과정

(1) 현실과 희망 (『放歌』)

시가 감정을 자극하기 위한 것도 아니려니와, 정보를 전달하기 위한 것도 아니라 함은, 새삼스럽게 증명할 필요가 없을는지 모른다. 그러나 우리가 시에 관하여 논의하려고 하거나, 단지 시를 읽으려고 해도, 반드시라고 해도 좋을 만큼 이런 종류의 논의에 빠져들고 마는 것은 어떤 까닭일까? 시에 접근하는 우리의 태도에 문제가 있는 것인지, 그렇지 않으면 시라고 하는 것이 그것을 우리에게 강요하고 있는 것인지? 결론을 미리 말한다면 아마도 그 양자일 것이다."9)

위의 말과 같이 우리는 시를 읽으면서 언제나 감정적 느낌이나 내용적 해석을 하려고 한다. 모방론이나 존재론의 입장에서 전자를 논하거나 표

---

9) 新田博衛, 이기우 역, 『시학서설』 (동천사, 1987), p.98 참조.

현론이나 효용론의 관점에서 후자 쪽을 분석하거나 한다. 그러나 그 도구는 시인의 편에서도 문자요, 연구자의 편에서도 언어이다.

따라서 "시는 세계에 대한 이미지를 문자로 표현한 것"[10]이라는 시에 관한 정의나 "시를 읽으면서 우리는 첫 번째로 시의 기본적 요소들, 이미지, 은유, 목소리의 톤, 암시 등에 감응해야 한다"[11]라는 정의는 언제나 타당한 것이다.

> 이 시집은 나의 세상을 향한 첫 부르짖음이다. 나는 이 부르짖음을 보자 더 크게, 힘차게, 또한 깊게 울리게 할 앞날을 가져야 하겠다.
>
> -1934, 십일월 6일, 동경에서, 순원-

황순원은 일체의 잡문을 쓰지 않은 작가이다. 1931년에 작품 활동을 시작하여 1993년 현재까지 62년이라는 반세기가 넘는 장구한 세월동안 작품 활동을 하면서도 시나 소설 이외의 글은 쓰지 않은 고집스러운 작가이다. 고희에 이르러 그가 쓴 「문학적 단상」이라는 17페이지 정도의 잡문이 고작이다.

방가의 서문 다음에 나오는 시가 그의 17세 때 데뷔작인 「나의 꿈」이다.

> 꿈, 어젯밤 나의 꿈
> 이상한 꿈을 꾸었노라
> 세계를 짓밟아 문지른 후

---

10) Cleanth Brooks, John Thilbaut and Robert Penn Warren, *An Approach to Literature*, (Prentice-Hall, 1975), p.327 참조.

11) Donald Hall, *To Read Literature - Fiction, Poetry, Drama*, (Holt Rinehart and Winston, 1981), p.384 참조.

생명의 꽃을 가득히 심고
그 속에서 마음껏 노래를 불렀노라.

언제고 잊지 못할 이 꿈은
깨져 흩어진 이 내 머리 속에도
굳게 못박혔도다.
다른 모든 것은 세파에 스치어 사라져도
나의 이 동경의 꿈만은 길이 존재하나니.

이 시의 주제라 할 수 있는 '꿈 = 동경의 꿈'의 의미는 무엇일까. 표면적인 해석으로 일제치하에서 새로운 세계를 기다린다는 뜻풀이도 가능하다. 그러나 그가 문학수업을 하고, 시를 발표하고, 첫 번째 시집을 상재한 때가 전술한 대로 '혼류시대'라고 할 수 있다면 이 시는 다음과 같은 해석이 가능하다.

나의 꿈은 나의 문학적 희망
세계는 기존의 문학
생명의 꽃과 노래는 나의 문학
사라지는 것은 다른 문학적 주의나 방법
나의 꿈 = 이상한 꿈 = 언제고 잊지 못할 이 꿈은 동경의 꿈

이와 같은 해석이 가능하다면 그는 문학적 '혼류시대' 기존의 문학질서, 또는 방법과는 전혀 다른, 혹은 그 자신이 이미 마음속에서 생각하고 결정한 문학에 관한 태도를 이 시를 통해서 천명하고 있다고 볼 수 있다.

서문에서 말한 '세상'은 당시의 세계, 즉 문학적 질서 또는 방법까지를 포괄하고 있는 '세계'에 대한 '첫부르짖음'이고 이를 '크게, 힘차게, 깊게'

계속할 '앞날 = 문학적 미래'에 대한 선언이라고 풀이할 수 있다. 이 시는 단순한 꿈 이야기가 아니라 이 이상한 꿈은 그의 예술적·문학적 미래를 예시하는 이정표와 같은 것이라 하지 않을 수 없다.[12]

위와 같은 지적은 정곡을 찌른 지적이라 할 수 있다. 청년시대의 꿈을 노래하고, 이상과 희망과 정열을 노래하고, 한 걸음 더 나아가서 이상세계와 현실세계와의 대조와 모순을 힘있게 침통하게 노래하고자 하였다. 부질없는 분식이 없고, 과장이 없고, 견강이 없고, 상과 표현이 아우러 소박하고 건전하다.[13]

여기에서 중요한 것은 '이상세계와 현실세계의 대조와 모순을 침통하게 노래'하면서도 '분식, 과장, 견강이 없고 소박, 건전하다'는 지적이다. 물론 이런 종류의 글에서 문학적 약점이나 비판보다는 장점이나 격려하는 의미의 칭찬이 따른다는 것은 상식이다. 그러나 '청년시대의 꿈을 노래', '이상세계와 현실세계와 대조와 모순을 침통히 노래', '분식, 과장, 견강이 없고 소박 건전'이라는 말은 그의 『放歌』를 이해하는데 많은 도움을 준다.

> 아직 사람의 손발이 가 닿아보지 못한 광야에
> 우쭉우쭉 이름없는 잡초가 돋아난다.
> 옆에 있는 여러 화초를 헤치고
> 암벽에 부딪치는 격류의 기세를 본받아
> 잡초가 돋아오른다.

---

12) 최동호, "황순원시론 - 동경의 꿈에서 피사의 사탑까지", 황순원 외, 『말과 삶과 자유』 (문학과지성사, 1985)
13) 양주동, "시집 『放歌』에 붙인 서문", 『황순원전집』 12.

온갖 풀꽃들이 고즈넉한 달빛아래 웃고
벌레의 미풍은 그들을 완상하고 있는데
그 속에 보기 흉한 잡초가 깔려 있다.

억센 잎사귀에 매듭진 줄기
그러나 여기에 줄기찬 생명이 숨어있지 않은가
온 들판을 덮을 큰 힘이 용솟음치지 않는가.

향기로운 꽃 아름다운 풀을
칠색무지개를 타고 하늘 사람들이 와 따간다면
광야에 돋아난 보기 흉한 잡초는 이곳을 지나는 농부의 손에 꺾이
울 것이다.

저 늠름한 생명의 기운
저 씩씩한 삶의 리듬

아 내 마음아, 잠자던 마음아
들판을 거닐자 아직 첫길인 잡초위를 거닐자
그러다가 새날이 밝아 명랑한 아침이 되거든
잡초를 한아름 뜯어다 창가에 걸자

아직 사람의 손과 발이 가 닿지 않은 광야에
우쭉우쭉 이름 없는 잡초가 돋아난다.
옆에 있는 여러 아름다운 화초를 헤치고
암초에 부딪치는 격류의 기세를 본받아
잡초가 돋아 오른다.   (「잡초」 전문)

이 시에서 잡초가 암시하는 것은 무엇인가. 시의 표면에 나타난 연결성을 먼저 보기로 하자.

편의상 이 시에 나오는 중심 단어들을 다음과 같이 둘로 나누어 보자.

잡초 : 이미지의 광야 - 무명 - 돋아오름(신생) - 보기흉함(추함) - 생명 - 큰 힘 - 용솟음 - 농부가 꺾음.

화초 : 여러 화초(많음) - 웃는 풀꽃(즐거움) - 향기 - 아름다운 화초 - 하늘 사람이 꺾음.

내마음 : 첫길인 잡초 위를 거님 - 새날, 명랑한 아침을 기다림 - 그날이 오면 잡초를 뜯어다 창가에 걸자.

이것은 화초 : 현실, 잡초 : 신생의 미래라는 대립구조라고 볼 수 있다. 그렇다면 이 시는 분명히 현실보다는 미래에 대한 희망을 노래하고 있다고 하겠다.

> 1920년대 문학이 감상과 퇴폐의 늪에서부터 시작되어 카프의 허황한 소용돌이를 겪는 중에도 우리의 시는 소월 만해 등의 독자적 노력에 의해 면면히 그 전통을 조금씩 수립해 나갈 수 있었다. 특히 1920년대 후반에 일본으로부터 귀국한 해외문학파는 새로운 서구의 서정시를 번역 소개하기 시작하였다. 이러한 서정시의 소개는 당대 카프의 지나친 목적주의 문학의 경향성에 대한 반발적인 모습으로 변모하여 박용철, 김영랑을 중심으로 한 1930년대의 시문학지의 순수 서정시 운동으로 전개되었다.[14]

이는 앞장에서 얘기한 대로 '관심의 다원화' 개념과도 연결이 된다. 1920년대는 가히 낭만주의 시대라고 할 수 있다. 어쨌거나 황순원이 문학활동을 시작하기 전 시대, 즉 1920년대에는 낭만주의의 시대였다고

---

14) 정한모·김재홍, 『한국대표시평설』 (문학세계사, 1983), p.27 참조.

할 수 있다.

"낭만파 시인들의 작품 경향에 있어서 감상, 우울함과 퇴폐, 허무함 등의 요소는 3·1운동의 실패 등 국권상실의 역사적 극한 상황의 영향이 컸지만 또한 서구의 근대 문예사조의 영향이며, 후기 신낭만주의에 있어서의 악마적 강박관념, 비합리적인 것의 권장, 권태와 죄책감으로 인한 신앙과 전통과의 단절, 소외된 자아 등의 특징과도 관련을 맺고 있다."15)

"작품은 인식 행위의 구조라는 문제를 상기할 때 일제강점기의 역사적 체험이란 그러한 삶의 상황에서 새로운 세계의 인식과 자아확인의 질서를 세우는 일"16)이 무엇보다 선결문제였을 것이다.

그러나 1920년대의 낭만주의 시들이 위의 논자들이 지적한대로 '감상, 우울, 퇴폐, 허무, 강박관념, 소외된 자아, 전통과의 단절, 절망, 고민, 죽음, 쾌락주의, 찰라주의'등으로 현실을 표현했다.

① 이별과 희망

현실이 힘들고 괴롭지만 미래에 대한 희망을 잃지 말자고 노래하던 황순원의 시에서 다음에 등장하는 것은 '이별'의 이미지이다.

　그러면 친구여

　가라 떠나가라

　내 눈물일랑 상관말고 어서 떠나가라

---

15) 정재완, "한국현대시의 본체성 연구" (충남대 대학원 박사학위논문, 1985), p.111 참조.

16) 손광은, "한국현대시의 상징주의 수용양상 연구" (충남대 대학원 박사학위논문, 1985), p.87 참조. 손광은 교수는 시인 황석우를 논하는 가운데, 당시의 시대상황, 3·1운동의 실패가 가져온 고민과 외국사조의 수입으로 인해 황석우는 희망 대신 절망과 죽음의 의식을 확인하고 퇴폐적인 쾌락주의에 빠져 찰라찰라의 희열을 추구했을 것이라고 말하고 있다.

그러나 이러한 '이별'의 이미지도

오호, 떠남이여
오호, 기다리자 뜻있게 만날 그날을.   (「석별」)

하고 미래를 기약하는 일시적인 이별이요 떠남이다. 우리가 잘 아는 바와
같이 일제강점기를 극복하는 방편의 하나는 조국을 떠나는 것이었다.
　첫 번째로는 적극적으로 중국으로 망명하여 독립운동에 가담하는 떠
남, 두 번째로는 일제 식민지 치하의 그 혹독한 수탈정책 때문에 기본적
인 삶을 영위할 수 없어 역시 간도, 만주 등지로 처자권속을 이끌고 떠나
는 일반 백성의 떠남, 신문명을 받아들이기 위한 지식인들의 일본 유학,
그 이후로 징병, 학병, 정신대, 노무대 등으로 떠나는 사람들이 부지기수
였다. 이러한 사회현상은 자연히 시에서 이별의 통한, 애태움, 절망, 세기
말적 분위기를 가져오게 했던 것이다. 더욱이 낭만주의 사조의 수입과
함께 이러한 분위기는 가속화되었다고 볼 수 있다.
　이별, 눈물, 떠남이라는 시어들이 자주 등장하는 황순원 시 또한 그
전 시대의 '낭만주의'적인 선상 위에 놓인다. 그러나 그런 속에서 '희망'
을 자주 얘기함으로써 황순원의 시는 전시대의 낭만적 시와는 차이점을
보이고 있다.
　'이별'의 이미지는 작품 「옛사랑」에서도 잘 나타나고 있다.

님아,
그것은 또 어느 늦은 가을날 저녁
싸늘한 바람이 얼굴을 핥고 옆산에서 꿩이 울어
발 아래 바삭이는 낙엽이 옛 보금자리를 그리워 할 때
님은 내 가슴을 안고 힘찬 노래를 불렀었다.

사나이의 정열이 한결 더 강해지라고
그러던 님이 내 앞길을 인도해 주던 그 사랑이
지금은 나를 떠났다.
내 마음 속을 떠나가 버렸다.

그러나 이 이별의 이미지 역시 완전한 이별이 아니다. 이 시의 마지막 연에서

우리의 앞에는 다시 동반해야 할 험한 길이 놓여 있나니
돌아오라 옛 사랑으로, 가면을 버리고 힘의 상징인 옛사랑으로
돌아오라.

라고 말하고 있기 때문이다.

황순원의 시에서도 그 흐름에 있어서 그러한 분위기가 주조적이나 그를 극복하려는 의지가 그 시의 곳곳에 나타나고 있음을 앞 장에서 밝힌 바 있다. 당시의 사회현상에 따른 '이별'은 또 자연스레 '강'과 연결되고 있다.

길떠나는 나그네의 심회를 쥐어짜는 국경의 밤하늘
뵈누나 저 어렴풋한 뱃전의 등불이
들리누나 저 물소리가, 그리고 국경순찰대의 발소리가.

(「압록강의 밤」의 일부)

압록강이라는 이미지가 '조국의 강'이라는 이미지를 표현하고 있음을 우리는 쉽게 이해할 수 있다.

이곳은, 바로 탁류가 밤공기를 짜개는 이곳은
소란한 말굽소리가 대지를 흔들어 놓을 때마다
오랑캐의 창과 화살을 막아 물리치던 대 참호였고
아침햇빛 맞은 지붕에 입마추고 있는 한쌍의 비둘기에게 눈을 줄
만큼 평화할 때면
가을달 비긴 물위에 천만 사랑의 노래를 불러 띄워 보내던 곳
마땅히 숭엄함에 머리를 숙일만 한데
한번 싸움에 진 수탉이 항상 쫓기우듯이
오늘에는 다만 서러운 눈물의 고장이 되고 말았고나.

(「압록강의 밤」의 일부)

여기서 '압록강 = 조국'이면 '소란한 말굽소리 = 오랑캐의 창과 화살 = 외적의 침입' : '싸움에 진 수탉 = 조국 = 서러운 눈물의 고장'이라는 등식으로 연결된다. 그러나 이 시에서도 다른 시에서와 마찬가지로 시의 마지막에 가서는 시인의 강한 주장을 엿볼 수 있다.

압록강 압록강 압록강의 밤이여
그대는 변함없이 달빛마저 흐리게 할 눈물만 품어야 하고
새길을 못 찾겠다고 쏟아놓는 한숨만을 간직해야 하는가
아니다
눌리어 쪼그라진 가슴이 터지는 그때, 아 그때
그때는 이쪽 움막 속에서 새로 태어나는 애의 힘찬 울음소리를
우리는 들을 수 있을 것이다.

3연에서 노래하고 있는 바는 바로 '신생조국의 탄생'인 것이다.
'이별 - 강'의 이미지는 다시 '이별 - 강 - 황해(바다)'로 연결된다. 「황해를 건너는 사공아」에서도 마지막 연에서 조국의 현실을 노래하고 있다.

> 황해를 건너는 사공아, 피끓는 젊음아
>
> 어서어서 풍파와 싸울 준비를 서둘러라.
>
> 돛을 내리고 닻을 감아라, 그리고 힘있게 키를 잡아라.
>
> 그리고 나아가자, 이 노도 광풍을 뚫고 앞으로 나아가자.
>
> 　　　　　　　　　　　　　(「황해를 건너는 사공아」 마지막 연)

이 시에서도 역시 '황해 = 현실', '사공 = 조국'으로 파악할 수 있다. 논리적으로 '이별 - 강 - 바다'의 이미지는 자연스럽게 '이별 - 강 - 바다 - 이역(異域)'으로 연결되고 있다.

> 이역의 고독
>
> 이제는 이곳의 야릇한 낭만적 동경도
>
> 달뜬 사나이의 정열을 좀먹는 도회의 매력도
>
> 투명한 가을 바람에 가랑잎 날리듯 과거로 굴러가 버렸다.
>
> ……중략 …….
>
> 그러나 그러나 젊은이는 또 한번 이역의 애수를 찢은 후
>
> 희멀건 이곳 가을 하늘에서 새힘을 얻고
>
> 몰려온 겨레와 함께 새마음을 굳게 만들 수는 없는가.
>
> 　　　　　　　　　　　　　　　　　　　(「이역에서」)

현실극복의 의지로 이별을 하고 강과 바다를 건너 이역에 간 젊은이는 그러나 "〈안전지대〉에 서서도 오히려 마음이 놓이지 않는 곳 / 그 속에서도 향수를 느끼고 있구나." 하고 조국에의 향수를 노래하고 있다. "또한 상주없는 상여를 보는 듯한 외로운 귀향을 꾀함보다도 / 이역의 비애와 함께 고향의 참상 속에서 새로운 희망을 찾아내야 하나니" 하고 그의 절절한 희망을 표현하다가는 마침내 "당장 뛰어나가 고함을 치고 싶구나

/ 새벽 나팔같이 우주를 개워놓을 고함을 치고 싶구나." 라고 격렬한 열정
을 토해놓고 있다.

② 자연현상의 상징적 표현

시가 인생과 존재에 대한 느낌을 과학적이고 명료한 진술로써 보다는
의사 진술과 암시로 표현한다는 것은 주지의 사실이다.

> 현대 시인은 좋든 궂든 독자에게 책임의 부담을 부과시킨 셈이다.
> 독자는 직접적인 진술보다는 어조의 변화, 아이러니컬한 진술, 암
> 시 따위에 예민해야 한다.[17]

> 추상화와 마찬가지로 그는 예술은 의미를 전달할 필요가 없으며,
> 단지 임시적인 이미저리로 상상력을 자극하기만 하면 된다고 믿었
> 다.[18]

> 독자는 각각 스스로가 해답을 만들어 내야 할 것이며, 더우기 일반
> 적인 해답이 아니라 특수한 사례에 따라 해답을 만들어 내야 한다.[19]

위와 같은 논자의 주장들은 시가 결국은 암시, 이미지, 어조, 아이러니
등의 불명확한 수법으로 진술된 것이나 독자, 또는 비평은 그러한 불명확
한 표현에서 의미를 추출하여 명확하게 시를 이해하려는 상반된 태도를

---

17) Cleanth Brooks, *The well wrought urn*, 이경수 역, 『잘 빚어진 항아리』,
   (홍성사, 1983), p.93 참조.
18) Will Durant, Ariel Durant, *Interpretations of Life*, 이경수 역, 『문학이야기』
   (문예출판사, 1985).
19) *T.S.Eliot, Literary Criticism*, 이경식 편역, 『문예비평론』 (범조사, 1983),
   p.97 참조.

가진다는 것을 말해 주고 있다.

시에 나타난 암시성은 때로 지나치게 난해하여 도저히 해석 불가능한 것일 수도 있고, 비교적 빠르게 이해할 수 있는 암시도 있다. 황순원의 시에서의 암시성은 후자에 속한다. 그 이유는 그의 암시적 기법이 '자연현상'과 결부된 것이 많아서 비유적 암시의 이해가 가능하다는 점이다. 이 점을 그의 시에서 추출해 보자.

별없는 하늘에 번개가 칠 때나
하늘에 뭉킨 구름떼 땅에 줄달음치는 바닷물까지
잔악한 적의 승리를 알리고 있는데   (「꺼진 등대」)

비냐 바람이냐
그렇지 않으면 지진이냐
불안한 흑운이 떠도는 1933년의 우주.   (「1933년의 수레바퀴」)

폭풍우가 천둥치는 그 여름밤
세상을 허물려는 빗발
만물을 휩쓸려는 바람.   (「옛사랑」)

흐른다, 눈에 충혈되었듯이 붉은 흙물이 흐른다.   (「압록강의 밤」)

먹장같은 구름이 휘몰리고
우주를 저주하는 번개우뢰는 천지를 흔든다.

                            (「황해를 건너는 사공아」)

더구나 피빨린 듯 창백한 조각달이 차가운 적료를 도웁고, 우뢰는 천지를 흔든다.   (「이역에서」)

　위와 같은 자연현상에 비유한 암시들이 천지를 뒤흔들고 우주를 삼킬
듯한 일제의 전쟁도발을 표현하고 있음을 알 수 있다.
　이러한 자연현상에 대한 암시는 다음과 같은 시에서 분명히 드러난다.

　　　하늘의 왕자, 밝음의 사자
　　　휘황한 화염을 내리찌던 태양이 꺼꾸러졌다, 서상에 피를 토하고
　　　태양아, 만민이 총대를 겨누고 있던 불덩이야
　　　그렇게 너의 영화가 오랫동안 계속될 줄 알았더냐
　　　그런 횡포가 앞으로 더 있을 줄 알았더냐
　　　네가 죽은 후에 너를 위해 울 자는 우짖는 가마귀떼뿐이다.
　　　　　　　　　　　　　　　　　　　(「떨어지는 이날의 태양은」)

　　　팔월의 태양아
　　　우리를 녹일테면 녹여 보아라.
　　　우리의 참일꾼은 음조를 바꾼 팔월의 장엄한 노래로
　　　너를 놀래줄 것이다.   (「팔월의 노래」)

　이 두 시에서 자연 현상의 대표적인 태양이 암시하고 있는 것은 일제라
는 것을 쉽게 이해할 수 있다.
　따라서 그의 시에 나타나는 자연 현상에 비유한 암시성은 ‘자연현상은
현실이고 이것은 일제’라는 등식으로 설명될 수 있다. 때때로 그 현상에
분노하고, 저주하고, 슬퍼하고, 도피하고 하는 암시도 있지만 결론은 언
제나 ‘그날, 미래, 희망, 민족의 해방, 기다림’으로 등식화되고 있다.
　그러다가 그는 드디어 노래하는 것이다. 태양이 꺼꾸러졌다고, 피를

토한다고 일제의 종말을 노래한다.

> 그러나 드디어 그에게도 슬픈 때가 왔다, 그날이 왔다.
> 지나친 욕망을 채우던 그는 덫에 걸리고 말았나니
> 모든 규제는 그에게서 온갖 자유를 빼앗아 가버렸다.
> 아하 쇠사슬에 얽매우듯이 우리 안에 갇히움이여 쇠잔해진 권력의
> 말로여.   (「우리 안에 든 독수리」)

「우리 안에 든 독수리」, 「팔월의 노래」, 「떨어지는 이날의 태양은」과 같은 강한 현실인식과 저항의 시가 1932년에 쓰여진 것이다.

연보에 의하면『放歌』는 조선 총독부의 검열을 피하기 위하여 1935년 동경에서 간행되었다가 여름방학에 귀성, 평양경찰서에 붙들려 들어가 29일간 구류를 당한 것으로 기록되어 있는데 그의 시들을 검토해 보면 그러한 결과가 나오리라는 것은 어찌보면 당연한 귀결이었다고 할 수가 있다.

(2) 모더니즘과 공감각(『骨董品과 空間』)

모더니즘의 한국적 전개는 1930년대초 문학적 상황과 조건에 깊이 연관되어 있다. 특히 프롤레타리아(KAPF) 문학의 성립 및 전개 과정과 이에 대한 반동으로서의 민족주의 운동, 그리고 순수 서정시 운동과의 상관체계에서 모더니즘시 운동이 놓여진다.[20]

이런 점은 7·80년대 좌우 양극의 문학 대립 양상이 극대화된 이후 90년대에 다시 후기 모더니즘(Post-moderism)계열의 문학이론과 문학작

---

20) 김재홍, "모더니즘과 30년대의 시",『한국문학 연구 입문』(지식산업사, 1982), p.600.

품들이 나타난 것과 그 역사적 궤를 같이 한다고 볼 수 있다. 한국 현대시 형성에 1930년대 모더니즘시가 기여할 수 있는 詩史的인 意義는 시의 예술성과 결부된 독자적인 시적 구조의 획득에 있다.

첫째로, 모더니즘 시는 객관적이고 시각적인 이미지를 사물에 고착 시킴으로서 궁극적으로는 언어 자체를 사물화하려고 한다. 모더니즘 시인들은 견고하고 정확한 언어를 사용하여 구체적인 사물로서 이미 지를 제시한다. ……중략…… 시인이 작품속에 나타나 어떤 감정을 표출 하는 일도 없고 단지 객관적이고 시각적인 이미지만을 제시하는 것으 로 한편의 시가 완성되기도 한다. 어떤 대상에 대하여 감정이나 관념 을 드러내는 것이 아니라 단지 묘사적 심상(Descriptive image)을 표현 함으로써 이미지를 사물에 고착시키려고 하는 것이다. 이와 같은 시에 있어서는 비유 자체도 묘사로 끝나게 된다.

둘째 모더니즘 시에는 시간 의식보다 공간 의식이 더욱 강하게 나 타난다. 즉 시간적 유동성 보다 고정된 공간 속에서 사물의 묘사가 더 중요한 의미를 지닌다.[21]

물론 모더니즘 논의를 본격적으로 하자면 모더니즘이 단순히 시에 서의 회화성만을 강조한 것이 아님을 알 수가 있다. 그러나 金起林에 의해 서 해석되고 소개된 이미지즘은 '彫塑性'과 '繪畵性'으로 대표될 수 있고 이 점이 한국적 모더니즘의 수용양상임을 부인할 수는 없다. 이 점에는 기왕의 많은 학술적 업적이 있으므로 상세한 논의는 생략한다.

1930년대 초에 문학 활동을 시작하고 또 일본에 가서 유학하고 있던 황순원에게 있어서 당시의 모더니즘에 관한 이론과 작품들이 한국문단에

---

21) 김훈, "이미지즘편", 오세영 편, 『문예 사조』(서울 고려원, 1983), pp.263-
264.

나타나는 것을 범상하게 지나칠 리가 없다. 특히 문학 활동을 시작하던 무렵에 문단에 하나의 유파로 자리 잡기 시작한 문예 사조에 대해서 둔감할 수가 없었을 것이다.

그가 「三四文學」 동인의 한 사람이었고 이 동인들이 서구의 문예사조를 받아들여서 문학 활동을 했다는 사실과도 무관하지 않다. 이들은 모더니즘 계열에 속하는 서구의 큐비즘(Cubism:立體主義), 다다이즘(Dadaism), 이미지즘(Imagism), 초현실주의(Sur-Realism)을 혼합적으로 받아들이려고 한 사람들이다.[22]

제 2시집 『骨董品』에는 한줄의 副題가 붙어 있다. "나는 다른 하나의 실험관이다"라는 말이 그것이다. 그리고 이 제 2시집은 제 1시집과는 그 형식과 내용면에서 판이하다. 그렇다면 혹 1935년에 쓰여진 이 제 2시집은 모더니즘의 영향을 받지 않았을까, 하는 유추를 해 볼 수 있다.

무릇 생명존중을 표방하지 않는 문학이 어디 있으랴, 문학의 영원한 과제는 이 생명의 옹호, 생명을 위협하는 힘과의 끊임없는 싸움에 있다. 그러나 황순원의 바이탈리즘은 그것이 특정한 이념이나 신앙과 결부되지 않고 있다는 점에서 아주 소박한 데가 있다. 그의 생명 존중은 인간의 생명을 지키고 높이려는 휴머니즘을 훨씬 넓은 차원으로 확대하고 있으며, 나아가 자연 전체를 생명시하고 이를 보호하려는 노력으로 이어진다.

---

22) 이운기, "황순원론 시고", 『국제어문』 2집(1981), p.126.

가령 「종달새」를 보자.

이점은
넓이와 길이와 소리와 움직임이 있다.

이것이 시 전체다.

그러나 그 내용과 묘사법은 퍽 시사적이다. 무엇을 시사하고 있는
가. 종달새, 그저 보기에 아름답고, 듣기에 아름다운 종달새가, 사람
보기에만 그렇다는, 일종의 공리적 관계를 부수고 있다. 그 부숴버림
을 통해 「종달새」는 비로소 생명을 가진 한 마리 새, 혹은 독립된 생명
체로 파악되고 있다. 입체적인 묘사가 이 시를 그렇게 만들고 있다.[23]

제 2시집 『骨董品』에 수록되어 있는 시들은 확실히 제 1시집 『放歌』
와는 다른 변별성을 나타내고 있다. 제 1시집의 전반적 주조들이 '희망의
시', '저항의 시'로 요약할 수 있다면, 제 2시집에서는 그러한 요소들은
철저히 배제되고 있다.

날개만
하득이는게
꽃에게 수염 붙잡신 모양야   (「나비」)

이 집에는
비눗물 바가지 든 꼬마가 산다   (「게」)

---

23) 김주연, 『전집』 11, 해설 pp.152-153.

2
자가
너를
흉내냈다   (「오리」)

땅의
해에는
흑점이
더 많다   (「해바라기」)

이빨을 몽땅
드러내고
웃는다   (「옥수수」)

이 초롱불엔
불나방이
안 모인다   (「꽈리」)

연문을
먹고서
온몸을
붉혔소   (「우체통」)

이 시들에서 보이는 것은 명백한 회화성이다. "시는 언어로 그리는 그림이다"라는 모더니즘의 시론이 정확히 들어맞고 있다. 시어에서 흔히 쓰이는 상징성이나 은유성은 보이지 않는다.

이곳입니다
이곳입니다
당신의
무덤은   (「반딧불」)

내 귀가 아프리카 닮은
인연을 당신은
생각해본 적이 계십니까   (「코끼리」)

나를
혀 위에
굴리었다   (「앵두」)

비 맞은
마른 덩굴에
늙은 마을이
달렸다   (「호박」)

사막으로
이끄는
사슬   (「선인장」)

세월이
잠긴다   (「팽이」)

슬픈일을 태우려
담배를 뻐끔여 온 때문에

이제 대만 물면
슬픈 일이 날아와 빠작인다   (「담뱃대」)

하모니카
불고싶다   (「빌딩」)

한중간에 세면
능청맞은 소릴
하나쯤 속여 친다.   (「괘종」)

여기서 보이고 있는 것은 이미지의 연상작용이다. 마치 바나나는 길다 - 길면 기차 - 기차는 빠르다 - 빠르면 비행기와 같은 형태를 가지고 있다.

반딧불 - 밤 - 죽음 - 무덤
코끼리 - 아프리카 - 코끼리 귀 - 아프리카
앵두 - 먹는다 - 혀
팽이는 돈다 - 돌면 세월이 간다.
슬픈 일 - 담배피움 - 담배대 물면 - 슬픈 일이 탄다.
빌딩 - 많은 칸과 구멍 - 하모니카 - 불고 싶다.
괘종 - 친다 - 소리 - 센다.

비유(比喻, Metaphor)의 근본 원리는 연상작용을 위주로 하는 삼단논법이다. "심심산천에 붙는 불은 / 가신님 무덤가에 금잔디"라는 김소월의 시는 '금잔디 - 주황빛 - 불 - 주황빛 - 금잔디 - 불'이라는 유추를 근거로 하고 있다.

제 3시집 『空間』에 상재되어 있는 시는 13편이다. 제 3시집에서도 제

2시집에서와 같은 연상적이며 繪畵的인 이미지들이 사용되고 있다. 그중에서 가장 대표적인 것이 「굴뚝」이다.

오월의 느긋한 하늘아래
갖가지 굴뚝이 망연히 솟아 있다
넘실거리는 물결 생각에 지치고
드높이 둥그러미 그리는 솔개의 바램을 잃은 채
　　굴뚝
굴뚝
　　굴뚝
굴뚝
높낮이가 다르고
모나고 둥글고
붉고 희고 뿌옇고 ..(하략)..　　　　　　　　　　　　　（「굴뚝」)

특히 이 시에서는 굴뚝, 굴뚝, 굴뚝, 굴뚝이라는 단어를 다른 행, 다른 위치에 배열함으로써 여기저기 굴뚝이 솟아 있는 모습을 마치 스케치하듯이 보여주고 있다. 기타의 다른 시에서도 이러한 회화성은 계속되고 있다.

또 이 제 3시집에서는 회화적 이미지 외에 청각적 이미지가 자주 사용되고 있다는 점이다. 이것은 제 2시집에서의 단순한 회화적 이미지의 시에 청각적 이미지가 더해졌음을 보여주는 것이다.

구름조각 같은 갈매기
조개 껍질처럼

앉았는 소녀와
바다에서 하늘로
다이빙하는 사나이와
누운 여인의 허리 같은 수평선
......중략......
흐린 저녁 이면
갈매기가 승냥이처럼
울며 날았다.
......중략......
검은 밤엔
소라 껍데기의 무지개가
홀로 울고 있었다.　　（「무지개가 있는 소라 껍데기가 있는 바다」）

다섯살짜리 사내애가 혼자
산밑 조밭머리에서 메뚜기와 놀고 있다
밭이랑 속에 어머니는 뵈었다 가려졌다 하고
건너편 산에서는 뻐구기 소리가 들려 오는데
......중략......
먼곳 보고 짖는 개의 목이 더위에 갈해가고
마을 햇닭의 울음은 포플라의 까치둥지보다 더 높고
......중략......
다음날도 바람 구름 한 점 벗는 폭양아래
아이는 같은 조밭머리에서 메뚜기와 놀고
어머니는 까만 얼굴로 김풀을 뜯는데
이날은 바로 옆 산에서 산비둘기가 울어 주었다.　　　　（「유월」）

검은 개울 위에 떠 있는 검불 검불
앉은 등 뒤에 모로 네리 쬐는 햇빛
쭈그러진 내 그림자를 검은 개울 위에 띄어 놓는다
……중략……
나는 돌을 집어 검은 개울로 던진다
아니, 내 가슴에로 던진다   (「오후의 한조각」)

황소는 오랜 땀 속에서
수다한 시골 사투릴랑 흘리고
외마디 고동 소리만 닮았다
……중략……
자동차는 언덕진 검은강
모래밭 없는 뱃길에 지치어
엉뚱히 두 큰 눈만 남았다.   (「도주」)

꾸붓한 전찻길이 잡화점에 기어들고
오가는 사람들의 그림자가 보도에 드리워지고
검은 전선은 하늘에 그물을 치고
희 뿌연 하늘이 지붕에 가로 걸리고
가로수, 너는 그 속에 서있기가 지겹지도   (「가로수」)

짚신같이 외줄은 두 손을
움키면 밤 눈 밟는 소리가 빠각일 게다   (「잠」)

이역의 하늘밑
이날의 고독아, 저녁 안개에 싸여가는 묘비같은 외로움아
너는 나를 빨아 없앨 것만 같구나

> 가슴이 후련하도록 울어나 볼까
> 별 없는 저쪽 고향을 향해   (「고향을 향해」)
> <u>눈덮인 들판, 얼어붙은 내</u>
> <u>잎 떨인 아카시아 포플라의 가지를</u>
> <u>칼바람이 흔들어대고 있다.</u>
> ……중략……
> 삶을 위해 팔딱이는 심장의 고동이여
> 이날의 귀향자, 나의 고향의 고르지 못한 맥박을 짚어 본다
>   (「귀향의 노래」)

> 뒤에 끈을 쥐고
> 어둡기만한
> 피리를 부는
> 소녀야   (「대사」)

위의 밑줄친(＿＿) 부분은 회화적이며 시각적인 이미지를, 밑줄이 없는 부분은 청각적 이미지를 표시한 것이다. 이렇게 보면 제 3시집에 상재되어 있는 시들은 제 1시집의 역사성이나 제 2시집의 회화성과 그 변별적 특징이 있음을 발견할 수 있다.

또한 제 3시집에 수록된 시들은 그 작품이 씌어진 연대가 1935 - 1940년대로 되어 있다. 제 2시집인 『骨董品』이 1935년 5월 - 12월에 씌어진 것이라고 작가가 밝히고 있는데, 제 3시집을 2시집과는 달리 독립시킨 것은 그 작품의 내용과 형식상의 차이에서 비롯된 것이라고 할 수 있다. 즉 2시집에서 주로 시각적이며 회화적인 이미지만 사용한 시들과 시각과 청각적인 이미지를 결합시켜서 창작한 시들을 구별할 필요가 있지 않았을까 유추된다.

(3) 감정의 충일 (『木炭畵』)

1945년 8·15는 그 경위가 자주적이냐, 혹은 외세의 도움을 받은 것이냐는 후세의 역사적 논란의 여지가 있지만, 일제강점기치하의 30여 년의 질곡으로부터 민족이 해방된 날이다.

"해방 이후의 현대시를 학문적으로 정리하고 평가한다는 것은 아직 시기상조한 일에 속한다. 그 까닭은 논의의 대상인 시인의 작업이 완결되지 않았기 때문에 객관적인 시각과 방법론을 획득하기 어려운 점에 연유한다"[24]라고 원칙적으로 얘기된다. 즉 해방 이후에 시작활동을 시작한 많은 시인들이 아직 생존해서 작품 활동을 하고 있기 때문에 그 문학적 업적을 평가하는데 있어서 어려움이 있다는 것이다.

1980년대 이후, 납·월북 작가 시인에 대한 논의와 연구가 해금되기 시작하여 이데올로기적인 좌·우의 시각에 얽매이지 않고 보다 공평하게 '해방공간'의 문학을 다루려는 시도가 급속히 진행되고 있지만 아직 詩史的으로나 학문적으로 정립되었다고 보기는 어렵다.

1945년 8월부터 1960년 3월 사이에 씌어진 제 4시집 『木炭畵』는 민족해방의 기쁨을 노래한 감격적인 시편들이다.

> 부르는 이 없어도
> 찾아 나서면
> 모두 내사람 뿐이요
>
> 예와 다름없는 거리의 얼굴들이
> 왜 이다지 반가웁겠소
> 어느 유순한 짐승처럼

---

24) 정한모/김재홍 편저, 『한국대표시 평설』(서울;문학세계사, 1983), p.287.

비릿하고 찝질한 거리의 몸내음이
왜 이처럼 그리웁겠소

호박광주릴 인 촌 아주머니는
호박처럼 복스런
막내딸이라도 낳게 해줍쇼
무우 지갤 진 촌 아주버니는
무우밑처럼 시원한
만득자라도 보게 해줍쇼

우리말과 웃음없이도
서로 지나치고 만나느라면
몸내음처럼 체온도 합치는구려
여보시오 국수를 먹고는 국수처럼
다같이 명길일 합시다.

부르는이 없어도
찾아나서면
모두 잊을 뻔한 내 사람 뿐이요   (「그날」 전문)

　이 시에서 "부르는 이 없어도 / 찾아 나서면 / 모두 내사람 뿐이요"라는 것은 해방의 감격으로 거리에 넘쳐나던 사람들의 물결을 의미하고 있으며 이것은 바로 '감격'을 의미한다.
　또한 이 시에서는 "예와 다름없는 거리의 얼굴들이 / 왜 이다지 반가웁겠소 / 왜 이처럼 그리웁겠소" 하는 '동포애의 확인'이 나타나고 있다. 이 '동포애의 확인'은 그리움이라는 단어로 등장한다.

“막내딸이라도 낳게 해줍쇼 / 만득자라도 보게 해줍쇼”에서 ‘새로운 탄생’의 이미지를 발견할 수 있다.

이 세가지 요소가 『木炭畵』의 시에 어떻게 나타나는가를 살펴보면 다음과 같다.

[감격]

> 푸른 하늘이 조선하늘로 맑거나
> 저녁에 조선비로 비가 뿌리거나
> 나는 당신을 찾겠소.   (「당신과 나」)

> 아이들이 아침 서리를 밟고
> 골목골목의 문을 열어젖히듯
> 골목골목을 뛰쳐 나가네
> 이제 너희들이 열어놓는 골목문으로
> 너희 어버이들은 다시
> 거리로 거리로 통하여 나가리   (「골목」)

[동포애의 확인]

> 이래 나는 당신이 거먹거리니
> 나도 거먹거리요
> 당신 눈동자가 검으니
> 내 눈동자가 검다는 걸 자랑삼겠소.   (「당신과 나」)

> 이게 그냥 반가웁고 그리운 탓인가
> 거리 거리에서 남도 친구를 붙잡고
> 자꾸만 자꾸만 울고픈 동안

너희들은 그저 조선 꽃으로 웃으며
조선 종달새로 노래부르고
조선 호랑이로 내 닫겠구나   (「골목」)

그저 앎 즉, 온갖 해물의 내음새와
술취한 사나이들의 음성과
뭇 아낙네들과
그리고 장사치의 거쉰 목소리마저
그리웠던 내 가슴속 다사로와 옴을   (「저녁 저자에서」)

말아
제주돗말아
어쩌면 네눈이 내눈같고
네 갈기가 내머리카락 같냐   (「제주돗말」)

버스에서 혹은 어느 집회소에서
당신은 내가 앉았던 자리에와 앉는다
허지만 당신은 내가
누구라는걸 몰라도 좋다.   (「세레나데」)

[새로운 탄생]

이윽고 응아!
이 늙은 집에서는 또 메줏덩이같은 새 아기를 낳았소. (「신음소리」)

내가 이렇게 홀로
별빛 무성한 밤을 기다림은
하늘처럼 높다란

내 나무를 키워
거기다 저렇게 별처럼 많은 열매를
맺히워보기 위함이오.   (「열매」)

까투리마냥
기쟈 기쟈
밀밭속
종다리 집이
새끼쳐 날던 날   (「향수」)

이와 같이 제 4시집 『목탄화』에서는 '해방의 감격' '동포애의 확인'
'새로운 탄생의 이미지'를 발견할 수 있다.

(4) 달관의 미학 (『세월』)

白髮三千丈
緣愁似箇長
不知明鏡裡
何處得秋霜

李白의 이 「秋浦歌」는 인생의 황혼을 노래한 시로 유명하다. 모든 문
학이 그러하듯 시 = 인생을 표현하게 된다.
"크고 자유롭고, 건전한 사물의 표현에 의하여, 시라는 높은 인생의
비평이 진실성 있는 실질을 가지게 된다"25)는 이 유명한 말은 인생과

---

25) "It is by a large, free, sound representation of thing, that poetry, this high
criticism of life has truth of substance". Mathew Arnold, *The Study of*

시와의 관계를 잘 표현해 주고 있다. 그러나 인생을 노래하는데 있어서도 청년시절, 인생의 앞날에 대한 희망과 포부를 말하는 시와 인생의 황혼 무렵에 서서 자신의 생을 되돌아보는 시가 같을 수는 없다. 인생에 대한 비평적 의미를 강조한다면 오히려 전자보다는 후자 쪽에서 보다 깊은 의미를 파악할 수 있을 것이다.

"이 시집은 나의 세상을 향한 첫 부르짖음이다. 나는 이 부르짖음을 보다 더 크게, 힘차게, 또한 깊게 울리게 할 앞날을 가져야 하겠다"고, 1934년 첫 시집 『放歌』의 서문에서 기염을 토하던 황순원은 제 5시집 『세월』에서는 인생의 '황혼'을 주로 노래하고 있다.

그 황혼은 주로 다음과 같은 개념으로 나타나고 있다.

[귀 기울기]

45도쯤 옆 얼굴로 하여 한쪽 귀는 드러나지 않아도 무방할거야 한 귀로도 아직은 넉넉히 온갖 소리 가려듣기에 별 불편 없을 거야 이 어쭙잖은 얼굴을 기우뚱 받쳐든 가난한 목이건만 어떠랴 어떠랴

(「초상화」)

언제고 어느 한 소리가 슬쩍 내 귀에다 대고 이제 그만큼 살았으면 되지 않느냐고 속삭인다면, 그때 무얼로 어디를 가릴 것 인가

(「숙제」)

그대여
그대의 시각에 나는 얼마나 기울어져 있는가
아무리 위태롭게 기울었다 해도
버텨줄 생각일랑 제발 말아다오

Poetry (Kenkusha, 1971), p.34.

쓰러질 것은 쓰러져야 하는 것

그저 보아다오

언제고 내 몸짓으로 쓰러지는 걸   (「기운다는 것」)

[눈과 심안]

눈에다는 어떠한 종류의 안경도 끼워선 안되지, 이제는 무딘 안정

아주 침침해졌지만 진정 봐야 할 것은 어차피 육안 만으론 대중 안되

는 것   (「초상화」)

불도 켜있지 않은데 눈이 부셔 부셔 아버지가 눈부셔 바로 쳐다 볼

수가 없었네.

지금은 일흔살짜리 아이가 되어 이 추운 거리 다시 한번 아버지를

면회가서 당신의 젖가슴을 더듬어 봤으면,

어머님이여 나의 어머님이여   (「우리들의 세월」)

여윈 구레나룻의 링컨이

흰 칠판에다 흰 분필로 무엇인가 썼다

나에겐 글자가 보이지 않았다   (「링컨이 숨진 집을 나와」)

[황혼에 대한 생각]

수심가

육자배기

가락가락 응고된

돌맹이

너와 나의 진이다

너와 나의 오장육부다   (「돌」)

내 나이 또래 환갑은 됐음직한 석류나무 한그루를 이른 봄에 사다
뜨락 볕바른 자리에 가려 심었다   (「늙는다는 것」)

뭉크보다 조금은 더 어둑신한 속에
노인이 하나 서있다
눈은 내리고   (「겨울 풍경」)

무척 늙으셨습니다, 머리두 많이 빠지시구요, 길거리에서
오래간만에 만난 옛제자가 사뭇 걱정스런 낯으로 하는 말을 들
은 후
나는 베레모를 마련했다.   (「숙제」)

중풍에 잘 듣는다고 더덕뿌리를 옆집 노인은 질겅거리는데
숫제 나는 심장이 없어 두루 한갓지다.   (「모란 2」)

그러고 있는데 커브를 도는지 차체가 약간 기울며 옆에 있던 젊은
여자와 부딪쳤다.
그리 센 부딪침도 아니었다. 술이 많이 취해있었던 것도 아니었다.
그런데도 나는 손잡이을 놓치고 나둥그러지고 말았다.
차내의 사람들이 킥킥 웃어댔다.   (「낭만적」)

[죽음]
겁낼 것 없네
겁낼 것 없네
네가 죽걸랑 언제고 알몸으로 고이 벗겨
몇관 나가든 말든
한강 말라빠진
고기떼에게나 넌지시 던져줌세   (「헌가」)

다음 밑천으론 내 아직도 연연해 있는

마지막 세상적인 것을 몽땅 디릴 참이다

얼굴이 없는 사나이가 앉았던 자리에

내 데드 마스크가 빙긋이 웃고 있었다.　　　　　　　　（「도박」）

어느날

오체에서 떨어져 나갈, 흰 뼈조각들

별똥되어

바닷가 조개 껍질이라면

누구든

마음대로 주어 가져라　　　　　　　　（「고열로 앓으며」）

내 가슴속은 묘지

묘지기는 나

……중략……

나는 죽음에 대한 얘기가 듣고 싶은데

그들은 자꾸 어떻게 사느냐는 얘기만 한다.　　　　　　　　（「밀어」）

　　이상에서 살펴본 바 시집 『세월』에서는 '귀, 기울기' '눈, 심안' '황혼
에 대한 생각' 그리고 나아가 '죽음'을 노래하고 있다.

　　황순원의 시집 『放歌』를 분석·검토해 본 결과 다음과 같은 특징을
발견할 수 있었다. 그는 사상적, 문예사조적 혼란기에 문학을 시작하면서
「나의 꿈」이라는 시를 통하여 자신의 문학적 장래에 대한 신념을 천명하
였다. 이 시집에 나타나는 이별, 떠남, 눈물 같은 시어군들을 보면 그의
시가 전 시대의 낭만주의적 선상에 놓이기는 하나 미래, 희망이라는 이미

지를 통해서 현실은 암담하나 희망을 갖자는 메시지를 자주 전달함으로써 퇴폐적이며 세기말적인 낭만주의와는 구별되는 차이점을 갖게 된다. 암시적 표현으로 그가 즐겨 사용하고 있는 방법은 자연현상을 빌어서 거기에 상징성을 부여하는 것이다. 그의 제 2시집 『骨董品』은 모더니즘과 연관된 회화성이 전체적인 특징이라고 할 수 있다. 이 점은 3시집 『空間』에서는 회회적 이미지와 청각적 이미지를 합한 공감각적인 이미지를 압축적으로 사용한 것이 특징이라 할 수가 있다. 『木炭畵』에서는 제 1시집에서 보이는 '희망'이 민족의 해방을 맞은 '감격'으로 적극적으로 표현되고 있다. 이는 동포애의 확인, 그리움의 재발견, 새로운 탄생이라는 시어와 이미지군으로 직접적으로 나타나고 있다. 『세월』에서는 인생의 '황혼'을 주로 노래하고 있는데 그것은 육체적으로 허약해지는 귀, 눈에도 불구하고 마음의 눈과 귀로 사물을 깊이 있게 보겠다는 작자의 인생관과 죽음 혹은 그 이후에 대한 생각이 들어나고 있다. 그리고 「낭만적」이라는 시를 통하여 아름답게 늙기를 소망하는 노 작가의 인생 전체에 대한 비평의식이 잘 들어나고 있다.

전반적으로 그의 시는 『放歌』, 『木炭畵』처럼 현실, 혹은 역사에 대하여 암시적으로 발언하는 '지적인 측면'과 회화성과 청각적 이미지를 독립적으로 혹은 혼합하여 사용하는 『骨董品』, 『空間』처럼 감각적이며 묘사적인 시로 대별할 수 있다. 이런 측면을 '감성적 특성'이라 말할 수 있으며 이는 모더니즘과 관련성이 있다. 그의 첫 시집은 낭만주의의 선상 위에 놓여 있고 이러한 태도는 『세월』에서도 나타난다. 아마도 그는 낭만주의와 모더니즘을 그 세계관과 함께 인식하고 작품 속에 표현했다기보다는 그 표현 기법들을 주로 받아들여서 작품화 하지 않았을까 유추된다.

제3장 소설 연구

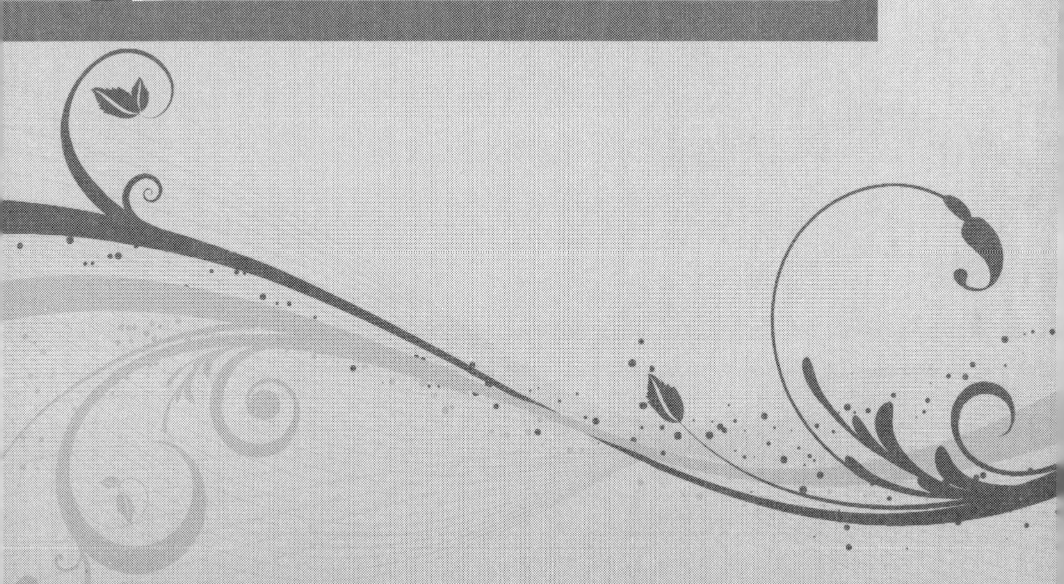

황순원 문학연구

제3장 소설 연구

1. 전반기 단편소설

(1) 이야기가 시작되는 장소

황순원의 작품을 논하는 가운데 빠지지 않고 등장하는 관점으로서 그의 작품들이 '주정적·서정적 토속적이고'[1] 따라서 반 산문적으로 시적 세계를 지향하고 있으며 따라서 역사와 현실을 무시하지 않았느냐 하는 지적과 "역사와 현실을 작품 속에 내면화시켰다"[2]라는 논점이 공존하고 있다. 어떤 작품들을 두고 서정적이라든가 시적이라고 할 때에 표면적으로는 그 배경에서 그러한 점이 나타난다. 도시보다는 농촌이나 산촌, 고향 등이 서정적이라는 것은 재론할 필요가 없다.

---

1) 이러한 관점은 구창환, "황순원문학 서설", 조대어문논총 제6집, 1966 ; 천이두, "종합에의 의지", 『현대문학』 1973, 8월호 ; "황순원 단장", 『현대문학』, 1964, 11월호 등이 있다.
2) 이러한 견해로 문학과 지성사 刊, 『황순원전집』, 권 12. 오생근, 김병익, 이태동, 김치수 등의 주장이 있다.

본 항목에서는 상기한 면들에 주목하여 전기 단편소설의 배경에 특성을 연구하여 보고, 거기에서 어떤 의미망을 추출할 수 있으며, 그 점이 기왕의 평과와는 어떤 상관관계가 있는지를 살펴보기로 하겠다.

연구 대상작품의 범위는 문학과지성사刊 『황순원전집』 권1~3까지로 한다.

일반적으로 배경(背景)은 "행위가 일어나는 일반적 장소, 역사적 시간, 사회적 환경 등을 포함한다"3)라고 정의된다. 행위, 즉 소설 속에서나 드라마에서의 사건이 일어나는 장소, 시간, 환경을 말하는 것이다. 물론 시라는 장르에서도 배경이 있다. 소설의 배경이 작품의 분위기하고 밀접한 관련을 가지고 있다는 것도 잘 알려진 사실이다. 그런 구체적 의미에서 배경의 문제는 지역소설(regional novel), 역사소설(historical novel)과도 깊은 관계가 있다. 이 점은 지방색(local color)으로 연결되며, 그것은 경치, 방언, 관습 등 그 지방 고유의 관심거리와 진기함이 배경의 개념에 포함되는 것이다. 이를 좀 더 세부적으로 보면 "하루의 시간, 빛의 양, 나무와 동물들, 묘사된 소리, 냄새, 날씨, 의상, 외양(physical appearance)의 묘사, 그리고 등장인물들 사이의 공간관계에 관련되는 것들도 배경의 일부"4)가 되는 것이다.

이러한 개념들이 어떤 소설의 중요한 분위기를 형성한다는 것은 재론할 필요가 없다. 그런데 이런 분위기는 보다 구체적으로 볼 때에 "따뜻한 색깔들의 묘사는 행복스러운 분위기를, 보다 차가운 색깔들은 우울함을 암시"5)함으로써 소설 전체의 분위기에 기여할 수도 있다.

---

3) M.H.Abrams, *A Glossary of Literary Terms*, (New York: Holt, Rinehare and Winston, 1974), p.85.
4) Edgar V.Roberts, *Writing Themes about Literature*(fifth edition) (New Jersy: Prentice Hall, Inc., Englewood Cliffs, 1983), p.72.
5) 위의 책, 같은 page.

소설의 배경은 그 소설의 등장인물과도 밀접한 관계를 맺고 있는데, 이를 다시 말하면 등장인물은 배경의 영향하에 놓여 있다는 것이다. "등장 인물은 진공상태에서는 존재하지 않는다. 그는 특별한 물리적 사회적 소성을 지닌 장소에 거주한다"6)라는 말은 이를 잘 증명하고 있는 셈이다.

배경의 개념을 확대해 보면 배경은 "국가, 지역, 도시나 시골, 기후, 날짜, 관습, 경제적 수준, 직업집단, 건물, 음식, 가족유형, 종교, 정치, 도덕성, 지적 문학적 생활, 교육, 오락 생활수준 등으로 이루어지며 소설이란 부분적으로 우리를 어떻게 변모시키는가 하는 점, 우리들이 환경에 대해 어떻게 행동해야 되는가에 관한 문제들을 다루는 것이라고 할 수 있다."7)

이렇게 개념을 정리해 보면 결국 소설의 배경은 등장인물에게 단순히 물리적, 시간적 공간과 분위기를 제시하는 것뿐만이 아니라 소설의 온갖 요소들과 긴밀한 관계를 갖고 있음을 알 수 있다.

"어떤 소설에서 그 속에 그려진 공간 단서들을 바탕으로 하여 하나의 도면을 작성하고 그것을 '판독'해 볼 경우, 우리는 전체적 공간 속에 배치된 여러 가지 다른 장소들이 대칭, 대조, 친화력, 긴장, 혹은 혐오 따위의 관계를 맺고 있다는 것을 발견할 수 있다."8)라는 말은 가능한 한 작품에 제시된 '단서'들을 가지고 '도면'을 작성하고 '판독'해 볼 경우 공간, 즉 배경에 대한 그 작가의 특이성을 발견해 낼 수 있다는 얘기가 된다.

---

6) Cleanth Brooks, John Thibaut Purser, Robert Penn Warren, *An Approach to Literature*(fifth edition) (New Jersey: Prentice-Hall Inc., Englewood Ciffs, 1975), p.79.

7) Marjorie Boulton, *The Anatomy of the Novel* (London, Boston and Henley: Routeleage and Kegan Paul Ltd., 1975), p.125.

8) Roand Bourneuf and Real Ouellet, *L`univers dur Oman*, (김화영 역, 서울, 문학사상사, 1986), p.150.

『전집』 권 1~3까지 수록된 단편은 총 64편이다. 그런데 첫 번째로 이 64편의 단편소설들을 분석해본 결과 그중 35편의 소설들이 소설의 첫줄에서 배경이 제시되고 있다.

나무 그늘을 지나 준근은 비탈길을 내리기 시작하였다.

(「허수아비」)

낫도애 낫도오 세리와 두부장수의 나발 소리가 바로 집 앞에서 들렸는가 하면, 어느새 먼데로 사라진다.　　　　　　　(「거리의 부사」)

유청년은 이날도 자기집 옆 노새가 져다 매는 자리 앞을 지나면서....　　　　　　　　　　　　　　　　　(「노새」)

위와 같이 상당히 구체적이고 세부적으로 배경이 제시되고 있다.

단편소설의 장르적 특성상 거두절미하고 바로 이야기가 진행되어야 한다거나, 또는 소설의 첫줄에서부터 소설의 모든 요소가 재빨리 등장해야 한다는 것은 상식에 속하는 이야기지만 64편 중 31편의 작품이 소설의 첫줄에서 명확하고도, 구체적인 배경을 제시하고 있다는 것은 중요한 사실이다. 그것은 그만큼 이 작가가 소설의 배경을 중요시하고 있다는 증거에 해당한다고 말할 수 있다. 더욱이 64편의 작품 중 소설의 첫줄에 명백한 배경을 제시한 31편의 작품 이외에도, 둘째 줄, 혹은 셋째, 넷째 줄에 가서는 4/5이상의 작품에서 배경제시가 구체적으로 되어 있다는 사실이 더욱 그러한 점을 뒷받침하고 있는 것이다.

『전집』 권1~3, 64편의 단편소설 중 소설의 첫줄에 배경을 제시하고 있는 작품명은 다음과 같다.

「허수아비」, 「거리의 부사」, 「배역들」, 「소라」, 「돼지계」, 「갈대」, 「원정」, 「피아노가 있는 가을」, 「풍속」, 「그늘」, 「병든 나비」, 「머리」, 「세레나데」, 「노새」, 「맹산할머니」, 「술」, 「눈」, 「두꺼비」, 「집」, 「목넘이 마을의 개」, 「곡예사」, 「소나기」, 「맹아원에서」, 「학」, 「참외」, 「부끄러움」, 「몰이꾼」, 「매」, 「두메」, 「잃어버린 사람들」, 「비바리」, 「소리」

황순원 단편소설의 배경을 분석해보면 두 번째로 그의 소설에서는 '집'이라는 공간이 많이 설정되어 있음을 알 수가 있다. 64편 중에서 '집'이 소설의 중요한 배경으로 등장하는 소설들이 52편에 이른다. 그것도 '학교' '시장' '직장' '거리'에서 집으로 돌아가는 '집'이 아니라 등장인물의 중요한 활동 무대로서의 '집'으로 등장하고 있다.

> 첫째 그룹의 단편들에 등장하는 인물들은 '진공상태' 속에 존재하고 있는 것이 아닌가 하는 의문을 자아내게 한다. ……중략……시대적 흐름이라든가 역사적 정황에 별로 얽매이지 않으려고, 또 아랑곳하지 않는 그런 삶의 방식……중략……황순원은 6·25라는 엄청난 비극을 겪으면서 결과적으로 그의 작중인물들을 진공관 밖으로 내보내지 않으면 안될 강박관념을 확인하게 된다.[9]

황순원의 초기 소설을 분석하면서 말한 이 구절은 일견 합리적인 듯이 보인다. '집'이 밀폐된 공간이라고 할 수 있을 때 이를 '진공상태'라고 할 수 있는 것이다. 그렇다면 황순원의 소설 중 6·25이후의 인물들은 집이라는 진공상태, 혹은 밀폐된 공간보다는 거리, 시장, 학교, 직장, 더 나아가서 정치의 현장, 역사의 현장으로 그 활동 무대를 넓혀가야 하지 않겠는가. 그러나 본고에서 분석한 52편의 작품은 1940-1960년까지 쓰

---

9) 조남현, 『한국현대문학의 자계』 (서울, 평민사, 1985), p.207.

여지고 발표된 작품인데, 6·25 전쟁 전, 후를 막론하고 39편, 그러니까 전작품의 2/3에 해당하는 작품의 공간이 '집'으로 되어 있었다. 물론 장편 소설로까지 이 부분에 대한 논의를 확대하면 『카인의 後裔』와 같이 공산 화된 이북을 다루고 있는 소설이라든가 『나무들 비탈에 서다』와 같이 6·25전쟁을 다루고 있는 소설들을 확실히 역사라든가 현실 앞에 주인공 이 서 있으므로 '진공관' 밖으로 주인공들을 내보냈다고 할 수 있다.

논거를 보다 확실하게 하기 위하여 '집'을 주요한 공간으로 하고 있는 단편소설을 도해하여 부록에 <자료 2>로 첨부하였다. 이 자료는 주인공 이 실질적으로 움직이는 공간, 대화나 지문에 나타나는 공간, 회상처리된 공간 모두를 포함한 것이다.

이 자료에서 보이는 바와 같이 52/64, 즉 2/3 이상 등장하는 이 '집'이 라는 공간은 다음의 몇 가지 특징을 가지고 있다.

먼저 세분화를 얘기할 수 있다. '집'이라는 공간이 제시되고 나서 이는 다시 '안방, 건너방, 웃방, 아래방, 혹은 일층, 이층, 부엌, 우물가, 안뜰, 정원, 채소밭 울타리, 토방 안마당, 닭장, 돼지우리, 대문, 일간, 복도, 응 접실, 잿간, 중문, 외양간, 뒤뜰, 마당 귀' 하는 식으로 나뉘어지고 그 부분 으로 인물들이 움직이고 있다는 점이다. 물론 작품에 따라서 가령 「늪」의 경우에는 '건넌방과 부엌'만 등장하기도 하지만 「사마귀」처럼 '우물가, 위층, 아래층'으로 나뉘기도 하고, 「술」의 경우처럼 '살림방, 광, 응접실, 복도, 안방, 안뜰, 뒤울안, 목욕탕, 부엌' 등으로 '집'에 부속되어 있는 모든 공간이 차례로 등장하기도 한다.

다음으로 그의 작품의 주인공들이 공간 이동이 심하지 않다는 것을 발견할 수 있다. 그러니까 한군데, 혹은 두 군데로 제시된 공간을 왔다 갔다 한다는 점이다. 예컨데 「거리의 부사」의 경우 주인공이 집/부엌, 아래층, 위층--공원--집/위층, 아래층 하는 식으로 움직이고 있다. 「돼지계」의 경우 남새밭바자--들--토방--들--논--집--남새밭바자--집--논--집--들--집--남새밭바자로 이동하고 있다. 이를 좀 더 요약하면 집/남새밭바자/논/집/남새밭바자/논/집/들/집/남새밭바자로 요약할 수 있고 이는 결국 집/들/논/집으로 줄일 수 있다. 「갈대」의 경우 좀 더 명백해서 공지/집/공지/집으로 그 공간이 제한되어 있다.

그러니까 황순원의 단편들 중 2/3 이상에 해당하는 작품들의 주인공이 '집'과 '외부'라는 축으로 움직이고 있다는 것이다.

이를 다시 도식화해 보면 다음과 같다.

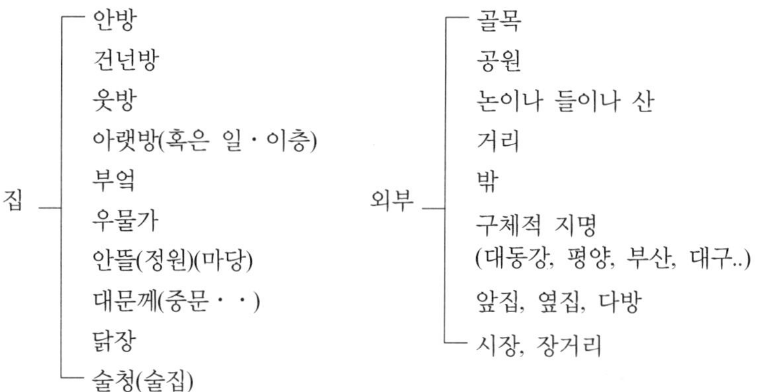

이를 압축하면 '집'과 '외부'로 이분할 수 있다.

'집'을	가	'외부'를	1
A	나	B	2
	다		3
	라		4

라 한다면 그의 전반기 단편 소설의 공간 구조는

A ｜가 ｜   B ｜1 ｜
  ｜나 ｜   ｜2 ｜
  ｜다 ｜   ｜3 ｜
  ｜라 ｜   ｜4 ｜

라는 공식을 가지고 있음을 알 수 있다.

경우에 따라서 A만 나타나는 수도 있으나 대부분의 소설들은 A에서 B로, B에서 다시 A로 되는 구조를 가지고 있다.

이를 도식화해보면 다음과 같다.

〈표 1〉 공간 이동

유형별	작품제목 연번(<자료1>의 연번과 같음)	작품 수
A	23,39	2
A -- B	9,19,21,26,39,43,46,47,50	6
A -- B -- A	1,2,5,20,22,44,	9
A -- B -- A -- B	4,12,13,14,18,25,	6
A -- B -- A -- B -- A	8,16,31,32,34,49	6
B -- A	6,7,15,24	4
B -- A -- B -- A	3,11,27,	3
B -- A -- B -- A -- B	17,48	2
A -- B 다수반복	30,29,35,40,33,27,41,45,51,	10
B -- A 다수반복	28,36,52,	3

부록의 <자료 2>를 통하여 <표 1>의 방식으로 분석해 본 결과 그의 작품의 공간은 '집' -- '외부'라는 구조가 일정한 방법으로 수학적 순열조합을 이루고 있음을 알 수 있다.

다음은 부록의 <자료 2>에서 #표로 처리한 부분의 형식을 살펴보기로 한다. #표로 필자가 표기한 것은 '회상 속에서 장소가 이동하는 경우'를 말하는 것이다. 이것은 "여름철에 산에 올랐을 때에……", "난이네 집에서 종숙이를 처음 만났을 때에……", "피아노가 있는 가을" 하는 방식으로 '회상을 통하여 공간을 이동시키는 경우'를 말한다.

이를 다시 <자료 2>에서 뽑아보면, 집, 산, 장(장터), 서울, 집, 목공소, 소학교운동장, 집, 남촌, 대동강, 집, 개울, 맞은편 집, 술집, 북지, 부산, 이북, 서울, 타곳, 대전, 충주, 마산, 집, 상하이, 홍콩, 싱가포르, 뚝섬건너 일원리, 밖, 이앗다리, 어떤 부락, 홰나무고개, 장거리, 장둑, 동구밖, 방죽, 목로집 등이 있다.

그런데, 이 경우에는 작품에 등장하는 공간적 장소 52종 가운데 A는 16에 불과하고, 나머지 41은 B에 속하고 있음을 알 수 있다. 그리고 그것은 대체로 '밖' '타곳'으로 불리울 수 있는 '집'이 아닌 곳이고, 또한 구체적인 '지명'들임을 알 수 있다. '마산, 부산, 대전, 충주……' 등이 그것이다.

황순원은 전반기 단편 소설 속의 인물이 구체적, 실질적으로 거기서 움직이는 물질적 공간이 아닌 공간을 제시할 때에는 '회상을 통하여' 하든가 '회상을 통하여 공간을 이동'시키든가 하는 방법을 많이 사용하고 있다. 52편중 18편에 해당하는 작품들이 그런 방법을 사용하고 있다.

따라서 그의 소설이 A와 B로 이루어져 있다고 하더라도 B에는 중점을 두지 않고 있음을 시사한다고 할 수 있다.

두 번째로, <자료 2>에서 *로 처리한 부분을 분석해 보면 그런 점은 더욱 명료하게 발견할 수 있다.

　　그리고 소녀는 왼쪽 길로 꺾이어 지금까지 온 길과 평행된 좁은 길
목을 접어들었다.　　　　　　　　　　　　　　　　　　　(「늪」)

　　공원 한 벤치에 어제 앉았던 거지가 똑 같이 떨고 않았다.
　　　　　　　　　　　　　　　　　　　　　　　(「거리의 부사」)

　　즉 골목, 거리, 공원, 산, 밖 등등 ……그러니까 B형에 속하는 공간들은
소설 속의 주인공이 실질적으로 거기서 움직이고 있는 공간이라기보다는
설명 혹은 묘사로 처리되고 있는 것이다. 이런 작품의 유형에 속하는 것
은 <자료 1>의 연번 1 2 3 5 6 7 8 9 10 11 13 14 16 17 22 23 29
30 등이라고 할 수 있다.
　　다른 측면으로 고찰해서 작품의 총 페이지 가운데에 *로 처리한 부분
이 차지하고 있는 페이지 수를 조사해보면 다음과 같다.

〈표 2〉 (18행 48자 세로조판 국판 page 기준)

작　품　명	작품의 총 page 수	<자료 1>에서 *로 처리한 부분의 page
늪	26	1.5
거 리 의 　 부 사	10	4
배 　 역 　 들	21	2
갈 　 대	6	3
지 나 가 는 비	25	8
닭 　 제	8	2
원 　 정	22	1
피아노가 있는 가을	11	0
사 　 마 　 귀	18	3
풍 　 속	13	0.5
별	14	6
산 　 골 아 이	12	1
그 　 늘	15	1
기 　 러 　 기	10	0
병 든 나 비	9	6
노 　 새	18	4
두 　 꺼 　 비	42	8
집	17	5
황 　 소 　 들	25	7

<표 2>에서 보면 알 수 있듯이 골목, 거리, 공원, 산, 밖 등과 같은 B형에 대한 배려는 극히 미약한 점을 발견할 수 있다. 그의 소설적 공간이 '집'과 '외부'로 이루어져서 주인공들이 '집'과 '외부'로 왔다 갔다 한다 할지라도 '외부'가 소설 속에서 차지하는 비중은 페이지 수에 의한 통계로 보아서도 극히 미미함을 알 수 있다.

이상의 검토를 통하여, 다음과 같은 특징들을 발견할 수 있다.

먼저, 황순원의 단편소설 중 그 공간을 중심으로 볼 때 소설의 첫줄에서 공간을 명확하게 제시한 것이 31/64 즉 50%이다. 다음으로 여러 가지의 공간 가운데에서도 52/64, 즉 2/3 이상의 공간이 '집'을 중심으로 하고 있다. 또한 소설 속의 인물들이 장소 이동이 심하지 않고 '집'과 '외부'로 일정하게 움직이고 있는 구조를 가지고 있다. 공간이동의 경우 회상이나 대화 혹은 지문으로 처리하고 있으며 그 경우 이 '집' 아닌 '외부'이며, 거기에는 구체적이고 실질적인 지명이 많이 등장하고 있다. 이 '외부'에 대해서 설명적이고, 간단한 묘사로 많이 처리하고 있으며 페이지 통계로 볼 때에도 '외부'에 할애하는 부분은 극히 미약함을 알 수 있다.

(2) 장소들의 의미망

"소설 속에 배치된 여러 가지 다른 장소들이 대칭, 대조, 친화력, 긴장, 혹은 혐오 따위가 관계를 맺고 있다는 것을 발견"[10)하기 위해서는 결국 내용적 분석이 필요하게 된다. '집'이 아닌 '외부' 즉 다시 말해서 현실, 혹은 역사가 진행되는 장소에 대해서 그가 어떤 인식태도를 가지고 있는가를 살펴보아야 한다. 그럼으로써 그의 보편적인 특질을 배경이라는 관점을 통해서 발견해 낼 수 있을 것이다.

---

10) 조남현, 『한국현대문학의 자계』 (서울, 평민사, 1985), p.207.

황순원 전반기 단편소설에 나타나고 있는 B형, 즉 '외부'는 부록의 <자료 3>과 같은 내용으로 나타나고 있다.

부록의 <자료 3>에서 간결하게 요약해 보인 바와 같이 '외부'는 부정한 여자, 더러움, 노름, 무서운 현실, 기타 등등의 온갖 '혐오스러운' 대상들이 존재하고 있는 곳이라고 표현되고 있다. 64편 중에서 34편이 그러한 등식으로 설명, 혹은 묘사, 또는 서사되고 있다. 그렇다고 해서 나머지 작품들에서 '외부'가 긍정적으로 그려지고 있느냐 하면 그렇지 않다. 「피아노가 있는 가을」, 「두메」 정도에서 주인공이 바라는 '전원적이고 낭만적인' 이상향으로 등장하고 있고, 「원정」, 「머리」, 「세레나데」 정도에서는 나쁘지도 않고, 좋지도 않은 공간으로 나타나고 있다.

<자료 3>에서 본 바와 같이 황순원의 단편소설 속의 공간인 '외부'가 간단히 '혐오스러운 장소'라고 한다면 '집'은 반대구조인가 하는 의문에 접하게 된다.

그것을 논하기에 앞서 몇 가지 문제를 검토해 보기로 한다.

자작농 집안이 일제 말의 공출 정책과 뒤이은 투전으로 몰락되어가는 과정을 악질 지주 민창호와 미소 정책을 쓰되 땅 모으기엔 누구 못지 않게 탐욕스로운 개명지주 전필수와의 대조를 통해서 보여주고 있는 '집'에서는 투전꾼에 관한 이야기가 「두꺼비」에서와 똑 같은 기능을 맡은 채 활용되고 있다.....중략......「곡예사」는 전쟁 때의 피난살이, 그것도 남의 집 사는 것의 어려움을 다루고 있다.[11]

위의 지적은 황순원의 단편소설들이 의, 식, 주라는 문제 중에서 주거의 문제에 집착하고 있음을 논하고 있다. 가령 『곡예사』라는 소설집 속에

---

11) 유종호, "겨레의 기억", 전집 권2의 작품해설 중에서.

수록되어 있는 단편들은 주로 피난살이의 어려움을 다루고 있는데 그 핵심은 셋방살이의 어려움으로 집중되어 나타나고 있다.

황순원의 소설에 자주 나타나는 '집'이라는 문제에 대해서 본격적으로 다룬 연구물이 있는데 그것은 단편소설 '집'을 집중 분석해 놓은 것이다.

민창호가 지주였던 것과 마찬가지로 전필수도 지주인 것이다. 다시 말하면 지배/피지배의 내용은 변함이 없으며 지배의 유형이 달라진 것이다. 내용은 같되 유형이 달라졌다는 것은 좀 더 넓혀 말하면, 식민지 반봉건 경제와 해방 직후의 경제 질서가 유형은 변화했지만 내용은 지속적이라는 것을 의미한다. 내용이 지속적이라는 것은 해방과 더불어 요청된 자주국가의 수립이 출발부터 왜곡되었다는 것을 말한다.[12]

물론 단편 '집'만 가지고 분석해 볼 때 정과리와 같은 논지를 세울 수도 있다. 그러나 단편 '집'에서 '해방 후의 한국경제 구조'를 살펴서 이를 지배/피지배의 관점으로 본다면, 역시 해방 직후의 '적산가옥' 처리를 둘러싸고 벌어지는 이야기인 단편 「술」과 같은 경우는 어떻게 설명할 수 있느냐 하는 문제가 남는다. 한 작가의 작품 가)만 보고 이를 '해방 후의 한국 경제구조'까지 확대 해석한다면, 역사적으로 비슷한 시기의 역사 같은 문제를 다룬 나)라는 작품에 대한 해석은 어떻게 할 것이냐, 또는 그것이 해방 직후든 6·25 이전이든 계속되는 문제를 다루고 있다면 어떤 준거로 분석 비평하느냐 하는 문제가 남는다.

단편 「술」에서는 해방이 되어 일본인 주인이 황급히 물러가자 '서성리 나까무라 양조장'을 '접수경영'함에 있어서 대표로 뽑힌 '준호'라는 사람이 그 나카무라 양조장의 지배인 사택을 빼앗아 들어앉아서 벌리는 여러

---

12) 황순원 외, 『말과 삶과 자유』(서울, 문학과 지성사, 1985), pp.73~74.

가지 에피소드가 풍자적으로 그려지고 있다. 이 주인공 '준호'라는 사람은 "아이들이 자그마치 다섯이나 되는 그에게 셋방을 놓으려는 사람이라고는 없어 평양성 안에서는 자식 없이 망한 사람이나 셋방을 얻지, 그렇지 않고서는 셋방도 못 얻겠다는 말을 하면서....중략... 양조장 숙직실 한 옆을 찬자로 얽어 부엌이랍시고 만들어가지고 우선 그리로 이사한" 경력이 있는, 말하자면 셋방살이의 뼈저림을 잘 알고 있는 사람이었다. 게다가 '준호'는 별다른 '사상'도 '역사적 인식'도 없는 사람으로 나타나고 있다. 그런데 해방 후의 혼란 틈에 양실, 응접실, 안뜰, 뒤울안, 목욕탕, 부엌, 광, 거기다가 근사한 정원이 있는 지배인 사택에 들어앉게 되고, 어떻게 해서든지 그 집을 자기 소유로 하려고 노력하는 '보통사람'으로 그려져 있다. 이것은 지배/피지배라는 개념보다는 '보통사람의 보통욕심'을 나타낸 것에 불과한 것이다. 유종호씨는 "곡예사는 피난살이의 어려움, 그것도 셋방살이의 어려움"을 다루고 있다고 말하고 있다.

　그런데 왜 하필이면 '피난살이의 어려움'이 '셋방살이의 어려움'과만 연결되는 것인가. 연보에 의하면 작가 황순원은 부산으로 피난을 가서 서울에서 봉직하던 학교의 피난학교에 근무한 것으로 되어 있다. 그렇다면 '피난학교' 즉 직장살이의 어려움, 혹은 먹을 것, 입을 것에 대한 어려움도 작품 속에서 나타날 성 싶지 않은가. 왜 '피난살이의 어려움'이 꼭 '셋방살이의 어려움'으로만 나타나고 있는가 하는 의문을 풀기 위해서는 다른 각도에서의 검토가 필요하다.

　본고의 앞에서 검토해 본 바와 같이 황순원의 단편들에 제시된 공간은 그 작품이 씌여진 시기가 해방 前이냐 後냐, 6·25 전이냐 후냐 하는 시기적인 문제를 떠나서 분석대상 52편 가운데 39편이 '집'이라는 공간으로 나타나 있음을 밝힌 바 있다. 그렇다면 그의 작품에서는 '집'의 중요성이 어떻게 나타나고 있는가를 살펴보아야 할 것이다.

부록의 <자료 4>에서와 같이 분석해 보면 몇 가지의 사실들을 발견할 수 있다.

황순원의 단편소설에 등장하는 '집'은 '경제단위'로서의 중요한 위치를 차지하고 있다는 점이다. '목공소'로 산보를 나가서 자신이 죽은 후에 들어갈 관을 만져보는 것이 중요한 일과 중의 하나인 「병든 나비」의 주인공은 '큰 집을 팔아가지고 자그마한 집 하나를 장만하고 늙은 식모에게 맡긴 간편한 살림'을 하는 비교적 여유 있는 노인이다. 「황노인」의 경우도 비록 부인이 먼저 세상을 떠난 다음에 벌리는 육순 잔치이지만 '사랑, 안방, 일간' 등등의 집에 대한 묘사를 함으로 해서 여유 있는 경제 형편이라는 것을 엿볼 수가 있다.

"정치권력과 지주에 의한 농민 수탈이 해방 후에도 그대로 지속되고 있을 뿐만 아니라 그것이 농민의 상기를 불가능하게 할 정도에까지 이르고 있음을 증언"13)했다거나, "순수한 이름에 가장 일치하는 작가 황순원에게 있어서까지 당시의 상황은 그토록 급박했던 것"14)과 같은 평을 받고 있는 「황소들」에 나타나는 지주의 집은 '으리으리하게 큰 집, 우람스런 대문'으로 나타난다.

피난살이의 어려움 중 가족의 주거공간 확보에 대한 어려움과 서러움에 대해서 밀도 있게 서술하고 있는 「곡예사」에서 '황순원 가족부대'가 살고 있는 공간은 '굉장히 큰 저택'이며 '저택을 둘러싸고 있는 상당히 넓은 뜰 한구석에 끼어 있는 헛간'으로 나타나고 있다. 「부끄러움」의 경우는 '동향한 서재 앞뜰에 향나무랑 사철나무'가 있는 공간으로 표현되고 있다. 「잃어버린 사람들」의 경우에는 자신의 애인을 빼앗긴 '석이'가 꿈을 꾸는데 '박참봉네 높은 돌담장에 무명필을 걸고 넘어가 순이를 업어내

---

13) 염무웅, "8 · 15 직후의 한국문학" 창작과 비평, 1975, 가을호, p.140.
14) 신경림 외, 『농민문학론』, 서울, 온누리신서, 1983, p.66.

는’ 꿈을 꾼다. 이렇게 살펴볼 때에 소설 속에 나타나는 ‘부자’는 그 집의 ‘규모나 크기’로 표현된다.

그에 비해서 「가난한 사람들」은 ‘머리’의 경우 ‘아랫간’에서 살고 있고, ‘노새’ 주인의 경우 ‘문간방’에서 살고 있으며, 사랑하는 혈육을 가난 때문에 어쩔 수 없이 남에게 보낼 수밖에 없는 형편에 처해 있는 「독짓는 늙은이」의 경우는 ‘거지들이 우글거리고 있는 독가마’ 근처가 주거 공간이다. 피난살이의 어려움을 다룬 소설에서는 <자료 4>에서 볼 수 있듯이 ‘헛간’ ‘무료 입원실’ ‘아랫방’ 등으로 나타나고 있다. 그러니까 ‘집’이 경제단위로서의 중요한, 거의 절대적인 단위로 나타나면서 소설 속의 부자/규모가 큰 집에 사는 사람, 가난한 사람/작은 방 공간에 사는 사람으로 대비되어 나타나고 있는 것이다.

다음으로 황순원 전반기 단편 소설에 있어서의 주인공들은 ‘패물’을 소지하고 있거나 혹은 ‘땅’ ‘기타의 재화’를 가지고 경제생활을 영위하는 것이 아니라 ‘집/경제생활의 수단’으로 영위하고 있음을 알 수 있다. 대표적인 것으로 「담배 한대 피울 동안」에서 “아버지 장사를 치른지 두달쯤 후에 집을 팔아버리고 작은 집으로 바꾸었던 것이다. 재산이라곤 그집 하나였지만...중략... 일년쯤 뒤에는 또 그 집을 팔고 더 조금만 집으로 옮기었다.... 중략...그새 그 조그맣던 집마저 팔아버리고 셋방을 든지 오랬다”와 같이 나타난다. 「왕모래」도 그런 부류에 해당한다고 볼 수 있다. 그와 반대로 ‘집/경제생활의 수단’이 늘어가는 경우 「사나이」에서는 ‘판자집 하나를 사가지고 가락국수 장사를 시작했다...중략...판자집 위에 다락을 하나 들였다’로 나타나고 있다.

그렇다면 ‘가’에서 본 것과 같이 소설 속의 공간 ‘외부’가 ‘혐오스러운 장소’라면 ‘집’은 그 반대구조인가 하는 검토가 남게 된다. <자료 4>에서 일별해 볼 수 있는 바와 같이 ‘부자/규모가 큰 집에서 사는 사람’, ‘가난한 사람/ 규모가 작은 주거 공간에 사는 사람'으로 나타나고 있는데 그 소설적 초점은 '부자'쪽보다는 '가난한 자'에게 맞추어져 있음을 알 수 있다. 물론 때로 이 '가난한 자'들의 저항이 나타나고 있다. 「황소들」의 경우처럼 가난한 사람들이 '부자'네 집에 불을 지르기도 하고, 「두꺼비」의 경우처럼 '누구의 집이건 못나간다, 못나가'하고 악을 쓰기도 한다. 그러나 대체로는 '가난한 자/규모가 작은 주거공간에 사는 사람들'이 가지는 따뜻한 '인간애'가 들어나고 있다. 「늪」에서의 '사랑', 「사마귀」에서의 주인집 딸과의 '우정', 「저녁놀」에서의 식모의 참사랑, 「맹산 할머니」의 경우와 같은 휴머니즘, 「물 한모금」, 「필묵장수」와 같은 인간애.

또한 「곡예사」, 「어둠속에 찍힌 판화」와 같은 '가족애', '왕모래'와 같은 '혈육애', 「매」, 「우정」, 「청산가리」, 「닭제」와 같은 '동물에 대한 사랑'. 혹은 「잃어버린 사람들」과 같은 부부애, 「부정」, 「사나이」와 같은 '애정' 등으로 나타나고 있다.

따라서 황순원의 소설 가운데 나타나는 '집'의 의미구조는 「두메」, 「여인들」처럼 주인공들이 지향하고자 하는 이상향이 따로 있는 '숙명적인 공간'으로 나타나기도 하고, 「집」, 「두꺼비」, 「황소들」의 경우와 같이 부자/가난한 자의 '대립'으로 나타나기도 하지만, 위에 본 바와 같이 종류에 있어서 약간씩의 분류가 가능하나, 한 마디로 가난한 자/사랑으로 요약할 수 있는 구조를 가지고 있음을 알 수 있다.

황순원의 소설적 특성을 '서정성과 범생명주의'15)라고 말하고 있는 견해는 '사랑/범생명주의'로 바꾸어도 무방한 개념이라 하겠다.

그래서 황순원 소설의 '집'은 「곡예사」, 「두꺼비」, 「어둠속에 찍힌 판화」, 「술」과 같이 어떻게 해서든 확보해야 할 공간이며, 「집」에서처럼

---

15) 조연현, 『현대한국작가론』 (서울, 정음사, 1977), p.9.

때로는 목숨을 걸고 지켜야 할 공간이며, '사랑'이 있는 공간이기도 한 것이다.

이와 같은 검토를 통해 볼 때에 "현재까지의 한국의 역사와 현실에 밀접하게 관련되어 있다(단, 정신 위주이다)"16)이라거나 "그의 소설에서 역사적 사회적 현실의 모순을 볼 수 있다기보다는 그러한 모순이 투영된, 혹은 간접화된 작중인물의 심리를 읽을 수 있다"17)거나 "그의 비켜남은 역사의 내면과 실체를 드러내는 방법적 자세"18)라는 견해들은 그의 소설 배경들이 '외부'보다는 '집'이라는 공간 속에서 이루어지고 있기 때문이기도 하다. 즉 소설 속에서 역사라든가 현실이 직접적으로 나타나기보다는 그 현실 속에서 집으로 돌아온 사람들의 심리 속에서 간접적으로 투영되고 있는 것이다.

그는 '외부'에 대한 '전반적 혐오감'을 가졌기 때문에 그 '외부'라는 공간을 소설의 주요한 배경으로 삼기보다는 그것이 '정신적으로 간접화되고 비켜난' '집'이라는 공간을 위주로 하여 '문제들'을 '내면적'으로 처리하고 있는 것이다. "소설가가 행동의 장으로 설정한 공간의 한계가 때로는 극도로 엄격하게 한정되어 있는 경우도 있다....중략... 그런데 적어도 프랑스 소설의 위대한 작품들 속에서는 전자의 유형에 속하는 소설 공간이 더욱 우세한 것 같다"

이 말은 '역사와 현실' 속으로 뛰어 들어가서 꼭 그러한 문제를 직접적으로만 다루는 이외의 방법이 있다는 점을 시사하고 있다. 황순원의 전반기 단편소설을 검토할 경우 「황소들」에서와 같은 역사와 현실에 대한 직접적인 발언이나 문학화보다는 간접적이고 암시적인 기법을 주로 많이

---

16) 김윤식·김현, 『한국문학사』(서울, 민음사, 1973), p.242.
17) 오생근, "전반적 검토", 전집 권12 중에서.
18) 김병익, "순수문학의 그 역사성", 전집 권12 중에서.

사용하고 있음을 알 수가 있다.

다음으로는 그의 전반기 단편소설에 등장하는 배경들이 '도시'냐 '농촌'이냐 하는 것이다.

단편 작가로서의 황순원의 시선이 고유한 토속적인 세계에 집중되어 왔었고,[19] 황순원이 애써 토속세계에다 상황을 설정하는 것은 그가 줄기찬 노력의 과정을 통하여 다듬어 마지않는 한국적인 청상의 여인상을 효과적으로 살리기 위한 방법론적 필연성에 연유되는 것임을 알게 된다.[20]

"황순원씨는 도시보다는 이런 산촌을 - 지식인보다는 무지한 시골 사람을 더 좋아한다. 그가 즐겨 자리 잡는 서북지역의 산촌은 그의 푸리미티비즘(나쁘게 말하면 샤머니즘)과 뗄 수 없는 관계가 있다. 송진 냄새늘 풍기고 있는 것은 소설 속에 그려진 산촌만이 아니라 그의 문학 정신도 왼통 그러한 냄새에 젖어 있다."[21]라는 논의들의 타당성 여부는 좀 더 자세히 살펴보아야 한다. 특히 황순원의 소설이 '서정적이며 토속적이며' 바로 이러한 점이 시적이라는 지적들은 우선 표면적으로 그의 소설 배경에 나타날 수 있기 때문이다.

부록의 <자료4, 5>를 분석해 보면『전집』1의 경우 우선 서북지방을

---

19) 천이두, "종합에의 의지 -『움직이는 성』의 기법과 명제",『현대문학』, (1973.8), p.238. 천이두씨는 이 연구물에서 황순원의 단편은 고향 : 전래적인 것 : 파토스 : 토속세계 : 샤머니즘 : 미신 : 신비주의라는 축을 가지고 있고 장편에서는 타향 : 외래적인것 : 로고스 : 도회적 : 기독교 : 과학 : 합리주의를 지향한다고 말하고 있으며 이것이 황순원 작품의 이원적 세계라고 하고 있다.『움직이는 성』에서는 이 두 세계가 서로 상징적으로 부각된다고 하고 있다.

20) 천이두, "토속세계의 설정과 그 한계 - 김동리, 황순원, 오유권 등을 중심으로",『사상계』 188호(1968.12), pp.118-119.

21) 이어령, "식물적 인간상 - 카인의 후예론",『사상계』(1960.4).

배경으로 한 작품이 25편중 17편,『전집』2의 경우 19편 중 2편,『전집』3의 경우 17편 중 2편으로 나타나고 있다. 따라서 17/25, 2/19, 2/17로 나타난다. 이것은 그의 전반기 단편 가운데에서도 초기에 속하는『전집』1의 경우 자신의 고향인 서북지방을 17/25이라는 압도적인 편차로 소설의 배경으로 삼고 있으나 차츰 작품의 무대를 옮기고 있다는 것을 알 수 있다.『전집』1에 수록된 마지막 작품인「눈」이 1944년 겨울로 되어 있으므로 그의 해방 전 작품들의 무대는 4/5 이상이 서북지방을 무대로 하고 있음을 알 수 있다. 해방 후에 월남했음으로 월남이후의 작품의 무대들은 자연스럽게 2/19, 2/17로 서북지방보다는 다른 지방으로 이동했음을 알 수 있다.

부록의 <자료 5>를 분석해 보면 도시 : 비도시(농촌, 산촌, 바닷가, 강가 포함)이『전집』1의 경우 11:14로,『전집』2의 경우 7:12로,『전집』3의 경우 7:9로 나타나고 있는데 이를 총괄적으로 보면 30여 편에 해당하므로 비율로 보면 도시 50%, 비도시(농촌, 산촌, 바닷가, 강가)가 50% 정도로 나타난다고 볼 수 있다. 따라서 그의 초기 단편들을 두고 이를 통계적으로 검토하지 않고 농촌, 산촌, 바닷가, 강가 등의 배경이 많다고 말하는 것은 정확하지 않은 것이다.

이상에서 살펴본 바에 의하면 다음과 같은 사실을 발견할 수 있다. 황순원의 단편 소설 중 그 공간을 중심으로 볼 때 소설의 첫줄에서 공간을 명확하게 제시한 것이 31/64편이다. 여러 가지의 공간 가운데에서도 52/64, 즉 2/3 이상의 공간이 '집'을 중심으로 하고 있다. 소설 속의 인물들은 장소 이동이 심하지 않고 '집'과 '외부'로 일정하게 움직이고 있는 구조를 가지고 있다. '공간이동'의 경우 회상이나 대화 혹은 지문으로 처리하고 있으며 그 경우 이 '집' 아닌 '외부'이며, 거기에는 구체적이고 실질적인 지명이 많이 등장하고 있다. '외부'에 대해서는 설명적이고, 간단한 묘사로 많이 처리하고 있으며 페이지 통계로 볼 때에도 '외부'에 할애하는 부분은 극히 미약하다. 이런 점은 다음과 같은 의미를 갖는다고 볼 수 있다. 그의 소설에 등장하는 '외부'는 '혐오스런 장소'로 나타나 있으며 그의 소설의 중요 무대인 '집'은 '경제단위'로서의 중요한 역할을 차지하는 것으로 소설에 나타나며, 이는 부자/규모가 큰 집에 사는 사람, 가난한 자/규모가 작은 집에 사는 사람으로 나타나고 있다. 그의 소설은 가난한 자/규모가 작은 주거공간에 사는 사람에게 소설의 초점을 맞추어져 있으며 '사랑', 혹은 살아 있는 모든 것을 사랑해야 한다는 범생명주의가 그런 곳에서 잘 발휘되고 있음을 보여준다. '외부'에 대한 '근본적 혐오' 때문에 그의 단편소설에서는 역사, 현실의 문제가 '집'이라는 공간을 통하여 '내밀화'되어 있다고 할 수 있다. 그의 전반기 단편소설들은 『전집』 1의 17/25이라는 다수로 자신의 고향인 서북지방의 풍물들을 그려내고 있으나 『전집』 2,3에서는 이러한 경향이 줄어들고 있으며 그의 전반기 단편 소설들은 약 50대 50정도로 도시 : 비도시(농촌, 산촌, 바닷가, 강가)로 그 배경설정을 하고 있어 그의 단편 소설들이 도시보다는 비도시를 택하고 있고 이 점이 토속적 서정적 문학세계를 이룬다는 기왕의 평가를 받게 된 원인 중의 중요한 점의 하나이다. 위와 같은 논점으로 『전집』 4-5(중편소설 「내일」 제외)에 수록되어 있는 단편 29편을 분석해 보면 '집'은 '집'인데 '술집'이 주요 무대로 등장하는 소설이 「모든 영광은」, 「안개구름끼다」, 「그래도 우리끼리는」 등 6편에 이른다. 특히 황순원이 자신의 오랜 단짝 친구였던 원응서에게 바친 「마지막 잔」이 술집이 주요 무대로 등장하는 대표적 단편에 해당한다. 4-5권에 있어서도 '공간 이동'의 경우에 '회상'으로 처리하는 방식은 『전집』 1-3에 수록된 단편들과 유사하다. 또한 도시와 비도시(농촌, 어촌 포함)의 비율도 16/29편으로 되어 있다. 다만 비도시의 경우 전집 1-3권에서 자주 등장하는 그의 고향인 서북지방이 등장하지 않는다는 변별성을 보이고 있다. 또한 29편 중 23편이 '외부(술집 포함)'에서 시작되고 있어서 『전집』 1-3권에 수록된 단편과는 다른 차이를 보이고 있다. 이런 점들은 주로 '집안'에서 '내밀화'되고 있던 역사 사회적 관심이 외부에 대한 개방적 태도로 바뀌고 있다는 차이점을 발견할 수 있다. 이런점은 그의 초기의 장편소설 『별과 같이 살다』, 『카인의 後裔』의 배경이 시골, 그 중에서도 서북지방을 배경으로 하고 있다가 『人間接木』 이후로 점차 그 배경이 변하고 있음과 궤를 같이 한다. 전반적으로 살펴보면 그가 전반기 단편과 장편에서 즐겨 사용하는 배경의 반은 농촌이나 산촌 등의 시골과 자신의 고향인 서북지방이다. 이런 점이 그의 소설에 나타난 서정성, 토속성이라고 할 수 있으며 시적 상태를 지향하는 소설이라는 평가를 받게 되는 중요한 원인 중의 하나라고 할 수가 있다. 또한 많은 소설들이 '집'이라는 공간 속에서 역사와 현실이 '내밀화'되어 있음을 알 수 있고, 이 '집'이라는 따뜻한 공간 속에서 사랑과 평화, 혹은 범생명주의 등이 압축되어 나타나고 있음을 알 수 있다. '고향'이라는 배경이 아득한 그리움과 함께 자주 등장하는 것도 시적이라 할 수 있다. 물론 이런 점은 작가적 영역의 확대와 함께 후기 단, 장편에서는 현실과 역사에 대한 직접적인 천착을 소재로 하는 영역으로 점차 확대되어 간다.

2. 후반기 단편소설

(1) 인물의 유형과 성격

소설은 서사적 구조를 갖는 이야기이기 때문에 어떤 사건을 다루지 않을 수 없다. 어떤 인물의 행위가 일정한 시간 속에서 이루어지고 그 행위가 어떤 의미를 가졌을 때 하나의 사건이라고 할 수 있다. 따라서 소설은 인물 창조가 그 핵심이다.[1] 루카치가 소설의 외적 형식은 본질적으로 주인물의 전기적 형식(biographische Form)이라고 주장한 것[2]은 인물의 중요성을 인식한 결과였다. 등장인물을 통해서 작가의 세계관내지 문학적 진실을 표출하게 된다. 소설에서 인물(character)에 치중치 않는 플롯(plot)은 탐정소설과 같은 수수께끼만을, 플롯을 무시하는 인물은 로맨틱한 밀실 드라마(closet drama)와 같은 회화의 연속을 보여줄 뿐이다.[3] 그런데 그 인물은 사회적 인간으로서의 삶을 영위하기 때문에 그가

---

1) William H. Gass는 작중인물이라는 요인이 소설에 있어 가장 핵심적인 것이라고 밝히고 있다. "바로 작중인물들은 소설 속의 모든 요소들이 근거를 두어야 하는 제1차적인 실체다." 소설에 등장하는 장소, 배경, 외적 요인들은 종합적으로 어떤 인물을 형성하는 장치에 불과하기 때문에 쉽게 잊어버리지만 그 인물은 오래 기억된다. 작중인물은 실제 인물과 거의 비슷한 매개체를 통해 기억되기는 하나 실제인물보다는 추상적인 매개체(관념, 사상 등등)에 더 많이 의존하는 경향을 지닌다. 그 인물은 눈, 코, 머리, 몸 등 신체적 조건을 갖추지 않고도 일정한 스토리를 통해 존재할 수 있다. 이러한 경우의 인물은 일정한 사상이나 감정의 그릇이라는 형태로 존재하는 것이라고 볼 수 있다. William H. Gass, 「The concept of characters in fiction」,3 *Issues in contemporay literary criticism*, ed. by Gregory T. Polletta(Little Brown and Company, 1973), p.708.
2) 게오르그 루카치, 『소설의 이론』, 반성완 역, 심설당, 1985, p.98.
3) William K. Wimsatt & Cleanth Brooks, *Literary Criticism*(Routledge & Kegan Paul, London, 1957), p.37.

속해 있는 허구적 세계, 즉 다른 인물들 및 사물들과 뗄 수 없는 관계를 맺고 있는 것이다.

등장인물은 독자가 창조적인 공범자가 되는 하나의 환상이다.[4] 함축적이든 직설적이든 그 개인들에 대한 행동과 반응에 대한 묘사와 더불어 텍스트 속의 다양한 기술들을 독자의 경험세계가 창조적으로 참여하여 통찰함으로써 어떤 환상을 만들어 낸 것이 등장인물이라 할 수 있다. 그러나 여기에는 독자들이 작중인물을 읽어 나갈 때 하나의 빙산 원리가 작용하고 있다는 것이 전제된다. 우리는 우리에게 제시된 그 증거가 필연적으로 제한된 자료선택이라는 점, 즉 그 인물의 나머지 인생에서 그 소설의 표면 밑에 훨씬 더 많은 자료들이 깔려 있다는 전제 위에서 움직이고 있다는 점이다.

등장인물에 속해 있는 관계의 網은 다른 등장인물, 사물(자연), 장소, 시간 등까지를 포함한다. 다른 사람과의 관계 속에서 자기 인식이 가능해지고, 내면세계의 감정(정념)이나 정신 상태를 자연풍경이나 사물에 전이시키거나 상호 치환하는 방법이 종종 쓰인다. 사물들은 인간의 의식이나 심리생활의 반영이 아니다. 그것들은 그저 거기에 있을 뿐이다. 그러나 거기에 인간중심주의적 감정이입이 이루어져 인간의 의식이나 심리가 투사되는 것이다. 장소는 인물의 형상화에 접근할 수 있는 여지를 마련해 준다. 시간의 문제 역시 인물과 분리되어 있는 것은 아니다. 일정한 시간 속에서의 인물의 행위가 서사적 사건을 이루는 기본 구도가 된다. 그러나 여기에는 시간이 배경으로서의 시간과 서사적 시간을 구별해야 할 것으로 보인다.

황순원 초기의 창작 장르는 주로 시와 단편소설들이었다. 그에게 있어

---

4) 마이클 J.툴란, 『서사론』(김병욱·오연희 공역, 형설출판사, 1993), p.134.

서 문학하는 행위는, 자신의 진술처럼, '자기 확인'의 길이었다. 그의 첫 창작집 『늪』(1940년 서울 한성도서에서 간행시의 표제는 『黃順元短篇集』이었다)에서 "시가 없어 뵈는 나 자신에 대해 소설로써 내게도 시가 있다는 확인을 해 보인 것"이라고 술회하고 있다.5) 그렇다면 황순원은 단편소설을 시처럼 써온 셈이다. 단편소설을 시처럼 쓴다는 것은 소설 속에 시적 서정성을 담아내고 있다는 것을 의미한다. 시와 단, 장편을 병행해서 쓰게 되는 어떤 필연성이 있느냐는 질문에 그는 "지극히 자연스런 내적 요구에 의해서"라고 대답하고 있다. 앞서 지적한 바와 같이 그는 '시적 근원'이라는 자신의 '예술혼'에 따라 시, 소설을 써왔다. 다만 그는 자기 자신의 시와 소설 양대 장르에 걸친 문학에 대해서 자평하기를 "작가는 제 능력과 분수, 혹은 자기 작품에 대해 알아야 돼요, 지금 생각해보면 그렇게 시를 쓸 바에야 소설을 쓰길 잘했지"6)라고 말하고 있다. 즉 자기 자신의 문학적 재능이 시보다는 소설 쪽에 있음을 알고 소설 쪽에 주력했다는 것이다. 그러나 그 이후에도 계속 시를 간간이나마 발표하고 있는 것을 보면 그가 시라는 장르를 완전히 버린 것이 아님을 알 수 있다.

"단편소설은 짧아야 하고, 독자의 마음을 처음부터 끝까지 흔들리지 않게 사로잡을 수 있는 일관성을 가져야 한다"7)는 일반론은 단편소설의 양식이 소설 장르 중에서 가장 시와 유사한 '유기적 전일체'로서의 구조적 특징을 가지고 있다는 점을 말한 것이다. 그의 단편소설이 시적 서정성과 구조를 갖는다는 점은 그의 단편소설을 연구하는데 하나의 열쇠가 될 수 있을 것이다.

---

5) 황순원, "자기 확인의 길", 조연현 편, 『작가수업』(수도문화사, 1951), 『황순원전집』12 (문학과지성사, 1985), pp.191-193.
6) 『문학사상』 1972, 2월호.
7) J.로렌스, "단편소설의 이론", C.E.메이 편(최상규 역), 『단편소설의 이론』(정음사, 1983), p.99.

이 장에서는 황순원 단편소설의 등장인물의 유형과 그 성격화의 방법, 그리고 인물의 특징을 살펴보고자 한다. 연구 대상은『전집』4-5권에 한정하고자 한다. 시기적으로는 1958년 이후의 단편에 해당한다. 황순원은 1953년부터 장편소설『카인의 後裔』를 발표하고, 이후 계속 장편을 창작함으로써 본격적으로 장편소설 작가로서의 면모를 여실하게 보여준다.[8] 이 무렵에 발표된 단편들은 삶의 총체성을 지향하는 장편소설의 창작 사이에 틈틈이 쓰여진 것이기 때문에 그의 초기의 단편소설들과는 달리 작가 자신의 일상적 체험을 폭넓게 수용하고 있다. 황순원의 시선이 대체로 장편소설에서는 현대적 도회적 세계에 집중되고 있는 반면, 단편소설에서는 고유한 토속적 세계이거나 자신의 일상적 체험의 영역에 집중되고 있다. 이러한 차이는 장르의 속성에 따른 차이이기도 하겠지만 단편을 시처럼 쓰고자하는 작가 자신의 고유한 창작태도에 기인한 것으로 보인다.

등장인물의 유형은 실제 인간의 유형과 다름이 없다. 그러나 등장인물이 실제인물과 거의 비슷한 매개체를 통해 독자의 표상에 결합하기는 하나 실제인물보다는 관념이나 사상 등의 추상적인 매개체에 더 많이 의존하는 경향이 있다. 그래서 등장인물은 신체적 조건을 갖추지 않고도 일정한 스토리를 통해 일정한 사상이나 감정의 그릇이라는 형태로 존재할 수도 있는 것이다.

텍스트에서 등장인물들은 언어적 구도의 중심점이다. 즉 그 스토리에서 그들은 - 한정에 의해 - 비언어적인 추상물, 또는 구조물들이다.

---

8) 황순원은『카인의 후예』를 1953년 9월부터『문예』에 5회까지 연재하다가 잡지의 폐간으로 다 발표하지 못했으나 이듬해 12월 중앙문화사에서 同名의 단행본으로 간행했다. 그는 이어『인간접목』(1957),『나무들 비탈에 서다』(1960),『일월』(1962-1964) 등을 발표했다. 그러나 최초의 장편소설은 1947년에 발표한『별과 같이 살다』이다.

비록 이 구조물들이 그 단어의 말뜻 그대로의 인간 존재인 것은 결코 아니지만, 부분적으로 그 독자들이 인간에 대해 품고 있는 생각에 근거하며 모형화된다는 점에서 그들은 인간과 비슷하다.[9]

실제로 소설 속에서의 등장인물은 작가나 독자가 실제 인간들에 대해 품고 있는 생각에 근거하여 부분적으로 모형화된다는 점에서 실제 인간보다 어느 한쪽이 생략되거나 과장되어 나타남으로써 왜곡되었다는 인상을 받게 되는 경우가 많다. 그러나 이런 경향이 예술의 본질적 속성과 결합할 때 데포르마시옹(deformation)의 기법과 만나게 되는 것이다.

심리학에서는 인간을 주관형과 객관형, 凝集型[10]과 力動型[11], 구체적 성향과 추상적 성향, 외향성과 내향성, 행동형과 사색형 등으로 나누고 있다. 생리적 현상이 심리적 현상을 좌우한다는 기질(humor)에 따라 膽汁質,[12] 憂鬱質,[13] 粘液質,[14] 多血質[15] 등으로 나누기도 한다. 또 니체는 『비극의 탄생』에서 유럽문화의 두 기둥을 아폴로적인 것과 니오니소스적인 것으로 나누면서 이를 인간 유형론에 적용해 볼 수 있는 가능성을 비추었다.

---

9) Rimmon-Kenan, S., Narrative Fiction : Contemporary Poetics, (London, Methuen, 1983), p.33.

10) 응집형이란 내면세계와 외계가 잘 조화되며 외계를 풍부하고도 공범위하게 수용해서 그 내용을 내면세계로 응집시키는 태도를 말한다.

11) 자기중심적여서 내면세계와 외부세계가 서로 조화되지 않고, 이때 내면세계는 외부세계를 자의적으로 구성하려 한다.

12) 담즙질은 솔직하면서도 강인한 성격적 특질을 보이며 이론적 능동적이기는 하나 쉽게 흥분하는 일면이 있다.

13) 우울질은 온순하고 부드러우며 게다가 세심하면서 사변적인 특질을 보이면서 쉽게 흥분하지 않는다.

14) 점액질은 외부로부터의 자극을 받아들이는 데 민활하지 못하며 이에 따라 흥분은 쉽게 하지 않으나 매사에 의욕과 활기가 부족하다.

15) 대체로 점액질과 반대되는 성질.

로버트 쇼울즈(Robert Scholes)와 로버트 켈록(R.Kellogg)은 인물의
기능에 따라 미학적 인물, 설명적 인물, 모방적 인물 등으로 나누고 있
다.16) 미학적 인물은 '惡漢', '어수룩한 사람', '끄나풀(ficelle)', '합창대
인물들', '메신져(nuntii)' 등과 같이 형식적 패턴이나 극적인 충격을 창조
하는 역할을 한다. 이들에게는 내적인 깊이나 도덕적 의의는 거의 없다.
반면에 설명적 인물은 고전적 도덕적 관점의 지배를 받는 작품에서 주요
한 인물이다. 설명적 작중인물은 인간의 형태를 하고 있는 개념(concept)
이거나 완전한 인간처럼 가장하고 있는 인간정신(psyche)의 단편이다.
그러므로 우리는 그들이 완전한 인간인 것처럼 그들의 동기를 이해할
것이 아니라, 서사라고 하는 구성물 속에서 그들이 행동으로 설명하고
있는 원리들을 이해해야 한다. 또 모방적 인물은 추상이나 일반화를 거부
하고 그들의 동기를 엄격하게 윤리적으로 해석할 수 없는, 고도로 개별화
된 인물이다. 실제적 인간과 같은 있는 그대로의 모습을 보여주는 인물이
다. 따라서 이 인물에게는 그들의 동기를 묻고 이해할 수 있다.

이것은 소설의 일차적 가치가 經驗의 再現과 解釋, 그리고 美的 定型
化를 주안점으로 해서 모방적 가치와 주제적 가치, 그리고 형식적 가치로
분류되는 것과 상관관계를 갖는다. 미학적 인물은 형식적 가치와 상응하
고, 설명적 인물은 주제적 가치와 상응하며, 모방적 인물은 경험의 재현
에 의한 모방적 가치에 상응한다. 사실적 소설에는 미학적 인물과 설명적
인물이 있고, 중심인물 속에는 흔히 설명적 기능과 모방적 기능과 미학적
기능이 혼합되어 있고, 그 세 가지 사이에 긴장관계가 있다. 그러나 심리
적 리얼리즘의 소설에서는 주요 인물들이, 그 복합성이 그들에게 주어진
도덕적 상징적 의미의 한계를 벗어나는, 모방적 초상으로서 존재한다.

---

16) Robert Scholes & Robert Kellogg, *The Nature of Narrative* (New York,
   Oxford Univ. Press, 1971), pp.87-101. 참조.

이러한 인물들의 형식이나 주제적 관심이 거의 없는 인물 구성의 여러 국면들은, 우리가 그것들을 작중인물의 내적 존재의 표현이나 작중인물 자체를 드러내기 위해 작가가 그 성격을 開示하는 것으로서 볼 때에는, 매우 중요한 의미를 갖게 된다.17)

등장인물을 유형화를 위해서는 그 인물의 '행동(action)의 크기'와 인물이 소개되는 양식에 대해 구체적으로 논의해야 할 것이다. 행동의 크기를 분석하는 것은 그 인물이 소설 속에서 차지하고 있는 비중을 파악할 수 있기 때문이다.

한 작품 속에 드러나는 주요 인물들의 행동의 크기를 분석하는 데는 엘더 올슨(Elder Olson)이 제공한 용어들18)이 유용하다.

a) '발언(speech)' : 하나의 폐색된 상황 속에서 하나의 작중인물의 연속적인 구두 발화(verbal utterance)를 포함한다. 발언자는 아무 방해도 받지 않고 자신에게 이야기를 하고 있거나(soliloquy), 그 자리에 타인이 있을 경우라도 그들은 그가 이야기하는 동안에 대꾸를 하지 않을 뿐만 아니라 등장이나 퇴장을 하지 않는다 (monologue). 이것은 보통 서정시라 불리우는 대부분의 단시에서 나타나는 종류의 행동이다.

b) '장면(scene)' : 어떤 폐색된 상황에서 두 사람 또는 그 이상의 발언자들이 상호 응답함으로써 발생하는 일련의 연쇄적인 발화 (dialogue)를 포함한다.

c) '에피소드(episode)' : 주로 사건을 중심으로 하는 두 개 또는 그

---

17) Bernard J.Paris, *A Psychological Approach to Fiction* (Bloomington, Indiana Univ.Press, 1974), pp.1-27. 참조.
18) Elder Olson, "An Outline of Poetic Theory", *Critics and Criticism*, pp.546-566, 특히 p.560.

이상의 장면을 포함한다.

　　d) '플롯(plot)' : 두 개 또는 그 이상의 에피소드가 조직화된 것이다.

또 소설의 인물은 1) 자기 자신에 의해서, 2) 다른 인물에 의해서, 3) 이야기 속에 등장하지 않는 화자에 의해서, 4) 자기 자신과 다른 인물과 화자 등 혼합된 방법에 의해서 독자에게 소개된다.

황순원 소설을 보다 효과적으로 이해하기 위한 수단으로서의 인물유형은 주인물과 부인물, 평면적 인물과 입체적 인물, 미학적 인물과 설명적 인물과 모방적 인물 등의 유형화가 필요한데 이는 황순원 단편에 등장하는 인물의 보편성과 특성을 찾아내기 위한 방법의 하나이다.

『전집』 4-5권의 40편 중 콩트에 해당하는 5편과 중편소설 「내일」을 제외한 34편의 단편소설을 화자, 주인물, 부인물, 전체행동의 크기, 인물이 소개되는 양식으로 분석, 도식화해보면 부록의 <자료 6>과 같다.

(2) 1인칭 등장인물의 특징

부록의 <자료 6>에서 보이는 바와 같이 황순원전집 4·5권의 단편 34편 중 1인칭 서사적 화자로서 '나'가 등장인물(주인물 8편, 부인물 7편)로 나오는 것이 모두 15편이나 된다. 그 중 내포적 작가로서가 아니라 인간 황순원으로 짐작되는 '나'가 등장인물로 나오는 것은 9편, 허구적 화자나 작중인물로서의 '나'가 등장인물로 나오는 것은 6편이다. 이것을 도표화하면 다음과 같다.

	주 인 물	부 인 물
황순원으로서의 '나'	<그래도 우리끼리는>, <비늘>, <소리 그림자>, <마지막 잔 - 원응서 형에게>, <땅울림> (이상 5편)	<모든 영광은>, <안개구름끼다>, <할아버지가 있는 데쌍>, <내고향 사람들> (이상 4편)
허구적 인물로서의 '나'	<링반데룽>, <자연>, <숫자풀이> (이상 3편)	<가랑비>, <조그만 섬마을에서>, <차라리 내 목을> (이상 3편)

엄밀한 의미에서 황순원으로 짐작되는 '나'도 허구적 인물일 수밖에 없다. 또한 허구적 인물로서의 '나' 역시 작가인 황순원의 정신적 실체나 세계관을 반영하고 있거나 강하게 투사되어 있는 것도 사실이다. 그러나 그의 소설에 나오는 '나'는 황순원 실제 삶의 편린들을 아주 많이 보여주고 있다는 점에서 특색을 보인다. 그래서 등장인물로서의 '나'는 실제 작가적 삶의 모습으로서의 '나'와 허구적 인물로서의 '나'로 구별하는 것이 바람직할 것이다. 주인물로 나오는 경우 전자는 황순원의 실제적 삶의 과정에서 생활 속의 미묘한 감정의 내밀스러움을 보여주고, 후자는 작가의 이상적인 자아상을 보여준다, 또 부인물로 나오는 경우에는 전자는 '나'가 단순한 관찰자의 위치에 머무는 것이 아니라 그리고자 하는 사건의 중심에서 자신의 삶의 과정과 주인물의 행위가 주는 의미를 직조하면서 같이 사건을 해결하거나 반성적 인식을 갖게 되고(이 때문에 주인물이 불분명해지는 경우가 허다하다), 후자는 모두 액자소설의 형식을 보이는데 '나'가 일상생활 속에서 발견한 착한 사람들의 인간미나 직관적 깨달음을 보여준다(그러나 후자에는 '나'의 이야기가 끼어들지 않는다). 그렇다면 그는 주로 자신의 삶이나 주변적인 이야기를 소설화하고 있음을 알게 된다.

먼저 그의 소설 속에 등장하는 황순원으로서의 '나'가 추구하는 지향점을 밝혀볼 필요가 있다. '나'는 집안 선조들에 대한 자긍심 외경심이 대단하다. 1959년『사상계』에 발표시 원제목이 「데쌍」인 「할아버지가 있는 데쌍」은 1947년『문학』에 발표한 「아버지」와 함께 황순원의 선조에 대한 정신적 태도를 여실하게 보여준다. 여기에서의 '나'는 허구적인 요소가 거의 개입되지 않고 있다. 황순원이 "불초 손은 일찍이 졸작「기러기」와 「황노인」 등 몇 작품에서 이 할아버지의 편모를 데포메이션하여 그린 일이 있지만은 어디까지나 의지가 굳고 곧으신 어른이었다"[19]고 언급한 점에서 더욱 분명해진다. 이 작품은 일명 黃固執이라 불리우는 執庵 黃順承(황순원의 8대조)과 그의 손자 黃念祖, 그리고 황순원의 할아버지를 그리고 있는데, 이들을 소설화하기 위해서 자료수집과 구상의 과정인 메타픽션적 요소, 즉 김동리에게 빌린 장지연 편의『逸士遺事』에 기록된 사실을 인용하거나 박종화에게 자문을 구하는 과정을 상세히 보여주고 있다. 여기에서 나타난 선조들의 면모는 '의지가 굳고 곧으신 어른'으로 요약될 수 있다. 또한 '나'의 아버지는 '늙으실수록 아름다와지는 유의 남자'(「아버지」)로 그려지는데, '나'가 아버지에게서 발견한 것은 정직하게 살려는 강인한 의지력이라고 할 수 있다.

이런 유전적 형질을 지닌 '나'는 매사에 소극적이고 '본디 주변머리 없고 소심쟁이여서 남 앞에 나서기를 꺼려하고 항상 무엇엔가 쫓기고 있는 듯한 심정에 사로잡혀 있는 위인'이다.[20] 그래서 어떤 일을 이성적 힘으로 해결하려는 의지를 보이기보다는 다른 어떤 매개체(특히 술)나 계기를 통해 인간의 존재론적 모순을 해결하려고 한다. 따라서 '나'는 머리로 사고하고 행동하기보다는 가슴으로 느끼고 인간의 내면세계에 숨어 있는 순수하고 아름다운 인간미를 옹호하려는 경향을 강하게 보인다.

---

19) 『전집』4, p.117.
20) 「그래도 우리끼리는」, 『전집』4, p.157.

‘나’의 애주론은 자기변명처럼 들리기도 하지만 오히려 인간의 잠재적 아름다움을 옹호하려는 곳에 놓인다는 점에서 좀 유별난 데가 없지 않다. ‘나’가 술을 좋아하는 것은 다음과 같은 윌리엄 제임스의 신비주의라는 글 속에 그 이유가 숨어 있다. “알콜은 그 숭배자를 사물의 냉랭한 외각지대로부터 사물의 찬란한 핵심으로 이끌어 준다. 그리고 술 취한 동안 그로 하여금 진리와 일체가 되게 한다.”21) 그래서 ‘나’는 태평양전쟁 말기에는 배급 정종 한 홉을 마시기 위해 줄을 서고, 한 잔 더 얻어 마시기 위해 사람이 덜 서 있는 다른 술집으로 달려가는 ‘추접스런 꼴’을 해야 했고, 이후 술을 ‘끈덕지게도 매일같이 마셔’왔다. 어려운 시국에도 줄곧 술을 마시는 행위는 ‘어떻게든 살아야지, 죽지 말고 살아야지’하는 마음을 다잡을 수 있는 생명수 역할을 해왔다. 인간사의 모든 일은 ‘술의 신의 소관’이라는 운명론적인 인식구조를 갖기에 이른다. ‘나’ 자신이 절주하려 했다가 버스 교통사고를 당하고, 미국 핵잠수함이 해저에서 폭발하여 129명이 실종되었는데 술을 과음한 사병 두 명이 승선하지 못해 화를 면한 것 등은 다분히 운명론적인 신비주의가 내재되어 있다.

예술의 신은 단순하다. 모든 것을 제쳐놓고 자기만을 위해 달라고 한다. 마음이 좁은 계집 같다. 질투가 심하다. 자기를 푸대접은 고사하고 딴데 한눈만 파는 눈치를 보아도 싹 돌아서고 만다. 그리고는 담을 쌓고 이쪽이 어떻게 되든 아랑곳도 않는다. 잔인하기 이를데 없다. 그런데 술의 신은 좀 유가 다르다. 상당히 복잡한 성격의 소유자이다. 자기의 수많은 추종자를 정신병이나 자살 직전에서 건져내주는 은덕을 베푼다. 그러다가 자기를 버리고 가는 자가 있어도 고이 보내준다. 그런가 하면 자기를 좋아하는 적잖은 사람들에게 횡포성을 일으키게

---

21) 앞책, pp.162-163.

하기도 하고 심지어는 입을 비뚤어지게 하고 팔다리를 못쓰는 병신을 만들어 놓기도 한다. 좀 짓궂은 데가 없지 않다. (『전집』4, p.158)

술의 신이 베풀어준 '은덕'에 공감하기 때문에 금주하기 위해 'ALCOLBING'을 준비해 두고도 '한 알도 줄지 않고' 정송강의 묘에서 정철의 「장진주사」를 권주가 삼아 술을 즐기는 것이다. 그런데 여기서 우리가 주목해야 할 것은 화자이자 주인물인 '나'가 정송강과 정신적 기질적 유대감을 확보하려 한다는 점이다.

......그런데 과연 송강이 선조임금의 분부대로 꼭꼭 석 잔 술만 마셨을까. 기분에 따라서는 그 이상도 마시지 않았을까. 물론 석 잔을 다 마시고도 지금 자기가 마신 것이 두 잔째지 하고 한 잔을 더 마시는 그런 소인의 옹졸한 행위는 취하지 않았을 것이다. 그저 마음 속으로 임금께, 죄송하오이다, 하고는 다섯 잔이고 일곱 잔이고 마시는 날도 있지 않았을까. 옛 기록에 보면 송강의 성격이 협애하다는 평을 들을 만큼 강직했던 모양이나 한편 기분을 쫓는 이토록 약한 구석도 있었던 게 아닐까. 그럼으로 해서 권주가를 비롯해 관동별곡이며 사미인곡이며 성산별곡이며 그밖의 여러 귀중한 작품들을 낳을 수 있는 게 아닐까. 이런 망상에 지나지 않는 생각을 하며 은배를 두 손에 받들고 있느라니 좌우 만산의 진달래꽃이 잔 듬뿍이 와 담기는 것 같았다.
(「그래도 우리끼리는」, 『전집』4, pp.166-167)

작가인 '나'는 '본시 우유부단한 소인'이나 정직하고 강직한 성격을 지니고 있고, 정철과 같이 '기분을 쫓는 이토록 약한 구석'을 지니고 있기 때문에 정철과 같이 자신도 '귀중한 작품'을 쓸 수 있다는 것을 우회적인 방법으로 보여주고 있다. 따라서 '지지리도 의지가 박약'하여 '타력에 의

지하지 않고 자신의 결심만으로는 어쩌지 못하는' 성격 때문에 금주에 대한 약을 사놓고도 실행에 옮기지 못하는 '졸장부'임을 한탄하고 있는 것처럼 보이지만, 실제로는 역설적이게도 이러한 성격이 자신을 작가일 수 있게 하는 원동력임을 믿고 이를 강변하는 것이다. 더구나 술이 '나'에게는 작가적 상상력을 유발하는 매개체이기도 하다.

> 이렇게 술잔을 앞에 놓고 있느라면 내 몸 속에서는 인제 내가 쓰려고 하는 작품의 어느 막혔던 대목이 강물 흐르듯이 자연스럽게 풀리고 거기 나오는 인물들은 하나하나 산 사람의 체온을 갖고 제각기의 생김새며 말투며 걸음걸이로 움직이는 것이다. 나는 이들과 함께 어떤 사건을 두고 같이 생각하기도 하고, 때로는 같이 웃고 노하기도 하고, 또는 서로 초조해 하고 불안해 하기도 한다. 이런 때 나는 얼마든지 마음이 풍성해지는 것이다.　　　　　(「모든 영광은」, 『전집』 4, p.23)

그러나 작가이면서 등장인물인 '나'는 머리 좋고 재주 있는 작가이기보다는 먼저 인간적인 사람이기를 갈망한다. 「모든 영광은」은 이러한 면모를 여실하게 보여준다. 인간의 성본능과 생명의 신비를 기저로 '가엾도록 착한 사내'의 이야기를 담은 이 단편은 '나'의 지향점이 어디를 향하고 있는가를 극명하게 보여주는 좋은 예이다.

> 내가 만일 이 사내 이야기를 소설로 쓴다면 그 결말을 결혼으로 끝마치지는 않았을지 모른다. 그러나 나는 이 사내를 내 소설의 주인공으로서가 아니라 현실의 한 인간으로 대하고 싶었다.
> 　　　　　　　　　　　　　　　　　　　　　　(『전집』 4, pp.46-47)

이 작품은 주인물이 '사내'인 것처럼 보이지만 다른 관점에서 보면 관찰자적 화자인 '나'도 주인물이 될 수 있을 것처럼 보인다. 여기서 '나'는 다른 1인칭 소설에서와 마찬가지로 단순한 관찰자에만 머물지 않고, 다루는 사건의 중심에서 작중인물의 갈등과 분규를 해결하는데 어떤 도움을 주고자 하거나, 중심 사건과는 직접 관련이 없는 자신의 삶 속에서 자신의 어떤 관점을 관철시키려고 하기 때문이다.

　'나'는 원고와 씨름하고 난 후 피로해진 심신을 술로 풀곤하던 단골 술집에서 어떤 사내를 만나게 된다. 그 사내는 인천에 있는 중학교 선생이었으나 6·25 때 '꽤 가까이 지내는' 친구인 동료 선생에게 밀고를 당해 인민군에게 끌려가 유치장에 갇혀 있다가 유엔군 인천 상륙 때 사리원 근방에서 탈출, 집에 가보니 병든 아내와 갓난애가 죽어 있었다. 그는 이에 대한 보복으로 1·4후퇴 때 그 친구를 밀고했고 그 결과 '기껏해야 지금 감옥살이를 하구 있을 줄 알고 있었던 것'인데 그의 부인이 찾아옴으로 해서 그가 즉결처분을 받아 죽었을 것이라는 믿음이 생기자 자책에서 벗어나지 못한다. 그가 가리킨 사내의 뒤통수는 그 사내의 것이 틀림없으나 그 자신의 뒤통수를 가리킨 사람이 그 사내라고 단정할 수 없기 때문이었다. 그는 그 '뒤통수의 환영을 감당하지 못해' 학교를 그만두고 배다리시장에서 과자나부랑이를 팔아 연명하는 '꼭 거지꼴'의 친구 아내와 어린 두 남매를 데리고 서울로 와서 장사를 시작했다. 처음에는 오직 자신이 부양해야 하는 의무감과 죄의식에서 한방에 기거하면서도 '남성이란 입장에서' 친구 부인을 바라본 적이 없었지만 4·5년이 흐른 후 '세월의 힘'에 의해 지난날의 악몽과도 같은 기억이 흐려지면서 '남성이란 놈이 머리를 들기 시작'하여 고뇌하게 되고 이를 술로 잊고자 한다. 성욕의 배설을 위해 양동(창녀촌)에 갔으나 자신이 불구임을 알고 기뻐하기도 하지만 다시 양동에서 남성이 재생됨을 기뻐하기도 하는 반대 감정이 양립되어 있다. 여기서 '나'는 '이름조차 모르는 사내'의 이야기와 행

동을 지켜보면서 이토록 고민하고 있는 그에게서 '안타까우면서도 어떤
인간적인 친밀감'을 느끼게 된다. 그러면서 '나'는 그의 인간애와 자연스
런 성본능의 회복을 '마치 막혔던 지하수가 바위틈을 적시며 번져 나오듯
이 그의 숨죽였던 생명의 한줄기가 밀폐된 육체의 틈바구니를 비집고
숨쉬기 시작'했다고 느끼면서 이를 흡족해 하고 축복하고 있는 것이다.
그래서 '나'는 어떤 계기가 없어서 이 두 남녀가 결합하지 못하는 것을
안타까워하면서 그가 '새로운 생활'을 영위할 수 있도록 '후행'을 서주는
친절을 보인다. 이 단편의 대단원은 다음과 같이 맺어져 있다.

> 나는 이 광경(그가 눈을 움켜 얼굴과 성기를 문질러 닦는 행위 :
> 필자)을 바라보는 동안 갑자기 어떤 아지못할 즐거움이 가슴에 충만
> 해옴을 느꼈다. 그리고 나는 이 가슴에 충만해진 즐거움을 전신에 골
> 고루 퍼지기라도 하려는 듯이 몸을 몇 번이고 전후좌우로 흔들었다.
> 그러면서 혼잣속으로 중얼거렸다. 모든 영광을 술에게, 그리고 모든
> 영광은 오늘밤 이렇게 파닥거리며 그러나 결국은 조용히 내려쌓이는
> 눈에게, 그리고 다시 모든 영광은 지금 새로운 생활을 향해 어두운
> 계단 위에서 저렇듯 자기 신체의 한 부분을 닦달질하고 있는 저 가엾
> 도록 착한 한 사람의 사내에게.   (『전집』 4, p.48)

'나'는 그 사내를 '소설의 주인공으로서가 아니라 현실의 한 인간', 즉
생명력이 꿈틀대는 인간다운 한 사람으로 대하고 있다. 이 인용문에서는
화자의 겸손을 읽을 수 있지만 역설적이게도 결국은 모든 영광이 그것을
깨닫는 화자 자신에 있음을 강변한 것으로 이해된다. 이처럼 인간의 내면
에 숨어 있는 본능적 아름다움은 황순원의 단편소설에서 보편적으로 발
견할 수 있다. 「사나이」(1954), 「두메」(1956), 「산」(1956), 「그물을 거둔
자리」(1977), 「나의 죽부인전」(1985) 등이 그것이다.

이같은 인간의 내밀한 아름다움과 순수성에 대한 동경과 옹호는 '나'가 다분히 신비주의적 운명론적 사고를 내포하고 있음을 보여준다. 「조그만 섬마을에서」는 화자인 '나'가 주막집 아주머니의 말("그날 밤 자아부지가 나를 홀케 낸 것은 실상은 나를 부른 것이 아니고 그때 뱃속에 든 자를 바다로 홀케냈다는 생각")에 '흠칫' 놀라고 깊이 공감하면서 부자간에 운명적인 힘으로 맺어진 핏줄의 깊이를 보여주고 있다. 「소리 그림자」에서는 '나'가 '성일이'의 그림을 보고 교회장로로 인해 꼽추가 된 종지기의 아들 '성알'이 꼽추가 된 울분을 연소시키면서 살아온 게 아니라 즐거움으로 살았을 것이라는 깨달음에서 40년 전 천진한 웃음을 나눠가질 수 있었음을 보여주고 있다. 「마지막 잔」에서 '나'는 원응서가 '운명할 때 고통 없이 죽게 해달라는 기원'으로써 마지막 잔을 비워왔음을 '불현듯' 깨닫고 '원이 타계한 뒤 언제 어디서 술을 마시건 마지막 잔은 원에게 부어주는' 인간미를 보여준다. 그러나 '나'가 원응서를 '그토록 괴롭혀 온 모든 것들을 되새김'하기 위해 마지막 잔을 그에게 부어주고, 그가 그를 괴롭힌 현실의 버거움 때문에 죽을 때만이라도 고통 없이 해달라는 기원으로써 마지막 잔을 먹을 만큼 고통스런 현실에 대해 '나'는 '새삼 통분'을 느끼지만, 그 고통스런 현실은 어디에도 나타나지 않고 있다.

황순원의 단편소설에는 사회적 현실이 나타나지 않고 오직 등장인물의 의식 속에 투영된 사회적 현실의 편린들만 보여진다. 「내 고향 사람들」에서도 '나'의 눈에 비친 김구장의 인간미가 태평양전쟁에 아들을 학도병으로 보내고 전락해가는 과정 속에 보여지고 있지만, 일제의 전쟁이 주는 폐해나 사회적 현실은 직접 드러나지 않고 김구장이라는 인물의 전락과정으로 간접화되어 있다.

다음으로 허구적 등장인물로서의 '나'의 지향점을 살펴보자. 「링반데룽」, 「가랑비」, 「내일」, 「자연」, 「숫자풀이」 등은 실제적 인물로서의 '나'

가 등장하는 단편들과는 달리 황순원의 삶의 편린들이 거세된 반면 황순원의 이상적 자아가 강하게 투사되어 있다.

「링반데룽」은 인간과 인간 사이의 정신적 접점을 모색하는 단편이다. 환상방황을 의미하는 등산용어로 '링반데룽'은 '실은 자신도 모르는 착각에 의해 어떤 지점을 중심한 둘레를 빙빙 돌기 일쑤인 것'을 말한다. '나'는 공수병에 걸려 누워 있는 친구를 병문안하여 친구에게서 환상방황을 떠올리며, '나'와 설희의 관계에서 '나'는 언제나 '제삼자적 방관자'에 머물므로 해서 설희와 환상방황을 거듭해 왔다는 깨달음을 보여준다. 그래서 '나'는 '그것이 비록 그네의 말대로 이쪽의 어떤 파멸을 의미한다 할지라도' '이번만은 꼭 맞는 시간에 설희와 엇갈리지 않을 접점을 가져야 한다는 것을' 생각하는 것이다. 결국 '나'는 인간과 인간 사이의 정신적 교감이 가능한 공유하는 삶을 갈망하는 것이다. 그것이 어떤 대가를 치르더라도.

인간 사이의 정신적 접점을 중시하는 태도는 생명 존중의 휴머니즘으로 이어진다. 「가랑비」에서 겉액자의 '나'와 속액자의 전투경찰인 '그' 사이에 어떤 정신적 접점이 이루어지고 있다. 경찰가족이라는 이유 하나로 산사람들에게 그의 아내와 어린 자식이 죽음을 당하자 그에 대한 보복으로 산사람과 내통한 젊은 아낙네와 아이를 본보기로 즉결처분하려고 하나 '빗속에 조그만 손을 내저으며 벙글거리는 것' 때문에 총을 헛쏘고 경찰을 그만두었다는 '마흔이 바라뵈는 복덕방 집주름 사내'의 이야기는 마지막 겉액자의 화자인 '나'와의 대화를 통해 생명존중의 휴머니즘과 인간 감정의 내밀한 신비감으로 상승작용하고 있는 것이다.

「자연」은 인간이 인위적인 조작을 가하지 않는 있는 그대로의 자연스러움에서 참된 아름다움을 발견할 수 있고, 이것을 함께 공유할 수 있을 때 행복을 느낀다는 사실을 보여주고 있다. 여기서 '나'는 어머니의 몸냄새에 대해 유전적이며 본능적인 무의식을 형성하고 있다. 그래서 여자의 몸냄새만 맡으면 천식 발작을 일으킨다. '나'는 공원에서 '너'를 애무할 때 천식 발작을 일으키고, '결국 너와 나 사이의 문제는 네 몸에서 풍기는 냄새에 있는 것이 아니고, 내가 얼마나 절대적인 것으로 너를 받아들이는가 어떤가에 달려있는 것'이란 점을 깨닫고 있는데 '너'는 보름 동안을 헛보내면서 겨드랑이 냄새제거 수술을 함으로써 어머니와 같은 냄새가 없어졌기 때문에 오히려 '어떤 탈진감에 잠기면서 내 남성이 위축'되고 '보름이나 그 이상의 시간을 헛보내게 되는지 모른다는 생각'에 짓눌리게 된다. 이것은 유전적이며 본능적인 무의식에 따라 자연스러움 그 자체 속에 인간의 내밀한 아름다움이 숨어 있다는 인식의 표현이며, 이것을 절대적인 것으로 받아들이는 자세가 인간다움이라는 것이다.

「숫자풀이」는 행동성이 결핍된 젊은이인 '나'의 분열된 의식세계를 보여주고 있다. '나'의 정신분열을 가져온 원인이 4·19에 있다는 것을 간접적으로 보여주긴 했으나 구체적이지 않다. 4·19 때 죽음에 대한 강박관념에서 행동하지 못하고 방구석에 처박혀 있었던 것에 대한 부끄러움과 강박관념이 '나'의 자폐적 삶을 영위하도록 하였다. '나'가 '검은 손님'(죽음)에 대한 두려움에서 벗어났을 때 정신분열의 증상은 표면화된다. 그러한 에피소드 하나는 대학 4학년 때 술집에서 같은 학교 운동선수들에게 술을 뿌리고 주전자를 집어던지는 행위로 나타나고 그 결과 턱을 얻어맞고 경찰서에 끌려감으로써 오히려 후련함을 느끼게 된 것이다. 또 숫자 6과 9를 혼동하여 1960. 4. 19를 1690. 4. 16으로 인식하고 회사에서도 6과 9를 바로잡아 쓰다가 회사를 쉬게 된다. 다른 하나는 예닐곱살 난 계집애와 사내애의 싸움에서 힌트를 얻어 자꾸 지나치는 젊은 여자의 저고리 고름과 치마 여민 곳을 잡아채고 뛰기 시작하다가 쇼윈도우 마네킹의 유방에 둘린 브래지어 사이에 자신의 얼굴이 보이자 '저 얼굴' 하고 그 얼굴을 들이받고 상처를 입을 때 오히려 온 몸과 마음이 시원해짐을 느낀다. 행동성 결핍에 대한 강박관념이 죽음에 대한 두려움에서 해방되었을 때 무모한 행동으로 표출된 것이다. 이러한 행동결핍에 대한 컴플렉스는 「온기있는 파편」에서도 나타나는데, 이것은 인간과 인간 사이의 정신적 교감과 공유하는 삶을 갈망하는 의식구조가 확대되면서 개인주의자들의 집단운명에 대한 죄의식에서 유래된 것으로 보인다.

이상에서 살펴본 1인칭 등장인물인 '나'는『전집』3 · 4권 35편 중 16편(46%)에 보이고, 이중 황순원 자신의 일상적 생활이나 삶의 모습이 직접 투영된 것은 16편 중 9편(56%)이다. 3인칭 소설도 대부분 황순원의 삶의 편린이나 주변적 삶이 나타나고 있다. 그만큼 그의 소설은 자신의 삶의 체험에서 한 걸음도 벗어나 있지 않다고 보아야 할 것이다. 이런 경향은 그 소설이 보여주고자 하는 주제와 긴밀한 연관을 갖기 때문이다. 다시 말하면 인간의 이성적 사유나 대의명분 또는 사상을 통해 인간이 특수한 역사적 현실 상황 속에서 어떻게 살 것인가를 보여주기보다는 보편적 인간의 존재 이유와 인생의 무궁함 또는 '인간 감정의 헤아릴 길 없는 내밀스러움' 등에 대한 깨달음을 보여주려고 하기 때문이다.

이런 인생의 무궁함이나 깨달음을 문제삼고 있기 때문에 '나'는 포스터가 말한 평면적 인물일 수 없고, 복합적이고 다면적인 입체적 인물일 수밖에 없다. '나'는 대체로 소심하고 우유부단하지만 정직하면서도 강직한 인물이다. 또 인간 감정의 내밀스런 신비함과 건강한 본능적 생명력을 믿는 낭만주의자이자, 인간적 신뢰를 정신구조로 하는 개인주의적 다원주의자이기도 하다. 그래서 '나'가 주목하는 것은 일상적 삶 속에서의 모든 인간들의 비밀스러운 감정과 의식의 변화이고, 이것을 깨닫는 데서 오는 존재론적 인간의 완성이다. 그러므로 '나'에게는 다른 인물과의 대립과 갈등이 문제되는 것이 아니라 인생의 무궁함을 깨닫게 하는 인물의 발견이나 화해의 가능성만이 문제되는 것이다. 이러한 인물들 간의 갈등과 대립이 거의 드러나지 않는다는 것이 황순원 소설의 한 특징이기도 하다. 이것이 그의 소설에는 서사구조가 빈약하다는 평을 받게 된 이유 중의 하나일 것이다.

(3) 3인칭 등장인물의 특징

황순원의 글쓰기 태도가 '유능한 작가라면 우연히 버스 안에서 마주앉게 된 사람 하나를 관찰함으로써 한편의 소설을 만들어 낼 수 있는 것'[22]에 있고, 그의 관심의 초점이 사건이나 상황 자체보다는 그 사건이나 상황 속에 놓여 있는 인간 자체에 있었다고 한다면, 그가 그린 등장인물은 자신이나 주변적인 사람들일 수밖에 없고, 그들은 사건을 이끌어 선도하거나 상황을 해결하는 능동적인 인물이라기보다는 주어진 사건과 상황에 따라 그들 개개인의 의식세계와 삶의 태도가 변화되는 수동적 인물일 수밖에 없을 것이다. 김병익의 지적처럼 그가 '어떤 상황 또는 사건에 자신을 投企하지 않는 소심함'에서 '사상이나 이념의 직접적인 표출과 감정흥분의 치열한 폭발을 억제'하고, '세심하면서도 주관을 개입시키지 않는 묘사'를 통해 획득한 匠人美學[23]은 개인주의적 다원주의와 인간에 대한 신뢰·애정이 '육체화'됨으로써 가능할 수 있었다. 따라서 3인칭 소설의 등장인물도 1인칭 소설의 등장인물처럼 '인간감정의 헤아릴 길 없는 내밀스러움'을 보여주고 있다.

이러한 내밀스러움은 예측할 수 없는 행동을 유발하게 한다. 「온기 있는 파편」에서 창녀인 여자가 4·19 때 총에 맞은 준오을 구해준 것이나, 「너와 나만의 시간」에서 1·4후퇴 무렵 어떤 창녀가 '외국군인 세

---

22) 「할아버지가 있는 데쌍」, 『전집』4, p.107.
23) 김병익, "순수문학과 그 역사성", 『전집』12, p.26.

녀석에게 쫓겨 들어오는 한 소녀를 뒷문으로 빠져나가게 한 후, 대신 그 일을 당한 일'은 다분히 인간 감정의 내밀스러움에서 오는 본능적이고 상황적인 행동이다. 표면적으로 이런 일은 의리나 도덕적 덕목의 윤리적인 일로 해석할 수 있지만 모든 인간이 가지고 있는 성선설적인 본능으로 소설 속에서 처리되고 있다. 그것은 모든 인간은 본능적으로 순수함을 지니고 있고 모든 생명체에 대해서 기본적으로 아끼고 사랑하는 근본정신을 가지고 있다는 전제에서 출발한다.

> 그네는 어둠 속에서 담배를 붙여물더니, 글쎄요 그런 일이란 하려구 해서 되는 건 아녜요. 그때 난 나두 모르게 그 소녈 대신했던 것뿐예요, 사람이란 뜻않았던 일에 부닥치면 뒤에 생각해서 어떻게 자기가 그런 일을 했는지두 모를 일을 하는 수가 있잖아요, 그때 내가 그 소녈 대신한 것두 그거예요, 혹시 다음에 같은 경울 당한다구 해두 내가 어떻게 할는지는 나 자신두 몰라요, 경우에 따라서는 그렇게 할 거구, 경우에 따라서는 또 그렇게 하지 않을 거구.
>
> (「너와 나만의 시간」, 『전집』, p.65)

따라서 이런 감정의 내밀스러움에서 나오는 행동은 그 상황 속에서 마땅히 그래야 한다는 보편적 윤리관이나 상황논리를 뛰어넘는 것이다. 그래서 「너와 나만의 시간」에서의 '주대위'는 권총을 들이대며 탈진한 '김일병'에게 자신을 업고 민가를 찾아 걷게 하고, 「온기 있는 파편」에서의 '준오'(행동성의 결핍에 대한 강박관념을 가지고 있는)는 자신을 창녀의 남편과 공범으로 생각하고 붙잡은 '중년신사'의 면상을 주먹질하고 도망하면서 '오래간만에 전신에 어떤 탄력 같은 것'을 느끼게 되는 의외성을 보여준다. 또 「한 벤치에서」의 한국 프로권투 밴텀급 챔피언인 '그'가 도전자의 라이트 스트레이트 펀치를 턱에 맞고 '적의구 뭐구 아무

의식도 없이 그저 몸 전체를 상대방한테 내맡길 때' 오히려 '그때의 기분
은 어떤 포옹보담두 황홀'함을 느낀 것도 이런 예 중의 하나이다. 이러한
행동은 뒷생각 없이 주어진 절박한 상황 속에서 무의식적이고 즉각적으
로 행해진다.

황순원 단편소설에 등장하는 거의 모든 인물 행동의 특징이기도 한
이러한 경향은 절박한 상황이 아니라 일반적인 생활 속에서도 드러난다.
「우산을 접으며」에서 은퇴한 피아니스트인 '허웅'은 그렇게 정성들여 길
러오던 열대어 암컷 불랙몰리를 결혼하게 되는 혜경과 동일시하여, 그것
이 외로움과 불행을 예감하게 한다는 무의식에서 '손아귀에 힘을 주어,
죽이는 행동을 보여준다. 「겨울 개나리」에서 주인물인 '간호보조원 아줌
마'는 초점화자인 '상철'의 처제를, 그녀의 어머니를 비롯한 가족들이 별
로 신경쓰지 않을 뿐 아니라 '한갓 숨이 채 끊어지지 않은 육괴'에 지나지
않음에도 불구하고, '고용인으로서의 의무만이 아닌 그대로 환자에 풀려
든 그런' '극진한 간호'로 '의학적인 진단을 뒤엎고 환자를 제 명 이상
오래 살게' 했음에도 결국 환자가 죽자 간호보조원 등록을 취소하고 돌아
가버리는 예측할 수 없는 행동을 보인다. 그러나 이러한 '아줌마'의 행동
이 소설의 전체 구도 속에 인간적인 신뢰와 인간 사이의 영적인 교감으로
형상화되는 힘이 되고 있다.

「막은 내렸는데」에서는 인간 자아의 복합성에 대한 미묘함이 더욱 구
체화되고 있다. 초점화자이자 주인물인 '남자'는 뚜렷한 이유 없이 한강
으로 자살하러 가다가 우연히 만난 창녀의 이야기를 듣고 자살하려는
생각을 바꾸게 된다. 표층구조에 드러난 자살의 이유는 '서로 배반하지도
배반할 수도 없는 얼굴들의 변모, 그리고 그 뒤엎어진 얼굴들이 꾸민 추
잡스런 거래'라는 매우 모호한 것이다. 그러나 작가가 형상화하려고 하는
것은 자살하려는 이유를 찾는데 있는 것이 아니라 '남자'가 자살하려는

생각을 바꾸게 된 이유, 즉 인간 자아의 복합성 때문에 아주 사소한 사건이나 계기를 통해 인생의 큰 흐름이 바뀐다는 것을 보여주는 데 있었다. 앞에서 살펴본 술이 이런 계기를 만들어주는 중요한 매개체로 사용되고 있음도 같은 맥락에서 이해되어야 한다. 다만 그 계기의 결과가 인간다움의 실현 쪽으로 기울고 있는 것이 황순원 등장인물의 특징이기도 하다.

「이날의 지각」에서 '그'는 젊지도 늙지도 않는, 대학을 나온 인텔리 청년이다. '그'는 창경원의 흰곰처럼 '생동한 절차나 발랄한 기상을 상실한 채' 보이지 않은 우리에 갇혀서 '지겨운 시간을 주체치 못'하는 잉여인간이다. '그'는 동거하는 '여자'(34살)와의 약속으로 '비록 한 푼의 돈일망정 벌어서는 안 되는 것'이고, '여자를 애무해줌에 있어 새로 개척할 부분과 방법'에 대해 '탐구와 기술연마'를 하는 것이 그의 직책이다. 그런 일에 충실해 왔고 이날도 특별한 계기나 사건 없이 귀가 길에 집 쪽 골목의 공지에서 불을 피우는 넝마주이들과 어울려 '이날의 지각'이라는 돌발적인 행동을 유발한다. 그러나 '그'가 '꽤나 오랜 세월동안 자기는 색맹 속에서 살아온 것만 같았다'는 자성적 깨달음을 얻게 되는 과정이나 계기의 필연성은 어디에도 나타나 있지 않다. 오직 넝마주이들과의 대화에서 그들의 하루 수입이 '그'가 '여자'에게서 받는 4천원의 1/4도 채 되지 않는다는 점을 알았다는 정도일 뿐이다. '그'의 행동도 논리적이고 이성적으로 설명할 수 없는, 인간 감정의 내밀함에서 오는 무의식적인 행동이다.

1958년 이후의 단편들에는 초기 소설에서 보여지는 향토적 서정성이나 성장과정에 있는 인간의 이니시에이션적 경향이 현저히 감소하고 젊은이의 도시적 일상 삶에서 오는 개인적 감정의 미묘함이 주로 다루어졌다. 그러나 후기로 갈수록 늙은이의 깨달음과 반성적 회한이 주조를 이룬다. 그 늙은이들은 황순원의 모습을 너무도 많이 닮아 있다. 「나무와 돌, 그리고」는 서사구조가 거의 없고 전체행동의 크기는 장면에 지나지 않아

수필에 가깝다. 여기서 초점화자이자 주인물인 ‘그’는 영문학을 전공한, 정년퇴직을 얼마 앞둔 교수이다. 삶의 공허감에 사로잡혀 있는 ‘그’는 꿈이나 현실 속에서 ‘소년 적 잠자리잡이 영상’이나 ‘이미 망각의 심연 저쪽에 묻혀져도 그만일 사소한 일들에 대한 뉘우침’이 왜 계속해서 반추되어 되살아오는지를 알지 못한다. 아마도 그것은 ‘그’의 잠재적 무의식이 의식의 저변을 비집고 표면화되기 때문이리라. ‘그’의 생각처럼 어린 시절 쉽게 잡은 잠자리를 날이 어두워질 때까지 벌판에서 한 마리도 잡지 못한 꿈은 ‘평생 영문학을 붙들고 몇 권의 연구논문집까지 세상에 내놓기는 했으나 따지고 보면 한갓 공허한 작업에 지나지 않았다는 것’을 깨닫고 절감하는 데서 오는 것일지도 모른다. 이런 깨달음이 대단원에서 ‘그’가 거대한 은행나무에 회오리바람이 일어 은행잎이 ‘장대하고도 찬란한 황금빛 기둥’을 세우고 그것이 ‘아무런 미련도 없이’ 산산이 흩뿌려지는 ‘장엄한 흩어짐’에 ‘속 깊은 즐거움에 젖어 한동안 나뭇가를 떠날 수가 없’게 된 것이다.

「그물을 거둔 자리」에서도 그런 종류의 깨달음과 감정의 내밀스런 행동에서 오는 무의식적 행동이 나타난다. 여기서 ‘그’는 대학 경제과를 졸업하고 직장생활을 해오다 정년퇴직을 얼마 앞둔 늙은이다. ‘남달리 가족적’이었던 ‘그’가 ‘늘 화기에 찬 가정’에 끼이는 것을 두려워하여 퇴근해서는 곧장 집으로 가지 않고 예의 어린이 놀이터와 술집을 배회한다. 놀이터에서 졸면서 ‘결혼해도 좋다고 마음먹고 있었지만 그가 적극성을 띠지 못해 흐지부지되고 만 여자’, ‘현재의 아내와 결혼한 뒤에도 미련을 가져보지 않은 여자’를 ‘절실하게 찾아나선’ 꿈을 꾸기도 한다. 그러나 꿈을 깨고도 미쳐 그 여자를 만나지 못한 데에 대해서는 별 아쉬움을 느끼지 않는다. 프로이드의 용어를 빌면 도덕원리인 초자아가 아직도 의식 세계의 일부를 억압하고 있으나 무의식의 영역에서는 쾌락원리인 이드가 꿈의 형상으로 표면화되고 있는 것이다. 이럴 즈음 '그'는 중학 때의 은사 정선생(나중에 모 대학으로 자리를 옮기고 나서 동양사에 관한 저서도 몇 권 펴내어 자기 분야를 확립시킴)의 일이 자꾸 연상된다. 정선생은 나이 쉰이 지나서 어쩌다 안 젊은 여자와 관계가 깊어져 딴 살림을 차렸다가 2년쯤 뒤 뇌졸증으로 쓰러져 본가로 옮겨져 약간 회복되다가 다시 쓰러져 타계하였다. '그'가 정선생이 딴 살림을 하고 있을 때 '입으로는 어떻게 표현할 수 없는 심정'이라는 말을 하고, 술에 만취하여 '새로운 세계야' 하는 말을 몇 번이나 되풀이하던 당시에는 선생의 심정을 '적이 추접스런 말'로 여겼으나 이제 와서는 '어디까지나 순수한 내적 고백이었다고 이해'하는 의식의 변화를 보인다. 그래서 '그'는 다음과 같은 깨달음에 도달하게 된다.

> 물론 정선생은 정선생이고 자기는 자기일 수밖에 없다. 정선생을 흉내낼 수도 흉내내어도 안된다. 다만 - 아까 어린이놀이터에서 꾼 꿈의 한부분이 떠올랐다. 젊었을 때 사귄 여자를 찾아나선 것만은 절실하게 느껴지는데 그 여자를 만나지 못 한 데 대해서는 별 아쉬움이 없었던 일. 실상은 그렇지 않았던 것만 같았다. 만나지 못해 안타까웠던 걸 일상적인 안이한 관성 때문에 별 아쉬움이 없었던 걸로 수정해 버린 건 아닐까. 아무래도 그랬던 것만 같았다. 다른 생활면에서도 그래 왔던 것이다. 자신이 싫어졌다.　　　　　　　　(『전집』 5, p.252)

이러한 인식은, 화장실 들창 안 쪽에 한 마리의 거미가 먼지 낀 거미집을 줄을 뽑아 보완했지만 하루살이 하나 걸려들지 않고 며칠 후 거미 스스로 거미집에 매달려 있어 '그'가 손끝으로 건드렸을 때 아무런 무게도 없이 빈 껍데기로 떨어지는 상징적인 행위와 맞물려, 인생의 깨달음에 대한 주제를 상승작용시키고 있다.

「그림자풀이」는 대학 교수인 '그'가 자신의 그림자를 찾아다니는 과정을 그리고 있다. 그림자가 본래의 자아 또는 자아의 복합성에 있는 어떤 자아인지 아니면 삶의 진실인지는 불분명하나, '그'가 그림자를 찾는 과정은 먼저 술집부터 시작된다. 앞에서 살펴보았듯이 술은 황순원 작중인물의 상상력과 창조력의 원동력이자 인간 감정의 내밀스러움에서 오는 행동을 유발시키는 매개체이기도 한다는 점에서 '그'가 술집부터 자신의 그림자를 찾기 시작한다는 것은 자못 흥미롭지 않을 수 없다. 그러나 '그'는 술집에서 자신의 그림자를 찾지 못했을 뿐 아니라 삼십년이 넘게 사귀어온 친구가 자기를 알아보지 못하는 비극을 체험한다. 다음으로 시청 앞 광장의 수많은 군중 속에는 자신의 그림자가 끼어있음에 틀림없다는 느낌을 받았지만 그림자를 찾는 데는 실패하고, 학교 뒤 고황산 숲속에서 힘을 얻은 다음 병원 영안실에서도 자신의 그림자를 찾는데 실패하고 만다. 다만 서점에 들러 책속 '깊고 넓은 공동 저 밑바닥 한구석지에 「희망」의 애벌레보다도 작은 눈에 띌까 말까한 「사랑」의 애벌레가 오므작거리고 있'는 것에서 자신의 그림자를 찾는데 어떤 암시를 받는다. 마지막으로 '어딘지 알 수 없는 곳', '절기를 가늠하기 어려운' 초원에서도 자신의 그림자를 찾지 못하고 학교로 돌아와 고요새와의 대화를 통해 '본체가 그림자를 찾아다니는 건지, 그림자가 본첼 찾아다니는 건지 그것부터 다시 알아야 될' 거라는 장자적 사유에 도달하게 된다. 결국 '그'가 찾아다니는 그림자 - 그것이 자신의 본래적 자아든 삶의 진실이든 - 는 '사랑'에 의해서만 찾아질 수 있다는 것, 그리고 그것을 깨닫는 것은 책을 통해서만 가능하다는 것, 이러한 깨달음은 낭만적 상상력이 숨 쉬는 술집 또는 군중들의 집단적인 행동을 요구하는 곳에서도 아니고 죽음의 니힐리즘이나 환상적인 유토피아에서도 아니며 오직 학문하는 학교에서만 가능하다는 것 등을 장자적 사유로 인식하는 과정을 보여준다.

「나의 죽부인전」은 전에 고등학교 교사였던 '한노인'의 정신적 건강성을 보여준다. '한노인'은 제자인 고전문학자 ㅈ이 사다준 죽부인을 '망측'하다거나 '전시대의 얄궂은 유물'로 생각했으나 차츰 죽부인과 정신적 교감을 갖게 되고 종국에는 죽부인과 정신적인 '교접'을 갖기에 이른다. '한노인'은 '철들면서 농민과 노동자에 대해 뭔가 두려움을 느끼고' '항상 그들에게 빚을 지고 있다'고 생각하고 '그 빚을 갚지 못해서 보복을 당할 것만 같은 느낌'이 들어 '그 보복이 두려우면서도 극히 당연하다는 생각', 즉 '자괴할 줄 아는 용기'를 지닌 인물이다. 그가 죽부인과의 정신적인 교감을 통해 '자기희생정신'이 '참다운 용기'라는 것을 깨닫게 된다.

이러한 인간에 대한 통찰과 깨달음은 약간의 추상성과 허구성을 띠고 있지만 「원색 오뚜기」는 이런 추상성과 허구성에서 약간 벗어나 일상적 삶의 현실 속에서 오는 어떤 깨달음을 보여준다. '훈장아저씨'라고 불리는 '윤노인'은 아궁이를 고쳐주거나 흙일을 하면서 혼자 사는 늙은이지만 양쪽 다리를 못쓰는 '춘천집 철이'에게 손수 오뚜기를 깎아 주며 '철이'가 기뻐하는 모습을 보고 입가에 웃음이 벙글어지는 인자하고 자상한 노인이다. '윤노인'이 어느날 여염집 건너방 아궁이를 고쳐주다 죽은 아들의 훈장과 유가족증을 가지고 집을 나가버린 며느리를 만나게 된다. '살아야 한다는 것이 얼마나 잔인하고 추한가를 뼈저리게 맛보고 나서야 간신히 오늘의 평정을 차지할 수 있었'기 때문에 며느리를 만나지 않으려 했으나 결국은 며느리와의 몇 마디 대화가 이루어지고 여기에서 다음과 같은 깨달음이 이루어진다.

　　윤노인은 앞을 지나가는 기차의 검은 차량들에 눈을 준 채, 이 여자
　는 자신의 그늘진 과거를 현재의 남편한테 감추고 있음이 분명하(다?)
　는 생각이 머리에 떠오름을 어찌할 수 없었다. 그와 함께 이 여자 역시

도 또한 죽기보다 살기가 힘들다, 오히려 죽고 싶다는 말할 수 없는
고초를 한두 번 아니게 겪으며 살아왔으리라는 생각이 불현듯 윤노인
의 가슴을 와 때렸다.   (『전집』 5, pp.66-67)

‘윤노인’은 자신과 며느리가 ‘덜된 오뚜기모양 떼굴떼굴 자꾸만 앞으
로 굴러가고 있는 것’처럼 살아왔다는 인간 삶의 존재론적 깨달음을 얻으
면서 며느리와의 화해 가능성을 비추고 있다. 결국 인간의 행동들은 그
행동 하나하나마다 그 나름대로의 필연성을 지니고 있고, 그것은 인간
감정의 내밀스러움과 복합적 자아에 의해 촉발된다는 점을 보여주는 예
이기도 하다. 그런 점에서 황순원의 등장인물들은 다분히 개인주의적이
라 해도 지나친 말은 아닐 것이다.
   이상에서 살펴본 황순원의 3인칭 단편소설에 나오는 등장인물들의 특
성은 중심 인물들에 대한 변별적 자질들을 도표화함으로써 개괄될 수
있을 것이다.
   <자료 6>에서 등장인물의 각각의 변별적 자질들은 어떤 유형의 부재
가 반드시 그 반대의 현존을 내포한다고 가정하지 않는다. 예를 들면 ‘+
젊은’은 ‘-늙은’과 같지 않다는 점이다. 늙지도 젊지도 않은 유형이 존재
할 수 있기 때문이다. 그래서 각 자질들은 독특한 유형의 현존, 또는 부재
만을 표시한다는 전제 위에서 앞과 같은 도표를 만들었다. 또 성격의 변
화는 빗금(/)으로 분리해서 표시했다. 이런 빗금이 있는 인물은 포스터가
말한 다면적인 입체적 인물이라고 할 수 있다.
   <자료 6> 도표에서 쉽게 눈에 띄는 것은 각 작품마다 등장인물의 수가
적다는 것이다. 이것은 작가의 관심의 구도가 인생의 깨달음이나 감정의
미묘한 변화에 놓인다는 것과 상관관계를 맺고 있다. 주인물은 R.쇼울즈
와 켈록이 말하는 모방적 인물이다. 그들은 추상이나 일반화를 거부하고

그들의 동기를 엄격하게 윤리적으로 해석할 수 없는, 고도로 개별화된 인물이기 때문에 일상생활에서 볼 수 있는 실제적 인간과 같은 있는 그대로의 모습을 하고 있다. 그리고 대부분의 부인물들 - 즉 「너와 나만의 시간」에서의 '현중위'와 '창녀', 「온기있는 파편」에서의 '창녀'와 그녀의 남편, 「아내의 눈길」에서의 '유서방'과 '자두나무집할머니', 「원색오뚜기」에서의 '춘천집'과 '철이' 그리고 '코주부', 「수컷 퇴화설」에서의 '제자', 「닥터 장의 경우」에서의 '쥬리 박', 「우산을 접으며」에서의 '혜경', 「막은 내렸는데」에서의 '창녀', 「이날의 지각」에서의 '넝마주이', 「그물을 거둔 자리」에서의 '정선생', 「그림자풀이」에서의 '친구'와 '제자' '노파', 「나의 죽부인전」에서의 '제자 ス' 등등 - 은 주인물이나 초점화자가 어떤 깨달음이나 의식의 변화를 가져올 수 있도록 형식적 패턴이나 극적인 충격을 창조하는 역할을 담당하는 미학적 인물들이다.

앞에 <자료 6>으로 도표화된 15편만 보면 주인물의 변별적 자질이 '-남자'인 경우는 「한벤치에서」, 「겨울 개나리」, 「뿌리」 등 3편이다. 그 외에는 모두 남자가 주인물이다. 이것은 황순원이 자신의 경험의 세계를 벗어나서 소설을 쓰지 않은 것과 일정한 연관을 맺고 있다. 더구나 「겨울 개나리」의 경우도 주인물의 정신적 교감과 인간에 대한 신뢰를 깨닫는 주체는 이 소설의 초점화자로 등장하는 남자인 '상철'이다. 또 '+늙은'의 자질이 보인 주인물들은 황순원의 실제적 모습을 많이 닮고 있다. 그래서 '+늙은'의 자질은 대부분 '+학식있는'과 '+소심한'의 자질로 나타난다. 예를 들면 「수컷 퇴화설」의 '박교수', 「우산을 접으며」의 '허옹', 그물을 거둔 자리」의 '그', 「그림자풀이」의 '그', 「나의 죽부인전」의 '그' 등의 변별적 자질은 +남자, +늙은, +학식있는, -합리적인, -행동성의, +소심한, -현실적인, +내적 성실성, +소신있는, -무의식적인, +부유한 등의 자질들을 대부분 공유하고 있다. 그런데 「그림자풀이」의 '그'는 다른 인물과 구별되는 +행동성과 +합리적인 자질을 가지고 있다. 이것은 '그'가 이성적 사유작용으로 그림자를 찾는 실천적 의지를 가지고 있기 때문이다. 그리고 '+남자'와 '+젊은'을 공유하는 인물들은 앞에서 살펴본 1인칭 화자인 '나'가 지향하는 세계관을 담지하고 있거나 아니면 '나'가 친밀감을 느끼고 있는 인간의 무의식적 본능의 아름다움과 감정의 미묘한 흐름을 보여주는 인물이다.

전체적으로 보면 인간의 타고난 유형(이것은 우리가 작중인물에 대한 인간적 도덕적 판단을 합리적으로 이끌어 낼 수 있는 조건은 아니다)에 해당하는 처음 3개의 변별적 자질들을 제외하고 다른 자질들이 거의 완벽하게 대립되어 있는 인물들이 없다. 이것은 황순원 단편들이 다양한 깨달음과 인생의 신비를 보여주고 있다 할지라도 그의 인물과 허구적 세계가 다양하지 못하다는 것을 의미한다. 그렇다고 해서 그의 소설의 품격이 떨어진다는 것을 의미하지는 않는다. 다만 그의 단편들이 한정된 인물 유형을 일정한 소설적 틀 속에서 감각적이고 기교 있게 그려지고 있다는 것이다.

이상에서 살펴본 바에 의하면 후반기 단편 35편 중 일인칭 서사적 화자로서 '나'가 등장인물(주인물 9편 부인물 7편)로 나오는 것은 모두 16편이다. 이중 내포적 작가로서가 아니라 인간 황순원으로 짐작할 수 있는 '나'가 등장인물로 나오는 것은 9편이다. 여기서 인간 황순원으로서의 '나'라고 짐작할 수 있는 소설들은 집안 선조들에 대한 자긍심과 외경심이 대단하며 이 선조들을 '늙을수록 아름다워지는 남자'로 그려지고 있는데 이는 그의 시 「우리들의 세월」에서도 찾아 낼 수 있다. 그는 자신의 집안 선조들에 관해서 얘기하는 소설을 쓸 때는 등장인물 '나'가 허구적 인물이 아니라는 점을 오히려 작품 곳곳에서 들어내 보이고 있다. 가족사 소설의 형식으로 그려지고 있는 이런 작품들은 자신의 선조에 대해서 비판적 시각을 갖지 못한다는 지적을 받을 수 있다. 등장인물 ‘나’라는 사람들의 보편적 성격은 소극적이고 주변머리 없고, 나서기를 꺼려하고, 애주가들이다.

이러한 ‘나’의 성격은 전반기 단편소설(『전집』 1-3)에서도 동일하게 나타난다. 해방 전의 단편소설(『전집』 1)에는 1인칭 서술자인 ‘나’가 등장하는 소설은 한 편도 없다. 꽁트인 「눈」(1944)에는 ‘나’가 등장하기도 하고, 「풍속」(1940년 『황순원단편집』에 수록)에는 ‘나’라는 명칭 대신에 ‘아들’이라는 명칭으로 초점화된 서술자로서의 ‘나’가 내재되어 있기는 하다. 그러나 그것들은 엄밀한 의미에서 단편소설로서의 1인칭 서술자라 할 수 없다. 황순원의 단편소설에 1인칭 서술자인 ‘나’가 등장하기 시작한 것은 1947년 「아버지」부터이다. 그의 해방 전 소설에 1인칭 서술자가 없다는 것은 작가가 충실한 이야기의 전달자로서의 자세를 견지하려는 창작태도와 경험의 미성숙으로 인한 겸손에서 유래한 것이 아닌가 여겨진다.

그의 본격적인 단편소설이라 할 수 있는 해방 이후의 『목넘이 마을의 개』에서부터 1958년의 『잃어버린 사람들』까지의 31편(꽁트 6편 제외) 중 1인칭 서술자가 나타나는 단편은 6편이다. 1인칭 소설이 후반기 단편소설에는 거의 50%에 달하던 것이 전반기 단편소설에는 60여 편(해방 전까지 포함해서) 중 6편에 불과해 겨우 10%를 차지하고 있다. 전반기 단편소설에서 서술자인 ‘나’는 작가 황순원으로서의 ‘나’이거나(「청산가리」, 「참외」, 「부끄러움」, 「아버지」) 방관자적 서술자로서의 ‘나’(「어둠 속에 찍힌 판화」), 아니면 이 두 가지가 결합하여 “내가 중학 이삼년 시절 여름방학 때 내 외가가 있는 목넘이 마을에 가서 들은 이야기”를 액자소설 형식으로 전달하는 작가적 서술자이다.

그리고 3인칭 인물들은 자연의 아름다움을 찬양하고 ‘인간 감정의 헤아릴 수 없는 내밀함'을 가지고 있는데 이는 주인공들이 소설 속에서 예측할 수 없는 행동을 유발하는 동인이 되고 있다. 그러나 그러한 행동들은 대체로 모든 살아 있는 것을 사랑하는 정신으로 나타난다. 소설 속에 등장하는 인물들의 수가 적고, 작가의 관심구도가 인생의 깨달음이나 인간 감정의 미묘한 변화를 다루고 있다는 보편성이 있다. 대부분의 주인공을 '남자'로 택하는 것은 그가 자신의 경험 세계를 매우 중시함을 알 수 있다. 이 점은 그의 전반기 단편에서도 유사하며 장편『카인의 後裔』에서도 계승되는 방식이다. 이러한 인간감정의 깊은 점을 자기 고백적으로 표현하는 형식은 시적 방법의 원용이라 할 수 있다.

3. 중편소설

(1) 「내일」에 나타난 낭만주의적 태도

황순원을 논하는데 있어서 빠지지 않고 등장하는 관점의 하나가 그의 작품 세계는 '낭만적' 혹은 '낭만주의'라는 것이다. 따라서 이 점이 그의 작품을 통괄하는 주조의 하나인가, 아니면 작품의 각론의 어느 부분에서 두드러지게 낭만주의적인 색체가 들어나는가를 살펴볼 필요가 있다.

황순원은 그의 낭만주의적 성격을 궁극으로 밀고 나가면서 거기에 적절한 규제를 가하려 한 작가이다. 그의 낭만주의적 성격은 초기 낭만주의자들의 체제와 질서에 대한 강렬한 저항의식을 포함하지 않고 있다. 그런 의미에서 그의 낭만주의적 성격은 죽어가는 여인을 묘사하는 것이 가장 아름답다는 포오의 作詩哲學에 표현된 퇴폐적 낭만주의에 가깝다. 그러나 그의 낭만주의적 성격의 일면을 이루는 퇴폐성은 西北地方의 프로테스탄티즘에 의하여 적절하게 규제되어 거부되어야 할 것으로 변모된다. 그의 낭만주의적 성격은 그러므로 곧 사라지리라는 예감을 주는 美的 理想을 긍정하고 그것의 효과를 노리는 신비주의적인 측면과 완벽한 형태를 획득하여 그 질서 속에 그의 내부의 정열을 감추겠다는 기교주의적인 측면을 가지고 있다.[1]

이러한 문학사적 지적은 결국은 황순원의 문학적 특색을 문예사조적으로 볼 때에 낭만주의, 혹은 퇴폐적 낭만주의라는 것이다.

낭만주의적 이데가 일체의 격절, 고립된 個我와 個我 사이의 골짝

---

[1] 김윤식·김현, 『한국문학사』(서울, 민음사, 1974), pp.239-240.

을 오가는 예정된 조화, 이는 절대에로 지양될 예정된 조화에 대한 信心에다 바탕을 두고 있는 것이 아니다. 씨의 친화력도 그런 하나에서 아주 낭만적이다.2)

그의 문학에는 사회적 리얼리즘이 지니고 있는 보다 강렬한 사회의식과 변증법적 역사적 발전이 현저하게 나타나 있지 않다. 그러나 그의 문학은 리얼리즘 문학의 일부분인 자연주의와 낭만주의를 융합한 상징주의와 실존주의적 경향을 지니고 있기 때문에 적지 않는 사회비평이 그 속에 스며 있는가 하면 역사의 내면 구조인 시화가 있고, 삶에 대한 뜨거운 진실이 있으며 인간정신을 주장하는 강한 모럴리티가 있다.3)

상기한 식으로 황순원의 작품의 전체적 특색을 낭만주의라고 규정하고 있을 뿐만 아니라 각론에 있어서도 "그의 소설에서 그의 깊은 사랑을 받고 있는 것은 병적인 낭만주의자들이다. 그 낭만주의자들은 대부분 알 수 없는 병을 앓고 있거나, 신비한 웃음을 띠고 있기가 일수이다"4) 라고도 얘기되고 있다.

본고에서는 이러한 지적들이 구체적인 작품들에서 낭만주의적 세계관으로 어떻게 나타나고 있는지 살펴보도록 하겠다. 이 부문의 텍스트로서 작품 「내일」을 택한 것은 소위 황순원 소설의 낭만주의적 특색이 가장 강하게 들어나 있는 작품이기 때문이다. 『전집』에 들어 있는 작품 「내일」은 단편소설집에 들어 있기는 하나 그 작품의 길이와 형식상 중편으로

---

2) 김열규, "새 발전의 계기 <황순원전집에 부쳐>", 『사상계』 13권 7호 (1965.7), p.262.
3) 이태동, "實存的 現實과 美學的 顯現 - 황순원론", 『현대문학』 26권 11호 (1980.11), p.965.
4) 김현, 『시회와 윤리』(서울, 일지사, 1974), p.154.

봐도 무방할 것이다.

가) 주인공의 이상향

그로부터 십오 년이란 세월. 젊은 날의 낭만이 부서져 나가면서 마치 다람쥐 쳇바퀴를 돌아가는 것 같은 생활의 연속.

삼 년 전에 뜻한 바 있어서 손때 묻은 몇 권의 노트와 함께 대학교수의 자리를 떠났다. 전공해온 학문을 좀더 의의있게 살리는 일을 해보리라는 것이었다. 아직 이 땅에는 번역문학이란 게 재대로 서 있지 않다. 처녀지 그대로이다. 여기에 보습을 넣어 보리라. 그러기 위해서는 우선 자기가 전공한 낭만주의 작품을 하나 붙들고 씨름을 해보리라. 서재에 들어 앉았다. 그러나 일년이 못되어 난관에 부딪치고 말았다. 얼마큼 앞세웠던 생활비가 거의 다 말라버린 것이었다. 늙은 할멈하나를 두고 사는 단출한 혼잣 살림살이였지만 그 동안 물가가 엄청나게 뛰어버린 것이었다.   (『전집』 4, pp.278-279)

작품 「내일」에 나타난 주인공의 모습이다. 여기서 주인공은 '낭만주의를 전공한 영문학 교수'로 나타나 있다. 황순원의 모든 작품에서 '낭만주의적'인 색채를 골라 낼 수 있지만 군이 황순원과 낭만주의의 관계를 밝히는 텍스트로서 이 작품을 택한 이유의 하나이다.

그러나 생각해보니 술에 취해가지고 간혹 혼자 웅얼거리는 싯구가 있었다. 예이츠의 A Driking Song이였다. 흔히 젊은 사람들과 술좌석을 같이 했을 때는 으례 그들한테 이쪽이 대끼게 마련이었다. 왜 선생은 그 달콤한 외국 낭만주의 문학만 주무르고 있느냐, 어째서 그렇게 현대의식이 결핍돼 있느냐,.... 중략....그러면 그저 내가 전공한 것은 낭만주의 문학이니 할 수 없다는 생각을 한다.... 중략....이런 때 절로 입에서 흥얼거려져 나오는 것이 예의 A Drinking Song의 싯구다. Wine comes in at the mouth,/ And love comes in at the eye;/ That's all we shall know for truth, /Before we grow old and die: ...

(『전집』 4, pp.281-283)

작품에 나타난 것으로 보면 낭만주의는 (1) 영문학과 관계가 있다는 것, (2) 달콤하다는 것, (3) 현대의식이 결핍돼 있다는 것, (4) 낭만과 젊음과 관계된다는 것 등이다.

이러한 낭만주의자가 꿈꾸는 '이상향'은 다음과 같다.

잠시 낭만을 해보려 하오. 누가 이건 낡아 빠진 낭만이라고 비난을 해도 할 수 없는 일이요..... 거기와 나는 교외 어느 한적한 곳에 자그마한 집을 하나 장만하기로 하오. 안방 한칸에 부엌 한칸, 그리고 서재로 쓸 건넌방 한칸, 이렇게 단 세칸으로 된 그야말로 일간두옥이라고 할 수 있는 작은 집이요.　　　　　(『전집』 4, pp.336-337)

이 작품에서 다시 이런 태도를 남자가 바라는 이상향과 여자가 바라는 이상향으로 나눌 수가 있다.

[남자가 바라는 이상향]
거기와 나는 교외 어느 한적한 곳에 자그마한 집을 하나 장만하기로 하오.....중략.....거기의 말대로 닭을 몇 마리 기르도록 하지요.....중략.....뜰에는 꽃밭만 말고 등나무도 꼭 한 그루 있어야겠소. 집은 작지만 뜰은 넓을수록 좋소.....중략......지금 거기는 하얀 앞치마를 두르고 닭에게 모이를 주고 있는 중이요.　　　　　(『전집』 4, p.332)

[여자가 바라는 이상향]

전 이런 생각을 해 봤어요. 며칠 전에 말씀드린 교외 「우리의 집」에서 말예요, 선생님은 건넌방 서재에서 일을 하시구 전 밖에서 밥을 짓구 빨래를 허구, 틈틈이 선생님의 노트 정리나 해드리구, 그리군 하루종일 아무 말두 주고 받지 않는대두 좋아요. 그저 서루 곁에 있기만 허면 돼요. (이여자는 남녀간의 애정의 표시가 키스 정도면 족하다고 생각하는 섹스 혐오자이다) (『전집』 4, p.329)

여기서 찾을 수 있는 것은 '교외의 작은 집', '정원', '꽃', '나무' 등이 어우러진 '전원적 풍경'이다. 다시 말하면 낭만주의자들인 두 주인공이 꿈꾸는 이상향은 현대적이며 도회적이 아니라 (5) 원시적이며 목가적·전원적이며 평화로운 곳이다.

물론 '교외의 작은집'이 이 작품 한편에만 등장하는 것은 아니고, 그의 단편이나 장편 여러 곳에 나타난다.

이 소설은 남여간의 애정문제를 다룬 러브 스토리이다. 40대 이후의 낭만적인 영문학도가 젊은 여자를 만나 교제를 하는데 그 여자는 남녀간의 성접촉을 불결하게 여기고 있는 여자이다. 그 여자와 교제를 하는 동안 단 한번의 키스가 있을 뿐이다. 따라서 이 작품의 전편은 작품의 구절대로 '현대의식이 결핍돼 있고, 시선을 현실로 못 돌리고 불안하고 부조리한 현실과 과감히 대결하려들지 않고, 허무하고 비극적인 현실에서 도피하려하는' 주인공의 낭만적 연애행각을 그린 작품이다.

여기서 또다시 '낭만주의'란 (6) 불안하고 부조리한 현실과 과감히 대결하려 들지 않고 허무하고 비극적인 현실에서 도피하려 한다는 태도가 나타난다.

"고전주의 정신이 그리스적이고 로고스적이라고 한다면 낭만주의 정

신은 자유분망하고 파토스적이다."5) 이성보다는 감성을 중시하는 낭만
주의자의 태도는 감성우월주의로 나타나고 나아가서 도덕체계조차 공감
(Sympaty)과 감성적 전이(Empatht) 위에서 구축하려 하였다. 예컨대 순
결한 여자가 타락할 때 느껴지는 공감적 연민의 감정을 보인다고 한다.6)

이와 같은 낭만주의 개념에서 살펴본다면 상기한 (1)-(6)의 내용 중
주인공들의 비합리주의 (혹은 비현실주의)와 비현대적이고, 원시적이며
전원동경, 감성적인 세계인식과 파악, 상상력으로 메꾸어 나가는 미래
등의 소위 낭만주의적 요소들이 많이 드러남을 알 수가 있다.

나) 남녀 간의 순수성

황순원의 작품에서 '남녀간의 애정'은 '육체적'이 아닌 '정신적'인 것
이다. 그것을 다르게 표현하면 순수성이고, 그 형태는 중세기적인 프라토
닉 러브를 지향하고 있다는 보편적인 흐름을 찾아낼 수 있다.

경우에 따라서 이러한 순수성이라는 개념은 "황순원의 거의 모든 단편
에서 우리는 오늘의 시대현실을 외면한 순박한 인간상들을 만난다. 그들
에게서는 따뜻한 인정과 서정시적인 애처로움(恨)을 느끼게 된다. 이러한
아름다움과 미덕을 추구하려는 그의 노력은 전형적인 한국적 여인상을

---

5) 오세영 편, 『문예사조』(서울, 고려원, 1985), p.72. 낭만주의와 고전주의는
   그 세계 인식의 차이가 크다. 낭만적인 시 : 유기적, 회화적, 무한한 동경
   의 시, 세익스피어의 드라마. 고전주의적인 시 : 기계적, 조형적, 완결된
   시, 프랑스 신고전주의 드라마.
6) 오세영 편, 앞의 책, p.89. 여기서 남만주의의 내용은 1) 감성적 세계 인식
   --이성이 인식하지 못하는 세계의 실재를 감성으로 파악할 수 있다. 2)
   창조적 자아--개인의 자아를 무한히 확대시켜가면 우주가 된다. 3) 상상력
   의 옹호--무한을 지향하는 동경의 표현. 4) 천재의 숭배, 유기체적 세계관
   (세계를 비합리적 생명체로 파악), 자연관(자연을 하나의 생명체로 파악),
   기연주의(원인은 신), 프리미티비즘(원시동경) 등을 들고 있다.

빛어내려는 노력으로 집약되어져 왔다. 한국적인 서정시의 주류를 형성하여온 바 청상(靑孀)의 여인상을 빚어내려는 노력, 그것이 그의 단편문학을 통해서 추구하여온 핵심적 과제였다.『별과 같이 살다』의 '곰녀'나『나무들 비탈에 서다』의 '오작녀'도 여기서 예외는 아니다."7)라고 단언되고 있을 정도이다. 또한 천이두는 이 '한국적 청상의 여인상'을「정읍사」나「서경별곡」을 비롯한 한국 서정시의 주조적인 가락 속에 반영되어 있는 여인상과 궤를 같이 한다고 논하고 있다.8)

한국적인 청상의 여인상 : 기다림, 한, 인내, 순박함, 시대현실을 외면함, 진실한 사랑, 계산되지 않는 무한한 사랑, 사랑을 지고지선의 가치로 생각함, 순수성은 다 동일한 개념이라 할 수 있다. 다만 이를 낭만주의와 연결해 볼 때에 본래의 낭만주의와 같은 자유분망함이라든가 퇴폐성과는 거리가 있고, 그런 의미에서 '서북지방의 프로테스탄티즘에 의하여 적절하게 규제'되어 있거나 황순원의 또 다른 특징의 하나인 '지적 절제'에 의한 낭만주의라고 얘기된다. 따라서 황순원의 문학적 태도를 '낭만주의'라고 규정할 때에 그가 낭만주의적 세계관을 얼마나 작품 속에 수용시켜 왔는가를 살펴야 한다.

장편 소설『별과 같이 살다』의 경우 '곰녀'라는 주인공의 원래 이름은 후남(後男)이다. 몇 대째 외아들 손으로 내려오는 집안이라 뒤에 아들을 낳으라는 뜻이나 후남이 아버지의 별명이 '곰'이라 '곰녀'로 불리운다. 이 '곰녀'는 '김만장'이라는 집에 들어가 온갖 궂은일을 하게 되는데 거기서 '삼월'이라는 이름을 얻는다. 그 후 지주 '김만장'과 그의 아들에게 겁탈을 당한 후 그 집에서 쫓겨나와 서울로 와서 '진주관'이라는 술집으

---

7) 천이두, "종합에의 의지 -「움직이는 성」의 기법과 명제",『현대문학』
   (1973.8), p.237.
8) 천이두『사상계』188호(1968.12), p.118.

로 팔려 간다. 거기서 얻게된 이름은 '유월'이었다. 그 다음 '평양 아랫거리 청루'로 가서는 '복실'이라는 이름으로 개명, '웃거리 가루개거리 청루'로 팔려 가서는 '후꾸꼬'라는 일본 이름으로 불리운다.

'후남 - 곰녀 - 삼월 - 유월 - 복실 - 후꾸꼬'라고 이름이 바뀌어 질 때마다 주인공은 점점 더 험악한 구렁텅이로 빠져들고 있다. "그러면서도 인종과 본능적 성실은 전혀 흐트러짐이 없는 일관성을 보인다. 그것은 무지와 건강과 정직으로 표상된다."9)

창녀 노릇을 하던 '곰녀'에게 있어서 첫사랑은 '하르반'이었다. 사실 이 '하르반'도 '곰녀'를 집안으로 들이려고까지 생각했으나 해방후 일본 사람이 물러간 후 그 주인의 뒤를 물려받아서 '서평양 신탄상회'의 주인이 되자 '곰녀'를 버린다. 창녀라는 직업을 가졌음에도 불구하고 그녀의 영혼은 순결하고 그녀의 심성은 순수하고, 감성적이며 비현실적이고 낙관적이다.

> 또 온다고는 했지만 안온다, 안온다! 그럼 오늘 낮에 자기가 하르반 보고 빨랫거리라도 생기게 되면 그런 것이라도 가지고 들르랄 것을! 참 자기가 하르반의 내의랑 양말이랑 빨아주던 그 때가 좋았다. 손톱 발톱도 깎아주고, 귓속도 후벼주고, 참 그때 귓속에서는 검은 석탄가루가 섞여 나왔었지. 그러나 그때가 좋았다. 이제는 하르반은 안온다, 안온다!   (『별과 같이 살다』, 『전집』 6, p.206)

하르반과의 사랑이 끝났을 때 곰녀의 생각이다. 그런 다음 그녀는 하르반이 보낸 쌀자루를 이고 "그 당장 자기보다 굶주리고 헐벗은 사람들을 위해 그 쌀을 주기 위해서 이고 나선다." 오랫동안 비록 무지로 인해서

---

9) 우한용, 『한국 현대 소설 구조연구』(서울, 삼지원, 1990), p.153.

창녀노릇을 하지만 '곰녀'에게 있어서 변하지 않은 것이 있다면 순수성이다. '하르반'과의 사랑도 물질과는 거리가 먼 순수한 것이었고, 자신은 성병에 걸려 언제 죽을지 모르는 상황에서도 비록 '주심'이의 영향을 받았다고는 하나 자신이 먹을 쌀도 없으면서 '하르반'이 보낸 쌀자루를 이고 '귀환동포구제소'를 찾아가는 심성 또한 '순수함의 극치'라고 할 수 있다. 험악한 인생 유전을 거친 '곰녀'가 좀 더 현실적이 될 법한데도 불구하고 처음서부터 끝까지 그녀는 자신이 먹고 사는 문제라거나 자신의 장래라거나 돈이라거나 하는 문제에는 관심조차 없다.

이러한 남녀간의 순수성은 작품 속에서 '극도의 성적 억제'로 나타난다.

> 그러면서 문득 소녀의 입술을 갈망하고 있는 자신을 발견한다. 그러나 이러한 욕망은 이 깨끗한 소녀에게 대한 모독이라고 자기 자신을 꾸짖어 버리는 것이다.   (「내일」,『전집』 4, p.275)

자연스러운 성적 욕구의 억제는 '대학 이학년'생으로서는 지나치다할 정도로 결벽증을 보이고 있다. 그런데 또 상대방 소녀는 '다시는 만나지 말자는 쪽지'를 보내 왔는데 그 이유는 "그날 다방에서 만났을 때 웃는 이쪽 잇사이에 고춧가루가 낀 것이 왜 그리 더럽게 느껴져서" 절교를 선언한다. 그리고 사십대가 넘어서 어떤 젊은 여자와 교제를 하게 됐는데 이 여자는 "그저 애정의 표시로는 키스 정도면 족하다구 봐요. 그것두 진하지 않은 키스 정도로 말예요"[10]라고 생각하는 성적 결벽증을 가지고 있다.

---

10) 「내일」,『전집』 4, p.329.

초기의 황순원 소설은 능동적인 여자와, 그 여자 앞에서 자꾸만 - 떨고 - 술로 그 떨림을 잠재우는 여위고 병든 남자 사이의 사랑을 주로 다룬다. 여자는 언제나 강인한 현실주의자며 남자는 여자에 대한 환상을 버릴 수 없는 낭만주의자들이다. 초기의 그 대위법은 피난시절 이후에 씌여진『나무들 비탈에 서다』,『日月』,『움직이는 城』등의 장편소설에서도 그대로 확인된다. 물론 단편들의 삽화적 구조와는 다르게 제시되어 있지만 황순원적 인간관계의 근간을 이루고 있는 약하고 수동적인 남자--낭만주의자, 강하고 능동적인 여자--현실주의자의 대위법은 여전하다.[11)]

그러나 위의 김현의 지적이 남자를 말하는데 있어서는 타당하나 황순원 소설의 대부분의 여자에게 적용시킬 수 있는 지는 의문이다. 물론「늪」의 여주인공이나『카인의 後裔』의 여주인공은 위와 같이 말할 수 있으나『나무들 비탈에 서다』의 '숙이',『日月』의 '다혜',『움직이는 城』의 '지연',『神들의 주사위』의 '진희'까지도 여자는 능동적이고 현실적이라는 등식이 가능한지는 의문시 된다. 허나 남자의 경우 수동적 = 낭만적이라는 지적은 적확하다.

이러한 성적 억제가 잘 나타나 있는 소설이『카인의 후예』이다.

"…… 아 죽갔다, 누구 이 가슴을 좀 빠개주소….."
훈이 이불을 끌어다 가슴을 가리었다.
오작녀가 이불을 걷어찼다. 젖가슴이 더 물결쳤다.
다시 이불을 끌어 올리는데 덥석 오작녀의 손이 훈의 손을 와 잡았다. 그 손이 불덩어리었다.
훈이 손을 빼었다. 뭉클하고 뜬뜬한 젖통과 꼿꼿한 젖꼭지가 스치

---

11) 김현,『사회와 윤리』(서울, 일지사, 1974), p.154.

었다.

　　훈은 이불을 훅 끌어 올렸다.　　　　　　　　　　(『전집』 6, p.310)

　　물론 이 상황은 '오작녀'가 인프렌자에 걸려서 열에 들떠서 헛소리를 하는 장면이다. 그러나 '오작녀'라는 여인의 가슴은 정조와 같다. 그녀는 시집간 날부터 자신의 남편에게 "아예 허리 위로는 다티디 못하게...언제까지나 젓가슴은 못 다티게"[12] 해서 남편으로부터 딴 사내놈이 있다는 오해를 받아서 쫓겨난 인물이다. '오작녀'의 남편은 주인공인 '훈'이와의 대면에서 이 얘기를 해준다. 그러나 다른 정상적인 상황에서도 그러한 극도의 성적 억제는 풀어지지 않는다.

　　해방공간에서 지주의 아들인 '훈'은 도시에서 공부를 하다가 고향 시골로 낙향해서 야학을 하나 공산주의자들에게 접수당하고 점점 자신에게 조여오는 핍박을 피하기 위해서 속으로 월남할 생각을 한다. '훈'집안의 마름이었던 '도섭영감'은 시류에 따라 공산주의자로 변해 가면서 '훈'을 못마땅해 하나 '훈'과 어렸을때부터 순수한 애정 관계에 있던 '오작녀'는 '훈'네 집에서 '훈'을 위해서 살림을 하고 있다. 그러니까 이 소설은 성인 남녀가 같은 집에 기거하고 있는 상태인 것이다. '훈'은 자신의 어머님이 끼던 가락지를 오작녀에게 건네주고 집까지도 그녀에게 물려줄 것이라고 말한다. 이 소설에서 남녀 사이에서 가장 적극적인 고백이 나온다.

　　"선생님, 왜 절 살레났습네까? 죽는대루 내버려두디 않구, 왜 살레났습네까?"

　　뜨거운 입김과 함께 오작녀의 맨가슴이 훈의 가슴 가까이서 들먹여 댔다.

---

12) 「카인의 後裔」, 『전집』 6, p.298.

훈은 온몸의 힘을 빼앗긴 사람처럼 그저 두 손을 상대편의 어깨에 얹고 있었다. 그러는 훈의 머리에 김의사의 말이 스치고 지나갔다. 발진티푸스는 반점이 날 때가 제일 전염성이 많다건 말이……훈은 저도 모르게 입밖에 내어 중얼거리고 있었다.

「나두 살구 싶지는 않다! 나두 살구 싶지는 않다!」

오작녀의 고개가 가슴에 와 비벼졌는가 하자 헉 하는 소리와 함께 나가쓰러졌다. 잠시는 숨 넘어간 사람처럼 움직이지 않았다. 등어리가 들썩 하고 크게 한번 움직였다. 둥근 어깨에 경련이 일었다. 머리카락 새로 흐느낌 소리가 새어 나왔다.

훈은 온몸의 피가 자꾸 위로 끓어 올라옴을 느꼈다. 그러자 가슴 한구석에서 부르짖는 소리가 있었다. 지금 네가 하려는 일은 무서운 일이다. 손가락 하나 까닥해서는 안된다. 어서 이 여인에게서 눈을 돌려라!

무엇에 쫓기듯이 그곳을 뛰쳐 나왔다.　　　　　　　　(『전집』 6, p.322)

'오작녀'는 한 번 결혼을 했다고는 하나 남편에게 쫓겨난 여인이다. 그러므로 엄밀한 의미에서 오작녀는 유부녀는 아니다. 그리고 모든 것을 바쳐서 오랫동안 '타는 눈'으로 '훈'을 사랑해 왔다. 이 작품에서 오작녀의 '타는 눈'이 여러 번 등장하게 되는데 그것은 작품 「내일」에 있어서 주인공이 즐겨 읊었던 시의 한 구절 "Love comes eyes"의 변형이라고 볼 수 있다. '훈' 또한 정신적 물질적으로 그녀를 사랑하고 있다. 그럼에도 불구하고 '훈'은 그녀에 대한 성적 욕구를 '무서운 일'로 파악하고 있는 것이다.

"그러고 보면 훈이 젊은 여인과 둘만이 한지붕 밑에 살면서도 그 몸을 범하지 않도록 한 황순원씨의 內侍的 人生觀도 결코 우연한 것이 아닐 것이다.…중략…그러나 그 사랑을 형성하고 있는 형이상학적 철학은……

土俗愛다. 하늘과 버들가지와 송진내 나는 나무숲과 연결을 맺는 牧歌的
사랑이다.”13)(이것은 서양에 있어서 주로 중세기 이전의 애정관에 속한
다) 라는 지적은 사랑의 형태가 ‘프라토닉 러브’에 있음을 말하는 것이다.
“그건 분명 사랑은 시공을 초월 한다는 달콤한 시적, 낭만적 플라토니즘
의 그것이었다. 그리고 그것은 현실과는 너무도 인연이 먼 상처 받기 쉬
운 순수성이었다”14)라고 말할 수 있다. 요컨대 그의 소설에서 보이는
남자가 여자에 대해 극도의 성적충동의 억제나 절제를 보이는 것은 프라
토닉 러브, 목가적 사랑, 상처받기 쉬운 순수한 사랑인 것이다.

이러한 성적 억제는 그 작품의 여러 곳에 나타나고 있다. 그리고 그
의미가 무엇인가를 소설 속에서 살펴보기로 한다.

그네가 혼잣말처럼 중얼거렸다. 내 잘못이예요. 오늘밤 이리루 오
자구한......이렇게 서루 괴로워해야 할 줄은 몰랐어요. 그저 하룻밤 동
호씨 곁에서 지냈음 얼마나 즐거울까 하는 생각만으루...꿈에 지나지
않는 생각이었어요. 좋아요. 꿈을 버리죠....중략......그리고 그의 입에서
는 아니야, 아니야, 소리가 연방 질러졌다. 그러면서 그는 자신에게
다짐했다. 이런 상태로서 그네의 꿈을 깨쳐서는 안 된다, 오늘밤 사랑
하는 그네에게 꿈을 갖게 하리라. 가슴 한구석에 듬뿌룩하게 막혔던
것이 풀려내리는 느낌이었다.....중략.....그러면서 이날 밤 숙이의 꿈을
깨뜨리지 않기 위해 자기가 사내로서의 욕망을 억제하고 있다는데 어
떤 쾌감까지 맛보는 것이었다. 새벽녘에 잠이 들 때까지 수없이 되풀
이된 이 억제가 얼마만한 가치를 지니고 있는지 어쩐지는 문제가 아
니었다. 그저 자기는 숙이의 모든 것을 아껴야 한다는 것. 그리고 그런

---

13) 이어령, “식물적 인간상 - 카인의 후예론”, 『사상계』(1960.4), pp.260-262.
14) 천이두, “자의식과 현실 - 종합에의 의지”, p.159. 裴善美, “황순원 장편 소
    설 연구”, 숙명여자 대학교 교육 대학원 석사논문(1980), p.16에서 재인용.

그네는 영원히 자기의 것이라는 생각뿐이었다.   (『전집』 7, p.306)

『나무들 비탈에 서다』의 주인공인 '동호'의 의식을 보여주는 대목이다. 여기서 성적 억제는 단순한 절제나 억제 만이 아니라 또다른 변형된 형태의 사랑이라는 것을 알 수가 있다. 그리고 그러한 억제나 절제는 '꿈'이라고 표현되고 있다. 재론할 필요도 없이 꿈은 현실적이 아니다. 현실에서 이루어질 수 없는 절대적인 이상이 '꿈'이라고 말할 수 있다. 동료 군인들로부터 시인으로 불리우던 이러한 순정파인 '동호'는 전쟁 중에 술집 여인에게 동정을 잃고 만다.

어떤 불결감과 함께 혐오감이 울컥 치밀었다. 이제야말로 돌아서 나가야 한다고 생각했다.
"그렇게 못마땅해요? 그렇게 드러워 봬요?"   (『전집』 7, p.339)

이런 점은 "동호가 숙이와의 정신적 교류에 의해서만 극한 상황을 극복하려는 것이 넌센스임을 자인하여 옥주의 육체에 구원을 요청한 것"[15]이라고도 해석될 수 있는 소지를 안고 있으며, 또한 '동호'가 생명처럼 간직하던 자신의 순수성이 더렵혀졌다는 생각을 하게 된다.

그러나 일단 술집 여인인 '옥주'에게 빠진 '동호'는 그녀에게 탐닉하게 되고 그녀가 다른 남자를 상대한다는 것을 알고 총을 들고 나가 그녀와 남자를 쏴죽이고 나서 자신도 자살을 하고 만다. 『나무들 비탈에 서다』는 흔히 전쟁으로 인해서 상처 받은 인간을 이야기한 소설이라고 평가되고 있다. 그러나 그 점에서 극명하게 제기되고 있는 것이 이 '동호'의 순수성

---

15) 구창환, "상처 받은 세대 - 「나무들 비탈에 서다」를 논함", 『조대문학』 5호(광주, 조선대 1964), p.77.

의 상실이다. 전쟁 중이었기 때문에 멀리 서울에 있는 '숙이'에게서는 편지를 받을 수밖에 없었고 군부대 가까운 곳에 있는 술집여인 '옥주'에게 바친 순수성마저 무너지자 파멸하고 마는 주인공 '동호'는 바로 황순원의 '사랑의 파멸'를 보여주고 있다고 볼 수 있다. 이러한 점을 가르켜 "동호가 그 순결하고 열렬한 사랑에도 불구하고 숙이로부터는 가질 수 없었던 친숙성을 옥주의 육체에서 가질 수 있었다는 것은 그의 결백성에도 불구하고 너무도 당연하다. 인간의 비밀의 最懊部는 육체에 있는 것이다. 어색함이 육체로서 화해된다."16)라고 해석되기도 하며 "동호나 숙이나 현태, 계향 등이 사랑하고 번민하고 죽었다. 그리고 그들에겐 벽이 있었다. 6·25라는 결정적 벽이..."17) 라고 그들의 순수성 파괴가 6·25라는 사회적 원인으로 기여한다는 점을 강조해야 한다고 논해지기도 한다.

『일월』에 있어서의 '전경훈:다혜' '인철:다혜' '인철:나미'에서도 같은 맥락으로 되풀이 된다. 가령 '인철과 나미'는 서울에서부터 '해운대 철도 호텔 별관'에 함께 들었으나 키스 정도만 하고 만다. 그것도 여자편의 거부에서가 아니라 남자인 '인철'의 '억제'와 '절제력'에 의해서다.

『별과 같이 살다』, 『카인의 後裔』, 『나무들 비탈에 서다』, 『日月』과 같은 전반기 소설에서만 상기한 유(類)의 남녀관계가 나타나는 것이 아니라 후반기 소설인 『움직이는 城』에서의 '준태:지연'에서도 계속 나타나고 있다. 다만 『神들의 주사위』에 가서는 '한수:진희' '한수:세미'의 관계가 성적 욕구의 억제나 절제와는 다르게 통상적인 남녀관계의 보편성으로 나타나고 있을 뿐이다.

이상에서 황순원 소설의 '남녀간의 사랑'은 '정신적인 사랑」으로 주로 나타나고 있으며 그것은 '순수성'으로 표현된다. 그리고 그 '순수성'은

---

16) 원형갑, "『나무들 비탈에 서다』의 背地(中)", 『현대문학』(1961.2), p.218.
17) 천이두, "『나무들 비탈에 서다』의 기점(上)", 『현대문학』(1961.12), p.159.

남녀 주인공들의 '성적 억제'를 통해서 나타난다. 이렇게 보면 그의 소설에 나타나는 남녀 주인공들의 사랑의 방식은 자유 분망하고 퇴폐적인 낭만주의와는 상당한 거리가 있음을 알 수 있다. 또한 그런 사랑은 프라토닉 러브라는 또 다른 사랑의 형태임을 알 수 있다.

황순원의 문학적 태도의 하나를 '낭만주의'라고 할 때에는 중편 「내일」에서 일부 나타나는 것과 같이 현대의식이 결핍돼 있다거나 달콤하다거나 목가적이며 전원적인 이상향을 주인공들이 꿈꾸고 있다는 점에서는 낭만주의적 세계관을 받아들여서 작품화했다고 할 수 있으나 「내일」에서 나타나는 것과 같이 그의 전 소설에서 보편적 특질의 하나로서 지적할 수 있는 남녀간의 순수하고, 정신적인 사랑의 형태를 살펴볼 때에는 이어령의 지적대로 '낭만적 프라토니즘'이라고 할 수는 있을 것이다. 결국 황순원의 '낭만주의'는 지적 절제를 가했건, 한국적 특색을 가미했던 간에 서구의 낭만주의적 세계인식과 전반적으로 일치하는 것은 아니라고 할 수 있다. 이 점은 서구의 문예사조의 한국적 수용양상에서 흔히 나타나는 현상의 하나로서 천 년 전통의 서구 문예사조의 세계관이 일시에 한국문학에 혼류됨으로 해서 나타난 현상이라고 할 수 있겠다.

4. 전반기 장편소설

(1) 서술자와 서술방법

가) 시점의 변모 양상

소설의 근본적 형상은 이야기하는 것이고, 또한 "누가 우리에게 이야기해 주는가" 하는 문제로 귀결된다.[1] 소설의 장르적 특성 중의 하나가 '이야기의 내용'과 '독자 혹은 청중' 사이에 이야기를 이끌어가는 사람(화자, 나레이터)가 존재한다는 점은 개론적이다. 황순원 소설, 특히 장편소설에서 시점의 사용방법이 어떠한 변모양상을 보이고 있는가를 살펴보도록 하겠다.

(ㄱ) 『별과 같이 살다』

이 마을이 통째 대구 사는 김만장네 소유로 돼 있었다. 벌써 몇대째, 그러니 어느 옛날부터 대대로 비록 가주는 갈릴지라도 한결 같이 가난해만 내려오는 이곳 사람들은 또 김만장을 그대로 하나의 무서운 존재로 받들고 살아가는 백성일 밖에 없었다.　　　　　(「전집」 6, p.11)

위 구절은 표면적으로는 3인칭 관찰자 시점이나 그 문장 속에 작가가 함축된 것으로 볼 수 있다. 엄격한 3인칭 관찰자 시점으로 볼 수는 없다.

---

1) E, M, Forster, *Aspect of Novel*, (李城鎬역, 서울, 문예출판사, 1975), pp.35-36.

　나는 여기서 잠깐 이 한명인에 대한 이야기를 해두는 것도 무방할
것 같다. 뒤에 이 사람이 우리 이야기와 관계가 있으니…

(「전집」 6, p.11)

　여기서 '나'는 작중인물의 하나가 아니다. '나'가 작중인물의 하나라면
이 작품을 일인칭 관찰자 서술로 볼 수가 있다. 따라서 이 문장에서 보이
는 시점은 '나'로 서술되고 있지만 작가 관찰자 시점이다. 아니면 '액자소
설'의 형태로써 서두(외부 이야기)에 등장하는 '나'와 본격적인 이야기
(내부 이야기)에 등장하는 '나'가 다를 수 있으나 이 작품의 시점 형식은
'액자 소설'은 아니다.

　이 밖에 곰녀가 또 해야 되는 일은 주인 여인의 말대로 손님이 그런
눈치만 보이면 주인더러 말하라고 하고는 잠까지 재워 보내야 한다는
것이었다. <u>사실 이 진주관 주인 여인이 곰녀를 사온 것도 손님에 따라
서는 비록 인물은 잘 생기지 못했다 하더라도 나이 어린 숫처녀를 찾
는 축이 있어, 그런 손님을 위해 곰녀를 사들인 것이었다. 값도 싸고
해서.</u>

(「전집」 6, p.83. 밑줄은 필자)

　인용문은 화자가 곰녀를 통해서 이야기를 하는 것이지만, 밑줄(＿)친
부분의 문장은 명백한 전지적 작가 시점에 해당한다.

　나는 여기서 산옥이가 한 이야기 가운데, 곳에 따라서는 좀 첨가하
여 상세히 적기로 한다. 이것은 결코 산옥이의 이야기만으로는 부족해
서 재미가 없다든지 해서가 아니라, 실은 앞에서도 명인의 이야기를
약간 했지만 왜그런지 그의 이름이 나오고 보니 그와 관련된 이야기
를 절로 더 쓰고 싶어진 것이다.

(「전집」 6, p.108)

위 구절에서 '나'는 단순히 관찰자로서 이야기를 끌고 나가는 나레이터가 아니라 나는 곧 작가임을 명백히 밝히고 있다. 그리고 전술한 바와 같이 '나'는 작중인물의 하나가 아니다.

따라서 장편 『별과 같이 살다』에는 1인칭 관찰자 서술, 3인칭 관찰자 서술, 전지적 작가 시점의 서술이 골고루 사용되고 있음을 알 수 있다.

> 하루는 김만장이 안방으로 들어와 마누라에게
> "그눔으자식 다시는 집안에 안 얼씬거리재?"
> 했다.
> 그믐으자식이란 맏아들을 두고 하는 말이었다.
> "예."
> 그러나 마누라의 대답은 거짓말이었다. 어제만 해도 맏아들이 뒷문으로 와 어머니를 만나고 간 것이었다.   (「전집」 6, p.58)

위의 구절은 전지적 작가 시점을 사용하고 있음을 확실히 보여주는 용례이다.

(ㄴ) 『카인의 後裔』

지금까지 우리는 인물(개인)과 환경과의 상호작용으로써 시점을 살펴보았다. 여기에는 역시 순전히 물질적 국면, 특히 (1) 화자나 서술자가 그 행동을 보고 듣는 실재적 장소 또는 위치와 (2) 다른 사람으로부터 정보를 받아들이는 사람으로서의 화자의 능력이 있다.[2]

---

2) Edgar V.Roberts, *Writing Themes About Literature*, (New York, 1983), p.65. Thus far we have considered point of view as an interaction of personality and circumstance. There are also purely physical aspects,

시점이란 결국 누가 어떻게 무엇을 얘기하느냐 하는 것이고, 나레이터의 역할 중에 중요한 것 중의 하나가 '정보전달'이다. 스토리 진행에 앞서서, 혹은 진행 중에 독자가 알고 있어야 할 정보를 전달하는 역할을 나레이터가 하게 된다. 작가는 어떻게 시점을 설정하고, 서술과 묘사, 대화를 통해 인물과 사건과 배경을 필연성 있게 조명하느냐, 그것은 단순한 기법이 아닌 소설적 질서, 다시 말하면 작품 구조와 통일성 있는 조화를 이룰 수 있도록 하는데 있다.[3] 또한 지각(知覺)의 수단이라는 말은 시점, 관점과 동의어로 흔히 사용된다.

> 산막골 고갯길을 넘어오는 사내가 있었다. 박훈이었다.
> 엔간히 술에 취한 듯 걸음이 허청거렸다. 그는 지난 넉달 동안이나 어떤 보람을 느껴가면서 운영해오던 야학을 어제 당에서 나온 공작대원에게 접수를 당한 것이었다. 아무런 예고도 없었다. 훈이 야학 시간이 되어 가보니 벌써 낯모를 청년이 교단을 점령하고 있었다. 오늘 저녁 이렇게 술이 좀 지나친 것도 그 허전감에서 온 것인지도 몰랐다.
>
> (「전집」 6, p.221)

『카인의 後裔』 두 번째 문장에 나오는 이 대목은 스토리의 시작과 함께 독자가 알고 있어야할 가장 중요한 정보, 혹은 소설적 상황을 얘기해 주고 있는 것이다.

> 저녁상을 보아 들여 놓고, 오작녀는 조용히 밖으로 나섰다.

---

speecifically (1) the actual place or postion from which speakers or narrators see and hear the action and (2) the capacities of the speakers as receivers of information from other.

3) 구인환, 『소설 쓰는 법』 (서울, 동원출판사, 1982), p.156.

아버지네 집으로 가보지 않고는 못견딜 심사였다. 누구와 결판을
내고만 싶었다. 글쎄 삼득이(남동생) 그애가 어쩌자고 그런 짓을 할까.
남의 뒤를 밟다니 될 말인가. 그것도 다른 사람 아닌 박선생의 뒤를.
(「전집」 6, p.227)

『카인의 후예』는 주인공 '박훈' 혹은 '그'라는 삼인칭 주인공 화자와
주인공 '오작녀'를 화자로 한 소설이다. 물론 그 밖에 다른 인물이 등장할
때에는 또 그 인물의 초점으로 스토리를 진행시켜 나가고 있다.
그러나 설명적인 문장에서는 다음과 같은 시점도 보인다.

뻑뻑한 바위 밑 같은 남편의 그늘이 그리 만들었는지 모를 일이
었다.
무어 남편되는 도섭 영감이 유별나게 아내를 들볶는 것은 아니었
다. 마치 바위 편에서 무슨 생각이 있어 그 밑의 풀나무를 어쩌는 것이
아니듯이. 그저 남편의 바위 밑에서 이 여인은 차차로이 제 웃음을
잃고 그 자리에서 어떤 그늘이 대신한 것이었다. 그것이 요즘와서 더
심했다.
(「전집」 6, p.228. 밑줄은 필자)

밑줄 친 부분은 오작녀 어머니의 관점으로 볼 수 있다. 왜냐하면 이
구절은 '오작녀'와 '오작녀'의 어머니가 집에서 만나는 바로 뒷구절에
이어져 있기 때문이다. 그렇다면 밑줄이 없는 다음 문장들 '오작녀' 어머
니의 관점으로, 혹은 '오작녀'의 관점으로 설명했어야 한다. 그렇지 않으
면 이 소설의 시점이 시종여일하게 3인칭 관찰자 시점이 되기 어렵다.
『카인의 후예』는『별과 같이 살다』와는 달리 명백한 3인칭 주인공 화
자와 3인칭 주변인물 화자를 사용하고 있으나 상기한 바와 같은 시점의
혼란을 몇 군데 발견 할 수 있다.

(ㄷ) 『人間接木』

소설의 서술 방법은 '말하기(Telling)'와 '보여주기(Showing)'로 양분
된다고 보는 것이 전통 시학의 견해이다. 기실 소설 문장 전반을 살펴보
더라도 그 소설의 형식이 어떠하든지 간에 모든 문장은 말하기(설명포함)
와 대화(보여주기포함)로 양분할 수 있다.4)

　　　"-- 이름은 차돌이구요, 나이는 열세살 먹었어요…"
　　　"-- 제 이름은 남준학이예요, 나이는 열 두살입니다…"
　　　"-- 제 이름은 김백석이구요, 나이는 열네살이야요… "
　　　"-- 난 이름이 없예요, 사람들이 그저 짱구대가리라고 불러요…"
　　　여러 아이들의 얘기를 기록한 노트에서 표가 되어 있는 아이들 것
　만을 찾아 읽기를 마친 종호는 다 읽기를 기다리고 있는 김목사에게
　노트를 건넸다.　　　　　　　　　　　　　　　　（『전집』 7, pp.11-17）

　『인간접목』의 서두 부분이다. '차돌이' '남준학' '김백석' '짱구대가리'
의 자신에 관한 얘기가 다른 인물의 개입 없이 돌아가며 계속된다. 이

---

4) *사실 서술(true narration)과 장면서술(scenic narration) <O,Ludwig>
　　*파노라마적 제시(panoramic presentation)와 장면적 제시(scenic presen-
　　tation) <P,Lubbock>
　　*말하기(telling)와 보여주기(showing) <W.C. Booth, Friedman>
　　*보고적 서술(reportorial narration)과 장면적 제시(scenic presen- tation)
　　<F.K.Stanzell>
　　*서사적 방법(narrative method)과 극적 방법(dramatic mathod) <A.M Wright>
　　*행동양식(the mathod of Do or Happen)과 존재양식(the mode of Is) <S.
　　Chatman>
　　김용재, "한국 근대 단편 소설의 서술형식 연구 - 일인칭 서술 상황을
　　중심으로", 전북대 박사학위 논문(1991), p.19. 이 부분에서 김용재는 학
　　자들 마다 다른 두 가지 용어를 정리해 놓았다. 왼쪽 부분은 말하기의
　　다른 용어이고, 오른쪽은 보여주기의 다른 용어이다. < >안은 학자 이름.

부분으로만 봐서는 액자소설로 볼 수 있다. '차돌이--나' '남준학--나' '김백석--나' '짱구대가리--나'로 이야기가 서술되고 있기 때문이다. 그러나 기실 이 부분은 "여러 아이들의 얘기를 기록한 노트에서 표가 되어 있는 아이들 것만을 찾아 읽기를 마친 종호"의 눈에 비친 기록일 뿐이다. 즉 고아원에 수용되어 있는 아이들의 신상에 관한 자술서를 주인공인 '종호'가 읽고 있는 것이다. 따라서 이 소설은 엄격한 3인칭 시점이다.

> 종호가 이 갱생원으로 일자리를 얻어 온 것은 바로 엿새 전, 그가 상이군인으로 제대한 지도 반년이 훨씬 넘은 뒤의 일이었다.
>
> (『전집』 7, p.27)

위와 같은 부분은 엄격한 3인칭 시점의 용례이다. 하지만 이른바 3인칭도 다음과 같이 구별된다.

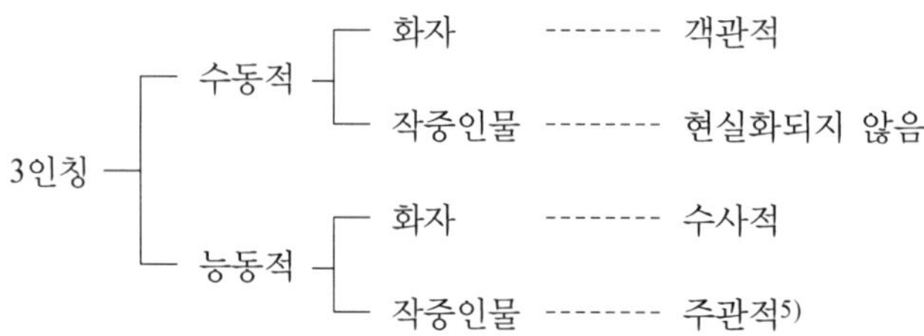

여기서 주관적이라는 말은 화자가 들어 내놓고 자신의 견해를 서술한다는 것이다. 즉 3인칭에 있어서 객관적이라는 말은 작중인물이 소설 속에 등장하는 다른 인물이나 자기 자신에게도 주관을 배제하고 '카메라'를 들고 촬영하는 것이다. 그럴 경우 가급적이면 그 '카메라'를 '자신'이나

---

5) Lubomir Dolezel, 「The Typology of the narrator」, 『현대 소설의 이론』 (김병욱 편, 최상규 역, 서울, 대방출판사 1983), p.411.

'다른 등장인물'의 내부에 들이 밀지 않는 것이다. 주관적은 그와 반대이다. 주인공이 '카메라'를 들고 '자신'의 '내부'는 물론 '다른 등장인물'의 내부까지도 들여다보려고 애쓰는 시점이다.

> 종호에게 있어서 그것은 죽음이나 다를 바 없었다. 사변 전까지 그는 서울에 있는 모 사립 의과대학 외과에 적을 두고 있었던 것이다. 그에게 팔은 몸 전부와 맞잡이었다. 그는 정말 스물 다섯이란 나이에 앞이 캄캄하기만 했다.　　　　　　　　　　　　　　(『전집』 7, p.28)

여기서 "죽음이나 다를바 없었다"라는 구절은 주인공 종호가 카메라를 들었지만 '주관적'이라 할 수 있다.

> 그러나 실상 홍집사의 내심은 그렇지가 않았다. 오늘 왕초 청년을 그만큼 무사히 돌려 보낸 것을 퍽 다행스럽게 여기는 것이었다. 만약 이쪽에서 잘못 건드려 돌려보냈다가는 그 후환이 여간 무섭지 않을 것이었다.
> 　한편 종호는 또 종호대로 오늘 그 왕초 청년과 마지막 단계에까지 이르지 않은 게 결국은 잘 됐다고 생각했다.
> 　<u>종호가 잘됐다고 생각하는 것은 홍집사의 내심처럼 왕초 청년의 후환이 두려워서가 아니었다.</u>
> 　왕초 청년과의 마지막 단계 직전에 나타난 대학생들에게 무슨 말을 하느라고 홍집사가 열어잡은 출입문을 통해 본 아이들의 동태 때문이었다.　　　　　　　　　　　　　　(『전집』 7, p.94)

위의 문장에서 "홍집사의 내심은 그렇지가 않았다"라는 부분은 홍집사라는 3인칭을 사용하고 있으며 '주관적'이라고 할 수가 있다. 그러나 밑줄 친 부분에 있어서는 "종호가 잘됐다고 생각하는 것"과 "홍집사의 내심처럼"이 같이 연결되어 있다. 이것은 분명한 전지적 시점의 서술이다. 그러나 이런 시점의 혼란은 『카인의 후예』처럼 한두 군데뿐이다. 따라서 『인간접목』은 3인칭 시점이다.

(ㄹ) 『나무들 비탈에 서다』

이건 마치 두꺼운 유릿속을 뚫고 간신히 걸음을 옮기는 것 같은 느낌이로군. 문득 동호는 생각했다.   (『전집』 7, p.225)

『나무들 비탈에 서다』의 서두 부분은 위와 같이 3인칭 시점, 그 중에서도 3인칭 주관적 시점을 택하고 있다.

그들은 새삼스레 주위가 너무 고요하다는 걸 느꼈다. 이 괴괴한 어느 지점에서 혹시 누가 자기네를 줄곧 감시나 하고 있지 않나 하는 생각에 어떤 말 못할 압박감이 엄습해 왔다.   (『전집』 7, p.258)

위의 문장에서 '그들'이라는 3인칭 복수가 첨가되어 있지 않다면 이 경우 전지적 작가 시점으로 오해할 수가 있다. 그러나 '그'라는 3인칭 단수를 사용하거나 '그들'이라는 3인칭 복수를 사용하거나 간에 이 시점은 3인칭 시점이고 '3인칭 복수 주관적 시점'이다.

현태가 화천 구만리발전소 야전병원에서 삼주일간의 치료를 받고 돌아 왔을 때는 그의 소속부대는 「소토고미」라는 곳에 주둔하고 있었다.   (『전집』 7, p.281)

『나무들 비탈에 서다』의 주인공은 전반부에 '동호', 중반부에 '현태'와 '동호'의 시점으로, 2부에서는 '현태'의 시점으로 진행되는 소설이다. 전반부의 화자인 '동호'가 자살을 하기 때문이다. 따라서 위의 "현태가...." 하는 부분도 3인칭 시점이다.

> 살아 남은 사람이 죽은 동료에 대해 어두운 그늘을 나타내고 그 밑에 번지는 자기네들의 삶에 대한 희열을 삼가 숨긴다는 것은 하나의 인정에서 오는 예의였다. 그러나 그것은 어디까지나 살아남은 사람들이 지어낸 예의니만큼 언제고 산 사람들에 의해 깨어질 수 있는 성질의 것이었다. 남자들의 세계에 있어서는 흔히 술이란 것이 매개가 되어 이를 깨어버리는 수가 많았다.　　　　(『전집』 7, p.294)

위의 구절에서는 화자가 '동호'도 아니고 '현태'도 아니다. 여기서 들을 수 있는 목소리는 '작가'이다. 그리고 이것은 바로 '전지적 작가 시점'에 속한다.

(ㅁ) 『日月』

> 지교수는 온 길을 조금 되돌아쳐오다 서남쪽으로 난 시골길로 들어섰다.　　　　(『전집』 8, p.11)

> 인철은 이러한 '지교수'의 말에 어쩐지 반대하고 싶은 충동을 받았다. 과연 9 · 28 때 노인이 취한 행위가 잔인한 것일까.　　　　(『전집』 8, p.37)

『日月』의 경우에는 위와 같은 3인칭 시점과 3인칭 주관적 시점 이외의 시점이 단 한군데 발견되고 있다.

> "오빠, 전 연극 공부 땜에 남선생님을 만날 뿐예요. 오빤 제 말을
> 믿어주죠?"
> "그런 변명을 하는게 아직 어린애야."
> <u>미도파 앞에서 합승을 탔다. 그리고 집에까지 둘이는 아무말도 없</u>
> <u>었다.</u>
> <u>그 시각에 집에서는 어떤 중대한 일이 벌어져 있었다.</u>
>
> (『전집』 8, p.109. 밑줄은 필자)

"그 시각에 집에서는 어떤 중대한 일이 벌어져 있었다."라는 상황
설명은 '인철'이나 '인주'의 시점은 아니다. 위의 문장에서 보듯이 '인철'
과 '인주'는 합승을 타고 집으로 돌아오는 도중이므로 집에서 어떤 상황
이 벌어지고 있는지를 알 수가 없게 되어 있다. 따라서 '그 시각에 집에서
는 어떤 중대한 일이 벌어져 있었다'라는 구절은 3인칭 시점이 아니라
전지적 작가시점에 속한다.

> 양주군 별내면에 있는 수암동에는 현재 백정이 두 집 살고 있었다.
> 8·15전만해도 여덟 집이 되던 것이 해방과 더불어 어디론가 이사를
> 해가고, 6·25 때 저쪽에 가담하여 날뛰다가 수복되면서 자취를 감춘
> 집이 몇 있고 하여 두 집만 남아 있는 것이었다. 남은 두 집도 순전히
> 도살업으로 생계를 해나가는 것이 아니고, 여름철에는 농사를 짓는
> 한편 바구니 광주리 키치룽 시룻밑 같은 것을 겯고, 겨울에 가끔 소를
> 잡는다는 것이었다.
> 저번에 왔다가 허탕을 치고 지교수와 전경훈이 두번째 찾아온 길이
> 었다.
>
> (『전집』 8, p.129)

백정들의 삶에 관심을 갖게 된 지교수가 연구를 시작하고, 또 그의 제자 전경훈이 자료 조사를 하고 있다는 전제가 있기는 하지만 위의 문장 설명의 주체는 '지교수'도 아니고 '전경훈'도 아니다. 따라서 이 부분도 전지적 작가 시점으로 분류할 수밖에 없다.

> 아버지와 어머니 사이에 가로놓인 장벽이 아주 높고 굳은 것임을 인철은 이날 새삼스레 느꼈다. 그러나 사실 그같은 상태가 비롯된 것은 오래전부터의 일이었다.
> <u>상진영감은 본시 결혼이란 것을 자기 과거의 한갖 매몰지로 삼으려 했다. 달갑지 않은 자기의 핏줄을 묻고 거기서 다시 새로운 자기를 소생기키려고 했다. 첫쨋번 아내인 이호 어머니와의 부부 생활도 그랬고, 지금의 홍씨와도 마찬가지였다. 그리고 이 홍씨와의 의무적인 부부생활도 홍씨가 기독교 신자가 되면서부터는 단절되고 만 것이다.</u>
>
> (『전집』 8, p.366. 밑줄은 필자)

위 부분에서 밑줄친 부분은 '인철'을 화자로 한 설명이다. 그러나 "상진영감은...."하는 부분서부터는 명백한 전지적 작가 시점이다. 다만『日月』에서는 이 이상의 시점의 혼란을 발견할 수 없다.

이상에서 살펴본 바에 의하면 전반기 장편 소설의 시점에 몇 가지의 특징을 발견할 수 있다.

『별과 같이 살다』의 경우 전지적 작가 시점과 3인칭 시점이 혼용되고 있다.

『카인의 후예』의 경우 3인칭 시점을 사용하고 있으나 간혹 설명 부분에서 전지적 시점을 사용하고 있다. 그러나 전반적으로는 3인칭 시점이다.『人間接木』의 경우도 두 번째와 동일하다.『나무들 비탈에 서다』도 2,3과 같은 유형이다.

3인칭 시점이라 할지라도 명백한 3인칭 객관적 시점이 아닌 3인칭 주인공의 주관적 시점이다. 시점의 혼란이 없다고 얘기되는 일인칭 시점은 사용하지 않는다.『日月』에 이르러서는 3인칭 주인공의 주관적 시점으로 시종여일하며 시점의 혼란이 보이지 않는다. 그의 단편 소설에서 흔히 사용되던 1인칭을 장편에서는 발견할 수 없지만 그의 3인칭이 1인칭의 변형임을 알 수 있다.

나) 자유간접화법

황순원 문체의 특성을 얘기하는 가운데 그의 문체가 '자유간접화법'이라는 것이 있다. 그런데 이 자유간접화법은 시점과 관계가 깊다.

이 '자유간접화법'을 제일 먼저 얘기한 학자는 김열규씨이다.

> 그네는 아버지가 왜 이럴까고 생각했다. 전혀 뜻밖의 아버지였다. 원 아버지가 그러시다니.　　　　　　　　　　　　　(『전집』 9, p.262)

맨 마지막에 "원 아버지가 그러시다니"가 그 자유간접화법이다. 작중 인물의 심리 변화를 제삼인칭 적으로 추적해 나가다가 각박한 고비에 이르면 제일인칭으로 추적하는 것인 만큼 막다른 고비에서 그만큼 묘사가 주관화되어 버린다는 시실을 의미하게 된다. 이 사실은 앞서 지적한 것처럼 드라마가 변전하는 계기에 정서가 결정적인 영향을 미치고 만다는 씨의 작품 구조상의 특색과도 상관된 것이다.[6]

김열규의 자유간접화법에 대한 설명이다. 이를 요약하면 "작중인물의 심리 변화를 제 삼인칭적으로 추적해 나가다가 각박한 고비에 이르면 제

---

6) 김열규, "새 발전의 계기 『황순원 전집』에 부쳐", 『사상계』 13권 7호 (1965.7), p.261.

일인칭으로 추적해 나간다”로 말 할 수 있다. 즉 한 문장이 삼인칭 객관적 시점으로 진행되다가 일인칭 주관적 시점으로 전환된다는 것이다.

한편 이 자유간접화법에 대하여 김상태는 다음과 같이 설명하고 있다.

　이건 마치 두꺼운 유릿속을 뚫고 간신히 걸음 걸음을 옮기는 것 같은 느낌으로는, 펀뜻 동호는 생각했다.
　『나무들 비탈에 서다』의 서두다. 문장을 꼼꼼하게 다듬어서 쓰고 있는 흔적을 느낀다. 내면의 느낌을 대화처럼 쓰고 있다. 불란서 소설의 자유간접화법을 연상시켜 준다.[7]

김상태는 ‘내면의 느낌을 대화’처럼 사용하는 것이 ‘자유간접화법’이라는 것이다.

결국 자유 간접화법이란 (1) 한 문장이 삼인칭 객관시점으로 진행되다가 일인칭 주관시점으로 전환, (2) 인칭엔 관계없이 내면의 느낌을 대화처럼 사용한다로 정리할 수 있다.

그렇다면 우선 직접화법과 간접화법의 차이를 알아볼 필요가 있다.

　1) 그녀가 말했다, “나는 당신이 오늘 여기로 왔으면 좋겠어.”
　2) 그녀는 그가 바로 그날 그리로 왔으면 좋겠다고 말했다.

1)은 직접발화(직접화법)이고, 2)는 간접발화(간접화법)이다.

직접발화는 어떤 사람이 실제로 한 말을 충실하게 그대로 보고 하는 것을 목적으로 한다. 문학에서 모든 종류의 휴지, 재구성, 수정 그리고

---

7) 김상태, “한국 소설의 문체 변화”, 『말과 삶과 자유』(서울; 문학과지성사, 1985), pp.145-146.

방언적인 특질을 받아 들인다. 말하는 사람은 작중인물이다.

간접발화의 서술자나 보고자는 그 발화자가 말한 것의 정확한 변형, 그러나 단순히 그 발화자 자신의 말을 그대로 표현하지 않고 대신에 그 서술자의 말과 직증적인 소개가 나타난 변형을 산출해 내려 한다. 말하는 사람은 실제로는 작중인물인 듯 하지만 그 발화는 서술자의 어투가 삽입되어 드러난다.[8]

이 소설의 문장에서의 자유간접화법(Style indirect Libre)은 간접적 내적독백(Indirect interior monologue), 또는 체험화법(Erlebte rede), 대용서술(Subsitutionary narration)이라고도 한다. 이것은 작중인물의 내면의 독백을 간접적으로 표현하는 표현법이다. 직접화법을 화자 중심으로 바꾸면 간접화법이 되듯이 직접적 내적 독백을 화자 중심으로 바꾸면 간접적 내적독백, 즉 자유간접화법이 되는 것이다.[9]

황순원의 문체를 조사해보면 다음과 같은 예를 찾을 수 있다.

---

8) Micheael J.Toolan, *A Chritical Linguistc Introduction*, (Routledge, London, 1988), 김병욱, 오연희 역, 『서사론』(서울,형설출판사, 1993), pp.171-172. 이 자유간접화법(FID) : 간접보고(자유간접문체 Free indirect style, style indirect libre, 의사직접화법 Quasi-direct discourse, erebte Rede, 결합된 화법 Combined discourse)의 특질은 대부분의 독자들이 그것이 작동하고 있다는 사실을 알아채지 못한다는 점이다. 우리는 그것을 순수한 서사물도 아니고 순수한 작중인물 표현도 아닌 일종의 전경화된 서사물로 간주 할 수 있다. 어떤 작중인물이 해야 할 일이나 발생할 가능성이 있거나 발생할 일에 대해 우리에게 이야기 해주는 스토리 속으로, 아마 다소 갑작스럽게 침입해 들어가는 것이 바로 그 이야기꾼이다. 이것은 다시 자유간접발화(Free indirect speech : FIS)와 자유간접사고(Free indirect thought : FIT)로 구분할 수 있다.

9) 김천혜, 『소설 구조의 이론』(서울; 문학과지성사, 1990), pp.151-152.

[직접화법의 용례]

　야, 예 있는 걸 그렇게 찾아 다녔구나. 곰보아주머니였다. 반가왔다.
이 곰보 아주머니면 어머니가 있는 데를 알 수 있을 것이었다.

(『전집』 3. 「왕모래」)

　아내는 그제야 방안의 등불을 켠후, 아랫목 어린 것을 안고 부엌으
로 나간다. 그새 고놈이 깨 있었나? 여태 자고 있는 줄만 알았더니.
부엌에서 아내의 짜증낸 말소리가 들렸다.

(『전집』 3. 「여인들」)

[간접화법의 용례]

　그러면 한씨 부인은, 요새 계집애들이란 모두 저렇게 앙큼해서 무
슨 짝에다 쓸지 모르겠다고 자기 방으로 들어가 눕고 마는 것이었다.

(『전집』 3. 「과부」)

[자유간접화법의 용례]

　소녀의 어머니는 숨찬 음성으로, 부인과는 한 고향이어서 서로의
집안 사정을 잘 안다는 말로 부인의 집에서는 지금 남편과 결혼하는
것을 반대하여 오랫동안 말썽이 많다가 종내 부인이 자기의 마음대로
붙고 말았다는 말을 하였다. 붙었다는 자기 말에 소녀의 어머니는 스
스로 귀 밑을 붉히고 이어서, 부인은 여태까지 본가에는 가지 못한다
는 말을 하고, 그런 일을 저지른 것은 어려서 어머니를 잃고 후모 밑에
서 자라난 탓이라고 하였다.　　　　　　　　(『전집』 1. 「늪」)

　이 세가지 용례의 주요한 특징을 살펴 보면 직접화법의 경우 인칭이
변하지 않는다는 것이다. 그리고 대화와 지문을 아래와 같이 분리해도
의미전달에 별 무리가 없다는 점이다.

“아 예 있는 걸 그렇게 찾아 다녔구나”
곰보 아주머니였다. 반가웠다. 이 곰보 아주머니라면 어머니가 있
는 데를 알 수 있을 것 같았다.

아내는 그제야 방안의 등불을 켠후, 아랫목 어린 것을 안고 부엌으
로 나간다.
“그새 고놈이 깨어 있었나? 자는 줄만 알았더니”
부엌에서 아내의 짜증낸 말소리가 들렸다.

그러나 간접화법의 경우 문장 속에서 인칭이 변하며 문장을 분리하려
면 무리가 따른다.

“그러면 한씨 부인은, 요새 계집애들이란 모두 저렇게 앙큼해서 무슨
짝에다 쓸지 모르겠다고 자기 방으로 들어가 눕고 마는 것이었다.”라는
문장을 바꾸어 볼 경우 다음과 같다.

그러면 한씨 부인은
“요새 계집애들이란 모두 저렇게 앙큼해서 무슨 짝에다 쓸지 모르
겠다”하고 혼자서 중얼거리다가 자기 방으로 들어가 눕고 마는 것이
었다.

“그러면 한씨 부인은……자기 방으로 들어가 눕고 마는 것이었다”는
3인칭이나 “요새 계집애들이란 모두 저렇게 앙큼해서 무슨 짝에다 쓸지
모르겠다”는 다른 사람은 듣지 못하는 문장을 중얼거림이나, 내적독백
으로 처리해야 하고 여기에 인칭을 명백히 제시해야 하나 그렇지 못한
것이다.

또 「늪」의 인용문에서 보여지는 문장의 경우 역시 3인칭 객관시점과 전지적 작가 시점이 혼재되어 있다.

> 소녀의 어머니는 숨찬 음성으로 말했다.
> "부인과는 한 고향이어서---붙고 말았다"
> 붙었다는 자기 말에 소녀의 어머니는 스스로 귀 밑을 붉혔다.
> "그래서 부인은 여태까지.....자란 탓이다"

이렇게 바꾸어야 정확한 문장이 된다.

> 안방쪽에서 나지막하나마 엄한 시아버지의 말소리가 귓전을 때린 것이었다.
> - 임자는 잠자쿠 있어. 벌써부터 나두 눈치채구 있었어.
> 시어머니의 무어라 대꾸하는 소리가 들리고 뒤이어 시아버지의,
> - 어쨌든 임자는 잠자쿠 있어. 조금이래두 주둥아릴 놀렸단 당장 도끼루 패 없앨테야. 뒷일은 내 다 처리할 테니 임잔 잠자쿠 있어.
> 소년과부는 번쩍 정신이 들었다. 실로 자기는 무슨 행복같은 것을 찾아 떠날 몸이 아니라, 여기 남아서 시아버지의 처분을 기다리는 몸이어야 하지 않는가.　　　　　　　　　　　　　(『전집』 3. 「과부」)

위와 같은 자유간접화법에서는 '화법'이라는 명칭대로 대화체를 사용하고 있는데 그 대화와 지문이 명백하게 분리되지 않고 지문화되어 있는 경우에 주로 나타난다. 또 이것은 3인칭 객관 시점과 전지적 작가 시점이 혼합되어 사용되고 있는 것과 같이 인칭이 혼재하며 더욱이 단어를 덧붙이지 않고 문장을 분리시킬 경우 의미가 전달되지 않는 특징들을 가지고 있다. '말하는 사람은 실제로는 작중인물인 듯 하지만 그 발화는 서술자

의 어투가 삽입되어 드러난다.'는 자유간접화법의 핵심을 볼 수가 있다.

황순원의 시점이 3인칭 시점이라 할지라도 객관적 3인칭 시점이 아닌 등장인물 주관적 시점이라 할 수 있고, 그의 문체의 특성으로 지적되는 "자유간접화법"도 위와 같이 분석해 보면 작가, 혹은 서술자의 어투가 삽입되어 드러나는 문체임을 알 수 있다. 즉 작가의 주관적 서술이나 묘사를 하는데 있어서 용이한 기법임을 알 수 있다. 따라서 이런 기법을 동원하여 여러 논자들이 지적하는 바와 같이[10] 감각적이며 인상적이며 서정적인 문체를 구현하고 있는 것이다. 인상적이며 감각적이며 서정적인 문체는 결국 작가의 주관에 의해서 표출되는 것이다.

(2) 설화와 소설의 접목

가) 설화의 차용

황순원의 소설에서 이야기가 차지하는 비중은 대단히 크다. 우리들 모두가 익숙하게 친해져 있는 옛 이야기에서부터 비교적 생소하지만 조금도 거부감을 주지 않는 탁월한 이야기꾼으로서의 작가 자신이 수집한 이야기, 그리고 시간이 조금만 지나면 곧 이야기화될 수 있는 현대의 설화들, 이 모든 것들이 황순원의 소설 속에서 살아 움직이는 방식은 마땅히 주목의 대상이 될 만하다.[11]

---

10) 천이두, 원숙과 패기- 황순원의 「탈」 서평, 문학과 지성, (1976년 여름) 천이두 「나무들 비탈에 서다」의 기점 상, 현대문학 1961.12, p.202, 유종호 겨레의 기억 전집 2, p.257.

11) 홍정선, "황순원 문학의 현재적 의미 - 이야기의 소설화와 소설의 이야기화", 『말과 삶과 자유』 (서울, 문학과지성사, 1985), p.91. 홍정선은 이 논문에서 주로 황순원 단편 소설에 있어서의 상기한 점에 대하여 논구하고 있으며 이를 '과거의 현재화'(이야기, 설화의 소설화), '현재의 과거화'(소

  이것은 소설이 '창조적 이야기'라고 할지라도 어디까지나 민족적 전통 속에서 발현되는 것이고, 따라서 어느 한 민족과 사회에서 대대로 전해져 내려오는 이야기(설화)와 밀접한 관련을 맺게 되는 것이다. 황순원은 이러한 전래적인 설화를 소설 속에 삽입, 혹은 구조화하여 소설을 흥미 있게 하거나 예술성을 높이는가 하면 이야기(소설)의 설화화를 통하여 자신의 문학을 민족 전통성과 연계시키곤 한다. 또한 한 민족의 서사시는 그 민족의 과거의 경험을 간직하고 있는 이를테면 겨레의 기억이었다. 우리 나라의 소설, 특히 단편 문학의 성숙과 세련에 큰 몫을 기여한 황순원에 대한 적절한 정의의 하나는 그가 뛰어난 겨레의 기억의 전수자라는 것이다.[12) 이러한 지적은 그가 우리 나라 전래의 설화성 이야기를 소설 속에서 다수 차용하고 있음을 말하고 있는 것이다.

  『별과 같이 살다』에서는 두 가지 종류의 설화성 이야기가 스토리 속에 등장한다. 그 첫 번째 형식은 기왕에 존재해 왔던 설화를 스토리 속에 삽입시키는 형식이다.

  여기서 "설화는 일정한 구조를 가진 꾸며낸 이야기"라고 일단 정의할 수 있다.[13)

   설의 이야기(설화)화)라고 하고 있다.

12) 유종호, "겨레의 기억 - 황순원의 일면", 『전집』 2, p.255.

13) 설화의 의의와 분류 : 설화는 '이야기'이다. 그러나 일상 신변 잡담을 전부 설화라고 하지 않는다. 역사적 사실이나 현재적 사실을 말로 전하는 것도 설화의 범주에 넣을 수 없다. "설화는 일정한 구조를 가진 꾸며낸 이야기"이기 때문이다. 꾸며낸 이야기라는 점에서 서사민요, 서사무가, 판소리, 소설 등 모든 서사문학의 장르들과 일치한다. 설화를 신화, 전설, 민담으로 삼분하는 것은 세계적인 통례로 되어 있다. 이 셋 사이에 확연한 선을 긋는 것은 곤란하며, 서로 넘나드는 경우도 있고, 하나가 다른 것으로 전환되기도 하나, 대체적인 차이를 다음과 같이 정리할 수 있다. 傳承者의 태도에서 전설은 신성하다고까지는 생각하지 않으나 진실되다고 믿고 실제로 있었다고 주장하는 이야기다. 민담은 신성하거나 진실되

(ㄱ) 『별과 같이 살다』의 경우

a) 한 농부가 쇠쪼가리 하나를 지음

b) 쇠쪼가리로 낫을 벼려서 싸리를 쳐 삼태기를 엮음

c) 삼태기로 개똥을 주움

d) 개똥 거름으로 보리를 심음

e) 싹이 돋아 방아만한 이삭이 나옴

f) 그 이삭을 나랏님께 진상코자 길 떠남

g) 주막에서 자고 나니 보리 이삭 잃음, 쥐가 이삭 먹음

h) 다음날 쥐를 가지고 떠남

i) 주막에서 자고나니 쥐를 고양이가 먹음

j) 다음날 고양이를 가지고 떠남

k) 주막에서 자고 나니 개가 고양이 죽임

l) 개를 가지고 떠남

m) 주막에서 자고 나니 말이 개를 죽임

지도 않는다고 생각한다. 시간과 장소에서 보면 전설은 구체적으로 제한된 시간과 장소를 갖는다. "이조 숙종대왕 시절에 서울 남산골에...."라고 시작되는 것이 전형적인 예다. 반면에 민담은 뚜렷한 장소와 시간이 없는 것이 보통이다. "옛날 옛적에 어느 곳에....." 증거물에서 보면 전설은 특정의 개별적 증거물을 갖는다. 바위에 관한 전설은 바위 일반을 증거물로 삼을 수 없고, 어느 곳에 있는 어떤 모양의 바위만이 증거물일 수 있다. 민담은 이야기가 그 자체로 완결되며 증거물에 소소할 필요가 없다. 더러 증거물을 갖는다 해도 널리 존재 할수 있는 현상, 이를테면 수숫대가 빨갛다든가, 수탉이 하늘을 보고 운다는 것들이다. 주인공 및 그 행위에서 보면 전설은 신화나 민담의 경우보다 왜소하며 예기치않던 관계를 성공적으로 극복하지 못하는 경향이 많다. 민담은 일상적인 인간이다. 전승의 범위에서 보면 전설은 증거물의 성격상 대체로 지역적인 범위를 갖는다. 한민족의 흥미로운 민담은 약간의 수정만 가하면 다른 민족 다른 누구에게도 흥미로운 민담일 수 있다. 장덕순, 『설화문학개설』 (이우출판사, 1975), pp.33-36.

n) 말을 가지고 떠남

o) 주막에서 자고 나니 처녀가 말을 죽임

p) 처녀를 가지고 떠남

q) 주막에서 자고 나니 총각이 처녀와 혼인을 함

r) 처녀대신 비지찌꺼기를 한 꿰짝 넣어줌

s) 비지를 지고 감

t) 비지가 질질 흐르자 진상가는 사람은 꿰짝 속 처녀를 달래느라고
   오줌은 누워도 똥은 누지 마라, 오줌은 누워도 똥은 누지 마라.

(『전집』 6, pp.49-51)

이 이야기는 주인공 '곰녀'가 자신을 돌봐주는 '배나뭇집 할머니'로부터 무수히 많이, 또 자주 들은 얘기이고 '들을 때마다 재미있는' 이야기로 소설에 나타나고 있다. 장덕순의 분류대로라면 이것은 설화 중에서도 '민담'이다. 즉 스토리 속에 민담이 하나의 에피소드로서 삽입된 경우이다. 배나무집 할머니가 곰녀에게 해주는 '콩쥐 팥쥐 이야기'도 같은 범주에 속한다.

다음은 '한명인'에 관한 이야기이다.

a) 한명인이 밤늦게 돌아옴

b) 웬 사나이가 돈 닷냥을 꾸어 달라고 함

c) 사나이가 집이 어디냐고 물어봄

d) 그 뒤 밤마다 돈 닷냥씩을 던져 주고 감

e) 그 사나이는 복도깨비였음

(복도깨비는 돈을 꾼 사실만을 기억하고 갚은 일은 기억하지 못해
서 계속해서 돈을 갚는다는 이야기임)   (『전집』 6, p.14)

그러나 위의 이야기는 기왕에 우리 민족에게 전래되고 있던 민담이 소설적 재미를 위하여 단순히 삽입된 것이 아니라 실제의 소설 주인공과 '연결'되고 있음을 보여주고 있는 형태이다.

삼국유사(三國遺史)에 나오는 獻花歌에 관한 근원 설화가 소설 속의 주인공과 '연결'되고 소설의 한 부분이 되는 경우도 있다.

> a) 귀돌이와 산옥이는 예닐곱 때까지는 소꿉질을 함
> b) 귀돌이가 산옥이에게 진달래 꽃을 꺽어준다고 벼랑에 기어 올라감
> c) 산옥이 위험하다고 그냥 내려 오라고 함
> d) 귀돌이 진달래 꽃이 있는 데까지 올라감
> e) 꽃을 꺽음
> f) 귀돌이 벼랑에서 내려오다가 미끄러짐.
> g) 귀돌이 다침
> (산옥이는 곰녀와 같은 창녀로서 어린 시절 귀돌이와의 풋사랑을
> 못잊어하는 인물로 등장한다)   (『전집』 6, pp.111-112)

또 민간에게 전승되고 있는 도깨비 이야기를 소설의 인물과 연결시키는 형태도 찾아 볼 수 있다.

(ㄴ) 『별과 같이 살다』의 경우

> a) 한명인이 점을 잘침
> b) 어떤 사람이 이를 시험해 보려함
> c) 어떤 사람이 돈 십원을 숨겨놓고 물어봄
> d) 한명인이 지금 밭가는 사람이 거반 돈 숨겨둔 자리까리 갈아 왔
>   으니 어서 찾으라고 함.

a) 어떤 사람이 소를 잃음

b) 한명인을 찾아 감

c) 한명인이 동쪽으로 이십리 가서 개울 둑 미류나무에 올라가 소를
   찾으라고 함

d) 미류나무를 쳐다 보았으나 소가 없어 미류나무에 올라감

e) 소를 찾음   (『전집』 6, pp.13-14)

a) 광우리 아버지의 짚세기 한짝이 뵈지 않음

b) 혹 개가 물어 가지 않았나 싶어 보니 개가 짚 방석을 깔고 앉아
   있음

c) 자세히 보니 그게 광우리 아버지의 짚세기임

a) 개가 새끼 다섯마리를 낳음

b) 짚방석 속에 들어가 낳음

c) 자세히 보니 광우리 아버지의 짚세기임   (『전집』 6, p.129)

이런 점은 소설에 있어서의 재미를 위한 과장법이라고도 볼 수가 있으
나 설화 만들기의 일종이라고 할 수도 있다.

『人間接木』『나무들 비탈에 서다』의 경우에는 '민담'이나 '전설'은 등
장하지 않는다. 『日月』의 경우에는 백정들이 자신들이 하는 일을 신성시
하는 설화가 나오고 있다. 『카인의 後裔』의 경우에는 작중인물이 '큰애
기 바위 전설'이라고 못 박고 있는데 비하여 『日月』의 경우에는 주인공
중의 하나인 '지교수'를 화자로 하여 "소에 대한 설화도 줄거리에 다소
다른 점이 있기는 하나, 소 자체를 신성시하여 꾸민 근본정신만은 같았
다."14)로 진술하고 있다. 따라서 여기 나오는 '소에 관한 설화'를 하위분
류하여 신화라거나 민담이라고 적시할 수는 없다. 다만 분위기로 봐서

---

14) 『전집』 8, p.129.

민담보다는 신화에 가깝다고 할 수가 있다.

> a) 옛날 상계 천왕님께 왕자가 하나 있었다.
> b) 그 왕자가 여색에 빠져 천왕이 노했다.
> c) 황자와 궁녀 하나를 소로 변하게 해서 하계로 내려 보냈다.
> d) 하계에서 사람에게 고된 부림을 받다가 나중 죽으면 혼백만은
>   상계로 올려 주겠다.
> e) 소를 죽여 상계루 올라가게 하는 사람두 같이 극락으로 가두룩
>   해준다.   (『전집』 8, p.27)
> a) 천황만이 먹는 금단의 복숭아가 있다.
> b) 태자가 그걸 몰래 따먹고 소로 변했다.
> c) 부황이 대로하여 하계로 내려 보냈다.
> d) 그러나 혼백만은 상계로 다시 올라오게 해주마고 했다.

이런 설화는 "이곳 두 백정도 이미 분디나뭇골 노인처럼은 그 설화를 믿는 눈치는 아니지만"[15] "백정들이 소를 신성시하는 건 종교 의식에서 보담두 직업의식에서 왔다구 봐, 즉 자기네 살생업을 합리화시키기 위한 데서 온 것에 지나지 않지"[16]로 해석되고 있다. 또한 이 소설에서는 백정들이 소를 잡으면서 소의 명복을 비는 염불 같은 것을 했다는 것을 차용하고 있다.

눈꽃이 열반에 산이 되어 날으니
태자도 좋을시고 기뻐하여 맞으리라
천황님 팔에 쉬에 속세를 가르키니

---

15) 『전집』 8, p.130.
16) 『전집』 8, pp.132-3.

인간의 악귀가 그대앞에 굴복하리

관세음보살 하감하소서 나무아미타불   (『전집』 8, p.32)

이런 소설적 분위기에 알맞은 노래를 조사하여 삽입한 것도 이『日月』
에서 처음 보인다. 또 하나 이 소설에서는 '선덕여왕과 지귀'의 이야기가
단순 삽입되고 있다. 이 '선덕여왕과 지귀'에 관한 전설은 '다혜'라는 여
주인공 하나를 사랑하는 '전경훈(국문학자)'이 자기의 사랑을 고백하는
비유의 하나로 사용하고 있다. 이러한 형태들은 소설의 흥미를 돋우거나
분위기를 살리기 위해서 민담이나 설화를 소설 속에 단순 삽입시키거나
혹은 소설의 주인공과 설화의 내용을 일부 연계 시키거나 하는 방법이다.

나) 근원설화와 소설

다음으로 근원적인 설화의 구조를『카인의 後裔』의 경우처럼 소설화
하는 경우이다.

a) 가락골 마을에 큰 부호가 살음

b) 외아들이 계집종을 좋아함

c) 도련님 서울 유학, 돌아 올 때까지 기다리라는 굳은 언약

d) 도련님이 돌아오지 않음

e) 어떤 남자의 아내가 됐으나 남편이 부랑자임

f) 큰아기는 밤마다 산에 올라가 바위가 되게 해달라고 빔

g) 어느 여름날 바위가 됨

h) 도련님 돌아와 바위를 붙잡고 움

i) 이듬해 봄 바위가에 진달래 피고 뻐꾸기 한마리가 운다.

여기에 축약한 내용은 소설 속에서 "큰 아기 바윗골 전설은 훈도 어려서 어른들한테 들어서 알고 있었다."[17]로 확실한 '전설'로 이야기되고 있다. '이야기'는 장덕순의 분류대로 신화나 민담이 아닌 전설에 속한다.

그런데 이 이야기는 스토리의 흥미을 더하기 위해서 단순히 '삽입'된 것이 아니라 이 소설의 전반적인 구조와 비슷하다.

> a) 마름인 도섭영감이 소작인을 도리깨로 내리침
> b) 도섭영감의 딸인 오작녀가 소작인을 감쌈.
> c) 도섭영감이 딸을 내리 칠려고 함
> d) 지주 아들인 훈이 감쌈.
> e) 훈이 불을 냄
> f) 오작녀가 몸을 던져 불을 끔
> g) 오작녀가 훈에게 참외를 갖다줌
> h) 훈이 공부를 떠남(별로 흥이 나지 않음)
> i) 오작녀가 결혼을 함
> J) 오작녀의 남편은 노름꾼에 부랑아임
> k) 훈이 돌아 와서 오작녀의 시중을 받으면서 같은 집에서 삼년을 삶.
> l) 훈은 속으로 오작녀을 데리고 월남하기로 함.

또한 중요한 것은 이 '큰아기 바위의 전설'을 '전설처럼 닮은 쌍'인 두 남녀가 다 잘 알고 있다는 사실이다.

> 뻐꾸기 소리가 들려왔다.
> 오작녀가 고개를 들었다. 큰아기바윗골 쪽이었다. 그러자 오작녀는 가슴 속이 무엇으로 가득해짐을 느꼈다. 큰 아기 바위의 슬픈 전설보

---

17) 『전집』 6, p.366.

다 자기가 너무 지나치게 행복한 것 같았다.   (『전집』 6, p.281)

"전 데 뻐꾸리 소리를 들을 적마다……"

오작녀의 젖은 눈에 꿈꾸는 듯한 빛이 더해지며

"왜 그런디 제가 분에 넘치게 행복한 것만 같애요."

(『전집』 6, pp.367-368)

훈은 어릴 때의 일이 떠올랐다.

밤중에 무서운 꿈을 꾸고 난 뒤였다. 어디선가 밤 뻐꾸기 소리가 들려왔다. 전설에 나오는 큰 아기 바위골 뻐꾸기 생각이 났다. 무턱대고 어머니의 품을 파고 들었다. 그러면 무서움은 사라지고 그대로 아늑해지는 것이었다. 지금 훈은 이 어릴 때에 어머니 품 속에서 맛본 자릿한 행복감을 되도록이면 오래 지속시켜 보려 했다. 그러나 다음 순간 좀전에 꿈 속에서 자기가 어머니 아닌 오작녀에게 몸을 매 맡기고 만족스럽던 일이 떠올라 이불을 머리 위까지 뒤집어 쓰고 말았다.

오작녀는 오작녀대로 잠시 자기 방으로 건너가야 할 것도 잊고, 뻐꾸기 소리에 귀를 기울이고 있었다.   (『전집』 6, pp.236-237)

위의 장면은 '훈'이 몸이 아파 들어 누워있는데 '훈'이 방으로 들어온 '오작녀'와 같이 있는 상황묘사이다.

결국 『카인의 後裔』의 두 주인공인 '훈'과 '오작녀'가 '큰 애기 바위전설'을 자신들의 처지와 같이 동일시하고 있다는 것을 알 수가 있다. '큰 아기바위의 전설'의 비극에 비하면 자신은 행복하다고 생각하는 '오작녀'나 비록 꿈속에서라도 '큰 아기바위의 전설'과는 다른 행복을 꿈꾸는 '훈'이나 '큰 아기 바위의 전설'과 자신들을 비교하고 있다는 점에서는 같다.

작가 황순원의 「차라리 내목을」이라는 작품을 天官寺傳說과 관련하여 자세히 논구한 장덕순은 "이 소설은 전설적인 분위기 속에서 현대적 호흡을 곧잘하고 있다" "이 작품은 옛 전설과 속신의 분위기 속에서 용케도 현대의 소박을 살렸다."[18)고 평가하고 있다. 그러나 여기서는 文獻說話가 어떻게 소설화되고 있나를 단편적으로 살펴보고 있을 뿐이다. 장덕순의 분류에 따르면 작품 『별과 같이 살다』에 나오는 '큰 애기바위전설'은 '자연전설' '윤색체 전설'이라 할 수 있다.[19) 전설은 비극으로 끝나지만 소설은 그 끝이 비극인지 행복한 결말인지 분명하지 않다. 또한 이 소설이 '큰 아기바위의 전설'이라는 근원 설화를 '소설화'한 것인지 전체 소설에 흥미감이나 신비감을 불어 넣기 위해서 '전설화'한 것인지는 그 전말을 캐내기는 불가능하다. 그러나 '민담의 차용'이라거나 '전설의 소설화'라는 기법을 황순원이 사용하는 예는 그의 단편에서도 찾아 볼 수 있다. 그러나 이런 점이 황순원 소설만이 갖는 특징은 아니다. 동시대의 작가인 김동리의 「무녀도」, 「황토기」, 「등신불」, 「바위」같은 작품에서도 근원설화의 소설화 기법을 찾아 낼 수 있다.

김태준은 동화, 전설의 소설화라는 장에서 다음과 같이 말하고 있다.

그와 같은 동화, 전설은 우리나라에 들어와서 몇 백년 몇 천년 동안에 서로 유전하는 사이에 우리네의 문화와 조화하고 우리네의 풍속, 습관, 신앙, 전설 등과 절충하여 구래(舊來)의 원형을 변하여 버리고 점점 가극, 타령, 강담(講談)소설의 유(類)로 변천하여 버렸다.[20)

---

18) 장덕순, 『한국 설화문학 연구』 설화와 현대소설중 황순원편, pp.273-281.
19) 장덕순, 상게서, pp.17-18.
20) 김태준, 『조선소설사』 (서울, 한길사, 1976), p.126. 김태준은 이 대목에서 동화와 전설의 전파성는 세계성이고, 본디부터 제나라 고유의 것이라고 오랫동안 믿어오던 것도 자세히 상고하여 보면 수백 수천 년전, 혹은 짐작할 수 없는 아득한 옛날에 서로 전파되어 온 것임을 강조하고 있다. 이러한 논점은 다분히 프라이의 원형비평적 입장과 상통함을 알 수 있다.

즉 신화, 전설, 민담류의 설화들이 소설화되는 것은 문학의 한 흐름이라는 것이다. 이는 장르론에서 소설의 모태를 신화, 전설, 민담에 두고 있는 일반론과 같다.

우한용씨는 『움직이는 城』을 서사무가 칠공주와 대비적으로 분석하여 무교적 소재의 현대소설적인 굴절 양상을 구조와 기법, 그리고 주제의 측면에서 밝히고 『움직이는 성』과 무교의 관련성에 대한 검토 가능성의 근거를 다음과 같이 제시 하였다.[21]

첫째 소설의 한 모티브로 칠공주를 수용하고 있다는 점. 둘째 인물들의 행동구조가 칠공주의 사사구조와 일치하고 있다는 것. 셋째 고전으로서의 서사무가가 현대소설에 수용됨으로 해서 무가 자체에 대한 새로운 의미부여가 이루어지는 것, 따라서 새로운 의미 부여에 기능적으로 작용하는 기법이 동시에 파악되어야 한다는 것. 그러니까 소설 『움직이는 성』을 서사무가인 칠공주가 여러 가지 면에서 근원적인 설화로 작용하고 있다는 것이다.

황순원의 소설과 설화화의 관계를 살펴보면 『별과같이 살다』의 경우처럼 기왕에 민간에게 전승되어 왔던 설화나 민담을 소설 속에 '삽입'시켜서 소설적 흥미와 분위기를 살리기 위해서 설화를 차용한다. 또한 그러한 설화나 민담의 단순한 삽입이 아니라 그 이야기가 소설의 주인공과 '연결'시키기도 한다.

다음으로는 소설 속의 인물의 신비감을 극대화하기 위하여 소설의 에피소드를 설화처럼 과장하여 꾸미는 기법도 있다.

또 다른 방식으로는 『카인의 後裔』와 같이 어떤 '근원적인 전설'과 '소설적 구조'를 거의 비슷하게 구성하기도 하는데 전설의 소설화라고

---

21) 우한용, 『한국 현대소설 구조연구』 (서울, 삼지원, 1990), p.343.

볼 수 있다. 이와 같은 특징이 장편소설에만 나타나는 것이 아니라 단편 소설 「차라리 내목을」, 「잃어버린 사람들(古海坪烈女紀實碑)」, 「할아버 지가 있는 데쌍(逸士遺事)」 등에서도 사용되며 단편 「비늘」은 고려사 악지 속악부 「명주가」를 근원설화로 하여 이를 소설화한 것이다. 단, 장 편을 통하여 이러한 '설화의 소설화'가 황순원 소설에서 신비한 분위기를 느끼게 하는 요인의 하나가 되고 있다.

(3) 소설 속의 꿈

가) 현실과 꿈

황순원은 "꿈이라는 다양하고 풍성한 세계를 그냥 내버려 둘 수 없어 서 한때는 꿈을 적어두기 위해 머리맡에 메모지와 연필을 놓고 잔적도 있었고, 그것이 소설 속에 꿈을 집어넣는데 적잖이 도움이 돼 주었다."22) 라고 할 만큼 '꿈'과 소설과의 관계를 중시하고 있다. 이 항목에서는 황순 원 소설 속의 주인공들이 꾸는 꿈이 소설 속의 현실과 어떠한 상관관계를 가지고 있으며 그 의미는 무엇인가, 하는 점을 살펴보도록 하겠다.

(ㄱ) 『별과 같이 살다』의 경우

어느날 밤이었다. 곰녀는 퍼뜩 잠 속에서 눈을 떴다. 분명히 곁에 있어야 할 대구집 주인 마누라가 없다. 지금 자기는 그 대구집 주인 마누라에게 한창 어깨며 옆구리를 쥐어박히고 꼬집히고 하여 이번만 은 참을래야 참을 수가 없어, 아고 소리까지 지르고 있었는데? 그 대

---

22) 황순원 외, 『말과 삶과 자유』 (문학과지성사, 1985), p.35.

구집 주인 마누라는 간데 없고 한방 애들이 누운채 이리로들 고개를 돌리고 있는 것이다. 그럼 지금 자기는 꿈을 꾸었나. 꿈 속에서 잠꼬대 소리까지 지르면서. 좌우간 꿈이어서 다행이다. 곰녀는 저도 모르게 후유 한숨을 쉬었다. 그러는데 어디선가, 아고 아고 하는 낮으나 급한 비명소리가 들려왔다. 곰녀는 문득 그것이 자기 가슴 속에서 나온 소리로 느껴졌다.   (『전집』 6, p.80)

여기서 보이는 것은 주인공의 꿈 과 현실과의 거리가 크지 않다는 점이다. '현실의 괴로움'은 '꿈속에서 재현'되고, '꿈이 깬 현실 속에서도 연속'되는 등가관계를 가지고 있다.

그것도 귀돌이가 저만치 서서 이쪽을 바라만 보는 것을 산옥이 제가 오라고 손짓을 한다든가 그편으로 가까이 간다든가 하면 귀돌이편에서 피해버리는 그런 꿈만 꾼다는 것이었다. (『전집』 6, pp.114-115)

이것은 작중인물의 하나인 '산옥'이가 소꿉동무이며 첫사랑인 '귀돌'이에 대한 꿈을 꾸는 장면이다. '귀돌'이는 학질을 앓다가 벙어리가 된 이후로 산옥이를 피했고, 그 후 '산옥'은 군수 영감의 수청을 들라는 바람에 도망쳐 나와 술집으로 전전하다가 창녀가 된 여자이다.

따라서 꿈을 꾸는 산옥이의 현실도 귀돌이에게 오라고 손짓을 할 수가 없는 처지이다.

    산옥의 현실 : 귀돌이에게 오라고 할 수 없음
       꿈 : 귀돌이에게 오라고 함 그러나 귀돌이 피함
    꿈의 내용 : 과거 현실의 재현.

그러나 이 부분에서 '꿈의 내용'은 산옥이가 어렸을 때이기 때문에 시간적으로 먼 과거이나 현실과 꿈의 관계로 볼 때에 그 거리감은 그리 크지 않다.

프로이드는 "꿈의 내용과 그 참뜻 사이의 일정불변의 관계를 상징 관계라고 부릅니다만 꿈의 내용은 꿈의 무의식적 사상의 상징이라 하겠습니다."[23]라고 말한 바 있다. 현실과 꿈과의 관계를 명백히 해석할 수 있는 꿈은 관계, 혹은 형상화 관계의 꿈에 속한다고 하겠다.

프로이드가 일반적으로 '꿈'을 현실 속에서 의식의 작용 때문에 이룰 수 없었던 '소원충족'이라고 한 것은 그 전거를 댈 필요도 없이 잘 알려진 이야기이다. 즉 프로이드의 논리에 의하면 인간의 의식은 초자아, 에고, 무의식으로 구성되어 있는데 이 무의식의 99%는 이드, 즉 성적인 욕구로 가득 쌓여 있는데 이것이 깨어 있는 동안에는 초자아나 에고의 억누름으로 발현되지 못하다가 잠이 들면 꿈을 통해서 나타난다는 것이다. 이런 관점은 부계 사회의 꿈의 해석을 통한 프로이드의 관점을 따라 말리노프스키에 의해서 모계 사회에서도 그대로 적용된다고 한다. 본고에서는 황순원 소설에 나타나는 꿈들을 '관계', '암시관계' '형상화관계' '상징관계' 체계에 따라 분석해 보고자 한다.

(ㄴ) 『카인의 後裔』의 경우
다음은 주인공인 '훈'이 꾸는 꿈의 내용이다.

a) 훈이 야학당으로 들어감, 공부중임
b) 개털오바 입은 청년이 계급에 관한 강의를 함

---

23) S.Freud, 『정신분석입문』 제 2부 「꿈」, (서울, 삼성출판사, 1976), p.118. 프로이드는 꿈을 관계, 암시관계, 형상화관계, 상징관계로 유형화하여 분석하고 있다.

c) 오작녀가 그늘진 한구석에 앉아 있음

d) 명구가 야학이 마지막이라고 함.

e) 밖으로 나와 오작녀를 기다림

f) 뛰어가다가 얼굴과 목줄기와 손목이 긁힘

g) 오작녀가 붙들어 주기를 바람

h) 오작녀가 붙들어 주고 얼굴의 상채기를 빨아줌

i) 부끄러우면서도 행복함.   (『전집』 6, pp.234-235 요약)

a) - d)번까지는 현실에 있었던 일이 꿈에서 재현되고 있다. e) - f)번까지는 현실에서 내밀하게 바라던 일이 꿈속에서 이루어지고 있는 '소원충족'의 경우에 해당한다.

현실이 꿈속에서 재현됨
현실에서 바라던 일이 꿈속에서 이루어짐
꿈을 깸 따라서 이루어 질 수 없는 현실로 돌아 옴.

다음도 역시 주인공 '훈'의 꿈의 내용이다.

a) 허허 벌판에 혼자 서 있음

b) 윤주사가 소달구지에 남포불을 달고 감

c) 남포불을 찾음

d) 오작녀의 가슴을 안고 내 씨를 뿌리고 싶다 함

e) 도섭영감의 심장을 찌름

f) 피바다 속에서 헤엄을 침

g) 배에 두자리를 남겨 놓지 않았다고 사촌동생에게 소리침.

                                        (『전집』 6, pp.445-447)

a)의 경우는 주인공의 심정을 잘 표현해주고 있는 대목이다. 지주의 아들로서 야학을 접수당하고 토지, 집문서를 불태우고, 혼자 적지에 남아 있는 사람의 외로움을 나타낸 것이고, b)의 경우는 토지와 재산 몰수에 저항하다가 자해를 하고 병원을 찾아가는 '윤주사'의 운명, 즉 다시 말해서 공산화된 38 이북에서의 자신의 미래를 보여주는 것이고, c) 남포불은 평소 훈의 관점으로 언제나 '타는 듯한 눈'을 가진 오작녀를 상징하는 것이다. d)의 경우는 평소 내밀한 주인공의 욕망이 발현되는 것이고 e,f,g)의 경우는 미래를 말하는 것이다.

이 꿈은 암시적 꿈에 속하나 '현실'이 '꿈속에서 현실의 재현' 되고 '꿈 속에서 현실의 욕망충족'이 이루어지나 '꿈속에서 미래의 현실에 대한 염려' 를 하다가 '현실로 돌아옴'이라는 복잡한 등식을 취하고 있다.

（ㄷ）『人間接木』의 경우

주인공인 '종호'의 꿈의 내용은 다음과 같다.

　　a) 어머니가 노한 얼굴로 나타나 꾸짖음
　　b) 그 팔은 네가 달고 있기는 해도 내 팔이다.
　　c) 어서 어머니에게 내놔라
　　d) 종호는 꿈속에서 어찌할 바를 몰라 했다.　　（『전집』 7, p.47）

어머니의 힘으로 의과대학 공부를 하던 종호는 의무장교로 군에 입대, 휴전회 담 무렵 포탄 파편에 맞아 팔 하나를 잘린 상이군인이다. 또한 6·25 때 적 치하 서울에서 석 달 동안이나 다락방에 숨어 살며 어머니의 보살핌을 받았는데, 그는 어머니가 유탄에 맞아 세상을 뜬 아픈 과거를

가지고 있는 사람이다. 다락방에 숨은 아들이 염려스러워 다른 데로 피하
지도 못하고 방안에 꼼짝 않고 있다가 그의 어머니는 유탄에 맞아 죽었다.
이러한 과거를 가진 '종호'가 꾸는 꿈은 '어머니에 대한 죄의식'이다.

> a) 천장에 숨어 있는데 총알이 날라옴
> b) 총알이 점점 가까이 오다 어깨를 스치고 지나감
> c) 어머니가 나타나 총알이 날라오는 쪽을 막아섬
> d) 시들어 빠진 어머니의 젖가슴에 총알이 와서 박힘
> e) 겁에 질려서 어머니더러 비키라는 말도 못함.
>
> (『전집』 7, p.46)

이것은 어머니에 대한 죄의식이 그대로 재현되는 꿈의 내용이다. 실제
로 '종호'는 '이러한 생생한 꿈이 잠이 깨어서도 그를 괴롭히고' 있다고
서술된다.

> a) 어머니가 흰 옷을 입고 나타남
> b) 치마 폭에서 온전한 팔 하나를 내보이면서 잘 간수해 두고 있다
>   고 함
> c) 네 팔이 있으니 언제든지 네가 가지라고 함.
>
> (『전집』 7, p.47)

이 꿈의 내용은 현실에서 이루어지거나 위로받을 수 없는 일을 꿈속에
서 이루거나 위로받는 등식이다. 소원충족과 형상화된 꿈이라고 할 수
있다.

a) 동생이 불에 타 죽어가면서 불길을 헤치고 기어 나오려고 애씀

b) 불 속에 들어가 동생을 꺼내 와야 한다고 마음먹음

c) 불길이 무서워 뛰어들지 못함

소년 '준학'은 부모가 집에 안 계신 사이에 우는 동생을 달래기 위해서 불장난을 하다가 동생을 타죽게 한 아픈 과거를 가지고 있다. 불타는 집 속에서 자신만 뛰쳐나오고 동생은 죽었던 것이다. 따라서 소년 '준학'의 꿈도 '동생에 대한 죄의식'으로 가득차 있는 꿈이고 과거 현실에서 있었던 일이 꿈속에서 재현되는 등식을 가지고 있다. 이러한 아픈 과거를 가지고 있는 소년 '준학'의 죄의식을 덜어주기 위해서 '종호'는 자기의 죄의식을 자신의 '꿈'이라는 것을 설명하해 줌으로써 다른 사람의 현실적 고통을 해결하는 수단의 하나로 등장하고 있다.

       ......생시에 마음 먹었던 대루 꿈에 보는게 아니다. 누구나 마음에 먹지 않았던 무섭구 싫은 꿈두 꾸게 되는 법이다. 그런 걸 가지구 너만이 안타까와 할 것 없어. 도리어 안타까와 하면 더 그런 꿈을 꾸게 돼......

(『전집』 7, p.48)

주인공 '종호'가 꿈에 대한 생각을 말하는 것이다. 즉 꿈의 세계를 현실과의 상관관계에서 해석하고 있지 않다. 그는 소년 '준학'에게 산보나 운동으로 그런 꿈을 극복할 수 있다고까지 가르치고 있다. 즉 불합리한 꿈의 세계를 믿지 않고 있는 셈이 된다.

다음날, 홍집사가 출근하면서 며칠전에 사환애로 원장네 방직 공장으로 보냈던 두 애 중에서 남준학이를 데리고 왔다. 이틀째나 이 애가 밤중에 깨서는 난데없이 불이야, 불이야, 하고 고함을 질러서 숙직하

던 직원의 간담을 서늘하게 만들곤 했다는 것이다. 지난날의 그 무서
운 꿈을 또다시 보기 시작한 모양이었다. 사실 준학이의 얼굴이 며칠
동안에 알아볼이 만큼 창백해져 눈구석에 파란 정맥까지 내비쳐져 있
었다. 종호는 내일부터 다시 이 애를 아침 산보에 데리고 다녀야 겠다
고 생각했다.   (『전집』 7, p.230)

소년 '준학'이 다시 무서운 꿈, 과거 현실에서 있었던 무서운 일이 꿈속
에서 재현되어 나타나는 일이 계속 되었을 때에 '종호'는 그를 아침 운동
에 데리고 나가야 겠다고 생각한다. 즉 불합리한 꿈의 세계를 믿지도 않
을 뿐더러 그것을 육체적인 건강, 운동을 통해서 극복할 수 있다고 믿고
있는 것이다.

전통 시학의 입장에서 '소설'은 인간이 가지는 '꿈'의 표현이다.

우리 모두에게 어떤 의미에서 소설은 하나의 백일몽이고, 다른 의
미에서 상상적 연행이다.[24]

이와 같이 '소설' 을 하나의 '꿈'이라고 할 때 소설 속에 들어 있는
'꿈'은 소설이라는 가정된 현실 속에서 살고 있는 주인공들의 백일몽
(Day dream)이라고 하위 분류할 수 있다. 인간들이 현실세계에서 이룰

---

24) To all of us, that is what, in one sense fiction is a daydream. It is, in
other word, an imaginative enactment. Brooks. Purser Warren, *An Appproach
to Literature*, (Prentice-Hall,New Jersey, 1975), p.1. 「The nature of Fiction」
이란 항목에서 소설의 정면(허울)이 어떻든 내용은 'Old Day Dream'이라
고 말하면서 돈, 섹스, 권력, 지위라고 할 수 있고 'Old Day dream' = 'Self
Aggrandizing(자기 확대)'라고 하고 있다. 그들은 이것이 소설을 통해서
공적으로 이용되고 소설을 통해서 어린애들이 소꿉놀이를 하는 것과 같
이 어른들이 꿈의 역활을 해본다고 말한다.

수 없는 꿈을 소설이라는 가교를 통해서 얻는다는 논리는 다시 소설이라는 꿈속에 나타나는 꿈이라는 이중 구조를 가지게 되는 것이다.

그렇게 본다면 『별과 같이 살다』에서의 '산옥의 꿈'이나 『카인의 後裔』에서의 꿈이나 『人間接木』에서의 '종호'나 '준학'의 꿈 모두가 소설이라는 가정된 현실 속에서 살고 있는 인간들이 그 가정된 현실 속에서는 이룰 수 없는 욕망을 '꿈'을 통해서 충족해 보려하거나 과거 현실의 아픈 점이 꿈속에서도 재현되어 괴로워 한다는 공통점을 가지고 있다. 다른 측면에서 『인간접목』에서의 '준학의 꿈'은 "동생을 불태워 죽였다는 죄책감에 늘 시달려야 했던 남준학 소년이 꿈에 보았다는 천사의 날개, 그것은 1950년대의 그 암담한 시기에 있어서는 하나의 동화가 아닐 수 없다. 사실 이 작품은 청결하기 이를 데 없는 동화의 정신을 바탕에 깔고 있는 것이다."[25]라고 소설의 전반적인 주제와 함께 해석되기도 한다.

(ㄹ) 『나무들 비탈에 서다』의 경우

　　1) 꿈에 배가 퉁퉁 부어 올라 의사에게 갔다.
　　2) 의사는 만삭이라고 했다.
　　3) 일수가 사나울 것 같다.
　　4) 현태가 대신 소대장에게 말하여 윤구는 전투에 참가하지 않는다.
　　5) 웬일인지 전날밤 꿈자리가 나쁜 사람은 대개 전사하는 예가 많다.

(『전집』 7, p.275)

　　삶과 죽음의 문제가 절실하게 부딪치는 전쟁터에서는 아주 허무맹랑한 미신이나 속신도 중요하게 작용하는 법이다. 『나무들 비탈에 서다』의

---

25) 천이두, "밝음의 미학 - 人間接木", 『광장』 114호, (1983.2)

전쟁 중인 상황에서의 꿈은 '현실에 대한 불길한 예감'이 '전사'로 곧바로 이어진다. 즉 암시적 꿈에 해당한다.

> 그렇다고 전투에 참가하기 싫어서 거짓 꿈이야기를 하는 사람은 없다시피 했다. 전쟁 마당에서는 직접 전투에 참가하지 않는다고 해서 반드시 안전성이 보장되는 것은 아닌 것이다. 도리어 거짓 꿈이야기를 했다가는 좋지 않은 일이 생긴다는 관념이 박혀있었다.
>
> (『전집』 7, p.275)

여기서는 '거짓 꿈이야기'는 '현실에 대한 불길한 예감'으로 그것은 '전사'로 이어지는 등식을 가지고 있다. '전쟁터'라는 특수한 상황이 전제가 되어 있기는 하지만 이런 때의 꿈은 곧장 현실로 연결되는 조짐이나 예언으로 받아들여지고 있다.

> 내 잘못이예요, 오늘밤 이리루 오자고 한...이렇게 서루 괴로워해야 할 줄은 몰랐어요, 그저 하룻밤 동호씨 곁에서 지냈음 얼마나 즐거울까 하는 생각만으루...꿈에 지나지 않는 생각이었어요, 좋아요, 꿈을 버리죠.....중략.... 그러면서 그는 자신에게 다짐했다. 이런 상태로서 그네의 꿈을 깨쳐서는 안된다, 오늘밤 사랑하는 그네에게 꿈을 갖게 하리라.
>
> (『전집』 7, p.305)

주인공 '동호'와 동호의 애인인 '숙'이 대화하는 장면이다. 그저 하룻밤 동호씨 곁에서 지내고 싶다는 '숙'이의 꿈은 비현실적이 아니다. 여기서는 '꿈'이라는 단어 보다는 '바램'이라는 말이 더 어울릴 것 같다. 그러나 '동호'가 남자로서 욕정을 참지 못하자 '숙'은 "꿈을 버리죠"라고 말한다. 그러나 남자인 '동호'는 "그네에게 꿈을 갖게 하리라"는 생각에서 입맞춤만 하고 하룻밤을 지낸다. 이 점은 앞서 지적한대로 황순원 소설에 있어서의 남녀 간의 플라토닉 러브에 해당된다. 현실은 꿈이고 그것은 현실이라는 등식을 가지고 있고, 현실에서 생각하는 꿈은 현실로 이루어진다.

이러한 '동호'는 꿈을 믿는 사람으로 표현되고 있다.

> 동호가,
>
> "땅은 리얼하지. 그래두 그 위에 서서 다니는 인간에겐 꿈이란게 있어야 하지 않을까?"
>
> "흥, 뭣 땜에? 이제 저녁때 나올 반찬이 뻔한데두 혹시나 별것이 나오지 않을까 하는 기댈 갖기 위해서? 그렇잖음 다음 외출날엔 무슨 더 유쾌한 일이 있어주길 바라는 의미에서? 좀 그 꿈이란 소린 집어 쳐."
>
> (『전집』 7, p.330)

그러나 기실 애인과 하룻밤을 자면서도 "그네에게 꿈을 갖게 하리라"는 생각에서 아무 일 없이 보냈던 '동호'는 술집 색시인 서울 색시 '옥주'에게 빠져들어서 결국 그녀를 사살하고 자신도 자살하고 만다.

> a) 동호는 숙이를 만나러 가기 위해서 뻐스를 탄다.
> b) 낡아빠진 차체가 삐그덕거리며 부분부분이 제각기 놀았다.
> c) 내리받이에서 차가 속력을 낸다.
> d) 차체가 전복을 하려고 한다.
> e) 원테이 고개라고 소리치면서 깬다.　　(『전집』 7, p.362)

'옥주'와 하룻밤을 육체적으로 지낸 후 '동호'는 부대로 돌아와 그동안 '보물처럼' 간직해온 애인 '숙'이의 편지를 태운 다음 그날 저녁에 꾸는 꿈의 내용이다. 그는 이미 '현실' 속에서 육체적으로 불결해진 자신이

다시는 '숙'이를 만날 수 없는 자신을 인식하고 있었다. 현실은 '숙이를 만나러가는 불가능한 꿈'을 꾸게 만들고 '꿈속에서의 파탄'이라는 등식이다. 이 꿈은 소설 속에서 '동호'가 '옥주'를 사살하는 '복선' 역할도 할 뿐만 아니라 그러한 소설 속의 결과가 있게 하는 '예언, 혹은 조짐'의 역할도 담당하고 있는 부분이다.

> a) 가지와 잎이 온통 하늘을 덮고 있는 크나큰 나무밑에 서 있음.
> b) 제트기가 나타나 기총 소사를 하기 시작함.
> c) 나무뒤로 몸을 피하지 않고 비행기가 날아오는 방향으로 마주
>   서 있음.
> d) 기총 소사에 나뭇가지와 잎이 맞아 떨어짐.
> e) 비행기와 정면으로 마주 섬.
> f) 총알에 나뭇가지와 잎이 다 떨어짐.
> g) 비행기와 다시 정면으로 마주 섬.
> h) 드디어 그를 향해 불이 뿜어지려는 순간 비행기 편대가 섬.
> i) 비러먹을!, 하고 눈을 뜸.   (『전집』 7, pp.521-522)

『나무들 비탈에 서다』의 주인공 중의 하나인 '현태'의 꿈이다. 이 꿈은 현실 속에서 이루지 못하는 자살소원을 꿈에 보이는 대목이다. 주인공 '현태'는 '전쟁'에서 가장 잘 적응하고 있던 인물이다. 실제로 '현태'의 이 꿈은 전쟁터에서 겪었던 일과 밀접한 관련이 있다.

> a) 적과 아군의 혼전 중에 아군 비행기의 오폭을 받음
> b) 허둥대는 동호를 현태가 이끌고 큰 나무 밑으로 감
> c) 동호를 안듯이 하고 비행기가 오는 방향을 정면으로 하고 나무
>   뒤에 몸을 붙임

d) 총알이 좌우로 지나가거나 나무 줄기에 박힘

e) 비행기가 오는 방향을 바꾸면 다시 그렇게 함.

(『전집』 7, pp.265-266)

전쟁터에서는 비행기의 기총 소사를 받으면서 자기 자신은 물론 동료인 '동호'까지 그 기총 소사의 와중에서 살려 냈던 현태가 제대 후에는 오히려 그와 반대로 자살을 꿈꾸게 된다. 실제로 위의 꿈 장면은 주인공 '현태'가 제대 후에 유일하게 평온한 안식을 얻고 있던 무반응하고 무감각한 술집 여자 '계향'이가 자살을 하려고 하자 자기가 지니고 다니던 단도를 여자에게 건넨다.

"죽고 싶어요"

처음 듣는 감정이 담겨긴 말소리였다.....중략....

"자, 여깄어....아니, 칼날을 잡으면 어떻해, 자룰 잡아야지..."

그리고 그는 그네 쪽으로 등을 향하고 돌아 누웠다.

(『전집』 7, p.521)

그리고 술집여자인 '계향'이가 그가 준 단도로 자살을 하는 동안에 위의 꿈을 꾸는 것이다.

나) 꿈의 상징성

(ㄱ)『日月』의 경우

"초기엔 거의 단순한 소원충족의 꿈으로서, 형태면에서도 사실적이었던 데 반해, 차츰 불안, 고뇌로서의 꿈, 예시로서의 꿈 등으로 변모해 가면서, 형태 역시 상징적인 것으로 심화 되고 있다는 사실이다. 이것은 작가가 점점 원숙해지고 종교적으로 무르익어 가고 있는 증거라고 생각된다."[26)]는 논지는『日月』에 나타난 상징적인 꿈을 분석할 때에 가능해진다.

다음은 '본돌영감'의 꿈이다.

a) 하늘에서 소가 한떼 내려온다.
b) 칼 주위를 빙빙 돈다.
c) 소들이 칼을 핥는다.
d) 소들이 하얀색으로 변하면서 모두 눈물을 흘린다.
e) 할아버지가 칼을 핥는다.
f) 소들이 제 빛이 돼서 하늘로 올라간다.

(『전집』8, pp.28-29)

'본돌영감'은 소잡는 칼을 대단히 신성하게 여겨서 남에게 잘 보여 주지를 않는다. 그가 칼을 신성시하는 까닭은 동네 사람의 입을 통해서 다

---

26) 안영례, "황순원 소설에 나타난 꿈 연구", 중앙대학교 교육대학원 석사논문(1982), p.97. 이 논문에서 분류한 꿈은 '소원충족'을 내용별 유형으로 '불안 고뇌' '예언 예시' '복합'으로 나누었고, 형태별 유형으로 '사실적'과 '상징적'으로 나누었으며 1940-1975년까지의 소설 중에서 꿈이 삽입된 19편, 47장면을 가지고 연구하였음.

음과 같이 얘기 된다.

> 그이들이 자기네 하는 일을 여간 신성하게 생각하는 게 아니예요.
> 소두 예사 짐승으루 여기지 않습니다. 엣날 상제 천황님께 왕자가 하
> 나 있었는데…중략…이런 것두 그 할아버진 아직 그대루 믿구 있습니
> 다. 그러니까 사람을 죽이구두 소잡는 칼루 죽였으니 극락으로 보냈다
> 구 하는 거죠.   (『전집』 8, pp.27-28)

그 칼을 사거나 한번 보기라도 했으면 좋겠다는 '지교수'의 말에 대한
대답이다. '본돌영감'의 꿈은 서울서 왔다는 사람에게 그 칼을 한번 보인
후에 꾸게되는 꿈 내용이다. "조상의 혼백이 들어 있다"고 생각하며 신성
시하던 그 칼을 외부 사람에게 보인 후에 나타나는 '죄의식'이 꿈의 내용
이다.

'현실'에서 '칼을 신성시'하나 이것을 '외부인에게 보임', 그 후 '꿈속
에서 그 칼로 죽은 소들이 눈물을 흘리'는 꿈을 꾸고 '현실로 돌아와 그
칼을 더욱 신성시하여 보여 주지 않음'이라는 등식을 가지고 있다. 여기
서 보이는 '본돌영감'의 꿈은 단순한 현실과의 관계의 꿈이나 암시의 꿈,
혹은 형상의 꿈을 넘어 상징적인 꿈을 보여준다고 하겠다.

『일월』의 경우에는 '꿈' 말고도 '공상'이 나온다. '다혜'는 '인철'이 대
천에 가 있는 동안 때때로 그려온 공상이 있었다.

> a) 젊은 남녀가 해수욕을 감
> b) 남자는 호흡기가 나빠 요양중임
> c) 여자는 건강하고 수영을 잘함
> d) 남자가 물에 들어가 물결에 휘쓸림
> e) 남자를 구해서 인공 호흡을 함.   (『전집』 8, p.56)

이것은 수영을 잘하는 주인공 중의 하나인 '다혜'가 해수욕장에서 돌아온 '인철'과 마주 앉아서 하는 '공상'이라고 명기되어 있다. 따라서 작가는 '꿈' '공상'을 엄격히 구별하고 있음을 발견할 수 있다. 왜냐하면 '다혜'와 '인철'은 한강으로 수영을 가기로 약속을 하기 때문이다. 수영을 잘하는 편인 '다혜'의 입장에서 보면 위와 같은 일은 언제나 현실 속에서 발생할 수 있는 '실현 가능성'이 있기 때문이다.

그러나 작품 『日月』에서 가장 문제가 되고 있는 것은 주인공 '인철'의 꿈이다. '인철'의 꿈을 해석하는 데 있어서 프로이드식의 상징적 꿈의 해석 방식을 사용할 수는 없다. 가령 프로이드식으로 "계단 꿈은 뚜렷한 유형의 꿈으로 남녀의 성교를 상징한다"27)라면 그와 연계해서 주인공의 심리를 해석 할 수 있어야 한다. 그러나 인철은 '나미'라는 여주인공 하나와 '바닷가 호텔'에 가서도 굳이 성교를 하려고 애쓰지는 않는 성격으로 나타나 있기 때문이다. 따라서 성적인 문제로 주인공의 꿈을 해석하면 논리의 모순이 생긴다.

『日月』에 나타나는 '인철'의 꿈을 해석하는데 있어서는 이 소설의 전반적인 이미지, 혹은 색조를 연결시켜 봐야 한다. 작품 『日月』은 그 제목이 상징하고 있는 바와 같이 '밝음과 어두움'이다. 먼저 '日' 즉, 밝음에 해당하는 이미지가 어떻게 나타나고 있는지 살펴보겠다.

무대는 말이요, 나무 하나 풀 한포기 없는 붉은 구릉을 등지구 붉은 흙담벽을 두른 납작한 초가집이 대여섯 모여 사는 동구 앞입니다. 그 일대두 온통 불모의 붉은 흙이 깔려 있을 뿐이죠. 거기 전선주 하나가 서있습니다. 이것이 지상에 서있는 유일한 물건입니다. 이 전선주에는

---

27) 이용호 역,『프로이드 정신 분석학 입문』(동아출판사, 1964), p.123.

수 많은 사람이 기대어 앉군해서 사람의 등 키만한 자리 둘레가 반들
반들 닳아 패어져 있습니다. 막이 오르면 시뻘건 태양이 한창 이글거
리는 대낮입니다. 인물이 하나 등장합니다.(박해연이 설명하는 무대
장면)
(『전집』 8, p.47)

.....지나치는 사람들이 전선대만큼 커 보이기도 하고, 날아가는 참
새가 큰 독수리만큼해져서 달려들기도 했다. 한번은 메마른 황톳길을
걷고 있었다. 눈자라는 데까지의 벌판에는 풀 한포기 나있지 않고, 저
멀리 둘러 서 있는 민숭민숭한 구릉에도 나무라곤 하나 뵈지 않는 황
량한 황톳벌이었다. 걸음을 옮길 때마다 풀신거리는 흙먼지가 발목을
묻었다..... 중략.....바람 한점 없는 정지된 대기 속에서 이글거리는 태
양이 바로 이마 위에서 직사해오고 있었다. 인철은 목이 탔으나 물은
고사하고 쉬어 갈만한 곳도 없었다.
(『전집』 8, p.143) (인철의 꿈 (가))

이 둘을 비교해보면 '인철' 꿈은 박해연이라는 희곡 지망생이 설명하
는 무대장면하고 대단히 유사함을 알 수가 있다. 여기서 박해연이라는
인물은 마치 까뮈의 『페스트』에 나오는 '우체부'처럼 희곡 지망생이기는
하지만 언제나 자신이 쓰고자 하는 희곡의 첫 장면만 자꾸 구상하고 있는
사람이다.

여기서 박해연의 무대 장면과 인철의 꿈이 가장 깊게 연결되고 있는
것은 '태양의 이미지 혹은 붉음의 이미지'이다.

잠이 들었는데, 인철은 빨간 놀 속에 서있는 것이었다. 하늘과 땅과
산과 나무와 집들이 온통 빨간 놀빛이었다. 그리고 그 놀빛은 불꽃을
일으키며 타고 있는 것이었다. 인철은 처음부터 알고 있었다. 이 빨간

놀빛 불꽃은 지금 자기가 내쉬는 숨결에서 퍼져나간 것임을. 그리고
이러는 불꽃을 내 뿜는 자기는 분명히 병이 나 있음을……인철은 국민
학교 때 어떤 동무와 내기를 걸고 그림물감의 빨강을 혀로 핥아 다
먹은 일이 있었다. 처음에는 아무렇지도 않았으나 좀 있으니까 속이
아니꼬와서 견디다 못해 왈칵 다 토해내고 말았다.

(『전집』 8, p.141) (인철의 꿈 (나))

보통 문학작품 속에 나타나는 '태양의 이미지' 혹은 '태양의 상징성'은
밝음이라던가 새로운 세계라던가 신선함이라거나 또는 공평함, 생성의
이미지나 상징성으로 나타나게 된다. 프라이는 그의 원형적 이미지에서
신화적(묵시적) 양식에서의 광물계는 불의 천사들과 빛의 천사들, 성지의
후광으로 나타나며, 로만스적 양식에서는 쟁화의 상징으로서의 불, 단테
의 연옥으로 나타나며, 하위모방의 사실적 세계에서는 프로메테우스, 파
괴적인 요소로서의 불로 나타나며, 아이러니적이고 악마적 세계에서는
불의 이미지가 악의에 차 있는 마귀, 불타는 도시로 나타난다고 한 바
있다.[28]

그들은 새벽부터 밤까지 행복과 천진무구함에 둘러싸여 살았다. 관
목 숲에는 즐거운 노래소리가 울려 퍼지고 남아도는 정기(精氣)는 사
랑과 순박한 즐거움 속에 쏟아져 들어갔었다. 태양은 그 햇살 가운데
섬들과 바다를 목욕시키고 그 사랑스런 아이들은 기뻐하였다. 얼마나
놀라운 꿈이었으며, 그토록 숭고한 환상이었을까 보냐![29]

---

28) N.FRYE, *Anatomy Criticism*, 임철규역, 『비평의 해부』 (서울, 한길사,
   1984), pp.191-192.
29) William Riter, *Myth and Literature*, 이경식 역, 『신화와 문학』 (서울, 전망
   사, 1981), pp.8-9.

윌리엄 라이터는 "신화란 인간의 소망이 구체화한 것이며 그것의 적절한 상상적 표현형식"이라고 정의하고 있는 바, 또스토예프스키의 소설에 나타나는 '스타브로긴의 꿈'을 해석하고 있다. 여기서도 '태양'은 인간이 소망하고 꿈꾸는 낙원에서도 언제나 밝게 빛남을 얘기하고 있다.

그러나 위에 보이는 인철의 꿈 (가), (나)에서 보듯이 여기서는 '황톳길' '메마름' '흙먼지' '목마름' '병' 등의 부정적인 상징으로 나타나고 있다. 말하자면 프라이의 견해대로 아이러니적이며 파괴적인 요소로서 나타나고 있는 셈이다.

그렇다면 그런 점은 이 작품 속에서 어떤 점과 연결되고 있는가를 살펴볼 필요가 있다.

> 코뚜레를 잡고 있던 사내가 긴 참대꼬챙이로 파이프메가 뚫어놓은 구멍을 속 깊이 쑤셔댔다. 소의 전신에서 푸들푸들 경련이 일더니 그만 잦아들었다. 오십대의 작업복 사내가 와서 골 속을 쑤시던 사내와 함께 소를 모로 눕히고는 칼로 멱을 따는 것이었다. 쏟아지는 피를 똑 같은 작업복을 입은 소년이 와 깡통에다 받아 석유초롱에 옮겼다. 소 모가지가 잘라졌다. 큰 눈을 흰자위가 드러나게 치뜬 채로 있는 소 대가리를 피 받던 소년이 안고 뒷문 밖으로 나갔다. 잘린 자리의 근육이 피끗피끗 경련을 일으키고 있었다.　　　　(『전집』 8, p.148)

위의 대목은 '인철'의 눈을 통해 본 소 잡는 장면이다. 이러한 잔인한 장면을 길고도 자세하게 묘사하는 작가의 의도는 무엇일까? 그것은 '태양의 이미지 혹은 붉음의 이미지'가 '죽음의 이미지' 또는 '파괴적 이미지'임을 암시하고 있는 것은 아닐까? 이 충격적인 소 잡는 장면은 인철의 꿈에 그대로 반영된다.

그런데 거울에 비친 눈이 벌겋게 충혈이 돼 있었다. 어디서 꼭 본 눈같다고 생각하며 손가락 끝으로 자기 이마를 눌러보았다. 아무 저항도 없이 구멍이 뚫리면서 붉은 피가 쏟아져나왔다. 조금도 고통은 없었다.　　　　　　　　　　　　　　　　　　　　　　（『전집』 8, p.155）

기실 이러한 '태양의 이미지' 혹은 '붉음의 이미지' 또는 '파괴적 이미지'가 꼭 주인공들의 꿈에만 나타나는 것은 아니다.

주인공 '인철'과 함께 중요 인물인 사촌형 '기룡'이란 인물의 입을 통해서 나오는 말에 다음과 같은 것들이 있다.

내 생각엔요 차에 치어서 막 피를 흘리구 죽은줄 알았던 사람이 살아 일어 났을 때든가 한참 활활 타다가 불이 꺼졌을 때 무언가 싱겁다거나 허전하게 느끼게 되는 건 그건 본시 인간이, 그리고 땅과 하늘이 피와 불을 요구하고 있기 때문인 것 같애요.　　　　（『전집』 8, p.295）

'기룡'이란 인물은 자신이 백정 출신임을 인정하고 가업을 이어 받아서 도수장에서 일을 하고 있는 사람이다. '인철'의 아버지 '상진영감'이나 '인철'의 형이 백정 출신임을 숨기고 현실 속에서 신분을 감추거나 바꾸어서 출세하려고 하는 인물임에 비해서 '상진영감'의 형인 '본돌영감'은 오히려 백정이 가지고 있는 세습적인 관습을 철저히 지키려고 하는 인물이다. '인철'은 그 사이에서 방황하게 되고 자주 '기룡'을 찾아 그로부터 "인간은 원래 외롭다"는 명제를 얻게 된다.

둘러봐야 나무 한그루 풀 한포기 없는 불모의 붉은 흙만이 깔려있는 곳에, 장이 바뀜에 따라 태양의 생김새가 커지면서 내리쬐는 폭양이 세어지구, 조명의 붉은 빛두 차차 분홍으로 변해가구, 효과의 까마

귀 울음소리두 여러 마리가 우짖어대는 가운데 사람들의 지르는 소리
두 커져야 합니다.   (『전집』 8, p.299)

등장인물의 하나인 극작가 지망생 '박해연'이 자신의 희곡 무대 장면
을 두번째로 설명하는 대목이다. 첫번째와 마찬가지로 '태양' = '불모'
= '붉은 빛'이라는 이미지가 연결되고 있다. 그런데 이러한 '태양' = '불
모' = '붉은 빛'이라는 이미지는 '고독'과 연결되고 있다.

　무인지경 같은 속에서 인철은 몸을 일으켜 허청거리며 자기 자리로
가 앉았다. 잔에 술을 부어 입안에 고인 액체와 함께 들이삼켰다. 허허
벌판, 아니 정글야. 둘러봐야 사람이라군 하나도 없는....아니지.....사람
들이 있었다. 인간으로 이뤄진 정글......   (『전집』 8, p.251)

위의 대목은 꿈 속에서가 아니라 '박해연'과 함께 술집에서 깡패한테
얻어맞아 잠시 정신을 잃은 후에 '인철'이 생각하는 대목이다. 결국 극작
가 지망생 '박해연'의 입을 통해서 나타나는 무대장면이나 '인철의 꿈'에
나타나는 '허허벌판의 이미지'는 인간의 근원적인 고독을 상징하고 있음
을 알 수 있다.

　눈이 부셨다. 길 건너편 빌딩 한 유리창에 햇살이 쨍 반사되고 있었
다. 마냥 백열로 타는 불덩이였다. 이제 햇빛이 걷히면 그 유리알은
녹아 일그러져 있을 것만 같았다. 그 유리창 바로 아래층 창가에 꽃을
소복이 피운 시네라리아로 보이는 화분이 하나 놓여 있었다. 저 화분
에 지금 이글거리는 햇빛을 비치면 어떻게 될까. 삽시간에 꽃이며 잎
이며 줄기가 바작바작 타버리리라....중략....태우는 햇빛과 타는 꽃, 둘
다 자신이 되기를 바라는 심정이었다.   (『전집』 8, p.353)

주인공 '인철'과 연애관계에 있는 '나미'가 햇빛을 두고 생각하는 장면이다. 햇빛에 자신을 모두 태우고 싶다는 '나미'의 생각은 '인철'이 백정 혈통임을 알고도 그와 몸을 섞는 일로 즉 '파괴적 이미지'로 현실화된다.

> 그러다가 그만 붕어가 끓어 넘치는 봇물에 휩쓸려 둑에 나와 떨어졌다. 금새 붕어의 몸에서 피가 흐르더니 삽시간에 껍데기가 벗겨지고 살이 없어지고, 나중에는 하얀 뼈만 남았다. 그네는 붕어 옆에 누웠다. 붕어의 몸에서 흐른 피가 그네의 몸에 확 닿았다. 그네는 자기 몸에서도 살갗이 벗겨지고 살이 떨어지고 마침내는 하얀 뼈만 남기를 바라고 있었다.　　　　　　　　　　　　　　　　　　　（『전집』 8, p.410）

이 장면은 '인철'과 육체관계를 맺은 직후 '나미'의 꿈에 나타나는 내용이다. 여전히 피의 이미지와 '죽음의 이미지'가 해석할 필요도 없이 선명하게 나타나고 있다.

또한 이러한 '태양의 이미지' 또는 '붉음의 이미지' 즉 '죽음, 고독, 파괴의 이미지'는 '인철'의 동생 '인문'의 꿈을 통해서도 나타난다.

> 지금 다람쥐는 불길 새를 이리저리 마구 달리고 있다. 저러다가 타죽으면 어쩌려고. 그런데 이미 다람쥐의 몸뚱이는 빨간 불덩어리가 돼있었다. 다람쥐가 점점 더 빠르게 불길 속을 달리고 있다. 몸이 타견딜 수가 없어 저러는 것일까. 저건 지금 지옥에 떨어져 유황불에 타고 있는 거다. 영원히 거기서 헤어나지 못할 것이다.　　　　　　　　　　　　　　　　　　　（『전집』 8, p.375）

사람은 외롭게 마련야 그래서 역사가 이뤄지구 사람을 죽이구 또 죽구 하는게 아닐까. 본시 인간이, 그리구 땅과 하늘이 피를 요구하구 있다구 봐. 어떤 외롬에서 벗어나려구 말야. 그 피란 반드시 붉은 색의

유형의 것만을 말하는 건 아냐. 보이지 않는 가슴 속에 흐르는 피를
의미할 수 있지.   (『전집』 8, p.399)

위는 '기룡'의 말이다. 이러한 생각을 가진 그는 기실 9·28 수복 후
의용군에서 도망쳐 나와 형하고 조카가 좌익에게 살해당하자 그 길로
상대방의 부모를 소잡는 칼로 살해한 전력이 있다.
　다음 '인철'의 아버지인 '상진영감'은 소설 속에서 실제로 꿈을 꾸지는
않는다. '상진영감'은 자신의 신분을 숨기고 사업에 열중하던 사람이었
고, 고향 근방에서 군수 노릇을 하다가 자신의 신분이 노출될 것을 꺼려
해서 핏줄로부터 잠적하겠다는 '인철'의 형을 '나라도 그랬을 것'이라고
긍정적으로 생각하는 인물이다.

곧 술기운이 가슴에 활활 타오르면서 뒷덜미를 거쳐 머리로 올라왔
다. 그리고 이 불길은 다른 것은 다 태워버리고 단 한가지 생각에만
불꽃을 피워놓는 것이었다. 어떻게 하면 이 난국을 뚫고 나갈 수 있을
것인가.   (『전집』 8, p.412)

그러나 평소 협조적이던 '나미'의 아버지인 은행장이 '상진영감'의 혈
통을 알고 나서 협조를 거절, 사업은 난관에 빠지고 스스로 자살을 하고
만다. 자신의 혈통을 오히려 충직하게 지키려했던 '상진영감'의 형 '본돌
영감'은 자연의 수명을 다한 반면 자신의 본색을 숨기고 신분상승을 꾀했
던 '상진영감'은 스스로 비극적 최후를 맺고 만다.
　'인철' 어머니는 우선 '상진영감'의 세 번째 부인으로 남편과의 사이가
남남이나 다름이 없다. 더욱이 남편인 '상진영감'이 '인주'의 어머니와
바람을 피우는 사이에 난 '인문'을 평소 '죄의 씨앗'이라고 생각하면서
그를 기독교에 귀의시키기 위해서 애를 쓰지만 여의치 않다. 집안에서도

극히 소외된 '인철 어머니'는 틈만 나면 기도원에 가서 하느님께 지극한 기도를 드린다. 종교를 통해서 사람은 구원 받을 수 있다는 신념이 강한 여자이다. 이 '인철' 어머니의 기도 중에 나타나는 비몽사몽의 환상도 '붉은 이미지'이다.

> 이렇게 한참 기도를 하고 있는데 별안간 하늘에서 불기둥이 뻗쳐 바로 그네의 머리 위 얼마 떨어지기 않은 곳에 와 머물렀다. 그네는 고개를 번쩍 들었다. 거기 불기둥 맨 꼭대기에 눈같이 흰 옷을 길게 늘인 이가 서있었다. 후광이 너무나 부셔서 얼굴을 똑 바로 쳐다 볼 수가 없었다.....중략.....그리고 지금도 그 흉터로부터 붉은 피가 흘러 불기둥 속에 풀려들고 있었다. 그 너무나 슬픈 모습에 그네는 절로 울음이 터져나왔다. 가까이 와 만져 보아라. 내 너한테만 만져보게 하 리라.....중략.....그러하오나 주여 어찌 제가 그곳까지 올가 갈 수 있사 오리까.
>
> (『전집』 8, p.284)

'인철'의 꿈과 '나미'의 꿈, 혹은 '기룡'의 말, '박해연'의 무대장면 등에서 나타나는 바와 같은 '붉은 이미지'가 '죽음, 고독, 파괴의 이미지'이지만 '붉음의 인철 어머니'는 '죽음을 넘는 재생' 즉 '예수'의 의미를 갖는다.

다음은 '인철의 꿈'에 나타나는 '어두움의 이미지'이다.

> 인철은 계단을 내려가고 있는 것이다. 황혼 무렵인지 동틀 무렵인 지는 분간할 수 없으나 주위가 희뿌염한 그늘에 쌓여있었다. 그리고 차고 음습한 공기로 꽉차 있었다.....중략.....그런데 어째서 여기에다 들 창도 내지 않고 전등도 달지 않았을까.....중략.....차갑고 축축한 물기 가 손바닥에 묻어났다.
>
> (『전집』 8, p.142)

또 꿈 속에서 그는 어두운 동굴 속같은 데를 걸어 들어가기도 했다. 들어 갈수록 컴컴한 암흑이 앞을 가로막아 끝난 데를 알 수가 없었다. 그러면서도 그는 오히려 이 어둠을 다행으로 여겼고, 이 어둠을 찾으려 했던 것처럼 느끼는 것이었다. 이 어둠 속에 그대로 녹아 버렸으면……그는 자꾸만 동굴 깊숙이 걸어 들어갔다. 한결 마음이 편안했다. 인제 됐구나.   (『전집』 8, p.144)

주인공 '인철'은 꿈속에서 '태양의 이미지' 혹은 '밝음의 이미지' 속에서는 마음의 안식을 얻지 못한다. 오히려 '어두움의 이미지' 속에서 마음의 평온을 얻는다. 이러한 꿈의 상징성은 '인철'이 그의 형과는 달리 자신이 백정 출신임을 알게 되자 오히려 그쪽으로 가까이 가려고 하는 성격과 연결되고 있다. '지교수'와 함께 '분디나뭇골'을 찾아가는 일이라거나 사촌형인 '기룡'을 찾아가는 일 따위가 그것이다. 이 '어두움의 이미지'는 '계단을 내려가는 상징성'이나 '동굴을 내려가는 상징성'과 결부된다. 계단을 내려가거나 동굴로 내려가면 거기 있는 것은 '어두움'이기 때문이다. 이 계단을 내려가는 꿈을 신분하락으로 볼 수도 있으나 여기서는 '어두움'과 연결되는 상징성이 더 강하다고 볼 수가 있다.

"인철이 찾는 사람은 바로 자기 속의 자기이다. 자기 속의 자기를 바라보기 어려운 것은 그것이 없음 위에 세워져 있기 때문이다. 찾으면 그것은 아무 것도 아니며, 아무데에도 없다. 계단을 내려가는 것, 황톳길을 헤매는 것, 동굴 속에 들어가는 것은 다 같이 없는 자아를 찾기 위한 행위이다"[30]라는 지적은 '인철의 꿈'이 자아 찾기를 위한 방황임을 말하고 있다.

---

30) 김현, 『말과 삶과 자유』 (서울, 문학과 지성사, 1985), p.171.

　건물 안은 어두운 편은 아니었다. 사방에 큰 문들이 나 있고, 들창이 둘려있어 아침 햇빛이 환히 들이비치고 있었다. 그런데도 인철은 건 안에 벌어지고 있는 광경을 한눈에 분별 할 수 없었다. 검은 고무장화에다 피와 기름에 절어 번들거리는 검은 작업복을 입은 사내들이 묵묵한 가운데 잽싼 동작으로들 움직이는 속에서 소들이 여기저기 쓰러져 있고, 금방 쓰러지고, 그 목에서 피가 흐르고, 가죽이 벗겨진 커다란 육괴가 쇠갈고랑이에 매달려 허공에 떠있고, 시멘트바닥에 낸 도랑에는 핏물이 괴어있고, 창자를 바퀴달린 통에다 담아 뒷문으로 끌고 나가고……이러한 부산스러운 광경이 인철의 안막에 아무런 질서도 없이 비쳐왔다. 그러면서 그는 어둡지 않는 건물안이 어둡다는 생각만을 하고 있었다. 　　　　　　　　　　　　　　　　　　　　　(『전집』 8, p.147)

　위의 대목은 주인공 '인철'이 사총형인 '기룡'이를 찾아가 처음으로 도살장면을 목격하는 대목이다. 이 장면은 '인철'의 꿈 중에서 '어두움의 이미지'로 꿈이 미리 제시된 후에 현실로서 나타나는 것이다. 그러니까 '인철'의 '어두움의 이미지' 꿈은 바로 이런 장면을 제시하기 위한 사전제시인 셈이다. "그러면서 그는 어둡지 않는 건물 안이 어둡다는 생각만을 하고 있었다"라는 구절이 그것을 증명해주고 있다. 또한 위의 대목에서는 '어두움의 이미지'와 '태양의 이미지'가 복합적으로 나타나고 있다. "금방 쓰러지고, 그 목에서 피가 흐르고, 시멘트 바닥에 낸 도랑에는 핏물이 괴어 있고…" 하는 태양, 붉음, 피라는 이미지가 나타나고 있다. 이렇게 본다면 '인철의 꿈'에 나타나는 '태양의 이미지'와 '어두움의 이미지'는 서로 상반되는 것이 아니라 서로 혼합적으로 상관되어 있음을 발견할 수가 있다.

　다른 측면으로 작품 『日月』을 확대 해석한 이니시에션 형식의 소설로 본 방민화는 『日月』에 있어서의 '노을 꿈'과 '계단 꿈'을 分離儀禮로,

'황톳벌 꿈'을 過渡儀禮로, '동굴 꿈'을 統合儀禮로 해석하고 있다.[31] 이러한 이미지는 그의 단편에서도 이미 보이고 있다.

> 그는 그젯밤 적의 꽹과리와 날라리 소리를 듣기 전 잠 속에서 꿈을 꾸었던 것이었다. 누렇게 뜬 하늘 한복판에 황달 든 태양이 타고 있었다. 그리고 그 밑으로 누렇게 뜬 불모의 황야가 하늘과 맞 닿은 데까지 한 없이 펼쳐져 있었다. 중략..한결 같이 누렇게 뜬 하늘에는 황달든 태양이 타고 있고, 그 밑으로한 없이 넓게 깔려 있는 불모의 황야, 그 한가운데에 그는 땀을 철철 흘리며 서 있었다.
>
> (『전집』 4, 「너와 나만의 시간」, pp.79-82)

이 작품은 부상을 입은 채 동료에게 업혀가는 '주대위'라는 인물의 꿈이다. 여기서 '황달든 누런 태양' '불포의 황야'가 죽음 혹은 파괴의 상징적 이미지임을 알 수 있다.

이상에서 주로 황순원의 전반기 장편소설에 나타나는 소설 속의 꿈을 분석해보면 그는 인간의 정신 영역 중에서 꿈의 역할을 매우 중시하고 있어 소설 속에서 주인공의 심리 묘사나 상황설정을 하는데 있어서 꿈이라는 매개체를 자주 사용하고 있음을 알 수 있다. 구체적으로 보면『별과 같이 살다』의 경우는 현실의 괴로움이 꿈속에서 재현되며, 현실 속에서도 괴로움이 연속된다는 등가관계를 갖거나 과거의 괴로움이 꿈속에서 재현되고 현실 속에서도 계속된다는 방식으로 나타난다. 다음으로 현실에서 이룰 수 없는 일이 꿈속에서 이루어지고 다시 이루어질 수 없는 현실로 돌아온다는 소원충족 형태의 꿈이 많이 등장한다. 이는 프로이드

---

31) 방민화, "황순원 일월 연구 - 入社式을 중심으로-", 숭실대학교 대학원 석사논문(1988).

가 해석한 관계, 형상화 관계의 꿈에 속한다. 이를 보다 확대하여 현실 속의 일이 꿈속에서 현실의 재현되고 꿈속에서 소원충족을 이루면서도 미래의 현실에 대한 염려 하다가 다시 현실로 돌아온다는 형식의 꿈도 있다.

『人間接木』의 경우 나타나는 꿈들은 주로 '죄의식의 재현'으로 나타난다. 그러나 주인공인 '종호'는 불합리한 꿈의 세계를 믿지 않으며 그것은 육체적인 건강이나 운동을 통해서 극복할 수 있다고 믿는다.

『나무들 비탈에 서다』의 경우를 보면 불안한 현실이 불길한 꿈을 꾸게 되고 이는 다시 불길한 일(전사:부상)로 이어지는 '암시적 기능'을 갖는다. 이와 반대로 '동호'와 '숙'과의 관계에서 현실 속에서 꿈을 이룰 수 있다는 생각에서 그녀와 아무런 일 없이 하룻밤을 보내고 군에 입대하나 현실과 현실 사이에는 꿈이 없음을 이 소설의 결말에서 보여주고 있다. 숙이를 만나러가는 불가능한 꿈을 꾸고 꿈속에서의 파탄이라는 방법은 '암시 또는 예시적 기능, 예언 혹은 조짐'을 보이는 예다.

『日月』에서는 꿈과는 별도로 '공상'이 등장한다. 『일월』의 꿈들은 다음과 같은 이미지를 갖는다.

'인철'의 꿈은 '이글거리는 태양', '황톳길', '메마름', '흙먼지', '목마름', '병'이라는 이미지들을 갖는 '박해연'의 꿈과 유사하다. 이것은 '빨간 놀', '병', '구토'로 나타나고 있고 소설 속에서 소잡는 장면의 자세한 묘사와 연결되며, 이것은 '태양의 이미지'라고 할 수 있고 이 이미지는 '죽음의 이미지' '파괴의 이미지' '고독 또는 허허벌판' '인간정글'로 나타난다. '인철'과 육체관계를 맺은 '나미'의 꿈은 '백열로 타는 불덩이', '햇볕에 타는 꽃과 줄기', '끓는 물', '죽은 붕어', '피'라는 '죽음의 이미지 혹은 파괴의 이미지'로 나타난다. 인철의 동생 '인문'이의 꿈 내용도 '불길', '불길 사이의 다람쥐', '유황불', '죽음'의 단어나 이미지들이 나타난다. 인철의 사촌형 '기룡'은 "인간이 그리구 땅과 하늘이 피를 요구하고 있다고 봐.....어떤 외로움에서 벗어나려구 말이야.....그 피란 반드시 붉은 색의 유형을 말하는 것만은 아냐.....보이지 않는 가슴 속에 흐르는 피를 의미할 수도 있지"라고 말하는데 역시 이것은 '파괴의 이미지' '죽음의 이미지'이다. '인철' 어머니의 꿈의 경우에만 이러한 이미지가 '불기둥', '흰옷', '붉은 피', '주(하느님)'이라는 종교적 재생의 이미지로 나타난다. 주인공 '인철'이 소의 도살 장면을 보는 경우 '피', '도살', '기름', '죽음' 을 목격하고 "어둡지 않는 건물이 어둡다"는 생각을 되풀이 하는데 이 '어두움'도 '죽음 또는 고독의 이미지'라고 할 수밖에 없다.

 이렇게 보면『日月』의 경우에 나타나는 꿈들은 소설 전반의 '상징성' 과 깊게 연관되어 있음을 발견할 수 있는데 그 상징성은 '죽음 또는 파괴 의 이미지 혹은 고독'을 구현하기 위한 것이며, 특히 '인철'은 자신의 신분을 알게 된 이후 "나는 누구인가"라는 자아 찾기의 방식으로 '계단과 동굴과 황톳길'과 같은 곳으로 끊임없이 방황하는 이미지로 나타나고 있 다. 따라서『日月』에 나타나는 꿈들은 관계, 암시, 형상화의 꿈을 넘어 고도의 상징성을 가지고 있다고 할 수 있다. 이 점은 작가 황순원이 '꿈' 을 사용하는 방식이 점차 원숙해짐을 보이는 증거의 하나라고 할 수가 있다.

 소설 속에서 인간의 중요한 정신 영역의 하나라고 작가 자신이 생각하 고 있는 '꿈'을 빈번히 사용하는 것은 비단 이 항목에서 논의한 장편들뿐 만이 아니라 단편소설에서도 빈번히 나타나며 가령「비늘」같은 작품에 서는 주인공의 꿈을 설화적 영역으로까지 확대하여 보여주고 있다. 후반 기 장편인『움직이는 城』,『神들의 주사위』에서도 이 항목에서 논의한 꿈의 사용기술이 여러 측면으로 활용되고 있다. 다시 말해서 작가 황순원 은 '꿈'을 소설의 내용적 요소나 기술적 요소로 많이 사용하고 있는 작가임을 수 있다.

  그가 소설 속에서 '꿈'을 중요한 소설적 장치의 하나로서 자주 사용하고 있는 점은 비단 이 항목에서 논의한 장편들뿐만이 아니라 단편소설에서도 나타나며 후반기 장편이 『움직이는 城』, 『神들의 주사위』에서도 위와 같은 꿈의 사용 기술이 소설의 여러 측면에서 활용되고 있다. '꿈'이라고 하는 인간의 정신 영역이 무엇을 의미하는가는 학문의 영역마다 다른 해석을 할 수 있다. 그러나 이를 소설에 국한시켜 논의할 경우 원래의 소설을 포함한 모든 종류의 이야기는 인간이 가지고 있는 원초적인 꿈을 얘기하는 것이라고 할 수 있다. 확대하면 그것은 신화적 세계를 지향하는 인간의 바램이라고 할 수 있다. 모든 문학작품이 '꿈'이라고 가정할 때 시의 세계도 그 범주에서 벗어 날 수 없다. 상상력에 의해서 창조된 시와 소설의 세계는 문학 속에 나타난 꿈의 세계에서는 서로 만날 수 있다고 가정했을 때에 황순원 소설에서 '꿈'의 빈번한 응용은 소설을 하나의 상징체계로 끌어 올릴 수 있는 역할을 하게 된다.

5. 후반기 장편 소설

(1) 우연과 필연의 짜임새(texture)

　　장편소설은 생의 리듬이나 사회생활의 흐름을 느낄 수 있도록 눈에
보이지 않는 질서에 의하여 일련의 이야기(삽화)를 발전적으로 여유
있게 전개해 나가지 않으면 안된다. 그러면 눈에 보이지 않는 질서란
무엇인가…(중략)…그것은 생의 순환의 원리에 그대로 연결되는 질서
이다…(중략)…생의 순환의 원리는 인간의 성장과정, 자연의 이행과정,
논리의 질서(처음과 중간과 끝), 이야기의 생성과정(전위, 도치, 수정)
을 가하며 하나의 총체로서의 생명을 느끼게 하는 일이다.[1]

　　위의 진술은 장편소설의 구성 원리에 관한 것이다. 그러나 소설에 구성
에 가장 중요한 원리의 하나인 이 질서는 인생 그 자체를 하나의 유기적
인 질서로 보는 개념에서 출발한다. 인간의 삶을 다루는 소설은 따라서
인생의 규범을 따라야 한다고 보는 것이다.

　　몇 가지 면에서 플롯은 거의 산업의 개념을 투영하고 있다. 그 이유는
그것은 그래프, 설계도, 그리고 각종의 인간 질서에 관한 진부하고 전혀
흥미 없는 도표와 관계가 있기 때문이다. 증권시장의 통계분석에서 신의
우주창조에 관한 창세기의 이야기에 이르는 거의 모든 것은 그래프로
표시되고 플롯 구성이 되어 정연한 계획의 일부로서 볼 수 있고, 피상적
으로는 그렇게 이해할 수 있다.[2] 이러한 관점에서 보면 우리의 삶이나
인생이란 '우연'의 연속일 수 있으나 소설 속에서의 질서는 '필연'의 연속

---

1) 송욱, 『소설미학』(문학과지성사, 1985), pp.182-183.
2) Elizabeth Dipple, *Plot.* 문상우 역, 『플롯』(서울대학교출판부, 1970), p.6.

이라는 인과관계에 의한 질서를 갖게 된다. 그래서 "이야기는 시간의 연속에 따라 정리된 사건의 서술"이라 할 수 있고, 플롯이란 "사건의 서술이지만 인과 관계를 강조하는 서술"이라고 할 수 있다.[3]

그렇다면 소설에서 '우연'이라는 것은 있을 수가 없다는 결론에 도달하게 된다. '우연'이라는 것도 작가의 구성에 의한 '필연'이라는 것이다. 그러나 소설 구성에 있어서 '우연'이 자주 등장하는 소설은 고전소설, 혹은 정치하지 못한 부류의 소설로 보는 것이 일반론이다.

작가 황순원은 자신의 소설『움직이는 城』속에서 이 '우연'과 '필연'의 관계를 다음과 같이 다루고 있다. 다음 부분은 대학에 있으면서 무속에 대단한 흥미를 가지고 연구하는 '민구'와 목사 '성호'의 대화 중 '민구'가 어떤 학생이 무속에 관심을 갖게 된 동기를 설명하는 대목이다.

[a] 고향의 오랜 친구가 꿈속에 보였다. 높다란 절벽 위에서 이제막 밑으로 떨어지려는 참이었다. 학생은 꿈속에서 기급을 해 잠깐만 기다리라고 소리를 쳤다. 그리고 그 친구를 붙들려 절벽을 기어오르다 꿈을 깼다. 혹시 그 친구 신변에 무슨 일이 일어나지 않았나 하고 있는 차에 그 친구가 죽었다는 기별이 왔다.

[b] 죽은 사람은 무슨 일이 있어도 자살할 사람이 아니다. 마을 앞에 있는 개울 다리가 해마다 장마철에는 떠내려가곤 하는 걸 보다 못해 그 친구가 산에서 큰 돌을 내려다 영구적인 다리를 놓는다고 하다가 실족사.

[c] 아무리 늪 속을 뒤져봐도 시체를 못 찾아 할 수 없이 점장이한테

---

3) E.M.Forster, *Aspect of novel.* 이성호 역,『소설의 양상』(서울, 문예출판사, 1975), p.100.

물어봤더니 친구가 와야 찾을 수 있다고 말했다. 학생은 시골에 내려
가 점장이가 시키는 대로 늪 기슭에 서서 그 친구 이름을 세 번 부르자
정말로 시체가 떠올랐다.   (『전집』 9, pp.109-111 요약)

여기서 민구는 다음과 같이 말한다.

  "근데 말야, 내 관심이 끌리는 건 점쟁이의 예언이야. 그 예언이 들
어 맞았다는 점야. 무덥지 않은 가을철인 게다가 늪의 물이 차가와
시체의 부패가 더디기 때문에 학생이 기슭에서 이름을 부를 때 마침
부력이 생겼다구 보면 완전한 우연의 일치에 지나지 않지. 그런데 그
우연의 일치라는 게 대체 무얼까. 세상에는 별 기기묘묘한 우연이라든
가 우연의 일치라든가가 있잖아. 그러나 인간이 우연이나 우연의 일치
라고 부르는 것두 인간 이상의 입장, 이를테면 신이라는 차원에서 볼
때는 필연적일 수두 있지 않을까. 그리구 무당이나 점쟁이는 이 신의
필연적인 것을 계시 받아 예언한다구 보면 어떨까?"

                                   (『전집』 9, p.111)

  물론 이렇게 말하는 '민구'라는 인물은 후술하겠거니와 민속, 그 중에
서도 무당연구에 골몰해 있는 사람이다. 그렇더라도 '우연'과 '필연'의
관계를 어떻게 보느냐 하는 작가 시각의 일단을 엿볼 수가 있다.
  작품이라는 소우주에서 작가는 신과 같은 존재여서 스토리에 따라 일
희일비하는 독자들 위에서 손톱을 깎고 있다는 마르셀 프루스트의 견해
를 구태여 인용하지 않는다고 하더라도 작가는 작품이라는 우주의 창조
자이다. 따라서 '우연'을 작품 속에서 인과관계를 첨가하여 '필연'으로
발전시키면서 기승전결을 맺어가게 된다.
  (a) 움직이는 성에서 목사인 '성호'와 대학에 있으면서 무속을 연구하

는 '민구', 민구의 약혼녀 '은희'는 소설의 서두부터 아는 사이로 제시되고 있다.

> 다방을 나와 한참만에야 택시를 잡을 수 있었다. 돈화문 앞을 지나 원남동 로터리에서 고스톱에 걸렸을 때였다. 밖으로 눈을 준 민구가 "준태 부인 아냐?"하고 시트에 기댔던 몸을 앞으로 내민다.
>
> (『전집』 9, p.24)

이것은 우연이다. 우연히 '민구'와 '은희'의 눈을 통해서 길을 걷고 있는 '준태' 부인인 '창애'가 목격된다. 그러나 이 우연을 통해서 수원 농업시험장에 근무하는 '민구'의 군대 적 친구인 '준태'라는 인물이 제시되고 있다.

(b) '준태'라는 인물은 "요즘 아내의 씀씀이가 부쩍 헤퍼져서 준태 자신의 용돈마저 아쉽게 생각다 못해 책을 들고 나와" 헌 책방을 돌아다닌다. 그러다가 준태와 헌책방 주인이 4천원, 5천원하고 책값을 흥정하는 것을 보고는 '남지연'이 5천원을 '준태'에게 주고는 말없이 간다. 그러나 '준태'가 판 책 속에는 메모지가 들어 있었고 이를 계기로 두 사람은 서로 사귀게 된다. 여기서 '준태'라는 인물과 '남지연'이라는 여자는 '우연히' 알게 되지만 책 속에 메모지가 들어 있어서 두 사람이 다시 만나게 된다는 것은 '우연'을 '필연'으로 만들기 위한 '복선'이라 할 수 있다.

(c) 목사인 '성호'와 '준태'는 '우연'히 '민구'의 약혼식장에서 만나게 된다. 그러나 이 경우를 꼭 우연이라고 할 수는 없다. 왜냐하면 '민구'는 '성호' '준태'를 이미 잘 알고 있는 사이였지만 '민구'를 매개로 해서 '준태'와 '성호'가 만나기 때문이다.

(d) 목사인 성호가 '지연'을 아는 지는 한 오륙년이 된다. "지연이 카리

에스로 홍여사와 같은 병실에 입원해 있었을 때부터니까.”4)로 제시되어
있다. 여기서 ‘홍여사’는 ‘성호’라는 인물의 과거 속에서만 회상되는 소설
속의 실제 등장인물은 아니다. 이 부분에서도 ‘홍여사’와 ‘지연’은 ‘우연’
히 같은 병실에 입원해 있는 셈이 된다. 그러나 소설이 전개됨에 따라서
‘준태’와 ‘지연’은 사랑하는 사이가 되고 ‘성호’는 ‘지연’에게 어드바이스
를 해주는 인물로 제시된다.

(e) (b)의 인연으로 ‘준태’와 ‘남지연’은 가끔 데이트를 하곤 한다. 그
사이 ‘준태’는 자신의 아내인 ‘창애’와 헤어진다. 그러다가 3・1로에서
충무로 길로 들어서서 얼마를 갔을 때 ‘지연’과 ‘준태’는 베레모 쓴 남자
하고 같이 걷고 있는 ‘창애’를 발견한다. (a)에서 ‘창애’는 택시를 타고
있는 ‘민구’와 ‘은희’에게 길을 걷다가 목격되고 여기서는 ‘준태’와 ‘남지
연’에게 길을 걷고 있다가 ‘우연’히 목격된다. 여기서 이미 ‘준태’와의
관계를 실질적으로 청산한 ‘창애’에게 다른 남자가 있다는 것, 그리고
담담한 심정이 된다. ‘준태’는 다른 남자와 걷고 있는 아내를 보고 “그저
이미 도장을 찍은 거나 다름없는 자기네 이혼장에 다시 한 번 인주를
잘 묻혀 도장을 똑똑히 찍은 심정”이 된다.

(f) ‘준태’와 ‘남지연’이 창경원 구경을 하고 나오다가 ‘민구’와 ‘은희’
가 만나게 되는 장면5)도 우연이다.

이와 같이 살펴본 바에 의하면 작품『움직이는 城』에서의 ‘우연성’은
‘등장인물 제시의 방법’과 ‘인물들 간의 관계’를 설정하기 위한 도구의
하나로 이용되고 있음을 알 수 있었다.

장편『神들의 주사위』에 있어서도 상술한 점을 찾아 낼 수 있다.

---

4)『전집』9, p.74.
5)『전집』9, p.375.

이렇게들 한 고장에 모여 산다는게 인연이라는 생각을 한다. 이 곳
본토박이만 해도 그들이 처음 여기다 자리잡게 된 것부터 어떤 인연
에서 이고, 그리고 여길 떠나지 못하는 것도 그렇고, 다른 고장에서
들어와 살게 된 것 역시 그렇고, 하다못해 좀전의 색시가 그 술집에
새로 온 것이나 오늘밤 윤의사와 관계가 맺어지는 것이나 모두 인연
이 아니고 무엇이랴.   (『전집』 10, p.18)

  (a) 별로 하는 일 없이 빈둥대면서 '읍'의 이런 저런 일에 참견해서
막걸리잔이나 얻어먹으면서 마누라 덕에 살고 있는 '봉룡'의 생각이다.
여기서 '인연'이란 말은 '우연'이 아닌 '필연'이라는 말로 바꾸어도 무방
하다.

  장편『움직이는 城』은 우선 그 배경이 '읍'으로 되어 있다. 그것은 다
시 말하면 '읍'정도의 시골에 사는 사람들은 피차간에 이러저러한 '인연'
으로 서로 알고 지낼 수가 있다는 필연성을 지닌다. 그러나 여주인공 중
의 하나인 학교 교사 '진희'는 경찰서장의 딸로 외지 사람이다. 거기 비해
서 '중섭'은 몇 대를 그 고장에서 살아온 토박이이다. 두 사람은 같은
학교에 근무하면서 친하다. '한수'도 그 고장 토박이이다. 고시 일차에
합격을 한 사람으로서 절에 가서 공부를 하다가 집으로 돌아왔고 친구인
'중섭'에게 전화를 걸어서 다방에서 만나자고 한다. 그런데 실은 '중섭'이
그날 저녁에 '진희'와 저녁 약속을 한 사실이 있어서 세 사람은 합석하게
된다. 그리고 그 이후 '한수'와 '진희'는 서로 사랑하는 사이가 된다. 같은
친구 사이인 '한수'와 '중섭'이 전화로 만나기로 한 것은 우연이 아니다.
'한수'가 절로 고시공부하러 들어가면서 내년 시험이 끝나기까지 만나지
않기고 한 사이이고 '한수'가 절에서 나와 집으로 돌아왔다는 사실을 알
고서도 '중섭'은 그의 공부가 방해 될까봐 만나자는 소리를 하지 않고
있다가 '한수'의 전화를 받고 나가게 된다.

이 점은 '중섭'이 '진희'을 미리 알고 있는 사이고, 또한 '한수'을 서로 알고 있는 사이지만 상기와 같은 '우연'으로 '진희'라는 인물을 독자 앞에 제시하는 형식이다.

(b) 이와 같은 등식은 '한수'와 '병배'가 친구 사이고, '병배'가 읍으로 내려 왔을 때 '한수'와 '중섭', '진희'가 야외로 놀러 가기로 했다가 '중섭'이 사정상 못나오게 되자 마침 동석하고 있던 '병배'와 같이 야외로 나가게 된다. 여기서도 '중섭'의 사정이라는 '우연'으로 '병배'라는 새로운 등장인물이 제시되고 있다.

따라서 『신들의 주사위』에서도 『움직이는 성』에서와 같이 '우연'을 '필연'으로 발전시키고 있지만 이와 같은 '우연'을 통해서 '등장인물의 제시'와 '등장인물 상호간의 관계' 설정 및 해소를 하고 있다고 볼 수 있다. '우연성'으로 '등장인물을 제시하는 방법'을 사용하고 있음을 알 수 있다.

(c) 주인공인 '한수'에게는 '진희'를 알기 전에 이미 '세미'라는 젊은 과부가 있다. 두 사람 사이에는 깊은 관계까지 이루어져 있지만 불감증을 가진 '세미'는 '한수'와의 더 이상 발전적인 관계를 갖기를 거부하고 있고, '한수'도 주저한다. 고민하던 세미는 '우연'한 기회에 새로운 출구를 찾게 된다.

> "그러다가 우연히 신문에 난 조그만 광고문을 발견하게 된거예요.
> 운명의 만남처럼요. 불안하고 자신 없는 사람은 오라는 문구였어요.
>
> (『전집』 10, p.165)

그리하여 세미는 '자력 개발원'이라는 데를 찾아가서 삶의 자신감을 가진 '원장'을 만나게 되고 그가 브라질로 이민가자는 얘기를 따르기로 결심한다. 여기서 '우연'이 '운명의 만남처럼' 됐다는 '세미'의 말은 '한수' '진희' 사이에도 적용시킬 수 있다.

'진희'와의 사랑이 깊은 관계로 발전하면서도 가끔 '세미'을 찾아가는 '한수'에게는 완고하게 집안일 매사를 틀어쥐고 있는 '두식영감', 무기력한 아버지, 그리고 자신보다 머리 좋고 공부에 뜻이 있지만 큰 손주라는 사실 때문에 공부를 못하고 할아버지에게 눌려 지내다 끝내 자살하고 마는 '한영'이라는 복잡한 가족 관계 속에서 고통을 받다가 다시 절로 들어가서 공부할 생각을 한다. '세미'에게서도 '진희'에게서도 떠날 생각을 하던 '한수'는 '진희'와 밤중에 오토바이를 타고 가다가 사고를 당해 의식 불명이 된다. 그래서 '한수'의 아이를 임신중인 '진희'는 병원에서 죽고 만다. 물론 작품 속에서 '한수'와 '진희'는 가끔 오토바이를 타고 '폭포' 있는 데를 다녀오는 것으로 복선은 되어 있다. 그러나 '사고'가 난 시점은 '진희'로서는 자신의 임신 사실을 확인한 다음이고, 또 '한수'에게 '세미'라는 존재가 있음을 알고 나서 임신 사실을 끝내 숨기고 어디론가 떠나 혼자서 그 아이를 낳아서 기르리라는 생각을 하고 있는 상황이고, '한수'로서는 두 여자와 집안일로부터 벗어나 다시 아무도 모르는 절간으로 들어가려고 주변정리를 끝내놓은 시점이고, '세미'로서는 자력개발원장과 브라질 이민을 가려고 결심하고 이미 여권까지 나와 출국날짜를 며칠 앞에 둔 그때 '우연'히도 오토바이 사고가 나서 세 사람과의 관계들이 부서지게 된다.

더욱이 같은 병원에 '한수'와 '진희'가 입원하게 되고 의식이 없는 상태의 '한수'를 간호하던 '세미'가 사고 후 의식은 있는 '진희'와 만나서 '한수'의 얘기를 하게 됨으로서 '인물들 간의 관계'가 완결되는 구조를 취하고 있다.

이 작품이 다른 작품보다 더욱 강한 조직을 갖고 있음을 알 수 있을 것이다. 여기에서 조직이 강하다고 하는 것은 조직 자체가 복합적이면서도 그것의 상관 관계가 어떤 전체를 드러내는데 기여하고 있으며 이를 통하여 삶의 정체가 감각의 일부처럼 확실하게 보이고 있기 때문이다.[6]

김치수씨는 여기서 소위 '소설의 구성' 측면만을 얘기하고 있는 것은 아니다. 오히려 그 보다는 그 '조직'이 '주제'를 들어내는데 어떻게 사용되고 있는가를 말하고 있다. 여기서 '조직'이란 말은 표면적이고 형식적인 논리로 '구성'이라고 말할 수 있다. 그리고 그것은 이 소설이 '긴밀한 구성'을 보여주고 있다고 환언해도 된다. 무릇 소설의 모든 제반 요소가 '주제구현'에 기여하고 있는 것이 사실이지만 이 소설에서는 그러한 '긴밀도 즉 면밀도'의 측면이 강하다는 것이고 바꾸어 말하면 '50년 가까운 작품 생활을 해온 작가가' 소설을 '빚어내는' 측면에서 완결된 솜씨를 보이고 있다고도 말할 수가 있다.

『움직이는 城』과 『神들의 주사위』에 있어서의 구성적 측면 중 '우연'과 '필연'이 어떻게 작용하고 있는가를 보았는데, 첫째로 『움직이는 城』에 나타나는 '우연'은 인물을 소설 속에 등장시키는 방법의 하나로 사용하고 있다는 점이다. 또한 이러한 '우연'을 통해서 소설 속의 등장인물의 상호 관계(소위 등장인물의 지위)를 설정하고 있다는 점이다. 따라서 '우연'이 서로 알게 된 인물들이 소설의 진행에 따라 기승전결의 형식으로 '필연'적으로 연결되고 있다는 점이다.

『神들의 주사위』에서도 위와 같이 '우연'을 통하여 인물을 소설 속에 등장시키고 있으며 이를 필연으로 발전시키고 있고 또 이러한 인물들이

---

6) 『전집』 10, p.308. 김치수.

‘인물들 간의 관계’를 해소하거나 완결 짓게 구성되어 있다. 따라서 이러한 구성의 긴밀도나 면밀도를 볼 때에 그의 소설에 나타나는 ‘우연’은 구성적으로 이미 치밀하게 구성된 ‘필연’적 요소이며 등장인물이 ‘우연’히 소설 속에 등장했다가 아무 이유 없이 사라지지 않는다는 점에서도 ‘우연’ 즉 ‘필연’이라는 그의 소설미학의 일단을 발견할 수 있다.

　구성적 측면에서 볼 때 전반기 장편소설인 『별과 같이 살다』는 그 긴밀도가 가장 떨어지는 미숙한 작품이다. 즉 소설의 주줄거리가 자연적 시간의 질서를 따라 완만히 진행되는 형식이다. 인물제시의 방법도 기술적 측면보다는 주인공 ‘곰녀’가 이동하는 장소에 따라 그 주변인물이 자연스럽게 등장하는 방법을 취하고 있다. 그리고 이런 점은 『카인의 後裔』에서도 유사하다. 그러나 『人間接木』에서부터는 주 줄거리가 자연의 시간질서에 따르지 않고 작가가 만든 인위적 시간 순서에 따르게 되며 인물제시의 방법도 다양해진다. 그러다가 『나무들 비탈에 서다』에 와서는 ‘동호와 숙’, ‘현태와 숙’, ‘현태와 계향’, ‘동호와 현태 또 윤구’와의 관계가 ‘현실포기’, ‘현실적응’, ‘방황’의 인물로 대비되면서 정밀성을 띠게 된다. 이러한 발전은 작품 『日月』에 와서는 보다 더 긴밀해진다. 이러한 구성의 긴밀도나 인물의 기술적 제시 방법은 『움직이는 城』, 『神들의 주사위』에 이르러서는 더욱 원숙한 소설 기술을 보여주게 된다.

(2) 근본적 의도 또는 갈등

가) 유랑민 근성

주제는 소설의 한 요소(부분)들이 겹쳐 쌓아진 그 무엇이다. 이것은 전체 서사 속에 구체화되어 있는 이상, 의미, 인물과 사건의 해석, 인생에 대한 다양하고 하나로 합해지는 관점이다. 이것은 직접 또는 간접적으로 인간의 특성과 행위에 있어서의 가치에 대한 어떤 주석을 항상 포함하는 스토리에서 표현되어지는 인간 경험을 만드는 것이다.[7]

소설에서의 주제란 작가가 그 작품에서 근본적으로 말하고 싶은 것에 해당한다. 기실 소설의 기술적 제요소들은 주제를 잘 구현하기 위한 수단이라고 할 수가 있다.

작가 황순원은 잘 알려진 바와 같이 시, 소설 이외의 일체의 잡문을 발표하지 않는 작가로도 유명하다. 또한 자기 작품에 대해서 작가 노트랄까, 혹은 그 작품을 쓰게 된 동기나 배경 등에 관한 언급도 전혀 없는 작가이다. 그러나 1972년『문학사상』통권 2호(1972, 11월호)에서 자신의 작품세계에 대해서 인터뷰로 얘기한 것이 있다. 물론 문학 연구에 있

---

7) The theme is what a piece of fiction stack up to. It is idea, the significance, the interpretation of person and events, the pervasive and unifying view of life embodied in the total narrative. It is what we are to make of the human experience rendered in the story always involving, directly or indirectly, some comment on Values in human nature and conduct. Cleanth Brooks/Robert Penn Warren,*Understanding_Fiction*. 1979, (Prentice-Hall, Inc.N, J. 1979), p.177.

어서 작가가 자기 자신의 작품에 대해서 논급한 것을 그 연구의 열쇠로 삼는 것은 윔제트와 비어즐리가 말한 바대로 '의도적 오류'에 빠질 수 있다. 그러나 황순원과 비견될 수 있는 동시대의 작가로서 김동리와 같이 수많은 수필이나, 문학적 자기고백 등이 어떤 문학비평의 방법을 동원한다고 하더라도 그 작가의 작품 세계를 통찰할 수 있는 하나의 수단이기는 하다. 그런 면에서 황순원은 문학작품 이외에는 자신을 전혀 내보이지 않는 작가이다.

　"선생님께서 『움직이는 城』을 통해 말씀하시고자 하신 것은 어떤 것입니까?"

　"글쎄……겉으로 보기엔 우리나라의 샤마니즘과 外來宗敎(기독교)와의 갈등이나 상극, 또는 수용의 문제에서 일어나는 드라마를 그리려고 한 것처럼 보이지만 실상은 우리나라 사람들의 가슴 밑바닥에 있는 流浪民根性을 그린거야. 우리나라에는 어떤 것이건 건전한 계승이 없어. 歷史的으로 보아 우리 民族이 외세의 부단한 침략으로 정착해서 안정감 있게 전통을 유지 계승하기 어려웠던 것도 사실이지만 그렇더라도 지나치게 流浪民根性을 버리지 못하는 것 같아요."

　"流浪民根性이라는 말씀은 대단히 중요한 지적이라 생각되는데 그 말씀을 좀 자세히 설명해 주시죠."

　"말하자면 정착하지 못했다는 얘기가 되겠지, 비근한 예를 들면 정착이 되고 안정이 된 사회나 국가의 사람들은 음식점을 가더라도 몇 대를 이어 오는 곳을 찾아가기 마련인데 우리나라 사람들은 新裝開業만 찾아 다니는 것 같아요. 장사하는 쪽에서 보더라도 해마다 新裝開業 간판을 붙여야 손님이 찾아들지 아무 소리도 없이 음식만 잘 만들어 팔아 봐야 사람들이 오지 않게 돼 있어요…"

이것은 작가 자신이 작품의 주제에 대해 설명한 대목이다. 줄여 말해서 그는 한국인들의 속성을 '유랑민근성'으로 파악하고 있다.

작품 『움직이는 城』에 관한 기존의 연구물들을 보면 다음과 같다.

단편 작가로서의 황순원의 시선이 토속적인 세계에 집중되어 왔었고, 장편 작가로서의 그의 시선이 주로 현대적 도회적인 세계에 집중되어 왔었다는 것이다. 낡은 전래적인 한국과 새로운 외래적인 한국이 작가 황순원에 있어서 이제껏 별개의 차원에서 양립되어 왔었던 것이다.[8]

천이두는 이 황순원의 양대 세계를

고향 : 전래적인 것, 파토스, 토속세계, 샤머니즘, 미신, 신비주의
타향 : 외래적인 것, 로고스, 도회적, 기독교, 과학, 합리주의

라고 설명하고 있고

그런 점에서 이러한 두 갈래의 기본적 요인을 정면으로 대질시키고 있는 이 작품은 오늘의 한국인의 이원적 의식구조를 근원적인 자리에서 검토하려 한 것이라 할 수 있고, 한국 소설이 당면한 이율배반을 정면에서 제시 극복하려 한 것이라 할 수 있는 동시에 작가 황순원 자신이 간직한 바 이 이원적인 문학세계를 일원적으로 종합하려 한 것이라 할 수 있다.[9]

---

8) 천이두, "종합에의 의지 - 『움직이는 城』의 기법과 명제", 『현대문학』 (1973.8), p.238.
9) 천이두, 위의 글, pp.238-239.

라고 논하고 있다. 하지만 "장편 작가로서의 그의 시선이 주로 현대적이고 도회적인 세계에 집중"되었다는 그의 지적은 과연 『별과 같이 살다』, 『카인의 後裔』와 같은 장편을 두고도 그렇게 말할 수 있느냐는 의문이 남는다. 『별과 같이 살다』는 그 소설이 토속적인 농촌세계에서 출발하여 가장 도시적인 '술집'이나 '창녀촌'으로 이어져 있고 『카인의 後裔』는 아예 그의 말대로 토속적이고 전래적이고 미신적이고 신비주의적인 농촌이 주무대이기 때문이다. 『나무들 비탈에 서다』도 전반부는 비록 전쟁 터이기는 하지만 농촌이 주무대로 나오다가 후반부에 가서야 도시로 무대를 옮기게 되며 『日月』의 경우도 도시와 농촌이 번갈아 등장하는 장편소설이다. '주로'라는 접두사를 붙인다 하더라도 그의 소설이 '타향=외래=로고스=도회적=기독교=과학=합리주의'라는 등식은 적확치 못하다.

다만 "한국인의 이원적 의식구조를 근원적인 자리에서 검토하려 한 것이다"라는 말은 결국 "한국인의 의식구조란 무엇인가? 샤머니즘적인 것이 그 본질이냐, 기독교적이냐, 그도 아니냐?"로 해석해 보면 이 『움직이는 城』의 주제와 상통하게 된다.

다른 식으로 표현하면 이 작품의 주제는 "우리 민족의식의 저변을 천착해냄으로써 한 시대뿐만이 아니라 궁극적이고도 영원적 차원에서 한 민족의 의식구조에 그 초점을 맞추어 정신적 지주의 존재 여부를 묻고 있으며 그것은 곧 오늘을 살아가는 한국인의 정신문화의 구조적 모순과 한계를 개인과 공동체의 입장에서 파악"[10]하는 일이기도 하다.

한편으로 이동하씨는 이 『움직이는 城』에 나타난 인물들의 유형을 또 스토예프스키의 『카라마죠프가의 형제들』에 등장하는 인물들과 대비시

---

10) 홍정운, "황순원론 - 『움직이는 城』의 실체", 『현대문학』 27권 7호(1981. 7)

켜 놓고 있다.11) 그에 따르면 카라마죠프의 드미트리는 러시아인의 성격을 대표하고, '민구'는 한국인의 성격을 대표하며, 카라마죠프의 이반은 러시아인의 지성을 대표하고, '준태'는 한국인의 지성을 대표한다. 또 카라마죠프의 알료샤는 러시아인의 신앙을 대표하고, '성호'는 한국인의 신앙을 대표한다.

그러나 여기서 '준태', '성호'라는 인물에 대한 상기한 평가는 그렇다 치고 '민구'라는 인물이 과연 '보편적인 한국인'이라고 할 수 있느냐 하는 문제가 남는다. 우선 그는 '표면적'으로 대학에서 강의를 하는 '최고 지성인'에 속하고 '무속 연구'에 남다른 관심을 쏟는 학자로 되어 있다. 그렇다면 '민구'도 '준태'와 같이 한국인의 지성을 대표하는 것 아니냐 하는 의문이 남게 되는 것이다. 물론 정신사적 의미에서 '민구'라는 인물이 '무속연구'에 몰두하는 대학의 강사이면서도 현실적으로 강한 힘을 가진 '한장로'의 딸인 '은희'와 결혼을 하고, '무당' '변씨'와 육체적인 관계를 맺으면서도 '은희'와 결혼을 각오하고 있고, '성호'라는 독실한 기독교인 친구를 가지고 있다는 점에서는 '현실' 앞에서는 즉, 다시 말해서 필요하다고 생각되면 '무당 변씨와 같이 오구굿에 신이 내리기도' 하고 장로의 딸과 결혼도 하고 '성호'라는 독실한 기독교 신자를 친구로 가질 수도 있다는 소위 '정신사적인 뿌리뽑힘이나 흔들림, 혹은 불안착성'이 이 소설의 주제인 '유랑민의식'과 맥락을 같이 한다고 볼 수도 있다. 그러나 이런 관점은 소설 속에서 '민구' '준태' '성호'를 각각 독립적으로 파악해 볼 때 해석되는 관점이며 이 세 인물을 통괄적으로 살펴보면 각기 민구가 샤머니즘에, 성호가 기독교에, 준태가 그 양자를 다 비판하는 입장에 경도되어 있기는 하지만 세 사람 모두 포괄적으로 '한국인'이라고 본다면

---

11) 이동하, "한국 소설과 구원의 문제 - 순교자와 『움직이는 城』을 중심으로", 『현대문학』 (1983.5)

누구 하나가 '한국인의 의식구조'를 '대표'한다고 보기는 어렵다. 후술하
겠거니와 민구, 성호, 준태 모두 여러 가지 측면에서 정신적으로 방황하
고 있는 '한국인의 의식구조'를 가지고 있기 때문이다. 그것은 '민구'도
끝내 '무당'이 되거나 샤머니즘 세계에 정착하지는 못했고, '성호' 또한
기독교의 세계에 정신적으로 안착하지 못하고 있음을 이 소설이 보여주
고 있기 때문이다.

　다른 쪽의 해석으로 우한용은『움직이는 城』은 유랑민 근성이 주제로
서 논의되어 왔는데 그것은 무교의 본질과 다른 속성이 아니라고 본다.
유랑민 근성과 샤머니즘의 선후, 혹은 인과적인 설명은 표면적으로 제시
된 주제적 언술에 집착함으로써 작품 자체가 구조로써 드러내는 주제나
독자의 주제 방향과 멀어질 염려가 있는 것이다. 여기에서 작품의 주제는
독자의 재의미화 과정을 고려에 넣고 검토할 필요가 있게 된다. 이런 측
면에서 보면『움직이는 성』은 무교를 서사적인 모티프로 수용하여 구조
와 의미의 측면에서 굴절되어 있는 것을 알 수 있다.[12]

　작품『움직이는 城』의 주요 주인공의 '유랑민 근성'에 관한 논의는
일단 다음과 같이 나눌 수 있다.

---

12) 우한용, 『한국 현대 소설의 구조 연구』(서울, 삼지원, 1990), p.373. 우한
　용은 이 글에서 서사무가 <칠공주>를 서사적인 골격으로 수용하고 있는
　『움직이는 城』은 한편으로 사랑이란 서사적 바탕을 밑에 깔고 있어서,
　무가와 복선적인 플롯을 조직해 나가고 있으며, 민구, 준태, 성호라는 세
　인물이 벌이는 사랑의 형태도 속에는 사랑과 로고스의 拮抗作用이 수직
　적인 초월 없이 수평적으로 전개되어 나가며 이는 주인공들의 행동이 무
　교적인 암흑과 혼돈의 세계에 의해 수렴되고 있다는 증거이며 민족성을
　종교 차원에서 파악한 예가 된다고 말하고 있다.

(ㄱ) 宗敎적 측면에서 나타나는 유랑민 근성

"숫자루 많건 적건간에 자기 생활 속에 하나님을 받아들인 사람들이 있는 줄 압니다."

"그런 사람들두 따지고 보면 하나님의 진의를 받아들인게 아니구 어떤 실리면만을 받아 들이구 있는게 아닐까요. 이를테면 소원성취나 해주는 하나님, 혹은 천당에나 가게 해주는 하나님, 혹은 몇 번 죄를 이어두 회개만 하면 용서해주는 하나님으루서 말입니다."

"나두 거기 동감이야" 민구가 두 사람 사이에 끼어들었다. "교리의 참다운 뜻을 터득하기 위해서라기보다 무슨 실리적인 것을 바라구 교회에 나가는 사람이 많은 것 같애. 마치 샤먼에게서 무엇인가를 바라듯이 말이야."

......(중략).....

"신자에 따라서는 그런 경향이 전혀 없다구는 할 수 없죠." 성호가 조용히 준태와 민구 둘에게 말을 건넨다.

"제가 보기에 그런 신앙은 정신적으로 뿌리박지 못한 신앙이 아닌가 생각하는데요. 말하자면 유랑민근성을 면치 못한 신앙이라 할까요."

"그러나 신앙은 인간을 변화 시킵니다."

"그럴까요."

성호의 눈과 준태의 눈이 또 마주쳤다.   (『전집』 9, p.65)

이 인용문은 '민구' '준태' '성호'와의 대화를 보여준다. 여기 등장하는 인물들 중 '성호'는 가난한 '돌마을'의 목사이다. '민구'는 대학 선생으로서 교회에 나가지만 '무속 연구'에 몰두해 있는 인물이다. '준태'는 무종교적 인물로서 농업시험장에서 근무하면서 '내염성 목화 개발' 즉 새로운 품종의 목화를 개발하는데 열중하고 있는 과학도이다. 작품 속에서는 주로 이 '준태'라는 인물의 입을 통하여 이 소설의 주제인 '유랑민 근성'이 직접적으로 말해지고 있다. '준태'라는 인물이 과학도이고 '새로운 품종을 개발'하는데 열중하고 있는 인물이라는 상징성을 유의할 필요가 있다. 여기서 새로운 품종이란 '남작'이라는 품종의 감자를 어떻게 하면 수확을 더 내게 하고 병에 견딜 수 있게 하느냐, 혹은 추작(가을에 심는)의 씨감자로 개발할 수 있느냐의 문제이다. 물론 이 '남작'이라는 감자의 원산지는 외국이다. 결국 준태가 현실적으로 열중하고 있는 문제는 '내염성 목화 개발'이라든가 '휴면 기간이 짧은 남작의 개발'이다. 목화 또한 그 종자는 외국 것이다. 따라서 그가 관심을 갖는 과학의 분야는 '외국 종자의 국내 토착화'라고 할 수 있다. 물론 그는 이 두 문제에 다 실패하고 만다. '샤머니즘'과 '기독교'에 다 비판적인 그의 성격대로 '외국 정신의 국내 토착화'는 다만 하나의 연구 대상일 뿐이다.

『움직이는 城』에 있어서의 '준태'와 비슷한 유형으로 등장하는 『나무들 비탈에 서다』의 '현태'는 「과수나무의 전정과 인류의 장래」라는 논문을 쓸 생각을 하고 있다고 우스갯소리를 하곤 한다. 전쟁의 상흔으로 인해 무기력하고, 허무한 나날을 보내고 있던 '현태'는 경찰의 검문에 고의적으로 제대증을 보이지 않고 시민증만 보여주고는 군대기피자로 몰려서 유치장에서 하룻밤 자면서 과수원을 하는 사람을 만난다. 과수원을 경영하는 사람의 말이 과수나무의 전정(가지치기)을 해주는 것은 나무가 가지가 너무 많을 경우, 이렇게 많은 가지가 있으니 얼마든지 열매를 맺을 수 있다는 안일성 때문에 오히려 과일을 많이 맺지 못하기 때문에 적당히 가지치기를 해주어야 한다는 얘기를 한다. 부유한 집에 자식이 적고 가난한 집에 자식이 많은 것과 같다는 논리로 받아들인 '현태'는 자신과 같이 무력증과 허무감에 빠져 있는 전쟁시의 동료들의 모임인 '토요회'에 가서 말한다. "토요회 회원들 자체가 정신적인 전정을 받아야 할 층의 대표적인 존재"13)라고 말한다. 즉 정신적인 가지치기를 해야 한다는 뜻이다. 여기서 '토요회' 회원들은 어떤 의미에서든 전쟁으로 인해서 상처받은 대표적 '한국인'들이다. 확대 해석하면 한국인들은 정신적으로 잘라내야 할 부분이 많다는 얘기가 된다. 다만 『나무들 비탈에 서다』의 경우 그 '전정의 대상'이 무엇이라고 명백히 드러나지는 않고 있다. '준태'의 입을 통하여 말해지고 있는 유랑민 근성 중에서 첫 번째는 위에 나타난 바대로 '기독교'와의 관계이다.

요약하면 한국인의 기독교 신앙은 기복신앙, 즉 실리적인 측면에서 복을 비는 신앙이나, 사후세계를 보장해주는 신앙, 면죄해주는 신앙으로 볼 수 있고 그것은 정신적으로 뿌리박지 못한 유랑민 근성에 기인한다는 것이다.

"준태는 자기 주변에서 늘 볼 수 있는 한국인의 속물주의, 천박성, 임시변통주의, 부정직, 불합리성을 모두 한국 민족 고유의 숙명적 특질로 귀결시킨다. 즉 그가 말하는 유랑민 근성을 도처에서 발견하고 그것을 극도로 비판하고 혐오함으로써 그 근성과의 관계를 끊으려 한다."14)고 말할 수 있다. 그렇다고 해서 그가 그야말로 '숙명적'으로 태어난 한국인을 벗어날 수 있는 것은 아니다.

"근데 말야, 내 관심이 끌리는 건 점쟁이의 예언이야. 그 예언이 들어 맞았다는 점야. 무덥지 않는 가을철인 데다가 늪의 물이 차가와 시체의 부패가 더디기 때문에 학생이 기슭에서 이름을 부를때 마침 부력이 생겼다구 보면 완전한 우연의 일치에 지나지 않지, 그런데 그

---

13) 『전집』 7, p.389.
14) 이상섭, "유랑민 근성과 창조주의 눈", 『전집』 9, p.455.

우연의 일치라는게 대체 무얼까. 세상에는 별 기기묘묘한 우연이라든 가 우연의 일치라든가가 있잖어. 그러나 인간이 우연이나 우연의 일치라는 것두 인간 이상의 입장, 이를테면 신이라는 차원에서 볼 때는 필연적일 수두 있지 않을까. 그리구 무당이나 점쟁이는 이 신의 필연적인 것을 계시받아 예언한다구 보면 어떨까.”

　　……(중략, 성호의 말)

　“우리나라 사람에겐 본시부터….자네 말대루라면 단군 때부터라 해두 좋아….하여간 잡신을 잘 받아 들이는 바탕이 있는가봐. 그래서 우리나라 사람은 신앙을 가졌다는 사람 중에서두 기독교와 샤머니즘 - 기독교 대신 불교라구 해두 마찬가지지만 - 이 두 사이를 항상 오가구 있어. 반발짝 내디디면 기독교, 반발짝 들이디디면 샤머니즘, 이렇게 방황하구 있는 셈이지. 최근 내가 있는 교회 안에서의 일인데, 집사루 있는 부인의 손자애가 병이 나서 나한테 기도를 받았어, 그런데 좀 봐, 그날밤 그집에서 무당을 불러다가 푸닥거릴 했다는 말을 듣지 않았겠어. 내 기도나 푸닥거리 중 어느 쪽의 효험이건 보자는 게 그 여집사의 속셈인 거지, 알아 듣겠나? 아마 이런 예가 허다할껄.”

(『전집』 9, p.111)

‘민구’와 ‘성호’의 대화에서 무속 연구가인 ‘민구’는 이 소설에서 목사인 ‘성호’를 가리켜 무속 식으로 ‘신내린’ 목사라고 말한다. 그의 논지는 무당이나 점장이나 목사나 ‘신의 대리인’으로 보고 있다. 그렇다고 하더라도 실제로 ‘돌마을’에서 목회자로 활동하고 있는 ‘성호’조차도 우리나라 사람의 신앙심, 다시 말하여 종교적 관심을 ‘기복신앙’으로 파악하고 있고 우리의 민족성 중의 하나가 ‘잡신을 잘 받아들이는 바탕’으로 파악하고 있다. “반 발짝 내디디면 기독교(불교), 반 발짝 들이디디면 샤머니즘, 그 둘 사이를 방황”하고 있다는 ‘성호’의 말은 ‘준태’처럼 직접적이지는 않지만 역시 '종교적 측면에서의 유랑민 근성'을 말하고 있는 셈이 된다. 그러나 기실 '준태'라는 인물은 "중·고등학교 땐 한동안 교회에 꾸준히 나갔고, 새벽 예배도 빠지지 않았던"[15] 사람이다. 그러나 그 이후 교회에 안 나가는 이유를 "약자의 신앙밖에 못 가진 자신을 깨달았기 때문인데" 그것은 또 "이 세상에서 잘 살지 못했으니 죽어서나 천당에 가보겠다는 신앙"[16]으로 말하고 있다. '종교적 측면에서의 유랑민 근성' 의 내용은 '기복신앙'과 '약자의 신앙'으로 파악하고 있으며 6·25동란 때 적의 성기를 잘라 나뭇가지에 걸어 놓는 짓을 하면서두 반성할 줄 모르고 우리 죄를 사하여 주옵소서 하는 민족에게는 "종교가 싹틀 수 없다"[17]라고 말한다. 그리고 이단적이고 이기적인 종파가 '전염병처럼 우리나라에 창궐'하는 것도 "우리 민족성에 그러한 것이 번질 수 있는 소지가 충분히 마련돼 있다는 증좌"[18]라고 말한다. 결국 '준태'의 한국민 족의 종교성(불교, 기독교 포함)에 대한 비판은 '한국민족의 민족성'으로 요약된다.

(ㄴ) 역사적 측면에서 나타나는 유랑민 근성

이 작품에는 '한국 역사와 유랑민 근성'에 대해서 주인공들의 대화를 통하여 다음과 같이 진술하고 있다.

　"근데 말야, 우리나라 사람한테 유독 신이 잘 붙는데 그 원인이 뭐 라구 봐?"
　"글쎄……그런 정착성이 없는 데서 오는 게 아닐까. 말하자면 우리

---

15)『전집』 9, p.173.
16)『전집』 9, p.173.
17)『전집』 9, p.254.
18)『전집』 9, p.256.

민족이 북방에서 흘러 들어 올 때 지니구 있었던 유랑민 근성을 버리지 못한데서 오는 게 아닐까. 우리 민족이 반도에 자리를 잡구 나서두 진정한 의미에서 정치적으루나 정신적으루 정착해본 일이 있어? 물론 다른 민족두 처음부터 한곳에 정착된 건 아니지만 말야. 그렇지만 어디 우리나라처럼 외세의 침략이 그치지 않은데다가 나라를 다스리는 사람들의 폭 넓은 영구적인 자주성이 결여된 나란 없거든…… 신라통일만 해두 그렇지 뭐야. 우리 힘으로 통일한 게 아니구 당나라의 힘을 빌리잖았어. 다른 면에서 본다면 당나라가 자기네 변방을 위협하는 고구려를 없애버리는 데 신라가 말려 들었다구 볼 수두 있는 거지. 어쨋건 외군이 떳떳하게 우리나라 땅에 발을 들여 놓게 된 게 신라 때부터구, 요즘 흔히 말하는 주체성의 결여두 그때부터라는 걸 상기해야 할껄, 이렇게 옛날부터 우리 생활 밑바닥은 정착성을 잃구 살아온 민족야. 나두 거기 어엿이 한몫 끼어 있지만 말야." 준태의 언성은 약간 높아져있었다. "이런 걸 봐두 알 수 있잖어, 19세기초에 거지들의 조합이란 게 우리나라에 있었어. 서울을 몇 구루 나눠가지구 동냥질을 한거야. 마치 자기 소유의 땅세나 집세를 거둬가듯이 말야. 이런게 다 우리나라 사람들의 집시근성에서 나왔다구밖에 볼 수 없어. 그 근성이 현재까지두 이어져있다구봐. 결국 우린 아직두 유랑민 근성을 못벗어나구 있는 셈이지."

"조합 얘기가 나왔으니 말이지." 민구가 말을 받았다. "무당 조합은 그 보다 앞서 생겼었어. 18세기 말엽에서 20세기 초엽까지 존속된 재인청이란 게 그건데, 이 조합엔 무당을 비롯해서 재인, 기생, 광대들이 포함돼있었지. 그 규제가 대단했어. 만약 한 무당이 남의 단골을 침범할라치면 그 수입을 몰수하구, 재범하면 그 수입의 두배를 징수하구, 삼범하면 추방해버렸지. 지금두 지방에 따라서는 무당들이 각각 구역을 맡아가지구 다른 무당의 침범을 막구 있어. 무당뿐 아니라 그곳 주민들 자체가 그걸 바라구 있는거야."

"슬픈 유랑민의 역사가 아니구 뭔가."

"그렇게 비관적이구 부정적으루만 보지 말자. 우리나라 사람들에게
두 좋은 점이 있잖아. 착하구 어질다는....."　　　(『전집』9, pp.155-156)

'민구'와 '준태'의 대화인 위 부분에서 '준태'의 사관은 (1) 우리민족이
북방에서 흘러 들어올 때 지니고 있었던 유랑민 근성을 버리지 못하고
있다는 점, (2) 주체성 결여는 당나라의 힘을 빌려 신라가 삼국을 통일하
고 외국군이 떳떳하게 우리나라 땅에 발을 들여놓게 한 데 있다는 점으로
요약할 수 있다. 이와 같은 '준태'의 역사관이 옳으냐 그르냐를 논하자면
끝이 없다. 다만 '거지들의 조합'에서 일정한 구역을 정해서 비럭질을
했다는 사실까지도 '유랑민의 근성'으로 보고 있는 '준태'의 사관은 좀
문제가 있다. 가령 서양의 직업조직인 '길드'의 역사와 같이 '거지들의
조합'이나 '무당조합'을 만들어서 구역을 정한 것은 나름대로 그 직업을
'존속'시키기 위한 방법의 하나일 수 있다. 오늘날의 한국에서도 단위
별로 소주만드는 회사를 하나만 정부에서 허가를 해준다거나 막걸리 양
조장을 일개 면에 하나씩만 허가를 내주는 것도 '준태'식으로 말하면 '슬
픈 유랑민의 역사가 아닌가'로 말할 수 있지 않는가. 이렇게 보면 '준태'
의 유랑민의식은 소설 속에서도 문제가 있다고 할 수 있다.

민속연구가인 민구는 갯마을에 가서 '남근제사'를 본 얘기를 한다. 세
계적으로 '남근'은 생식의 상징이라는 것은 상식에 속하는 얘기이다. 그
러나 민구의 얘기에 '준태'는 "농작물을 증산하려면 농업기술을 발달 시
켜야 하는 거구, 해산물을 많이 잡으려면 어로 기술을 발달시켜야 하는
거지, 남자 생식기나 만들어 가지구 제살 지낸다구 될 일이냐"19)라고
말한다. 그리고 그것도 "약하구 불안정한 상태에 놓여 있을수록 인간이

---

19) 『전집』9, p.159.

란 생식을 원하게 되는 거야. 후손이나 끊기지 않으려구, 그것두 어쩔수 없는 유랑민 근성이지"[20]라고 말한다. 이와 같은 소설 속의 '준태'의말 속에서도 모순점이 있다. '남근 제사'를 지낼 당시의 인류는 '농업기술'이나 '어로기술'이라는 개념 이전의 문화적 제의이다. 지금의 과학적사고 방식으로는 '준태'의 말이 옳을지 모르나 예수 이전부터 어업과 농업은 있어왔다. '준태'의 말 속에는 몇 천 년의 시간적 간격을 뛰어넘는논리의 비약이 보이고 있다. 그러자 민구는 "걸핏하면 유랑민근성 어쩌구 저쩌구 하는데 그러면 대체 어떻허면 좋다는 거야"[21]하고 반문한다.그러자 '준태'는 "나두 몰라, 우선 내용두 없이 우리 자신을 미화시키지말구 철저히 우리 자신의 현재를 자각하는 데서부터 시작해야 할거야.유랑민의 자각! 우리 누구나 할 것 없이 말야."[22]라고만 말하고 있다.그러니까 '준태'의 사관은 한 마디로 말해서 '민족주체성의 자각'이라고할 수 있다.

나) 인물들의 정서와 유랑

아마도 작품의 테마는 작품의 주체라기보다는 직접 또는 간접적으로 말해지는 작품의 중심 사상이라고 말할 수 있다.[23]

---

20) 『전집』 9, p.159.
21) 『전집』 9, p.159.
22) 『전집』 9, p.159.
23) Theme : Properly speaking, the theme of a work is not its subiject but rather its center idea which may be stated directly or indirectly. J.A.Cuddon, *A Dictionary of Literary Terms and Literary Theory*, (Doubleday & Company Inc, 1980,U.S.A.), p.969.

사전적으로 위와 같이 정의되고 있는 '주제'는 근본적으로 '인물의 정서'와 밀접한 관계가 있는 문학 용어이다. Theme와 같이 따라다니는 lietmotif는

　　음악적 주제를 보다 분명히 지적하기 위해서 한스 폰 볼쭈겐에 의해 만들어진 이 용어는 시종 작품 전체를 바그너의 오페라에서와 같이 특별한 대상, 인물 또는 정서와 결합시킨다.24)

라고 정의된다. 물론 유기체 적으로 확대 해석하면 소설의 모든 기법들이 '주제구현'을 위한 도구가 되지만 그 중에서도 '인물의 정서'가 주제를 떠받치기 위한 중요한 요소이다.

유랑민 의식을 작품 속에서 직접적으로 말하고 있는 '준태'는 '창애'와의 가정생활도 무의미하게 여긴다. 그리고 차라리 '혼자서 하숙하던 시절'을 그리워하는 인물로 그려져 있다. 그러나 '남지연'을 만나 사랑을 하게 되지만 그 '남지연'이 '카리에스'라는 병으로 애를 못 낳는다는 얘기를 듣고서도 "난 되레 지연이가 애를 원하면 어쩌나 하구 있던 중이야, 알겠어? 이건 뭐 지연일 위로하기 위해서 하는 말은 결쿠 아냐. 예전부터 그랬어 난. 이걸 알아줘."25)라고 말한다. 그 이유는 그가 가지고 있는 지병인 '알레르기성 천식 발작증세'처럼 그 까닭이 소설 속에서 명백하게 들어나지 않는다. '남지연'과의 사랑이 잘 무르익어 가는데도 불구하고

---

24) A term coined by Hans von Wolzugen to designate a musical theme associated throughout a whole work with a particular object, character or emotion, as so often in Wagner,s operas. J.A.Cuddon, *A Dictionary of Literary Terms and Literary Theory*,(Doubleday & Company Inc, 1980, U.S.A.), p.485.
25) 『전집』 9, p.384.

그는 '강원도 횡계' 벽촌으로 자진해서 전근을 가고 이 사실을 애인에게
도 알리지 않는다. 그러다가 강원도 횡계에서 "보고서를 정리하면서 자
꾸 준태의 관심을 끄는 부분이 하나 있었다. 그것은 남작(감자의 일종)과
같은 품질의 감자를 가을 파종용으로도 얻을 수 없을까 하는 것이었
다."26) 새로운 품종 교배에 관심을 갖는다. 그리고 애인인 '남지연'에게
다음과 같은 편지를 쓰고 사라진다.

> "(전략).....나는 병자야. 지연이 눈으로 본 내 병은 한낱 표면에 지나
> 지 않아. 병의 근원은 아주 깊숙히 자리잡고 있어서 설명이 안돼. 약이
> 나 메스로 고칠 수 없는 병인 것만은 분명해. 이 병을 나는 얼마 전부
> 터 외면해 왔어, 정확하게 말하면 지연일 생각하게 된 후부터 말야.
> 그런데 외면하면 할수록 병이 기승을 부리는군. 나는 병과 타협을 시
> 도해봤지. 그건 괜한 도로였어. 종내 나는 병이 요구하는 대로 쫓기로
> 했어. 이건 내가 병한테 진 때문은 아니야. 실은 병의 근원을 심고 길
> 러온 건 다름아닌 나 자신이었다는 걸 깨달은 때문이야, 앞으로도 이
> 병을 그대로 지니고 살아가야 할까봐. 날 무능력하고 비겁하다고 비난
> 을 한대도 할 수 없어. 날 내버려둬쳐....(후략)"   (『전집』 9, p.420)

여기서 '약과 메스, 그리고 사랑'으로도 치료할 수 없는 '준태'의 병은
무엇일까? 외국에서 들여온 '남작'이라는 감자 종자를 한국에서 가을 감
자로 품종을 개량하고자 떠나면서 그가 남긴 위의 편지는 바로 그 '병'은
그가 수시로 말하고 있는 바대로 '유랑민 의식'인 것이다. 확대 해석하면
'한국민족' 모두가 그런 병을 앓고 있지 않은가 하는 주제가 감추어져
있는 것이다.

---

26) 『전집』 9, p.393.

이러한 준태의 행위는 "민구로서는 준태가 자청해서 벽촌으로 전근갔다는 사실이 이해가 가지 않는대로 그다운 처신이라고 생각했다. 그 친구가 입버릇처럼 뇌까리던 우리 민족의 유랑민 근성을 몸소 겪으려는 행위? 지연이란 여자와의 사랑의 도피행?"27)로 파악된다. 여기서 준태라는 인물의 과거를 들여다보면 그는 6세 때에 자살하려는 어머니를 따라 나섰던 적이 있고, 14세 때에는 자살 기도, 그리고 가난으로 숱한 굴욕감을 느끼면서 자란 사람이다. "그는 현실 생활 어느 구석에다가도 뿌리를 내리려 하지 않는 정신적 및 육체적 '근성'을 갖게 되었다. 그가 농학을 공부하고 농학 연구관이 되어 식물, 특히 고구마나 감자 같은 실한 뿌리를 내리는 작물 연구에 정열을 쏟게 된 것은 충분히 이해 할 만한 아이러니이다."28)라는 진술은 그 인물이 갖는 양면성을 지적한 것이다.

다른 주인공인 '성호'는 고등학교 때 나가던 교회의 목사 부인을 사랑하여 그녀에게 임신까지 시킨다. 그러나 낙태수술을 하고 그 죄의식에 사로 잡혀서 '정목사'의 부인은 스스로 자학, 끝내 굶어죽고 만다. '정목사' 부인은 그런 식으로 자신의 죄를 속죄 받으려 한다. 성호는 그 후 부산에서 큰 사업을 하는 부친의 가업을 물려받기도 싫다하고 신학교에 진학, 목사가 되어서 서울의 달동네인 '돌마을'에서 가난한 사람들을 위해서 목회 활동을 한다. 그 성호는 '크리스챤주보'에 「우리나라 풍습과 기독교」라는 글을 써서 발표했는데 그것이 문제가 되어 '노회'에 나가 일종의 교회 재판을 받는다. 거기서 말하는 성호의 주장은 다음과 같이 요약할 수 있다.

a) 기독교 교리에 저촉되지 않는 한 교회가 우리나라 풍습에 지나친

---

27) 『전집』 9, p.358
28) 이상섭, "유랑민 근성과 창조주의 눈", 『전집』 9, p.454.

간섭을 말아야한다.

b) 따라서 제사나 혼백상에 절을 하는 것은 추모의 한 형식이다.

c) 제사를 금한 것은 서양 선교사들이 처음 우리나라에 와서 제사를 무슨 종교의식의 하나로 잘못 판단하고 금한 것이니까 이제라도 시정할 것은 시정해야 한다.

d) 혼인 후 폐백 때 신부 치마폭에 대추를 던져 주면서 소생을 기원하는 것이나 돌잔치 때 아이에게 연필이나 돈을 집게 하는 것도 미신이라 안된다구 하는 식으로 교회에서 금지하면 그걸 범하는 율이 많아진다.

e) 교회에서 그런 전래 풍습을 금하는 것보다는 어떻게 하면 기독교 정신으로 선을 키우며 악과 싸울 수 있는가에 관심을 기울이게 해야한다.

(『전집』 9, pp.284-286)

그러나 노회에서 이러한 주장을 하다가 '정목사' 부인의 일기장이 노회 사람들의 손에 들어가 그녀와의 불륜의 관계가 들어 나면서 목사직을 물러나고 만다. '성호'가 목사가 된 것도 '속죄'의 한 형식이었다. 그러나 그는 목사직을 물러나고서도 '돌마을'에서 군고구마 장사를 하면서 가난한 사람들을 도우려고 한다. '성호'라는 인물은 이 작품 속에서 '한국인'이면서 동시에 종교인(기독교인)을 대표한다고 볼 수 있고, 그의 인생관은 자신이 실천하고 있는 바와 같이 '종교'를 통해서 인간은 구원 받을 수 있다는 생각을 하는 독실한 목회자이다. 그러나 그 역시 '전래적인 한국 풍습'을 긍정적으로 생각하는 사람이고 그런 점을 노회에 나가서 주장하거나 기독교 신문에 글로 쓸 정도로 신념을 가지고 있다는 점에서 역시 '한국인'이라고 할 수가 있다. 말하자면 기독교라는 종교를 의지하고 있지만 그의 정신 속에서는 한국적인 샤머니즘을 용인하고 있다는 것이다. 따라서 그도 '종교적인 유랑의식'을 가졌다고 할 수 있다.

부유한 집안의 아들이 '성호'가 자신이 다니던 교회의 목사 부인을 사랑하여 죄를 짓고 그 이후에 벌리는 행적들은 속죄의 형식으로 볼 수도 있지만 '정신적 유랑'이라고 할 수 있다.

또 하나의 주인물인 '민구'는 대학에 다니면서 '무속 연구'에 몰두하다가 나중에는 '신내림'까지 경험하게 된다. 민구는 한편으로 교회 신자이기도 하다. 막강한 영향력이 있는 한장로의 딸과 결혼을 약속한 사이이면서도 무당인 '변씨'(남자와 여자의 양성)와 성관계를 주기적으로 갖기도 한다. 민구가 말하는 기독교와 샤머니즘은 다음과 같은 공통점을 지닌다.

a) 기독교 자체에두 샤머니즘적 요소가 적잖이 들어 있다.(예를 들어 동방박사 세사람이 찾아 온다, 그 동박박사는 샤먼들이다.)

b) 예수가 장성한 후 40일간 광야에서 금식 기도 끝에 이적을 행하는 것이나 목사들 가운데 금식기도 끝에 성신을 받아 병을 고치는 예와 샤먼이 오랜동안 음식을 전폐하다가 앓구 나서 신이 내려서 예언과 병을 고치는 예는 같다.

c) 예수의 화상은 사진이 아니다. 실제로 예수가 어떻게 생겼는지 우리는 모른다.(예를 들어 희랍에선 양치는 목자, 곳에 따라선 검둥이의 모습, 앞으른 얼굴두 우리의 거구 옷두 우리의 것인 예수의 화상이 나온다구 해서 안될 것 없다, 그러면 우리에게 더 친근감을 줄 것이다, 샤먼의 화상들처럼……)

d) 십자가나 샤먼들의 기구 하고는 동질이다.

e) 성호는 샤먼으로 말하면 신 내린 무당이다.

f) 어원적으로 보면 단군은 당골, 즉 무당이었다. 박혁거세의 아들도 같다.

g) 무당은 예언, 투시, 치병을 하였음으로 고대에는 그들(무당)이

지도자였다.

물론 민구라는 인물의 정서는 한국적인 무속을 연구하는 입장에서 무속의 세계와 종교의 세계를 동질의 것으로 파악하고 있다. 그러나 교회에 다니면서도 무속 연구를 한다거나, 또 거기 깊이 빠져서 결국은 신내림까지 경험하게 된다거나 무당인 변씨와 주기적으로 성관계를 갖는다거나 가까운 친구로서 '준태' '성호'라는 인물과 사귀고 있다거나 하는 설정자체도 '유랑민 의식'을 구현하기 위한 것이다.

이렇게 파악해보면 작품 『움직이는 城』의 주인물들은 종교적으로 기독교와 미신, 기독교와 전래풍습 사이를 방황하고 있는 인물이거나 준태와 같은 유랑민 의식에 사로잡혀 있는 인물들이다. 그리고 그들 스스로가 그러한 정신적인 방황으로 인하여 실제로 작품 속에서 자신의 사회적이거나 직업적인 위치를 확실히 갖지 못하고 유랑하는 인물들로 그려져 있다.

그러나 작가 황순원이 『움직이는 城』에서 처음으로 '유랑민 의식'을 주제로 삼은 것은 아니다. 장편소설 『日月』은 마지막 백정으로서의 사명을 다하려는 '본돌영감'과 자신의 근본을 잊으려고 애쓰는 '상진영감' 두 형제와 그 아들들의 갈등 양상을 그린 소설이다.

> "별신통한 기록이 남아 있는 건 없어. 고려사 최충헌전을 보면 양수척이란 무리가 있었는데, 이들은 그당시 일정한 거주지가 없이 떠돌아다니면서 사냥질과 고리를 결어 파는 것으루 생업을 삼았었어. 그것이 오늘날 백정의 전신이라구 보나봐."
> "일종의 집시군요."
> "맞았어. 유랑민의 일종이라구 볼 수 있을거야." (『전집』 8, p.65)

위에서 보이는 것처럼『움직이는 城』보다 전에 씌여진『日月』에서 이미 유랑민이라거나 집시라는 표현이 보이고 그것에 대한 집요한 탐구가 이루어지고 있다.『움직이는 城』과『日月』의 소재는 판이하나 주제에 관한한 일종의 연결고리가 있음을 발견할 수 있다.

(3) 주제의 연계성

작품『神들의 주사위』의 주제는 이른바 다주제, 혹은 복합적 주제라고 할 수가 있다.『神들의 주사위』에 나타나는 주제는 다음과 같이 요약할 수 있다.

a) 엄격한 가부장적 태도로 집안의 모든 일을 주관하는 '두식영감'을 정점으로 한 가족간의 갈등. a)의 갈등 관계는 다음과 하위분류할 수 있다.

　두식영감---부인(무시당함)

　두식영감---아들 한영아비(무시당함)

　두식영감---손주 한영(최소한의 긍정)

　두식영감---손주 한수(최대한의 긍정)

b) '한수'를 중심축으로 하는 '세미'와 '진희'와의 갈등

c) '읍'이라는 마을에 커다란 염색 공장이 들어서게 됨으로 해서 생기는 갈등. c)의 갈등은 다시 '읍'의 땅을 사드리는 '송회장' '강사장'과 땅을 팔지 않으려는 '두식영감'의 갈등으로 세분화된다.

d) 염색공장이 들어 섬으로 해서 생기게 되는 '공해 문제'을 둘러싼 갈등. d)의 경우 공해 환경연구소의 '병배'와 '한수'의 걱정과 '읍' 발전을 최고의 가치로 여기는 '읍장' 그리고 '송회장' 일파와의 갈등으로 세분화할 수 있다.

　　e) 학교 내에서 문제아인 '영란'을 두고 교사인 '진희'와 '중섭'이
　　　갖게 되는 교육현장의 문제.

『神들의 주사위』는 위와 같이 여러 가지 갈등이 복합적으로 전개되고
있다. 그 중에서도 a)번의 주제가 표면적으로 들어나며 b-d)까지의 갈등
양상들은 a)의 종속적 주제들이라고 할 수 있다. 따라서 a-e)까지의 갈등
중에서 중요도로 보면 a)번이지만 나머지들도 조직적으로 a)의 주제에
관여되어 긴밀도를 더하고 있다.

　　관계 없다아, 관계 없다아! 가을 밤공기를 가르고 고함소리가 퍼졌
다. 두식영감의 맏손자 한영이 자기집 대문밖에서 지르는 소리다.

　　위의 구절은 이 소설의 모두(冒頭)이다. '한영'은 '한수'보다 초등학교
시절, 공부를 더 잘했고 공부에 취미도 있었으나 '두식영감'이 가업을
잇는다는 핑계로 더 공부를 시키지 않았다. 읍내에 상당한 토지와 또한
세집들을 가지고 있는 '두식영감'은 이 한영이에게 세돈을 받아오는 일
따위의 자질구레한 일만 시킨다. '한수'는 사법고시에 일차 합격한 처지
이다. '두식영감'은 아들 '한영아비'를 아예 무시하고 있다. "관계 없다
아!"하고 술만 취하면 외치는 '한영'의 이런 버릇은 위와 같은 가족관계
의 갈등에서 발생하는 소극적인 반항인 셈이다.

　　그렇게 아니라 내가 직접 할아버지를 설득해서 한번 관철시켜보면
어떨까. 그러자 저도 모르게 관계없다아, 관계 없다아..,하는 고함 소
리가 터져 나왔다.　　　　　　　　　　　　　　　　　　(『전집』 10, p.38)

위 구절은 '한영'이의 심리상태를 가장 적극적으로 표현해주고 있는 대목이다. 그러나 한영은 할아버지의 그늘에 눌려서 평생 기를 펴지 못하고 살다가 결국 자살을 하고 만다.

"우리 집안은 어딘가 잘못돼 있습니다. 이런 식으루 나가다가는 어떤 돌이킬 수 없는 사태에 부닥치게 될지도 모릅니다...(중략)...할아버지께서 가도를 바로 잡으시려면 이제부터라두 하나하나 형에게 일을 넘기셔야 합니다. 그래서 가산을 관리해 나갈 능력을 개발시켜야 합니다."
                                                              (『전집』10, p.142)

형인 '한영'이 자살하기 전에 '한수'는 이렇게 할아버지를 설득해보려 하지만 할아버지는 오불관언이다.

이와 같은 가족관계의 갈등 속에서 '한영'이는 자신의 아버지를 재혼시키기 위해서 할아버지 몰래 빚을 지고, 그 사실을 안 '한수'는 할아버지가 자신의 몫으로 사둔 서울 집을 할아버지 몰래 처분하기 위해서 서울에 가 있는 사이에 '한영'이가 자살하고 만다. '한수'는 열심히 할아버지를 설득해보려 하지만 할아버지는 마치 '바위'처럼 꿈적도 않고 '세미'와 '진희' 두 여자사에에서 갈등을 겪던 그는 가족관계라는 갈등의 고리로부터, 두 여자라는 갈등의 고리로부터 해방되기 위해서 다시 절에 들어가서 고시공부를 하기로 결심하기 전에 '진희'와 오토바이를 타다가 교통사고가 나서 오랫동안 혼수상태에 있게 된다. 그 충격으로 인해서 할아버지는 노망이 들고, '진희'는 죽게 된다. '한수'에게 중요한 갈등의 원인을 제공하던 '두식영감'과 '진희'가 죽어버리는 것이다.

"이제는 형한테 집안 살림을 맡기십시요."

“그 혼나간 놈한테 집안 살림을 맽기라구? 요즈막엔 셋돈두 제대루 못 걷어와서 그마저 내가 나설 판이다.”　　　　　　(『전집』 10, p.141)

한수는 “그러지 않아도 이마 아버지는 무위의 인간이 돼버렸고, 형마저 제 2의 아버지 꼴이 되어가고 있는”[29] 상황에서 형과 집안을 위하여 위와 같이 할아버지인 ‘두식영감’에게 말한다. 그러나 ‘두식영감’은 ‘한수’에게 “여러 소리 말구 허라는 공부나 해!”[30] 하고 소리친다. ‘두식영감’의 갈등은 못난 아들이라 아예 도외시하고 있는 아들 ‘한영아비’와 집안 살림을 맡기려고 잔심부름을 시키지만 못미더운 ‘한영’에게 집중되고 있으며 “도대체 넌 무슨 외출이 그리 잦냐? 서울엔 또 뭣허러 갔었누? 책 사러 갔었냐?”[31] 하면서 자신의 유일한 희망인 ‘한수’가 공부를 게을리하는 것 같아서 걱정이 태산이다. 전통적인 가부장적인 권위로 집안을 다스려 나간다. ‘한영’이 목매달아 자살을 하고 나서도 ‘두식영감’의 생각은 별로 변하지 않는다.

한영아버지가 부스스 일어나 방을 나간다.

저것하고 집안 일을 꾸려가야 하니! 두식영감은 속으로 혀를 찼다. 한영이녀석만 살아 있어도 힘이 덜 들텐데. 새삼스레 두식영감은 죽은 맏손자 생각을 한다. 그러나 곧 생각을 돌린다. 이 늙은 할애비를 두고 간 불효 막심한 놈을 생각해서 뭘 하느냐. 앞으로는 이 늙은이 혼자의 힘으로 집안일을 꾸려 나가는 수밖에 없다...(중략)...지금 너희들은 우리 땅 주위의 토지를 모두 사 놓으면 별 수 없이 내가 항복하고 땅을 헐값에 내 놓으리라고 계산하고 있다만 안될 말이다. 그 얕은 꾀에

---

29) 『전집』 10, p.141.
30) 『전집』 10, p.141.
31) 『전집』 10, p.143.

넘어갈 내가 아니다.   (『전집』 10, pp.233-234)

‘한영’의 자살 이전보다 더 완고해진 ‘두식영감’은 그러나 자신의 유일한 희망인 ‘한수’의 사고 소식을 듣고 드디어 노망을 해버리고 만다. ‘두식영감’의 갈등의 고리는 ‘한수’의 사고로 끊어진 것이다. 그리고 자신이 그토록 팔지 않으려고 하던 ‘기왓가마 땅’도 ‘한영애비’에 의해서 별 수 없이 팔리고 만다.

이와 같은 복합적인 갈등 양상을 보이는 소설이므로 (1) 가족사소설로 읽을 수 있고, (2) 세태 소설적 측면이 짙은 작품이며, (3) 두식영감 손자들의 측면에서 보면 교양소설적인 성격, (4) ‘한수’를 중심축으로 보면 연애 소설적 성격, (5) 일종의 상징소설, (6) 전체소설이라는 외형적 형식 또는 내용적 형식으로 그 성격을 점칠 수 있다.[32] 갈등을 다르게 표현하면 ‘대립’이라고 할 수 있는데 “그 대립은 외면적으로는 역사적, 사회적 대립이며 본질적으로는 개인적 추상적 대립이다. 역사적 사회적 대립은 고전적 자본주의와 유교적 도의 이념이 결합된 세계관과 서구적 개인주의간의 대립, 그리고 농경제 보수자본주의와 공업경제적 통합 자본주의간의 대립이며, 개인적 추상적 대립은 자기 세계를 이미 정립한 성인과 아직 자신의 삶의 방식을 갖지 못한 젊은이와의 대립, 가부장적 권위와 자유간의 대립”[33]으로 볼 수도 있다.

『움직이는 城』의 인물들의 정서에 비해서 『神들의 주사위』의 인물들은 얼른 보아서 판이하게 보인다. 『움직이는 城』의 주인공들이 ‘유랑민의식’이라는 주제 구현을 위해서 한 곳에서 뿌리박지 못하고 떠돌아다니

---

32) 천이두, “전체 소설로서의 구면들 - 황순원『神들의 주사위』의 문제점”, 『현대문학』 (1982.12)
33) 정다비, “사랑의 두모습 -『신들의 주시위』 서평”,『세계의 문학』 7권4호 (1982.12)

는 인물들이라면『神들의 주사위』의 인물들은 그와 반대이다. 직업도 없고 가진 것도 없지만 읍에서 벌어지는 이런저런 일에 참견을 해서 막걸리 잔이나 담배를 얻어 먹으면서 마누라덕에 편하게 살고 있는 '봉룡', 혹은 읍에 들어오는 술집 색시들과 재미를 보는 일에 몰두하고 있는 '윤의사', '두식영감'과 라이벌격인 돈돌이꾼 '문진영감' 등이 모두 '토착적'인 인물들이고 그들의 정서 또한 그러하다.

> "전 한곳에 오래 살아본 적이 없거든요. 아버지 직장 때문에 말예요, 몇 년이 멀다하구 이사다녀야 했어요. 꼭 뿌리내리지 못한 나무 같아요."

작중인물의 하나인 '진희'의 말이다. 물론 진희는 아버지가 경찰서장이라는 배경 때문에 자주 이사를 다녀서 그런 의식을 갖고 있는지 모른다.
　'스물여섯에 미망인이 된 여자 박세미'는 아침에 회사에 나가다가 교통 사고로 숨진 남편의 일에 대해서 "왠지 내가 작용한 것같은 생각이 들어, 그이는 내가 무감각한 걸 자기 탓으루 여기구 고민하구 있는 눈치였어"[34]라는 죄의식을 가진 성적 불감증의 여자이다. 그러던 '세미'는 '자력갱생원'이라는 곳에 '우연히' 찾아가서 자신감을 얻는 훈련을 받으면서 그곳의 '유원장'과 알게 된다.

> 그러던 어느날 유원장은 세미에게 24시간 함께 있기를 원한다고 했다. 그 말 앞에서 세미는 주춤했다. 비로서 자기의 위치를 둘러보고 무언가 생각해야 할 시점에 와있다는 걸 알았다. 그런 그네 앞에 한수의 존재가 크게 막아섰다.　　　　　　　　　　　(『전집』 10, p.169)

---

34) 『전집』 10, p.69.

　　그러나 '세미'는 유원장의 뜻에 따라서 둘이 같이 브라질로 이민을 가기로 하고 모든 준비를 다 해 놓고 출국 날짜를 기다린다. 출국 며칠 전 '한수'의 교통사고 소식을 듣고 병원으로 달려가서 극진한 간호를 시작한다. '세미'의 이러한 태도는 남녀 간의 갈등이라고 볼 수도 있고 '방황하는 정신'이라고 말할 수도 있다. 그것도 사춘기 소녀의 사랑에 대한 방황은 아니다. 이미 그녀는 결혼한 경력이 있는 이혼녀이고 상대는 고시 일차 합격한 '한수'이지만 적극성을 갖지 못하고 '정신적인 유랑'을 계속하는 것이다.

　　벌써 일주일 전에 병배가 연구소를 그만뒀다는 것이다. 병배가 한수 자기한테 들른 것이 불과 20여일 밖에 되지 않는다. 그러니 취직한 지 석달도 못돼서 그만둔 셈이다...(중략)... 병배 하숙집 뚱보아누머니의 말이 며칠 전에 다른 데로 옮겨 갔다는 것이었다. 어디로 갔는지는 모르나 다음에 가져간다고 책들은 자기네에게 맡겨놓고 가방 하나만 가지고 갔다는 것이다. 떠돌이 같은 것!　　　　　　(『전집』 10, p.112)

　　'세미'와 '한수'를 둘다 익숙히 알고 있는 '병배'는 떠돌이 같은 사람이다. 정상적으로 교육을 받고 전공도 있으며 '환경연구소'에 근무하면서 남다른 환경보호론을 펴곤 하던 '병배'이다.

　　"연구솔 그만뒀다는 연락 있구선 그 다음엔 아무 소식두 없어."
　　"그 친구 서울에 없는 것 아냐?"
　　"글쎄 그러다가 또 불쑥 나타나겠지 뭐."
　　"혹시 탄광촌 같은 데서 편지가 날아올지두 모르지."
　　　　　　　　　　　　　　　　　　　　(『전집』 10, p.114)

이러한 기질의 '병배'는 가정교사가 되어서 '한수'와 '세미' 앞에 다시 나타난다.

> 마침내 한수는 두 여자에 대한 갈등에 결정을 내렸다. 자기는 두 여자에게서 떠나야 한다는 결정을..　　　　　　　(『전집』 10, p.114)

주인공 '한수'의 속마음을 읽을 수 있는 구절이다. 그것은 '집'을 떠나 버리려는 결정과 함께 온 것이다.

위와 같이 분석해 보면 『神들의 주사위』에 나타나는 인물들의 정서는 『움직이는 城』 혹은 『日月』에서 나타나는 인물들의 정서와 흡사하다. 다른 식으로 표현한다면 '토착의식과 유랑민의식'을 이 작품에서 대비시켜 구현했다고 볼 수 있다.

두식영감, 한영아버지, 한영, 윤의사, 봉룡, 문진영감, 건호류(類)의 인물은 '토착의식'을 가지고 있다고 말할 수 있고 거기에 대비하여 진희, 세미, 병배, 윤원장, 중섭, 한수류(類)의 인물은 일차적으로 주거를 자주 옮기는, 혹은 옮기는 것과 함께 정신적으로 '유랑민 의식'을 가진 인물에 속한다.

이상에서 살펴본 바에 의하면 작품 『움직이는 城』의 주제는 작가가 밝힌 대로 '한국인의 의식구조'를 '유랑민 의식'으로 밝히려는 소설이다. 이를 자세히 살펴보면 우선 종교적 측면에서 나타나는 유랑민 근성을 들 수 있는데 한국인의 기독교 신앙은 기복 신앙, 즉 실질적인 측면에서 복을 비는 신앙이나 사후 세계를 보장해주는 신앙, 죄를 면죄해주는 신앙이라는 것이다. 이는 주로 '준태'라는 인물의 발언을 통해 나타나고 있다. 그리고 이것은 잡신을 잘 받아들이는 민족성에 기인한다는 것이다. 따라서 신앙적으로 이러한 것은 약자의 신앙이며 참다운 종교가 싹틀 수 없는 민족성이라는 것이다. 그것은 역사적으로 우리민족이 북방에서 흘러내려올 때 지니고 있었던 유랑민 근성을 버리지 못하고 있는데 기인하며 당나라의 힘을 빌어 삼국통일을 한 역사 상황에도 기인하는 것이고 이를 줄여 말하면, 민족 주체성의 결여라고 할 수 있다. 그러나 자신의 결혼을 샤머니즘과 기독교의 결혼이라고 말하는 신내림 경험까지 있는 '민구'는 둘째치고라도 독실한 기독교 목회자인 '성호'도 한국의 전래풍습을 긍정적으로 적극적으로 파악하고 있다.

이런 점에서 첫째로 한국인의 의식구조는 종교적으로 샤머니즘, 기독교 등속에 경도되어 있다고 하더라도 '유랑민 의식'이라는 점이고, 둘째로 그것은 깊은 역사성을 갖는 한국인의 의식구조라는 점이다. 그러한 유랑민의식에 관한 탐구의 단초는 이미 『카인의 後裔』에서나 『日月』에서 간접적으로 혹은 직접적으로 나타나고 있는 하나의 연결고리임을 발견할 수 있었다.

다른 한편으로 "황순원 문학은 악으로 인해 생긴 죄의식에서 출발하여, 그 원죄에 고뇌하고, 고뇌가 고뇌로서 끝나는 것이 아니라 속죄과정을 거쳐 종국에는 구원의 문제에까지 심화 확대된다는 데 특징이 있다."35) 라는 견해가 있다. 한승옥은 이 논문에서 『카인의 後裔』를 원죄의식의 출발로, 『人間接木』을 속죄의 또 다른 양상으로, 『나무들 비탈에 서다』를 원죄의 무의지적 희생으로, 『日月』을 죄의식의 근원 탐색으로 보고 있으며 이러한 관점에서 『움직이는 城』을 구원의 모색으로, 『神들의 주사위』를 신에의 긍정이라고 보고 있다. 즉 다시 말해서 그의 장편 소설의 주제들은 일정한 '인간의 문제'들을 하나씩 심화발전시켜 나가고 있다는 지적이고 이는 관점은 다르나 본고의 논지와 같다.

---

35) 한승옥, "황순원 장편 소설에 나타난 죄의식", 『한국 현대 장편소설 연구』
(서울, 민음사, 1989), p.284.

작품『神들의 주사위』는 '두식영감'을 정점으로 한 인물들 간의 갈등, '한수'를 중심축으로 하는 '세미'와 '진희'의 갈등, 읍에 염색공장이 생김으로 인해서 생기는 갈등, 땅을 사고팔려는 갈등, 공해문제와 지역의 발전 사이의 갈등, '영란'을 두고 겪게 되는 교육현장의 문제 등등의 갈등 양상을 보임으로 해서 첫째로 형식적, 내용적으로 다주제, 복합적 주제를 다루고 있으며, 둘째로 토착의식을 가진 인물들('두식영감', '한영아버지', '한영', '윤의사', '봉룡', '문진영감', '건호')와 정신적으로 뿌리박지 못하고 방황하는 유랑의식을 가진 인물들('한수', '병배', '중섭', '진희', '세희', '윤원장')을 내세워 토착의식과 유랑의식을 그리고 있는 작품이다.『움직이는 城』이 유랑의식이라는 주제에 초점을 맞춘 작품이라면『神들의 주사위』는 '토착의식과 유랑의식'을 동시에 다룬 작품이라 할 수 있다.

제4장 결론

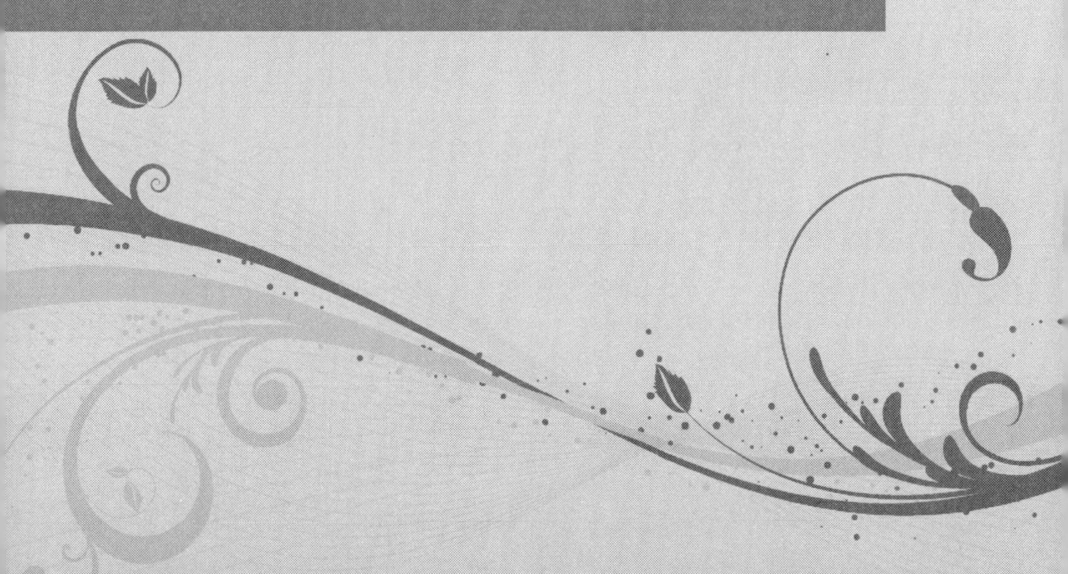

황순원 문학연구

제4장 결론

황순원 소설에 대한 일반적 평가는 그의 소설이 '서정적이며 시적'이라는 것이다. 그의 소설의 보편적 특질이 서정적이며 시적이라고 한다면 그의 시와 소설이 아울러 연구되어야 한다. 본고에서는 황순원의 시 전체를 놓고 연구하여 그의 시의 전반적 특성들을 먼저 살펴보았다. 다음으로 그의 소설의 어떠한 특성들이 그의 소설 전체를 시적으로 보이고 느끼게 하는가를 살펴보았다. 기본적으로 황순원은 자신이 밝히고 있듯이 시와 소설이라는 장르에 대해서 그것을 자신의 '예술혼', 즉 '시적 근원'을 담는 그릇의 하나라고 생각하는 문학적 태도를 지니고 있으며, 자신의 내적 요구에 따라서 시, 단·장편을 써 왔다고 할 수 있다.

결론의 순서는 본 연구의 분류 방식에 따라서 시, 전반기 단편소설, 후반기 단편소설, 중편소설, 전반기 장편소설, 후반기 장편소설 순으로 정리해 보겠다.

(1) 황순원의 시집 『放歌』를 분석·검토해 본 결과 다음과 같은 특징을 발견할 수 있었다. 그는 사상적, 문예사조적 혼란기에 문학을 시작하

면서 「나의 꿈」이라는 시를 통하여 자신의 문학적 장래에 대한 신념을 천명하였다. 이 시집에 나타나는 이별, 떠남, 눈물 같은 시어군들을 보면 그의 시는 전 시대의 낭만주의적 선상에 놓이기는 하나 미래, 희망이라는 이미지를 통해서 현실은 암담하나 희망을 갖자는 메시지를 자주 전달함으로써 퇴폐적이며 세기말적인 낭만주의와는 구별되는 차이점을 갖게 된다. 암시적 표현으로 그가 즐겨 사용하고 있는 방법은 자연 현상을 빌어서 거기에 상징성을 부여하는 것이다. 그의 제 2시집 『骨董品』은 모더니즘과 연관된 회화성이 전체적인 특징이라고 할 수 있다. 제 3시집 『空間』에서는 회화적 이미지와 청각적 이미지를 합한 공감각적인 이미지를 압축적으로 사용한 것이 특징이라 할 수가 있다. 제 4시집 『木炭畵』에서는 제 1시집에서 보이는 '희망'이 민족의 해방을 맞은 '감격'으로 적극적으로 표현되고 있다. 이는 동포애의 확인, 그리움의 재발견, 새로운 탄생이라는 시어와 이미지로 직접적 나타나고 있다. 제 5시집 『세월』에서는 인생의 '황혼'을 주로 노래하고 있는데 그것은 육체적으로 허약해지는 귀, 눈에도 불구하고 마음의 눈과 귀로 사물을 깊이 있게 보겠다는 작자의 인생관과 죽음, 혹은 그 이후에 대한 생각이 드러나고 있다. 그리고 「낭만적」이라는 시를 통하여 아름답게 늙기를 소망하는 노 작가의 인생 전체에 대한 비평의식이 잘 드러나고 있다.

전반적으로 그의 시는 『放歌』, 『木炭畵』처럼 현실, 혹은 역사에 대하여 암시적으로 발언하는 '지적인 측면'과 회화성과 청각적 이미지를 독립적으로 혹은 혼합하여 사용하는 『骨董品』, 『空間』처럼 감각적이며 묘사적인 시로 대별할 수 있다. 이런 측면을 '감성적 특성'이라 말할 수 있으며 이는 모더니즘과 관련성이 있다. 그의 첫 시집은 낭만주의적 선상 위에 놓여 있고 이러한 태도는 『세월』에서도 나타난다. 아마도 그는 낭만주의와 모더니즘을 그 세계관과 함께 인식하고 작품 속에 표현했다기보다는 그 표현 기법들을 주로 받아들여서 작품화 하지 않았을까 유추된다. 그러나 전반적으로 그의 시는 현실, 혹은 역사에 대해서 암시적으로 발언하는 '지적인 측면'과 회화성과 청각적 이미지를 독립적으로 혹은 혼합적으로 사용하는 감각적이며 묘사적인 시로 대별할 수 있다. 이런 측면을 '감성적 특성'이라고 말할 수 있다. 이 점에 대해서는 황순원의 문학세계 전반을 '지성과 감성' 혹은 '서정적인 분위기'와 '지적 절제'가 융화된 것으로 보는 것과 같은 맥락이다. 또한 시 전체에 나타나는 낭만적 태도와 아름답게 늙기라는 소망이 '압축'된 시의 형태로 나타나고 있다. 이러한 시적 특성들이 소설이라는 장르의 각 요소에 용해되어 드러난다.

(2) 전반기 단편 소설에서는 '배경'이라는 소설의 주요 요소를 관점으로 중점 연구해 본 결과『전집』1-3권에 수록된 단편 64편의 소설 중에서 첫줄에서 배경을 명백히 제시한 소설이 31/64편으로 나타나, 그가 소설의 배경을 매우 중시하고 있음을 알 수 있고, 그 공간은 52/64로 '집'을 중심으로 하고 있으며, 인물들의 장소 이동이 심하지 않고 '집'과 '외부'로 일정하게 움직이는 구조를 가지고 있다. 공간이동의 경우는 회상이나 대화로 처리하고 있으며, '외부'에 대한 공간에는 설명적이고 간단한 묘사로 처리하고 있다. 또한 그 '외부'는 '혐오스러운 장소'가 대부분이다. 반대로 '집'은 '경제단위'로서 중요한 역할을 할뿐 아니라 따뜻하고 아늑하며 평화로운 곳으로서의 '집'이다. 따라서 그의 전반기 단편소설에서는 역사, 현실적인 문제가 '집'이라는 공간을 통하여 '내밀화'되어 있으며, 그것도 대부분 작은집에 사는 가난한 자에게 이야기의 초점이 맞추어져 있다. 그의 전반기 단편 64편에서는 약 50대 50으로 도시와 비도시(농어촌, 산촌)로 되어 있는데 이 점이 토속적 서정적 작가라는 평가를 받는 제 일차적 이유이기도 하다. 비도시일 경우 그의 고향인 '서북지방'이 자주 등장하고 있으나『전집』4-5권에서 이러한 경향은 사라지며 '외부'

를 배경으로 삼는 소설이 23/29으로 나타나 그의 단편소설 배경이 변함을 알 수 있다. 그의 전반기 단편과 장편에서 즐겨 사용하는 배경의 태반은 농촌과 산촌 등의 시골이며 자신의 고향인 이북 서북지방이 고향방언과 함께 소설 속에서 아련하게 자주 등장하고 있다. 이런 점이 그의 소설에 나타나는 서정성, 토속성이라고 할 수 있으며 '시적 상태를 지향하는 소설'이라는 평가를 받게 되는 원인의 하나라고 할 수가 있다. 또한 많은 소설들이 '집'이라는 공간 속에서 역사와 현실이 내밀화되어 표현되고 있음을 알 수 있고, 그 '집'이라는 공간 속에서 사랑과 평화, 혹은 살아있는 모든 것을 사랑해야 한다는 범생명주의 등이 압축되어 나타나고 있다.

(3) 후반기 단편 35편 중 일인칭 서사적 화자로서 '나'가 등장인물(주인물 9편 부인물 7편)으로 나오는 것은 모두 16편이다. 이중 내포적 작가로서가 아니라 인간 황순원으로 짐작할 수 있는 '나'가 등장인물로 나오는 것은 9편이다. 여기서 인간 황순원으로서의 '나'라고 짐작할 수 있는 소설들은 집안 선조들에 대한 자긍심과 외경심이 대단하며 이 선조들을 '늙을수록 아름다워지는 남자'로 그려지고 있는데 이는 그의 시 「우리들의 세월」에서도 찾아 낼 수 있다. 그는 자신의 집안 선조들에 관해서 얘기하는 소설을 쓸 때는 등장인물 '나'가 허구적 인물이 아니라는 점을 오히려 작품 곳곳에서 들어내 보이고 있다. 가족사 소설의 형식으로 그려지고 있는 이런 작품들은 자신의 선조에 대해서 비판적 시각을 갖지 못한다는 지적을 받을 수 있다. 등장인물 '나'라는 사람들의 보편적 성격은 소극적이고 주변머리 없고, 나서기를 꺼려하고 애주가들이다. 또한 그 인물들은 자연의 아름다움을 찬양하고 '인간감정의 헤아릴 수 없는 내밀함'을 가지고 있는데 이는 주인공들이 소설 속에서 예측할 수 없는 행동을 유발하는 동인이 되고 있다. 그러나 그러한 행동들은 대체로 모든 살

아 있는 것을 사랑하는 정신으로 나타난다. 소설 속에 등장하는 인물들의 수가 적고, 작가의 관심 구도가 인생의 깨달음이나 인간 감정의 미묘한 변화를 다루고 있다는 보편성이 있다. 대부분의 주인공을 '남자'로 택하는 것은 그가 자신의 경험 세계를 매우 중시함을 알 수 있다. 이 점은 그의 전반기 단편에서도 유사하며 장편『카인의 後裔』에서도 계승되는 방식이다. 황순원의 많은 소설의 주인공들을 서술화자 중심으로 유형화할 수는 있지만 그들의 성격을 일괄적으로 설명하기는 어렵다. 그러나 소설에 등장하는 남자 주인공들이 단·중·장편을 막론하고 현실에 대해서 소극적이며 성에 대해서 여자 주인공들보다 피동적이며 어떤 행동을 하기 이전에 오래 생각하고 사색하는 인물들이라는 보편성을 발견할 수는 있다. 특히 단편소설에서 등장하는 애주가 형의 병약한 인물들은 일인칭으로 많이 서술되어 그들이 '헤아릴 수 없이 내밀한' 감정이 세세히 묘사되는 점도 중요한 특징 중의 하나이다. 그런 점에서 황순원의 인물 표상 방식은 객관성을 추구하는 소설적 방법이라기보다는 자기 자신의 깊은 심적 상태를 고백적으로 표현하는 시적 방법을 원용하고 있다고 할 수 있다.

(4) 황순원의 문학적 태도의 하나를 '낭만주의'라고 할 때에는 중편 「내일」에서 일부 나타나는 것과 같이 현대의식이 결핍돼 있다거나 달콤하다거나 목가적이며 전원적인 이상향을 주인공들이 꿈꾸고 있다는 점에서는 낭만주의적 세계관을 받아들여서 작품화했다고 할 수 있다. 「내일」에서 나타나는 것과 같이 그의 전 소설에서 보편적 특질의 하나로서 지적할 수 있는 남녀간의 순수하고, 정신적인 사랑의 형태를 살펴볼 때에는 그 세계인식의 태도가 서구의 낭만주의와는 차이점이 있다. 결국 황순원의 '낭만주의'는 지적 절제를 가했건, 한국적 특색을 가미했건 간에 서구의 낭만주의적 세계인식과 전반적으로 일치하는 것은 아니라고 할 수

있다. 이 점은 서구의 문예사조의 한국적 수용양상에서 흔히 나타나는 현상의 하나로서 천년전통의 서구 문예사조의 세계관이 일시에 한국문학에 혼류됨으로 해서 나타난 현상이라고 할 수 있겠다. 그러나 이러한 원시적이며 전원적인 이상향을 꿈꾸고 정신적인 순수한 사랑을 꿈꾸는 소설 주인공들의 낭만적 태도가 그의 소설 내용을 시적 세계를 지향한다는 인식을 갖게 하는 요인의 하나임은 알 수 있다.

(5) 전반기 장편소설의 시점을 살펴보면 다음과 같은 특징을 발견할 수 있다. 『별과 같이 살다』의 경우 전지적 작가 시점과 3인칭 시점이 혼용되고 있다. 『카인의 後裔』의 경우 3인칭 시점을 사용하고 있으나 간혹 설명 부분에서 전지적 시점을 사용하고 있다. 그러나 전반적으로는 3인칭 시점이다. 『人間接木』의 경우도 두번째와 동일하다. 『나무들 비탈에 서다』도 『카인의 後裔』와 『人間接木』과 같은 유형이다. 3인칭 시점이라 할지라도 명백한 3인칭 객관적 시점이 아닌 3인칭 주인공의 주관적 시점이다. 시점의 혼란이 없다고 얘기되는 일인칭 시점은 사용하지 않는다. 『日月』에 이르러서는 3인칭 주인공의 주관적 시점으로 시종여일하며 시점의 혼란이 보이지 않는다. 그의 단편 소설에서 흔히 사용되던 1인칭을 장편에서는 발견할 수 없지만 그의 3인칭이 1인칭의 변형임을 알 수 있다.

또한 황순원 문체의 특징의 하나로 지적되고 있는 '자유간접화법'은 '화법'이라는 명칭대로 대화체를 사용하고 있는데 그 대화와 지문이 명백하게 분리되지 않고 지문화되어 있는 경우에 주로 나타난다. 또 이것은 3인칭 객관 시점과 전지적 작가 시점이 혼합되어 사용되고 있는 것과 같이 인칭이 혼재하며 더욱이 단어를 덧붙이지 않고 문장을 분리시킬 경우 의미가 전달되지 않는 특징들을 가지고 있다. '말하는 사람은 실제로는 작중인물인 듯 하지만 그 발화는 서술자의 어투가 삽입되어 드러난다’는 자유간접화법의 핵심을 볼 수가 있다. 즉 이러한 시점과 문체의 특성은 주관적이고 감각적이며 인상적인 묘사를 하는데 있어서 유리한 장점을 지니고 있다. 이러한 시점과 문체상의 특성으로 그의 소설들을 서정적이며 시적인 스타일을 갖게 된다.

(6) 황순원의 소설과 설화와의 관계를 살펴보면『별과 같이 살다』의 경우처럼 기왕에 민간에게 전승되어 왔던 설화나 민담을 소설 속에 ‘삽입’시켜서 소설적 흥미와 분위기를 살리기 위해서 설화를 차용한다. 또한 그러한 설화나 민담의 단순한 삽입이 아니라 그 이야기를 소설의 주인공과 ‘연결’시키기도 한다. 다음으로는 소설 속의 인물의 신비감을 극대화하기 위하여 소설의 에피소드를 설화처럼 과장하여 꾸미는 기법도 있다.

또 다른 방식으로는『카인의 後裔』와 같이 어떤 ‘근원적인 전설’과 ‘소설적 구조’를 거의 비슷하게 구성하기도 하는데 전설의 소설화라고 볼 수 있다. 이와 같은 특징이 장편소설에만 나타나는 것이 아니라 단편소설 「차라리 내목을」, 「잃어버린 사람들(古海坪烈女紀實碑)」, 「할아버지가 있는 데쌍(逸士遺事)」 등에서도 사용되며, 단편 「비늘」은 고려사악지 속악부 「명주가」를 근원설화로 하여 이를 소설화한 것이다. 단·장편을 통하여 이러한 ‘설화의 소설화’가 황순원 소설에서 신비한 시적 분위기를 느끼게 하는 요인의 하나가 되고 있다.

(7) 황순원의 전반기 장편소설에 나타나는 소설 속의 꿈을 분석해 보면 그는 인간의 정신 영역 중에서 꿈의 역할을 매우 중시하고 있어 소설 속에서 주인공의 심리 묘사나 상황설정을 하는데 있어서 꿈이라는 매개체를 자주 사용하고 있음을 알 수 있다.

구체적으로 보면『별과 같이 살다』의 경우 현실의 괴로움이 꿈속에서 재현되며, 현실 속에서도 괴로움이 연속된다는 등가관계를 갖거나 과거의 괴로움이 꿈속에서 재현되고 현실 속에서도 계속된다는 방식으로 나타난다. 다음으로 현실에서 이룰 수 없는 일이 꿈속에서 이루어지고, 다시 이루어질 수 없는 현실로 돌아온다는 소원충족 형태의 꿈이 많이 등장한다. 이는 프로이드가 해석한 관계, 형상화 관계의 꿈에 속한다. 이를 보다 확대하여 현실 속의 일이 꿈속에서 재현되어 소원충족을 이루면서도 미래의 사실에 대해 염려하다가 다시 현실로 돌아온다는 형식의 꿈도 나타나고 있다.

『人間接木』의 경우에 나타나는 꿈들은 주로 '죄의식의 재현'으로 나타난다. 그러나 주인공인 '종호'는 불합리한 꿈의 세계를 믿지 않으며 그것은 육체적인 건강이나 운동을 통해서 극복할 수 있다고 믿는다. 반면에 『나무들 비탈에 서다』의 경우는 불안한 현실에서 불길한 꿈을 꾸게 되고, 이는 다시 불길한 일(전사·부상)로 이어지는 암시적 예언적 기능을 갖는다.

『日月』에서는 꿈과는 별도로 '공상'이 등장한다.『일월』의 꿈들은 다음과 같은 이미지를 갖는다. '인철'의 꿈은 '이글거리는 태양', '황톳길', '메마름', '흙먼지', '목마름', '병'이라는 이미지들을 갖는 '박해연'의 꿈과 유사하다. 이것은 '빨간 놀', '병', '구토'로 나타나고 있고, 소설 속에서 소잡는 장면의 자세한 묘사와 연결되며, 이것은 '태양의 이미지'라고 할 수 있다. 이 이미지는 '죽음의 이미지', '파괴의 이미지', '고독 또는 허허 벌판', '인간정글'로 나타난다. '인철'과 육체관계를 맺은 '나미'의 꿈은 '백열로 타는 불덩이', '햇볕에 타는 꽃과 줄기', '끓는 물', '죽은 붕어', '피'라는 '죽음의 이미지 혹은 파괴의 이미지'로 나타난다. 인철의 동생 '인문'이의 꿈 내용도 '불길', '불길 사이의 다람쥐', '유황불', '죽음'의 단어나 이미지들로 나타난다. '인철' 어머니의 꿈의 경우에만 이러한 이미지가 '불기둥', '흰옷', '붉은 피', '주(하느님)'이라는 종교적 재생의 이미지로 나타난다. 주인공 '인철'이 소의 도살 장면에서 '피', '도살', '기름', '죽음'을 목격하고 "어둡지 않는 건물이 어둡다"는 생각을 되풀이

하는데, 이 '어두움'도 '죽음 또는 고독의 이미지'라고 할 수밖에 없다.

　이렇게 보면 『日月』의 경우에 나타나는 꿈들은 소설 전반의 '상징성'과 깊게 연관되어 있음을 발견할 수 있는데, 그 상징성은 '죽음 또는 파괴의 이미지 혹은 고독'을 구현하기 위한 것이다. 그 꿈들은 특히 인철이 자신의 신분을 알게 된 이후 "나는 누구인가"라는 자아 찾기의 방식이고, 이것은 '계단과 동굴과 황톳길'과 같은 곳으로 끊임없이 방황하는 이미지로 나타난다. 따라서 『日月』에 나타나는 꿈들은 관계, 암시, 형상화의 꿈을 넘어 고도의 상징성을 가지고 있음을 알 수 있다. 이 점은 작가 황순원이 '꿈'을 사용하는 방식이 점차 원숙해짐을 보이는 증거의 하나라고 할 수가 있다.

　그가 소설 속에서 '꿈'을 중요한 소설적 장치의 하나로서 자주 사용하고 있는 점은 비단 이 항목에서 논의한 장편들뿐만이 아니라 단편소설에서도 나타나며 후반기 장편이 『움직이는 城』, 『神들의 주사위』에서도 위와 같은 꿈의 사용 기술이 소설의 여러 측면에서 활용되고 있다. '꿈'이라고 하는 인간의 정신 영역이 무엇을 의미하는가는 학문의 영역마다 다른 해석을 할 수 있다. 그러나 이를 소설에 국한시켜 논의할 경우 원래의 소설을 포함한 모든 종류의 이야기는 인간이 가지고 있는 원초적인 꿈을 얘기하는 것이라고 할 수 있다. 확대하면 그것은 신화적 세계를 지향하는 인간의 바램이라고 할 수 있다. 모든 문학작품이 '꿈'이라고 가정할 때 시의 세계도 그 범주에서 벗어날 수 없다. 상상력에 의해서 창조된 시와 소설의 세계는 문학 속에 나타난 꿈의 세계에서 서로 만날 수 있음을 인정한다면 황순원 소설에서 '꿈'의 빈번한 응용은 소설을 하나의 상징체계로 끌어 올리는 역할을 담당하고 있다고 할 수 있을 것이다.

　(8) 후반기 장편소설 『움직이는 城』과 『神들의 주사위』에서 구성적 측면 중 '우연'과 '필연'이 어떻게 작용하고 있는가를 연구해 보았는데,

『움직이는 城』에서는 '우연'을 인물을 소설 속에 등장시키는 방법의 하나로 사용하고 있다. 이 '우연'을 통해서 등장인물들의 상호관계를 설정하고 있고 이를 필연적으로 연결시키고 있다. 『神들의 주사위』에서도 이런 방식을 통하여 인물들의 관계를 맺게 하거나 갈등을 해소시키고 있다. 따라서 그의 소설 속에 나타나는 '우연'은 구성적으로 이미 치밀하게 계산된 '우연'이며, 이는 반드시 '필연'으로 맺어지고 끊어지게 된다. 전반기 소설에서 『별과 같이 살다』는 구성에서 그 긴밀도가 가장 떨어지며 『카인의 後裔』도 그러하다. 그러나 『人間接木』 이후부터는 구성적 측면에서 점차 꽉 짜여진 긴밀성을 갖다가 후반기 장편에 와서는 원숙한 소설구성을 보여주고 있다.

(9) 후반기 장편소설의 주제를 살펴보면 작품 『움직이는 城』은 작가가 밝힌 대로 '한국인의 의식구조'를 '유랑민 의식'으로 밝히려는 소설이다. 연구해 본 결과에 의하면 종교적 측면에서 한국인의 유랑민 근성은 기복신앙, 사후 세계를 보장해 주는 신앙, 죄를 면제해주는 신앙을 바란다는 것이고, 이것은 잡신을 잘 받아들이는 민족성에 기인하는 것이다. 참다운 신앙이 싹틀 수 없는 이유도 그 민족성 때문이라는 것이다. 그 이유는 우리 민족이 북방에서 흘러 내려올 때 지니고 있었던 유랑민 근성을 버리지 못하는 데 이유가 있으며, 이를 민족 주체성의 결려로 지적하고 있다. 이런 '유랑민 의식'의 탐구는 이미 『나무들 비탈에 서다』, 『日月』 등의 작품에서 직접, 혹은 간접적으로 나타나고 있는 연결 주제의 하나이다. 작품 『神들의 주사위』는 '두식영감'을 정점으로 한 인물들의 갈등, '한수'를 중심축으로 하는 삼각관계의 갈등, 환경공해에 관한 갈등, 토지 매매에 대한 갈등, 교육현장의 문제가 함께 어우러져 있으며, '토착의식'을 가진 사람들과 '유랑의식'을 가지고 있는 인물들의 갈등이 복합적, 다주제로 나타나고 있는 소설이다. 이렇게 살펴보면 황순원의 소설은 '다룰

수 있는 모든 주제들'을 다루었다는 지적이 가능하며 그의 소설의 전 주제들을 한마디로 짧게 말할 수 없는 어려움을 야기하는 이유이기도 하다. 그러나 그의 작품들이 주제의 측면으로 볼 때에도 점차적으로 발전하여 한민족의 수난, 전쟁과 인간, 인간의 근원 탐색, 한국인의 의식구조, 종교와 인간 등으로 점차 깊이 있고 무거운 주제들로 자신의 소설을 발전시켜 왔음을 알 수 있다.

황순원 소설들의 주제를 통괄적으로 단일하게 정리할 수는 없다. 그러나 장편 소설들의 주제를 보면 일정한 흐름을 발견할 수 있는데 그것은 작가 자신이 밝힌 대로 '유랑민 의식'이라고 할 수 있다. 초기 장편인 『별과 같이 살다』의 주인공 '곰녀'가 제목처럼 떠돌이 삶을 살고 있으며, 이 '곰녀'가 한국인의 삶을 보여주고 있다는 것은 황순원 장편의 주제가 초기부터 '유랑민 의식'과 깊이 연계되어 있다는 것을 의미한다. 이러한 점은 작가의 자전적 요소로서 강하게 들어나는 『카인의 後裔』에서는 '토착인'이 고향을 떠날 수밖에 없는 이유들이 구체화되어 나타난다. 이는 작가 자신이 이북에서 남하, 서울에서의 삶, 피난살이, 다시 서울로 돌아옴, 그러나 고향에는 갈 수 없는 그 고단한 민족의 역정들이 「曲藝士」, 「목넘이 마을의 개」 등에서 체험적으로 절실하게 들어나는 것과 맥락을 같이 한다. 그리고 동족상잔의 비극을 다룬 『나무들 비탈에 서다』에서는 민족 모두가 정신적인 피해자라는 것으로 나타나고, 이후의 장편들에서는 그러한 유랑민 의식의 근본을 파헤쳐 보려는 시도로서 『日月』이 나타나고, 이는 결국 종교적으로 구원 받을 수 없는가, 하는 점에서 『움직이는 城』의 주제로 등장한다. 그리고 그런 점이 『神들의 주사위』에서도 되풀이 천착된다고 볼 수 있다. 흐르는 물처럼 '떠돌이의 삶'을 살고 있다는 이러한 유랑민 의식에 대한 주제들이 또한 그의 소설에서 강한 시적 흐름을 갖게 하는 하나의 요소가 되고 있는 것이다.

황순원의 소설들은 그의 시에서 보이는 '지적인 측면'과 '감성적인 측면'이 조화롭게 어울려져 있다. 그리고 이런 점은 표현의 차이는 있으나 기왕의 논자들에 의해서 이미 자주 지적되어 왔던 황순원 문학의 전반적 특성이다. 그리고 이 점은 시와 소설이라는 장르를 굳이 구별하지 않으려는 그의 문학정신과 태도에서 기인한다. 모든 예술을 시적인 상태를 지향하고 또 이것은 시적 근원이라는 예술혼에 도달함을 궁극적 목표로 한다는 그의 문학관에 따라서 그는 시, 소설이라는 문자화된 문학으로 자신의 예술정신을 표출해 왔다. 따라서 그의 소설에서는 많은 시적인 정신이 여러 소설적 요소로 들어나게 된다. 본고에서는 그 점을 보다 체계적으로 정리하려고 시도하였다. 본 논문에 있어서의 불합리한 점과 미진한 점은 차후의 연구과제로 남겨 두겠다.

황순원의 「내일」에 나타난 시간과 의식의 상관성 연구

황순원 문학연구

황순원의 「내일」에 나타난
시간과 의식의 상관성 연구*

1. 소설에서 시간의 문제

소설이 시간예술이라는 명제는 여러 가지 설명이 필요한 사항이다. 소설과 연관되는 시간의 측면이 매우 다양하기 때문이다. 작가의 생존 연대, 작품의 내용이 되는 사회적 정황, 소설을 서술하는 서술 기법 등에 시간의 문제가 연관되는 것이다.

이 글에서 다루고자 하는 중편소설 「내일」의 작가 황순원은 2000년 9월 85세를 일기로 타계하였다. 1931년 시로 데뷔한 이래, 시 소설 양대 장르에 걸쳐서 많은 작품을 창작해 냈고, 1985년 그의 나이 71세 때에 문학과지성사에서 간행한 황순원 전집은 12권에 이른다. 그 동안 작가가 체험한 시간은 거의 한 세기에 걸쳐 있다. 이는 작가론에서 다룰 문제이다.

---

* 이 연구는 전남대학교 2000년 연구지원비에 의해 이루어진 것이다.

황순원의 많은 작품 중에서 본고는 중편소설 「내일」을 연구대상으로 삼았다. 전집에 수록된 이 작품은 황순원의 작품 중에서 과거, 현재, 미래 등의 시간적 배열이 가장 정교한 소설이라 볼 수 있다. 즉 소설의 기법 차원에서 시간을 다루기 좋은 작품이다. 이 작품에서 시간배치가 고도의 정밀성을 갖추고 있으며 현재의 시점에서 '미래'를 소설 속에서 제시하고 있다. 소설이라는 장르 자체가 과거를 이야기하는 예술이라고 할 때에 중편 「내일」은 미래까지 설계하고 이야기하는 작품이라는 점에서 고찰의 대상이 될 수 있다.

독자의 입장에서 소설을 읽는다는 것은 "독서에 열중에 있을 때 그는 이 순간으로부터 발생하는 모든 것을 자기 자신의 상상적 현실로 번역하여 독자 자신이 소설의 행동이나 상황 속에서 참여하고 있다는 환상, 또는 단순히 이미 일어난 것이 아니라 현재 일어나고 있는 일을 자신이 목격하고 있다는 환상 속에 끌려 들어감[1]"을 의미한다. 또 이러한 경험은 "희망과 기억의 체험이 바로 곧 서사적인 시간의 체험이며, 그것은 바로 시간을 극복하는 시간의 체험이기도 하다. 다시 말해 그것은 흘러가 버릴 통일성으로서의 삶을 사전에(ante rem)개관하는 시간의 전망이고 또 다른 한편으로는 흘러가 버린 통일성으로서의 삶을 사후에(post rem) 총괄적으로 파악하는 시간의 전망[2]"이기도 하다.

그러나 작가의 입장에서 이 시간이라는 문제는 스토리를 이야기하는 기술이며, 그것은 일반적으로 독자의 호기심을 증폭시키기 위해서 과거, 현재, 미래 중에서 어느 것을 선택하여 먼저 이야기하고 나중에 이야기하느냐 하는 시간착오기법의 문제로 귀결된다.

---

1) A.A. Mendilow, Time and novel, 최상규 역, 대방출판사, 1983. p.107.
2) Georg Lukacs, Die Theorie des Romans, 潘星完 역, 『소설의 이론』, 심설당, 1985. p.164.

시간의 문제를 자신의 기법으로 택한 작가의 예는 상당히 보편화되어 있다. 경험적 소설이론가 포스터에 따르면, 에밀리 브론테는 「폭풍의 언덕」에서 그녀의 시계를 감추려고 했다. 스턴은 「트리스트램 샌디」에서 그의 시계를 거꾸로 돌려놓았다. 더욱 독창력이 있는 마르셀 푸르스트는 시계 바늘을 계속 돌려놓아, 그의 주인공이 동시에 연인에게 저녁 식사 대접을 하면서 동시에 보모와 정원에서 공치기도 하게 하는 등의 방법론을 구사하기도 하였다.3)

소설을 서술하기 위해서는 서술자를 설정하고 서술자는 우선 현재의 위치에 자리를 잡도록 해야 한다. 그리고 서술하는 시각보다 나중에 일어난(일어날) 사건을 미리 앞당겨 얘기하는 것을 예측서술이라 하고, 현재 서술시각보다 먼저 일어난 사건을 얘기하는 것을 회상서술이라는 용어로 부를 수 있다. 소설의 일차 이야기인 스토리들이 상호 간섭적인 관계를 맺을 때는 인과관계를 바탕으로 예측과 회상이 엇갈리게 된다.4)

서사문학의 일반의 원칙 가운데 하나는 사건의 시간적 전개이다. 이를 일차 이야기라 할 수 있다. 여기서 일차 이야기란 과거에서 현재를 거쳐 미래로 흘러가는 선조적(線條的), 연대기적 시간 순서에 따라가는 이야기를 의미한다. 이런 이야기는 독자가 재구성하는 것이라 할 수 있다. 달리 말하자면 플롯이 이루어지는 과정에서 스토리의 이야기는 재구성되고 독자는 재구성된 비선조적 이야기를 선조적으로 재정리하면서 읽는 것이다.

본고에서는 황순원이 「내일」이라는 작품 안에서 어떤 시간질서에 의하여 소설을 구성했는가를 연구하고자 한다. 소설의 시간은 여러 측면에서 소설론의 본질에 해당하는 것이라 할 수 있다. 우선 소설에서는 인물

---

3) E. M. Forster, Aspects of the Novel, Penguin Books. 1972. pp.35~36.
4) 김화영 편역, 『소설이란 무엇인가』, 문학사상사, 1986. p.199.

의 성장이 시간의 축을 따라 이루어진다. 인간의 성장에는 시간이 본질적 요건이기 때문이다. 또한 소설에 나타나는 사회의 상은 시간을 축으로 형상화된다. 근대와 전근대를 구분하는 것이 시간 개념이듯이 시간은 시대구분의 전거가 됨은 물론 시대를 표상하는 하나의 징표가 된다. 소설에서 시간은 소설을 구성하는 근본 요인이 되는 셈이다. 소설은 언어의 선조적 조건에 따라 구성되기 때문이다. 이는 시간의 착종(錯綜)으로 형상화된다. 시간의 착종이란 자연시간과 서술시간의 차이와 교차에서 빚어지는 현상이다. 소설을 서술할 때는 비선조적으로, 동시 다발적으로 진행된 사건을 선조적으로 서술할 수밖에 없다는 데서 시간의 착종이 빚어지는 원인이 있다.

2. 시간의 서술원리와 문학의 기법

소설에서 시간이 서술의 원리가 된다는 점은 누구나 아는 일이다. 그러나 시간이 서술원리로 작용하는 것은 소설만이 아니다. 역사, 민속학, 신화학은 시간을 원환적으로(cylclique)수용하면서 학문을 수행한 것이라 할 수 있다. 그것은 반드시 원환적인가 하는 데는 의문이 있을 수도 있다. 달리 보자면 시간의 전개는 와권상이나 나선상으로 이해할 수 있다는 점을 암시받게 된다.

그러나 현실의 일상생활에서 체험하는 시간과 일상 속에서 그리는 시간 양상을 선조적인 것이 일반적이다. 현대의 철학과 이데올로기, 그리고 현재의 문화 체험으로 인하여 우리는 한결같이 그리고 불가피하게 '선상적인' 시간과 접하게 된다. 비유컨대 시간이야말로 강물의 흐름, 별들의 운행과 같이 흘러간다. 또한 우리가 갖고 있는 시계, 시간표, 비망록, 일과

표 등에서 볼 수 있는 바처럼 한줄기로 흘러간다. 영화의 전개나 텔레비전 프로에 대한 습관 같은 것들이 우리의 내면에 시간의 수용 방식을 새겨놓은 것이다. 영화 이야기는 보고 난 다음에는 선조적으로 재조정된다. 텔레비전의 경우도 마찬가지이다. 어느 시간대에 어느 프로를 볼 수 있는가 하는 점과 진행되는 중에는 시간의 흐름에 따라 순서를 정하고 시청하게 된다. 시간의 선조성은 그만큼 독서의 행정에도 반영된다.[5] 우리는 텍스트를 선조적으로 읽는데 습관이 되어 있는 것이다.

여기서 시간의 선조성(線條性)이라는 개념은 앞에서 언급한 원환성, 와권상, 나선상과는 그 차이가 현저하다. 즉 소설에서의 시간은 역사, 신화, 민속학에서처럼 이해되는 측면이 있고, 그렇지 않은 면이 있다. 작품의 서술에서는 비선조적으로 진행되는 것도 작품의 독서에서는 선조적 시간의 흐름이 포착되는 것이다. 그러나 하나의 선 위로 흘러가는 이야기 같지만 사실은 독자의 체험과 함께 선조성의 개념은 다시 와선형이나 나선형으로 환원되는 것이다.

문학과 시간의 관계는 문학의 세계를 이해하기 위한 하나의 방법이지 시간의 세계를 이해하기 위한 방법은 아니다.[6] 따라서 문학적 시간이론의 정립은 문학을 이해하는 데에 핵심적 요소가 된다. 시간적 선조성을 언어의 뚜렷한 특성[7]이라고 본다면 문학이 언어예술이라는 점에서 선조성을 도외시하고 문학을 파악하는 것은 무리이다. 시간의 단편화, 시간과 경험의 혼란을 의미하는 의식의 흐름이나 자유 연상은 불연속적 연속인 과거, 현재, 미래의 상호 침투성, 영원과 순간이 동시성으로 제시된다.[8]

---

5) Picard, Michel, Lire le temps, 조중권 역, 『문학속의 시간』, 부산대학교출판부, 1998. p.17.
6) 李昇薰, 『文學과 時間』, 삼우출판사, 1986. 재판 p.15.
7) F. de, Saussure, Course in General Linguistics, New York : ed by Bally, Sechehaye, 1959. p.70.

이는 현대소설이 개발한 시간론의 중요한 측면이다.

간단히 살펴본 것처럼 소설이라는 문자예술에서 시간의 표시는 선조성이라는 개념으로 표기할 수밖에 없다는 인상이 짙다. 그것이 아득한 신화의 시간이든 또는 현재, 과거, 미래를 뒤섞어 놓는 것이든 간에 문자를 통한 시간의 변동을 표시하는 방법은 선조적 속성을 크게 벗어나기 어려운 점이 있다. 그러나 언어수행의 선조성과 스토리 전개의 재구성이 선조적으로 이루어진다는 점에 착목한 나머지 시간의 복합적 형상화를 무시한다면 이는 문학의 본질을 왜곡하는 일이 될 수도 있다. 따라서 여기서 황순원의 「내일」을 시간의 의식과 형상화 방법이라는 측면에서 고찰하고자 하는 이유가 분명해진다.

3. 「내일」의 시간 표현과 의식

황순원의 중편소설 「내일」은 1956년에서 1957년 사이에 집필된 것으로 되어 있다. 이 작품은 시간 구조가 순시적으로 진행되는 듯하지만, 면밀히 살펴보면 아주 복잡한 시간구조를 지니고 있는 점을 알 수 있다. 시간의 선조적 흐름은 생애 가운데 자연시간의 흐름을 따라 진행된 사건을 기술할 경우에 활용되는 서사의 기본 요건이다. 그러나 작중인물의 의식을 드러낼 때는 시간의 서술이 선조적으로만 전개될 수 없다. 시간이 복합되고 중첩되는 가운데 작중인물의 의식이 시간의 형상화 방법을 타고 드러나는 것이다. 이는 이른바 필연적인 시간착오의 기법과 연관되는 사항이기도 하고, 소설이 의식의 다양성을 드러내고자 하는 목적에서 비

---

8) 박정규, 『김유정 소설과 시간』, 깊은샘, 1980. pp.21~22 등을 참조.

롯되는 사항이다. 일상적 사건은 선조적으로 전개될지 모르지만 의식상
으로는 현재 속에 과거와 그 과거가 다시 명멸하는 것이다.

(1) 선조적 시간의 흐름

「내일」이라는 작품은 정체성이 흔들리고 있는 40대 중년의 삶을 다루
고 있다. 주로 사랑의 체험과 권태와 생의 의욕이 어떻게 교차하는가를
보여준다. 시간의 선조적 흐름은 스토리를 구성하는 기본 요건이기 때문
에 서사론에서는 가장 초보적인 검토의 대상이 된다. 그러나 한 인간의
성숙과 깨달음이 시간과 더불어 이루어진다는 점에서는 서사의 선조성을
그렇게 소홀히 할 수 없는 점이다. 선조적 시간과 연관된 초기의 지표를
추출해 보면 다음과 같다.[9] 이 작품을 분석하는 데 편의를 위해 형식단락
에 따라 <가>, <나>, <다> 등으로 번호를 부여하고자 한다.

가-1> "몇 살 때 일인지는 모르겠다. 어머니 등에 업혔던 기억이
분명한 걸 보면, 네 살이 아니면 기껏해야 다섯 살밖에 안 되었을 때의
일이라고 생각한다." 이렇게 시작하는 작품의 초두에서는 그림자에
놀라 운 경험을 환기한다.
가-2> "일곱 살 때, 내일 처음으로 학교에 간다는 그 전날 밤이었
다."학교에 간다는 사실은 누구에게나 설레는 경험이다. 그리고 그러
한 경험은 성장의 계기가 되기도 한다. 작중인물은 그림자에 놀라 소
스라친 경험을 회상하고 있다. 이러한 회상은 선조성을 바탕으로 하지
만 회상하는 시점이 지금이라는 점에서 복합적 구성을 보여주는 예라
할 수 있다.

---

9) 대상 작품은 『황순원문학전집 4』, 문학과지성사, 1995년 판에서 인용한
다. 앞으로는 인용 쪽수만 밝히기로 한다.

가-3> "소학교 때 소풍에 대한 기억 하나." 소풍가기 전날 팔꿈치를 삐고 동침을 맞은 기억을 회상하고 있다. 그 처절한 순간에 풍경이 얼마나 아름다웠던가 하는 점이 서술되어 있다.

가-4> "중학교 때는 수학을 좋아하지 않았다." 수학시간이 싫었던 것이다. 그런데 그 무렵 어떤 소년에게 동성간인데도 사랑을 느꼈던 체험을 떠올린다. 그 체험은 편지를 주고 받는 것으로 각인되어 있고, 언어의 아름다움에 매료되었던 기억을 떠올리고 있다.

가-5> "그 뒤 한 여자를 좋아하게 된 것은 대학 이학년 때 일이었다." 한 여자를 좋아했다는 것인데, 이성에 대한 사랑을 짙게 느끼게 된다. 클라식 음악을 좋아해서 서로 교제하던 사이였는데 "남자의 웃는 이 사이에 고춧가루 낀 것이 더럽다고" 여자한테 버림받는다.

이와 같은 방법으로 「내일」에 나타난 시간을 표기하는 어휘들을 소설의 스토리 진행 순서대로 13개 단락으로 정리될 수 있다. 이른바 선조성으로 보면 앞에서 살핀 단락은 다음과 같은 그림으로 정리될 수 있다.

<가>
이야기 시작--------대 과거의 이야기
가-1> (네살, 다섯 살)
가-2> 일곱 살
가-3> 소학교때
　　　A-1 그날도 이렇게 이름이 있는 소풍전날이었다.
　　　A-2 가을철
　　　A-3 오후 첫째 시간이 끝나고
　　　A-4 이튿날도
가-4> 중학교 때(동성친구와의 사랑 실패)
　　　B-1 오늘은 제발

B-2 그 즈음 어떤 소년 하나를

B-3 소년과 이러한 관계가 이듬해 봄까지

B-4 그러한 어느 날이었다.

B-5 약속한 시간

B-6 한시간 가량이나 기다리다가

B-7 그날만은

B-8 지금 저쪽에서

가-5> 대학교 이학년때(이성과의 사랑 실패)

C-1 그해 봄에 여학교를 갓나온

C-2 지난날 어떤 소년에게

C-3 다방을 찾아가 몇 시간이고

C-4 그날도 어느 새로

C-5 사흘 후에 학교로 부친

C-6 내일야 틀림 없겠지

C-7 이틀동안이나

C-8 며칠을 두고 거리를

C-9 하루는 책방에 들려

C-10 그런지 얼마뒤였다.

소설의 시작은 가-1>에서부터 가-5>까지 즉 네 살에서부터 대학교 이학년 때까지의 대과거 이야기로부터 시작된다. 그리고 가-3> 가-4> 가-5> 사이에 다시 그 동안에 있었던 이야기를 축약해서 A-1)……과 같은 과거 이야기를 들려준다. 즉 가-1> 항은 주요절이고 A-1)항은 부속적과 같다고 할 수 있다. 시간을 표시하는 단어들 중에서 가-1>에서부터 가-5>까지의 주요절은 가-1>(네살, 다섯 살), 가-2> 일곱 살, 가-3> 소학교 때, 가-4> 중학교 때(동성친구와의 사랑 실패), 가-5> 대학교 이학년 때(이성과의 사랑 실패)로 일정한 선조성을 띄고 있다. 이것은 대과거에 속한다. 그리고 다시 A-1) B-1) C-1)……같은 작은 에피소드들이 모여서 부속절을 이루고 있다. 그리고 15년이라는 세월이 축약되어 나타난다. 이러한 구성 방식은 각 단락마다 비슷하게 나타난다.

이러한 분석은 단락별로 면밀히 수행할 수 있을 것이다. 그러나 이러한 구조의 반복되는 양상을 모두 살피는 것은 그리 생산적이지 못하다. 반복 속에 나타나는 비선조적 특징에 주목할 필요가 있다고 생각된다. 자연시간은 선조적으로 흐르지만 의식은 비선조적으로 부침하기 때문에 소설 구성의 선조성만 검토하는 것으로는 소설을 설명하는 충분한 방법이 되기 어렵다.

(2) 의식과 시간표현의 관계

소설에서 작중인물의 의식은 회상으로 나타나는 경우가 많다. 의식은 무엇에 대한 의식이고, 현재의 자리에서 과거를 돌아봄으로써 현재는 하나의 대상이라는 성격을 지니게 된다.

나> 단락은 대학을 졸업하고 15년의 세월이 흐른 다음의 이야기이다. 그런데 이야기는 이야기를 서술하는 시점에서 3년 전으로 거슬러 올라간다.

> 나-1> "그로부터 십오 년간이란 세월. 젊은 날의 낭만이 부서져 나가면서 마치 다람쥐가 쳇바퀴를 돌아가는 것과 같은 생활의 연속.
> 삼년 전에 뜻한 바가 있어서 손때 묻은 몇 권의 노트와 함께 대학교수의 자리를 떠났다."(212)

대학교수의 자리를 떠난 것은 낭만주의 작품과 씨름하기 위한 것이 목적이었다. 이 대목에서부터, 즉 '낭만주의 작품과 씨름하기 위해'서 대학교수의 자리를 떠난 것으로부터 본격적인 이야기가 시작된다. 즉 대과거에서 현실로 이야기가 전개되는 셈이다.

대학을 떠난 지 일 년이 못 되어 난관에 부딪치게 되고, 다시 일 년이 지나서는 생활이라는 것이 권태와 무관심으로 가득 차게 된다. 그리고 머리에는 시간의 흐름을 암시하는 새치가 생기기 시작한다. 그런 권태와 무관심을 벗어나게 해 주는 것이 '술'로 되어 있다는 것은 술이 시간을 형상화하는 데 하나의 모티프 역할을 한다는 뜻이 된다.

이렇게 권태와 무관심의 그날 그날은 마치 아무것도 들어 있지 않은 하나의 두껍디 두꺼운 책과도 같은 것이었다. 넘기고 넘겨도 한결같이 흰 종잇장인 책. 인간에 있어 차라리 불안이라든가 초조라든가 절망이라든가 공포라든가 하는 것이 이보다는 나을 것이다. 거기에는 아직 사람에 대한 몸부림이 따르는 법이니까. 데카당도 그렇다. 그 속에는 아직 어딘가 낭만이 깃들어 있다. 그저 인생을 좀 먹는 건 모든 사물에 대한 권태와 무관심 그것인 것이다.(213-4)

이렇게 처절한 권태와 무관심을 돌파하고 생의 의욕을 불러일으키고자 하는데서 술에 의존하게 되고, 술과 인연이 되어 어떤 여자를 만나 사랑을 하게 되는 내용이 전개된다.

<나>항을 분석해 보면 다음과 같다.

나-1> 그로부터 십오년이란 세월/ 삼년 전에 뜻한바가 있어
    A-1> 그러나 일년이 못되어
나-2> 이렇게 하여 다시 일년쯤 뒤에
    B-1> 그러나 얼마 후에는

　　나-3> 이태동안이나 온갖 정성을 다 기울여

　　　　C-1> 어느새 뜰아랫방 학생이 새치를

　　　　C-2> 이제는

　　　　C-3> 무관심의 그날그날

　나-4> 근자에 어떤 젊은 여자 하나를 알게 됨. 이상의 구조에 젊은

　　　　여자의 과거회상이 전개된다.

　　　　D-1> 사변전에

　　　　D-2> 얼마전에 젊은 여자는

　　　　D-3> 소학교 시절부터

　　　　D-4> 그러는 동안에

　　　　D-5> 이렇게 하여 이태동안이나

　　　　D-6> 파혼한 뒤에도

　　　　D-7> 이렇게 해서 두 사람의 사귐은 시작되었다.

　나-5>--그래서 그 다음에도 만날 약속을 했다.

　　이것이 주요절의 요약이다. 여기에서 부속절을 보면 나-1>에서 A-1>
그러나 일년이 못되어가 나온다. 나-2>에서는 B-1>그러나 얼마 후에는
나-3>에서는 C-1> 어느새 뜰아랫방 학생이 C-2>이제는 사전 뒤지는 것
조차 귀찮아 C-3>이렇게 권태와 무관심의 '그날 그날은'과 같은 종속절
이 나타나게 된다. 나-4>항에서 D-1>에서부터 D-6>까지는 '젊은 여자'
로 표현되고 있는 여자 주인공의 과거이다.

　　<가>항과 <나>항을 선형(線形)으로 요약해 보면, 남자의 이야기는 전
개되는 가운데 남자의 대과거 이야기가 삽입된다. 그리고 남자의 현재
상황이 서술된다. 그리고 남자와 여자의 만남이 이루어지고, 여자의 대과
거 이야기가 다시 삽입된다. 그리고 다시 서술시점으로 돌아와 남자와
여자의 만남으로 요약해 볼 수가 있다.

그런데 문제는 현재의 상황이 '아무것도 들어 있지 않은 하나의 두껍디 두꺼운 책과도 같은 것'으로 인식될 때 시간은 선조적으로 흐를 수가 없다. 시간의 정지 현상이 나타난다. 혹은 시간의 자기전개가 이루어질 뿐 그것이 인생사와는 아무 연줄이 없을 때 그 시간을 선조적으로, 다시 말하면 일반적 논리로 되돌려 놓고자 하는 데서 의식은 되찾아진다. 그러한 의식은 일종의 충동으로 된다. 그 충동이 술과 사랑으로 표상되는 것은 상징적 의미를 지닌다.

여기서 작중인물 남자가 만나는 여자 또한 권태에 지쳐 있는 인간이라는 점에 주목된다. 젊은 여자는 이태 전에 약혼을 파약(破約)한 경험이 있는 사람이다. <다>항의 사건이 전개되는 양상을 시간과 관련하여 요약하면 다음과 같이 된다.

다-1> 그러한 어느날 젊은 여자가 한강에 나가지 않겠느냐고 했다.

　　A-1> 약혼한 후로 - 여자의 과거

　　A-2> 저녁 무렵인데도

　　A-3> 순간 바로 어제 뜰 아랫방 학생네 - 남자의 과거

　　A-4> 매일 저녁 약주 잡수세요? - 현재

　　A-5> 그럼 오늘은 일찌감치 한잔 생각이 나는군 - 현재

다-2> 이튿날은 왠일인지 아랫방 학생에게 새치를 보아 달라고 함.

　　B-1> 학생은 언제인가 자기편에서 뽑아 주겠다고 했을 때는

다-3> 그러나 이날 수염만은 깨끗이 깎았다. 이날 젊은 여자는 약속한 시간에서 십분도 넘기지 않고 왔다.

　　C-1> 오늘 주정을 좀 할까? - 현재 남자

　　C-2> 어젯밤 중학교 은사를 만났는데... 남자의 과거 이하 동일

　　C-3> 어젯밤 꿈 속에서였다.(꿈 이야기, 꿈 속에서 만난 수학

> 　　　　선생)지문
> 　　C-4> 학생시절에 수학을 제일 잘 못했어.
> 　　C-5> 오늘 아침 숫자 풀이를 해봤지. 스물한 살... 스물두
> 　　　　살... 서른 넷...
> 　　C-6> 젊어서는 로맨티스트, 지금은 낙백한 로맨티스트
> 　　C-7> 대학생 시절에
> 　　C-8> 아까 주정한다구, 이제라두 할까
> 다-4> 이날 밤은 걸어서 사직동 집까지 왔다.

<다>항은 남자와 여자의 현재가 서술되는 중에, 여자의 소과거가 소개
된다. 또한 남자의 과거가 나타난다. 남자의 대과거는 현재를 서술하는
중에 꿈의 형태로 소개된다. 이렇게 남자와 여자의 과거가 시제를 달리하
면서 중첩된다.

이를 보다 단순하게 요약하면 남자의-남자의 이야기-남자의 대과거 이
야기-남자의 현재-여자의 소과거-남자 여자의 현재-남자의 과거-남녀의
현재-남자의 대과거(꿈)-남녀의 현재-남자의 과거(꿈)로 요약할 수가 있
다. 즉 한 남녀의 만남에서 그들이 가지고 있는 대과거와 소과거, 과거,
현재 등에 시제가 모두 나타나 있고, 꿈을 포함한 과거와 현재가 아주
조밀하게 표현되어 있는 것이다. 인간의 기억력이란 결국 과거와 현재가
혼재되어 있는 것이다. 우리가 일상생활에서 어떤 사건에 접하게 되면
그것과 동일하거나 유사한 과거의 기억들을 떠올리게 되는 것이나 마찬
가지다.

이렇게 전개되는 소설에서 황순원이 즐겨 사용하는 소설적 장치의 하
나인 꿈은 남자의 꿈으로 나타난다.[10] 남자의 현재와 여자의 현재 속에

---

10) 졸고, 「황순원문학연구」, 전북대박사논문, 1994. pp.121~143.

각각 두 사람의 꿈이 포함됨으로써 시간상의 중첩이 나타난다. 이러한 시간상의 중첩은 의식의 중첩으로 현상된다. 이는 일상의 삶의 의미를 뒤집어 보는 작용이라 할 수 있다. 다음은 여자가 파혼하게 된 내력을 회상하는 장면인데 꿈과 함께 의식의 중첩을 보여주는 예가 된다.

> 방으로 들어선 약혼자는 머리맡으로 눈을 주었다. 거기 있는 꽃병에는 며칠 전에 동생이 소풍을 갔다가 꺾어온 꽃들이 꽂혀 있었다. 아름답지도 않고 향기도 없는 들꽃인 데다가 꺾어온 지도 여러 날이 되어 볼품없이 시들어 있었다. 그러자 약혼자는, 야 꽃 참 이쁘다, 하고 탄성을 지르며 자기가 갖고 온 꽃은 등뒤에다 몰래 내려놓는 것이었다. 그네는 눈을 딱 감아버리고 말았다. 그리고는 약혼자가, 열을 좀 어떠냐, 무엇을 좀 먹어 보았느냐고 묻는 것을 일체 대꾸도 하지 않았다. 한참만에 약혼자가 돌아간 뒤 그네는 비로소 눈을 뜨고 자리에서 일어나 약혼자가 거기 내려놓고 간 꽃을 마구 비벼서 뜰로 내던져 버렸다. 그리고 그 자리에서 간단히 파혼 편지를 써 보냈다.
>
> (217-218)

들꽃과 꽃다발의 미묘한 관계에 주목할 필요가 있다. 약혼자가 보이는 가식에 절망한 여자는, 가식과 진실 사이에서 시간의 정지를 체험하는 것이다. 그것이 "그네는 눈을 딱 감아버리고 말았다."고 파악된다. 시간에 대해 눈을 감을 때, 다시 말해 자연시간의 선조성을 거부할 때 의식의 복합이 가능해진다.

> 이 젊은 여자도 인생의 어떤 면에서 권태와 무관심을 맛본 것이다. 이러한 젊은 여자라면 서로 만나도 피차 아무런 부담을 느끼지 않아도 될 것이었다. (218)

현실적인 시간이 선조적으로 진행되는 동안에서라면 이러한 파악은 불가능하다. 체험의 공통성이 둘의 만남을 전적으로 합리화할 것인가는 의문의 여지가 있기 때문이다. 자신이 만나는 여자로 인해 '이 불안과 초조가 있는 한, 자기에게도 생활이 되살아온 증거라고' 생각하는 것이다. 그것은 낭만이 되살아온 것이기도 하다.(227) 불안과 초조는 시간의 흐름에 따라 형성된 것이라기보다는 속성이 유사한 시간을 중첩하는 데서 생겨나는 일종의 감각이다. 따라서 이러한 감각은 선조적 구조 속에 감싸임으로써 이중의 의미를 지니게 된다. 의식의 시간 양상은 이렇게 이중으로 결구되는 것이다. 선조성만으로 소설이 구성된다면 그러한 구성은 행동소설로 치달아간 공산이 크다.

그러한 점에서 자신이 만나는 여자와 입맞춤을 한 다음, 지난 날의 입맞춤 체험을 떠올리고, 그 여자가 돌아가는 모습이 불안하게 느껴지는 데서 이 소설의 제목인 '내일'의 의미를 추구하는 것은 의미있는 일이다.

돌아섰다. 여위고 어렴풋한 그림자가 발밑에 밟혔다. 이 그림자와 함께 내일의 불안을 향해 걸음을 옮기기 시작했다. 이 불안이 계속되는 한 생활은 지속되는 것이다. (229)

(3) 과거와 미래의 맞물림 – 그리고 풍속도

중편소설 「내일」은 '내일'과 '다시 내일'이라는 두 부분으로 되어 있다. '다시 내일'은 전에 만난 낯선 여자와 생활을 설계하는 가운데 낭만을 추구함으로써 삶의 의미를 찾아 나서는 이야기가 중심이 되어 있다. '다시 내일'은 형식단락으로 <마>단락에서 시작된다. <마>단락의 처음은 뜰아랫방 고교생이 작중인물의 기억을 불러오게 하는 이야기로, 이야기 전개의 시간을 거슬러 올라가게 한다.

> 마-1> 언제부터인가 뜰아랫방 고교생이 서재를 제 공부방처럼 사용
>   하고 있었다.
> 마-2> 이 고교생이 얼마전부터
> 마-3> 이 고교생이 며칠전부터
> 마-4> 생각해보면 이 고교생의 경우와 지난날 이쪽의 중학교 시절
>   에 있었던 일이...

이 구절을 보면 기실 언제부터, 얼마 전부터, 지난 날 등과 같은 단어의 시간개념은 명백하지가 않다. 즉 언제부터, 얼만 전부터, 지난 날 등과 같은 단어를 시간의 개념으로 풀이한 것인가, 아니면 과거, 현재, 미래와 같은 용어로 해석할 것인가는 불분명하다. 그러나 마-3>의 '며칠전부터' 와 마-4>의 '이 쪽의 중학생 시절'이 등과 같은 시간 개념은 정확하게 가려 낼 수가 있다. 즉 '며칠 전'이라는 단어는 적어도 '열흘 전'이나 '보름 전'이라는 시간 개념과는 확연하게 구별해 낼 수 있는 7~8일 전이라고 할 수 있기 때문이고, 중학생 시절도 역시 그 시간을 계산해 낼 수가 있다. 선조적 시간 가운데 거슬러 올라가는 방법을 구사하고 있는 것이다.

이 소설의 시간구성 가운데 특징적인 것은, 시간의 흐름에 따라 형성되는 세대별 인물을 펼쳐 보임으로써 일종의 풍속도를 만들어 보이고 있다는 점이다. 고등학생으로 대표되는 10대는 스냅사진이나 찍으면서 시간을 보낸다. 작중인물의 제자들로 되어 있는 20대는 춤판에 어울리고 여자를 사는 일로 시간을 보내는 이들인데, 이들은 '계산과 결재' 일을 끝내는 층이다. 그래야 부담이 없다는 것이다. 작중인물이 술집에서 만나는 젊은 사람은 사회에 대한 저항과 의식의 변화를 촉구하는 인물로 그려져 있다. 그리고 '낭만'을 추구하는 데서 삶의 의미를 추구하는 작중인물은 40대로 설정되어 있다. 이러한 층위별 인물 설정을 통해 시대의 파노라마를 그리고 있다는 점이 이 소설의 특징이다. 20대들의 행동이 집중적으로

그려지고 있는 형식단락 <자>는 다음과 같이 진행된다.

　　자-1> 그날은 집에서 원고 정리를 하고 있는데 지난날 대학에서 가
　　　　르친 적이 있는 학생 셋이 찾아왔다.
　　　　A-1> 그보다도 이날은 출근시간이 되어도 이출을 하지 않고
　　　　　　일을 좀 하려던 참이었다. 젊은 여자가 오늘 저녁은 자
　　　　　　기의 외조모의 생신이라 늦게 나오게 되어 있는 것이
　　　　　　었다.
　　　　A-2> 여섯시 반쯤 자리를 일어서는 것이었다.
　　　　A-3> 오늘 저녁 만큼은 모든 걸 자기네에게 일임해 달라는...
　　　　A-4> 곧 이어 왈츠가 한곡 끝나고는 쉬는 시간이었다.
　　　　A-5> 처음 생각에는...
　　　　A-6> 좀만에 학생들이 이쪽으로 오더니...
　　　　A-7> 이것이 바로 오늘 저녁 학생들의 계획어었음이 틀림없
　　　　　　었다.
　　　　A-8> 저분도 얼마전까지 엉망이더니 요새와서는 제법 잘 춘
　　　　　　다는 말로...
　　　　A-9> 시계를 보더니 일곱시 이십분이었다. 아직 젊은 여자
　　　　　　와의 약속 시간은 사십분 가량 남은 셈이었다.
　　　　A-10> 오늘 저녁 한 애
　　　　A-11> 시간을 보니 여덟시 칠분전이었다.
　　　　A-12> 이것까지도 오늘 저녁 계획 속에서 들어있는지
　　　　A-13> 시계를 보니 여덟시가 갓 넘어서였다.
　　자-2> 이날 밤은 이 젊은 여자의 영상과 더불어 사직동 집까지 걸었
　　　　다. (318-326)

젊은사람들의 요청, 계획을 작중인물은 자연스럽게 수용하지 못한다.

자신을 옥죄고 있는 억압감정이 그러한 행동을 허용하지 않는 것이다. 이는 각 세대마다 부담이 된다는 점에서는 마찬가지라 할 수 있다. 같은 시간의 흐름에 얹혀 있다고 해도 세대에 따라 시간을 수용하는 방식이 다르다는 점을 보여주는 것이다.

그런데 이 작품의 후반부에서 주목되는 사항은, 젊은 여자와 유지하는 인간관계와 설계하는 삶이 현실적인 삶의 양상을 벗어나 있다는 점이다. "다시는 젊은 여자와 손잔등 한 번 스쳐보는 일없이 만남이 계속되었다. 하루는 어느 식당에서 같이 저녁을 먹다가였다. 그 뒤 가로수 잎이 하루 하루 윤기를 잃어가고, 스치는 바람결이 매끄러워지기 시작한 어느날 오후, 산골짜기를 흐르는 물빛에도 첫가을 빛이 어려 있었다." 그런 시간지 표로 드러나는 형식단락 <사>는 소설 속에서 시간의 흐름을 보여주는 대목이다. 사-1> 사-2> 사-3> 사-4> 사-5> 등으로 이어지는 시간의 흐름 을 보여주고 있다. 영화에서 흔히 시간의 흐름을 사계의 변화를 통해서 보여 주듯이 가로수 잎 이야기를 서두로 해서 골짜기를 흐르는 물빛에도 첫 가을 빛이 어려 있다,로 간략하게 시간의 경과를 보여주고 있는 셈이 다. 이러한 자연시간의 흐름을 따라 이루어지는 남녀의 만남은 작가가 추구하는 낭만적인 삶의 형상을 그려내는 데에 긍정적으로 기여한다.

남자의 현재를 여섯, 일곱, 여덟, 이날 밤으로 쪼개서 표현하는 방법을 구사하고 있는데, 이점은 이 소설에서의 중요한 부분을 차지한다. 즉 혼 자 살고 있는 남자가 여자와의 영혼의 교류만을 하고 있는데, 시간의 흐 름이 자연시간의 흐름으로 일치되는 이 부분에서는 실제로 여자와 접촉 하는 상황이 나타나고 있는 것이다. 시간의 속성이 행동의 속성과 일치되 는 면을 읽을 수 있다.

고독과 권태를 공통항으로 하고 있는 남녀의 만남이 이런 시간의 구조 속에서 자리를 잡고, 두 사람은 삶의 감각을 회복하는 것으로 되어 있다.

언젠가 색맹이 되어 사실을 볼 수 없었으면 하는 이야기를 떠올리면서 여자는 "요즈음 저는 모든 게 새롭게만 보이는 걸요."(241)하면서 생의 의욕을 보인다. 그러한 생의 의욕은 현재적인 것이고 이는 필연적으로 미래시제를 이끌어오지 않을 수 없는 것이다. 남자와 생활을 설계하는 것인데, 교외에 한 세 칸 정도 되는 '우리집'이라는 것을 장만해서 생활하는 것을 기도하는데, "선생님은 건넌방 서재에서 일을 하시구 전 밖에서 밥을 짓구 빨래를 허구, 틈틈이 선생님의 노트 정리나 해 드리구"(250) 그렇게 생활하는 설계를 하는 것이다. 이는 적당한 거리를 유지하는 삶인데, 작가가 인간관계에 거리를 유지해야 한다는 낭만적 생각을 가지고 있던 무렵의 작품에 나타나는 시간 운용의 방법이라는 의미를 표현한 것이라 할 것이다. 그런 약속을 하고는 대답을 달라고 한 지 한 주일이 지나가는 것으로 되어 있다. 그 한 주일을 앞두고 원고를 완성한 작중인물을 자신의 원고에 대해 이런 의미를 부여한다. 여자를 만나는 동안, 생의 의욕을 회복하기는 남자의 경우도 마찬가지인 것이다.

다른 사람의 눈에는 이 원고뭉텅이가 한갓 낭비된 시간의 누적으로 밖에 비치지 않을지 모른다. 그러나 자신에게는 소중한 것이 이 속에 깃들어 있는 것이다. …… 원고가 이루어지기까지에 기울인 노력이란 것도 물론 허수로운 것은 아니지만, 그보다는 이 속에 그 동안 잃어버렸던 생활을 다시 찾은 흔적이 깃들어 있는 것이다. …… 이 속에 한 사람의 중년 사내의 소생된 생활이 숨을 쉬고 있다는 것이 얼마든지 귀한 것이다. 거기에는 젊은 여자의 아지못할 함이 관여되어 있었다.

(255)

원고지 맨 첫 장에대가 "여기 서려 있어라, 어느 젊은 여자의 고운

숨결은:” 이렇게 적어 넣을 정도로 자신이 이룩한 일에 관여되어 있는 젊은 여자의 영향을 직설적으로 밝히는 것이다. 이는 시간의 미래를 이끌어오게 되는데 그것은 지극히 낭만적인 삶이고, 지금의 시각으로 본다면 현실감이 없는 일로 여겨지기도 하는 바이다.

형식단락으로는 <파>에 해당한다. ‘이튿날 아침에도, 앞으로 일주일. 분명히 따져서 엿새동안’의 시간이 주어지는 것인데 “잠시 낭만을 해보려 하오”하면서 여자와 설계하고자 하는 미래를 그리고 있다. 그 미래는 ‘계절은 지금과 같은 가을철’로 상정되는 시점이다. 또한 “우리는 하루에 커피 두 잔만을 마시기로 하고 있소” “모닝커피 한잔과 점심뒤의 한잔과 될 수록 저녁때는 안마시기로 하오” “아침에는 비둘기 소리에 눈을 뜨고 -저녁-어젯저녁-가끔 낮에는” 이렇게 써 나가는 가운데 미래의 생활이 설계된다. 그러한 설계 가운데 남자는 혼자 술을 따라 마시기도 하고, 그러한 행동을 반복한다. 시간적으로 미래를 그리는 가운데 현재의 행동이 동시에 서술된다. 이를 축약해 보면 남자의 현재와 남자의 미래가 동시에 드러나는 에피파니의 시간구조를 가지고 있는 것이다.

그런데 중요한 것은 그러한 미래를 설계한 종이를 찢어버림으로써 미래를 현재에 수용하는 제스쳐만 취할 뿐, 현재를 중심으로 서술되는 시간 속에 미래는 다시 지워지는 것이다.

상당히 취기가 돈 것 같소. 자질구레한 사설을 더 늘어놓았댔자 무엇하겠소. 앞으로 한 주일 동안, 분명히 따져서 엿새 동안 내게 초조와 불안이 계속되는 한, 내게도 생활이 지속되는 것이오.
그만 쓰겠소. 그리고 이 글은 여기서 찢어버리기로 하겠소. 그것이 내게 남은 마지막 낭만의 한 아름다운 행위가 아닐까 하오. (260)

중편소설 「내일」의 결말은 이렇게 시간을 무화하는 것으로 끝나 있다. 미래를 설계하되 그 행위 자체를 무화함으로써 예시서술의 의미를 스스로 소거하는 형식을 취하고 있다. 이는 낭만의 속성과도 연관되는 것으로 보인다.

4. 시간과 이념의 관계

황순원의 중편 「내일」을 시간의 구조와 의식의 관계라는 측면에서 검토하였다. 이 작품에서 현재에서 미래로 흘러가는 일정한 연대기적 시간 순서에 따라 일차 이야기 즉 스토리를 이끌어 나가고 있다.

그런가 하면 회상서술과 예상서술을 동시에 사용하고 있음을 알 수 있으며, 모든 이야기가 주 줄거리와 긴밀한 관계를 맺고 있음을 알 수 있다. 다시 말하면 이 작품에서 과거, 현재, 미래로 이야기의 선이 선조적으로 흘러가고 있으나, 그 사이에 현재-과거, 현재-미래, 미래-과거 등 소위 소설에서 말하는 인위적 시간질서의 수법이 망라되어 있음을 발견할 수 있다.

스토리의 전개가 순시적으로 이루어지는 데 비해 작중인물의 의식을 드러내는 방식으로 회상을 취함으로써 과거를 적절히 이끌어들이고 있다. 이는 의식의 특성이 무엇에 대한 의식이라는 점에서는 의식의 대상이 되는 것 가운데 확실성을 보이는 것은 과거적인 것이다. 그렇기 때문에 의식의 중첩을 나타내는 경우는 꿈이라든지 회상의 방법을 자주 원용하고 있다는 점은 음미를 요한다.

시간과 이념의 관계를 아주 범박하게 설명한다면 세계관에 따라 시간관이 달라진다는 사실에 근거를 두게 된다. 이를 희랍신화에서 아이디어를 빌려 설명하는 경우도 있다. 정확히 대응되는 것은 아니지만, 과거에 중심이 두어지는 경우는 아폴로적 시간이라 할 수 있다. 이성적으로 완결된 시간만이 문제된다. 현재의 시간에 몰두하는 시간관은 디오니소스로 표상되는 시간관이다. 미래를 예측하고 내다보면서 삶을 설계하는 시간관은 프로메테우스적 시간관이다. 미래를 주로 이야기하는 경우 그것은 예언적 속성을 띤다. 그러나 소설은 문학의 여러 장르 가운데 예언적 기능이 가장 약한 장르이다. 따라서 미래를 과도하게 문제 삼을 경우 장르 특성이 지장을 받을 수도 있는 것이다.

　이상의 논의가 승인될 수 있다면, 「내일」의 경우 미래를 제시한 점에 대한 해석이 심도를 갖출 수 있을 것이다. 다시말해 소설에서 낭만이라는 것이 무엇인가 하는 문제이다. 낭만은 세계의 이원성을 전제한다. 현실을 극복해야 할 그 무엇으로 보면서 이데아의 세계를 지향하는 것이 낭만의 속성이다. 이러한 속성은 소설의 현실추구라는 이념에 상처되는 것이다. 그러할 때 낭만을 추구하되 그 낭만을 스스로 포기하는 데서 미적 완결성을 지향하는 것이 소설의 한 방법이 될 수 있다. 미래를 설계하되 설계 차원에서 현실로 옮기지 않는 절제에서 낭만지향성과 소설의 장르 속성을 함께 살리는 것이라 할 수 있다. 그러한 점에서 「내일」은 미적 통제가 소설의 미학을 유지한 작품이라는 해석이 가능해진다.

참고문헌

강동호, 「이육사 윤동주 시의 구조 연구 - 공간구조와 시간구조를 중심으로」,
        고려대학교대학원, 1989.
김우석, 「김동리 초기소설연구 - 원형과 시간의 문제를 중심으로」, 한양대학교
        대학원, 1987.
김정민, 「최인훈의 <금오신화><구운몽>에 나타난 시간구조연구」, 이대대학원,
        1992.
박양호, 「황순원문학연구」, 전북대박사논문, 1994.
박은태, 「해방기 장편소설의 시간구조와 세계관 연구」, 부산대학교대학원, 1966.
박정규, 「김유정 소설의 시간구조연구」, 한양대학교대학원, 1991.
손은진, 「서정수 시의 시간성 연구」, 경북대대학원, 1995.
윤종수, 「소설의 시간구조」, 충남대학교대학원, 1989.
한광구, 「박목월 시에 나타난 시간과 공간연구」, 한양대대학원, 1990.

<단행본>
김화영 편역, 『소설이란 무엇인가』, 문학사상사, 1986.
李昇薰, 『文學과 時間』, 이우출판사, 1986.
우한용, 『한국근대소설구조연구』, 삼지원, 1991.
de, Saussure, F., Course in General Linguistics, New York : ed by Bally,
        Sechehaye, 1959.
Forster, E,M, Aspects of the Novel, Penguin Books. 1972.
Lukacs, Georg, Die Theorie des Romans, 潘星完 역, 『소설의 이론』, 심설당,
        1985.
Mendilow, A.A. Time and novel, 최상규 역, 『시간과 소설』, 대방출판사, 1983.
Picard, Michel, Lire le temps, 『문학속의 시간』, 부산대학교출판부, 1998.

참고문헌

황순원 문학연구

참고문헌

1. 黃順元 關係 研究 論著

강영주, "황순원의 성장소설 연구", 전남대 교육대학원 석사, 1989.

고   은, "실내 작가론(3) - 황순원", 『월간문학』 2권5호, 1969.5.

곽종원, "황순원론", 『문예』 15호, 1953.2.

구창환, "황순원 문학 서설", 조선대 『어문학논총』, 1965.11.

_____, "황순원의 생명주의 문학", 『한국언어문학』 제 4집, 1966.

_____, "황순원의 생명주의 문학", 『한국언어문학』, 1966.12.

_____, "상처받은 세대 - 황순원의 『나무 비탈에 서다』를 논함", 조선대학 『조
          대문학』, 1964.10.

국제 펜클럽 한국본부, "서평 - 감성의 섬세한 印畵 -『탈』황순원 저", 『펜뉴
          스』 2권2호, 1976.7.

권혜정, "황순원의 액자소설 연구", 경북대 교육대학원 석사, 1989.

김   현, "계단만으로 된 집", 『말과 삶과 자유』, 문학과 지성사, 1985.

_____, "소박산 受諾 -『별과 같이 살다』소고", 『사회와 윤리』, 일지사, 1974.

김경혜, "황순원 장편에 나타난 인간 구원 의식에 관한 고찰 -『나무들 비탈에
          서다』, 『일월』, 『움직이는 성』을 중심으로", 숙명여대 석사, 1987.

김경희, "황순원 소설 연구 - 장편에 나타난 인물의 갈등을 중심으로",중앙대
          석사, 1985.2.

김교선, "成層的 美的 構造의 소설 - 황순원의 「원색 오뚜기」에 대하여", 『현대
          문학』, 1966.5.

김난숙, "황순원 문학의 상징성 고찰", 부산여대 석사, 1985.2.

김남천, "추수기의 작단 - 10월 창작편", 『문장』 2권9호, 1940.11.

김동선, "황고집의 미학 - 황순원 가문", 『경제문화』 231, 1984.5

김병걸, "억설의 분노 -「순원문학의 위치」를 읽고", 『현대문학』, 1965.7.

김병익, "開眼 - 예술가의 생성(8) - 황순원", 동아일보, 1969.1.30.

______, "순수문학과 그 역사성 - 황순원의 최근의 작업", 『한국문학』 4권7호, 1976.7.

______, "장인정신과 70년대 문학의 가능성 돋보여 - 고희 맞은 황순원과 그의 문학 세계", 『마당』 44, 1985.4.

김병택, "결말에 대한 작가의 시선 -「운수 좋은 날」, 「금 따는 콩밭」, 「메밀 필 무렵」, 「소나기」의 경우", 『현대문학』 25권1호, 1979.1.

김봉군·이용남·한상무 공저, 『한국현대작가론』, 민지사, 1984.

김상일, "순원문학의 원형", 『월간문학』 8권7호, 1975.7.

______, "순원문학의 위치 -「病者의 光學」 그 序", 『현대문학』, 1965.4.

______, "황순원 문학과 惡", 『현대문학』, 1966.11.

김열규, "새 발전의 계기 -『황순원전집』에 부쳐", 『사상계』 13권 7호, 1965.7.

김영화, "황순원의 소설과 꿈", 『월간문학』 17권 5호, 1984.5.

김영환, "황순원 소설의 작중인물 연구", 동국대 교육대학원 석사, 1986.

김용희, 『현대소설에 나타난 길의 상징성 - 이니시에이션 구조를 중심으로』, 정음사, 1986.(이화여대 박사논문, 1986 :「소나기」「독짓는 늙은이」 분석)

김우종, "명작에서 본 母像 10態(6) - 황순원작「과부」", 대한일보, 1967. 6.10.

김운기, "황순원 시고", 『국제어문』 2집, 1985.2.

김운현, "황순원론", 경북대 『국어국문학연구 논문집』10, 1960.12.

김윤식, "「목넘이 마을의 개」(1947, 황순원)", 『한국근대문학의 이해』, 일지사, 1973.

______, "생의 내재성과 소설의 내적 형식", 『한국현대문학사』, 일지사, 1976.

김정자, "황순원과 김승옥의 문체연구 - 統語論적 측면에서 본 시도", 『한국문학총론』 1, 1978.12.

김종회, "황순원 소설의 작품인물 연구", 경희대 석사, 1985.2.

김주연, "서평 - 한국인의 浪人意識 -『움직이는 성』황순원 저",『서울평론』1,
　　　　1973 · 11.
김지윤, "비탈이라는 고장의 나무들 - 황순원 작『나무 비탈에 서다』를 읽고",
　　　　이화여대『한국어문학연구』, 1965.10.
김치수, "『일월』의 문제점",『문학』1권8호, 1966.12.
　　　　, "황순원의 소설미학",『문예중앙』8, 1979.12.
김희범, "황순원 소설의 인물 연구", 경남대 석사, 1990.
김희보, "황순원의『움직이는 성』과 무속신앙 - M.Eliade의 예술론을 중심하
　　　　여",『기독교사상』247, 1979.1.
나경수, "「독짓는 늙은이」 원형 재구",『한국언어문학』30집, 1992.6.
南官滿, "황순원 저『황순원 단편집』을 읽고", 매일신보, 1941.4.3.
박노철, "황순원 소설에 나타난 구원의 양상", 건국대 교육대학원 석사, 1990.
박미령, "황순원론", 충남대 석사, 1980.2.
박민숙, "황순원 연구", 성심여대『성심어문논집』3, 1972.7.(학부졸업논문초록)
박정자, "성숙과 고민 - 황순원 소설에 나타난 소년상을 중심으로", 성균관대
　　　　『성균문학』, 1966.2.
박해경, "황순원 소설의 미학", 이화여대 석사, 1972.9.
방민화, "황순원『일월』연구", 숭실대 석사, 1988.
배규호, "황순원 소설의 작중인물 연구", 계명대 석사, 1989.
배선미, "황순원 장편소설 연구", 숙명여대 교육대학원 석사, 1989.
백　철, "작품은 실험적인 소산 - 황순원씨의 소설작법을 수정함", 한국일보,
　　　　1960.12.18.
백승철, "황순원 소설의 악인 연구", 세종대 석사, 1982.2.
서경희, "황순원 소설의 연구 - 작중인물의 성격을 중심으로", 전북대 교육대학
　　　　원 석사, 1985.
서기원　"여자의 다리",『문학과 지성』7권2호, 1976.6.
송하섭, "황순원 소설의 서정성 고찰(1)", 배재대『논문집』4, 1983.2.

송현호, "황순원의 「목넘이 마을의 개」", 『한국 현대소설의 이해』, 민지사, 1992.

심연섭, "황순원씨 - 신동아 인터뷰", 『신동아』 3권4호, 1966.4.

안남연, "황순원 소설의 작중인물 연구", 한국외국어대학 석사, 1984.8.

안영례, "황순원 소설에 나타난 꿈 연구", 중앙대 석사, 1982.

염무웅, "8 · 15 직후의 한국문학", 『창작과 비평』, 1975년 가을호.

오생근, "서평 - 병적 주관성의 한계 - 『움직이는 성』", 『문학과 지성』 4권3호, 1973.8.

우한용, "민족성의 근원구조 - 황순원의 『움직이는 성』", 『한국 현대소설 구조 연구』, 삼지원, 1990.

______, "소설구조의 기호론적 특성 - 황순원의 『신들의 주사위』", 『한국 현대 소설 구조연구』, 삼지원, 1990.

______, "소설의 양식차원과 장르차원 - 황순원의 『별과 같이 살다』", 『한국 현 대소설 구조연구』, 삼지원, 1990.

______, "현대소설의 고전 수용에 관한 연구 - 『움직이는 성』과 서사무가 '칠공 주'의 관련성을 중심으로", 전북대 『국어문학』 23집, 1983.

원형갑, "『나무들 비탈에 서다』의 背地"(상 · 중 · 하), 『현대문학』, 1961.1.-3.

______, "버림받은 언어권 - 『움직이는 성』의 인물들", 『현대문학』 20권3호, 1974.3.

유재봉, "황순원 소설에 나타난 주인공의 인간상 고찰", 충남대 교육대학원 석 사, 1983.

유종호, "겨레의 기억과 그 전수", 『동시대의 시와 진실』, 민음사, 1980.

윤명구, "황순원 소설 세계의 변모 - 『황순원전집』 소재 장편소설을 중심으로", 『국어교육연구』 2, 1978.3.

이기야, "소설에 있어서의 상징문제 - 황순원의 『움직이는 성』을 중심으로", 고 려대 『어문논집』 19, 1977.9.

이남호, "물 한 모금의 의미 · 황순원", 『문학의 僞足』, 민음사, 1990.

이동하, "주제의 보편성과 기법의 탁월성 - 황순원의 『잃어버린 사람들』", 『정통문학』 1, 1985.12.

______, "한국소설과 구원의 문제 -『순교자』와 『움직이는 성』을 중심으로", 『현대문학』 29권 5호, 1983.5.

이보영, "황순원 재고", 『월간문학』 7권8호, 1974.8.

______, "황순원의 세계"(상·하), 『현대문학』, 1970.2 - 3.

이상섭, "'유랑민 근성'과 '창조주의 눈' - 황순원의 『움직이는 성』", 『자세히 읽기로서의 비평』, 문학과 지성사, 1988.

______, "서평 - 황순원 단편집 『탈』", 『한국문학』 4권 6호, 1976.6.

이석훈, "문학풍토기 - 평양편", 『인문평론』, 1940.8.

이선영, "인정·허망·자유 - 황순원 『탈』, 서정인 『강』, 이정환 『까치방』", 『창작과 비평』 11권3호, 1976.9.

이어령, "식물적 인간상 -『카인의 후예』론 ", 『사상계』, 1960.4.

이용남, "調信夢의 소설화 문제 - 「잃어버린 사람들」 「꿈」을 중심으로", 『관악 어문연구』 5집, 1980.

이재선, "황순원 작품의 Initiation Story 성격 - 단편 「별」의 해석을 중심으로", 『석계 조인제 박사 환력기념논총』, 1977.

______, "황순원과 통과제의의 소설", 『한국현대소설사』, 홍성사, 1979.2.

이정숙, "민담의 소설화에 대한 고찰 - 「명주가」와 「비늘」을 중심으로", 『한성대 논문집』 9집, 1985.

______, "자아인식에의 여정 - 황순원의 『움직이는 성』", 『한국현대 장편소설 연구』, 삼지원, 1989.

______, "지속적 자아와 변모하는 삶", 『한국근대 작가연구』, 삼지원, 1985.

______, "황순원 소설에 나타난 인간상 - 특히 주인공의 성격을 중심으로", 『한국국어교육연구회논문집』 8집, 1975.12.

이정애, "Initiation Story 연구 - 황순원 단편소설을 중심으로", 한성대학 『한성 어문학』 5, 1986.

이태동, "실존적 현실과 美學的 顯現 - 황순원론", 『현대문학』 26권11호, 1980.11.

이형기, "서평 - 詩에서 詩로 -『늪/기러기』,『움직이는 성』황순원 저",『세계의 문학』 6권 1호, 1981.3.

______, "월평 - 세 작품의 콘트라스트", 『현대문학』 12권 2호, 1966.2.

임관수, "황순원 작품에 나타난 '자기실현'", 충남대 석사, 1983.

임채욱, "황순원 작품의 구조 연구 - 단편소설을 중심으로", 원광대 석사, 1984.8.

장수자, "Initiation Story연구 - 황순원 단편을 중심으로", 부산대 국문학과『국어국문학』 16. 1979.

장현숙, "황순원 작품 연구", 경희대 석사, 1982.2.

전영태, "이청준 창작집과 황순원의 단편소설",『광장』 146, 1985.10.

전현주, "황순원 단편 고찰 - 이니시에이션 스토리를 중심으로", 동아대 석사, 1984.2.

정다비, "서평 - 사랑의 두 모습 - 이청준『시간의 문』, 황순원『신들의 주사위』",『세계의 문학』 7권 4호, 1982.12.

정전길, "황순원 문학 점묘 -「독짓는 늙은이」,「곡예사」,「별」 등", 고려대『교양』, 1967.12.

정창범, "황순원론 -「너와 나만의 시간」을 중심으로",『문학춘추』, 1964.8.

정태용, "전후세대와 니힐리즘 -『나무들 비탈에 서다』를 읽고", 민국일보, 1961.4.14.

조규일, "황순원의 전쟁소설 소고 - 그의 단편소설「학」을 중심으로", 광운공대『논문집』 13, 1984.5.

조남현, "황순원의 초기 단편소설",『한국현대소설사 연구』, 민음사, 1984.

조연현, "장편소설과 단편소설 - 황순원씨의『별과 같이 살다』를 중심으로",『문예』 2권 4호, 1950.4.

______, "황순원 단장", 『현대문학』1964.11.

______, "황순원론", 『예술원논문집』, 1964.12.

채명식, "인간의 의지와 신의 섭리 - 『신들의 주사위』를 중심으로", 동국대 『국
　　　어국문학논문집』 12, 1983.9.

천이두, "『나무들 비탈에 서다』의 기점 - 원형갑씨의 소론에 수정하며"(상·
　　　하), 『현대문학』, 1961.12 - 1962.1.

______, "人間屬과 모랄 - 황순원의 가능성", 『현대문학』,1958.11.

______, "靑霜의 이미지 - 「오작녀」 황순원의 경우", 『문예춘추』, 1965.1.

______, "밝음의 미학 - 『인간접목』론", 『광장』 114, 1983.2.

______, "서평 - 원숙과 패기 - 최정희 『찬란한 대낮』, 황순원 『탈』",

______, "시와 산문·황순원", 『종합에의 의지』, 일지사, 1974.

______, "시적 이미지의 미학 - 황순원의 「소나기」", 『문학과 시대』, 문학과 지
　　　성사, 1982.

______, "전체소설로서의 국면들 - 황순원 『신들의 주사위』의 문제점", 『현대
　　　문학』 28권 12호, 1982.12.

______, "종합에의 의지 - 『움직이는 성』의 기법과 명제", 『현대문학』 19권 8
　　　호, 1973.8.

______, "토속세계의 설정과 그 한계 - 김동리· 황순원·오유권 등을 중심으
　　　로 - 신문학 60년의 작가상황(6)", 『사상계』 16권12호, 1968.12.

최래옥, "황순원 '소나기'의 구조와 의미", 한국국어교육연구회, 『국어교육』31,
　　　1977.12.

최민자, "황순원 작품연구 - 장편소설의 상징성을 중심으로", 동아대 석사,
　　　1985.2.

최인숙, "황순원의 『움직이는 성』 연구", 효성여대 석사, 1988.

최일수, "월평 - 황순원의 생각하는 소설", 『현대문학』 350, 1984.2.

______, "황순원씨의 자연사상", 『현대문학』 12권 9호, 1966.9.

한승옥, "황순원 장편소설 연구 - 죄의식을 중심으로", 『숭실어문』 2집, 1981.11.
______, "황순원 장편소설에 나타난 죄의식", 『한국현대 장편소설 연구』, 민음
        사, 1989.
허명숙, "황순원 장편소설 연구 - 『일월』, 『움직이는 성』, 『신들의 주사위』의
        인물구조를 중심으로", 숭실대 석사, 1988.
현영종, "이니시에이션 소설 연구 - 염상섭, 황순원, 김승옥, 김원일 작품을 중
        심으로", 고려대 교육대학원 석사, 1989.
홍순재, "황순원의 『움직이는 성』 연구", 경남대 교육대학원 석사, 1989.
홍정선, "이야기의 소설화와 소설의 이야기화", 『말과 삶과 자유』, 문학과 지성
        사, 1985.
홍정운, "황순원론 - 『움직이는 성』의 실체", 『현대문학』 27권 7호, 1981.7.
황순원, "대표작 자선자평 - 유랑민 근성과 시적 근원"(대담). 『문학사상』 통2
        호, 1972.11.

2. 참고 논저

Abrams, M.H., *A Glossary of Literary Terms*, New York: Holt, Rinehare and
        Winston, 1974.
Boulton, Marjorie, *The Anatomy of the Novel*, London, Boston and Henley:
        Routeleage and Kegan Paul Ltd., 1975.
Brooks, Cleanth, J.T.Purser and R.P.Warren, *An Approch to Literature*,
        Prentice-Hall, 1975.
Brooks, Cleanth & Robert Penn Warren, *Understanding Fiction*. 1979,
        Prentice-Hall, Inc.N.J. 1979.
Brooks, Cleanth, *The well wrought urn*, 이경수 역, 『잘 빚어진 항아리』, 홍성사,
        1983.

Chatman, Seymour, *Story and Discourse:Narrative Structure in Fiction and Film*, Cornell U.P., 1978. 김경수 역, 『영화와 소설의 서사구조』, 민음사, 1990.

Cuddon, J.A., *A Dictionary of Literary Terms and Literary Theory*, Doubleday & Company Inc, U.S.A., 1980.

Dipple, Elizabeth, Plot, 문상우 역, 서울대출판부, 1970.

Durant, Will and Ariel Durant, *Interpretation of Life*, 이경수 역, 『문학 이야기』, 문예출판사, 1985.

Edel, Leon., *Literary Biography*, 김윤식 역, 『작가론의 방법 - 문학전기란 무엇인가』, 삼영사, 1983.

Eliot, T.S., *Literary Criticism*, 이경식 편역, 『문예비평론』, 범조사, 1983.

Forster, E.M., Aspects of the Novel, Pengwin book, 1972.

Gass, William H., 「The concept of characters in fiction」, *Issues in contemporay literary criticism* , ed. by Gregory T. Polletta, Little Brown and Company, 1973.

Hall, Donald, *To Read Literature-Fiction, Poetry, Drama*, Holt Rinehart and Winston, 1981.

Freud, S., 『정신분석입문』, 삼성출판사, 1976.

Frye, N., *Anatomy Criticism*, 임철규 역, 『비평의 해부』, 한길사, 1984.

Lukács, Georg, *Die Theorie des Roman*, 반성완 역, 『소설의 이론』, 심설당, 1985.

May, C.E. ed., *Short Story Theories*, Ohio Univ. Press, 1976. 최상규 역, 『단편소설의 이론』, 정음사, 1983.

Mendilow, A.A., *Time and novel*, 최상규 역, 『시간과 소설』, 대방출판사, 1983.

Meredith, Robert C. and Joln Fitzgerald, *Sturturing Your Novel*, 김경화 역, 청하출판사, 1982.

Paris, Bernard J., *A Psychological Approach to Fiction*, Bloomington, Indiana Univ.Press,1974.

Perrine, L., *Story and Structure*, New York, 1966.

Rimmon-Kenan, Shlomith, *Narrative Fiction:Contemporary Poetics*, New Accents. New York; Methuen, 1983. 최상규 역, 『소설의 시학』, 문학과지성사, 1985.

Roberts, Edgar V., *Writing Themes about Literature*(fifth edition), New Jersy: Prentice Hall, Inc., Englewood Cliffs, 1983.

Scholes, Robert & Robert Kellogg, *The Nature of Narrative*, New York, Oxford Univ. Press,1971.

Toolan, Michael J., *Narrative: A Critical Linguistic Introduction*, Routledge, London, 1988. 김병욱/오연희 공역, 『서사론』, 형설출판사, 1993.

William Riter, Myth and Literature, 이경식 역 『신화와 문학』, 전망사, 1981.

Wimsatt, William K. & Cleanth Brooks, *Literary Criticism,* Routledge & Kegan Paul, London, 1957.

新田博衛, 이기우 역, 『시학서설』, 동천사, 1987.

구인환 외, 『한국현대장편소설연구』, 삼지원, 1989.

구인환, 『소설쓰는 법』, 동원출판사, 1982.

권영민, 『소설과 운명의 언어』, 현대소설사, 1992.

김용재, "한국 근대 단편소설의 서술형식 연구 - 일인칭 서술상황을 중심으로", 전북대 박사학위 논문, 1991.

김태준, 『조선소설사』, 한길사, 1976.

김 현, 『사회와 윤리』, 일지사, 1974.

김병욱 편/최상규 역, 『현대 소설의 이론』, 대방출판사, 1983.

김상태, 『문체의 이론과 해석』, 새문사, 1982.

김윤식, 『한국근대문학사상사』, 한길사, 1984.

김윤식/김현, 『한국문학사』, 민음사, 1973.

김천혜, 『소설 구조의 이론』, 문학과지성사, 1990.

김화영 편역, 『현대소설론』, 문학사상사, 1986.

김흥수, "소설의 방언에 대하여", 『일산 김준영선생 정년기념 논문집』, ?

손광은, "한국시의 상징주의 수용양상 연구", 충남대 박사학위 논문, 1985.

송 욱, 『소설미학』, 문학과지성사, 1985.

신경림 외, 『농민문학론』, 온누리, 1983.

오세영 편, 『문예사조』, 고려원, 1985.

우리소설모임, 『소설 창작의 길잡이』, 도서출판 풀빛, 1990.

우한용, 『한국현대소설구조연구』, 삼지원, 1990.

윤재근, 『만해시와 주체론적 시론』, 문학세계사, 1983.

이보영, 『식민지 시대의 문학』, 필그림, 1984.

이상섭, 『문학비평용어사전』, 민음사, 1980.

이용호, 『프로이드 정신분석학 입문』, 동아출판사, 1964.

이재선, 『한국현대소설사(1945 - 1990)』, 민음사, 1991.

______, 『한국현대소설사』, 홍성사, 1979.

장덕순, 『한국설화문학연구』,

전광용 외, 『한국현대소설사연구』, 민음사, 1984.

정재완, "한국 현대시의 본체성 연구", 충남대 박사학위 논문, 1985.

정한모/김재홍 편, 『한국대표시평설』, 문학세계사, 1983.

정한숙, 『소설기술론』, 고대출판부, 1973.

조남현, 『소설원론』, 고려원, 1982.

______, 『한국현대문학의 자계』, 평민사, 1985.

조동일, 『문학연구방법』, 지식산업사, 1980.

조연현 편, 『작가수업』, 수도문화사, 1951.

______, 『현대 한국작가론』, 정음사, 1977.

황순원 외, 『말과 삶과 자유』, 문학과지성사, 1985.

황패강 외, 『한국문학연구입문』, 지식산업사, 1982.

부록

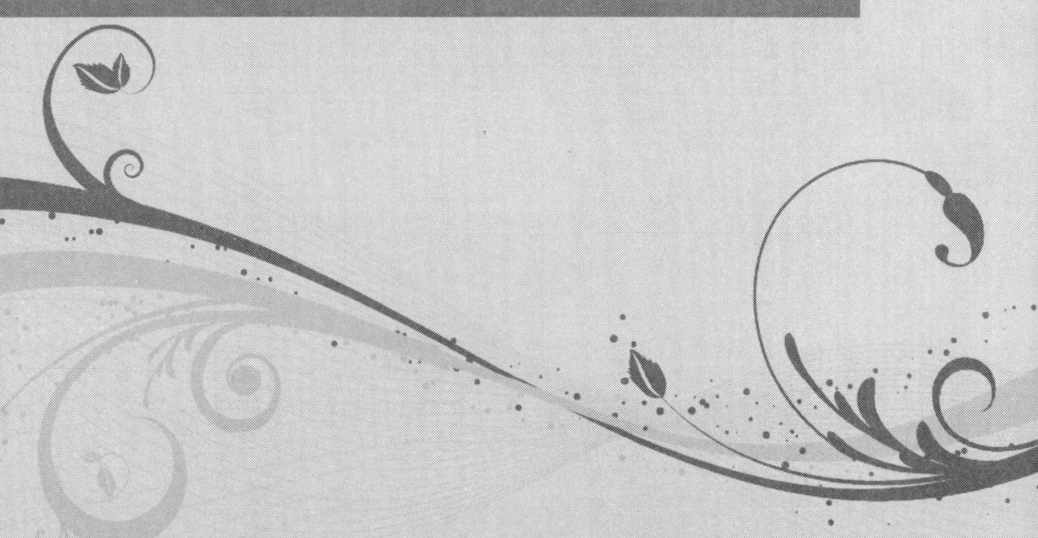

부록

〈자료 1〉

◎ 연구사개요를 위한 목록(전집해설)

연구자	제목	발표지면	연구대상	내용												
				style	배경	시간	시점	구성	인물	주제(갈등)	꿈과의 관계	민속	설화와의 관계	문예사조	이니시에이션	종교기타
김 현	안과 밖의 변증법	전집해설	단편집『늪』『기러기』	○						○	○	○	○			개작서정
유종호	겨레의 기억 - 황순원의 일면		단편집『목넘이 마을의 개』『曲藝士』	○				○	○	○			○		○	
曺南鉉	순박한 삶의 파괴와 회복		단편집『학』『잃어버린 사람들』					○	○	○						性상징
권영민	일상적 경험과 소설의 수법 - 황순원의 단편들		단편「내일」『너와 나만의 시간』	○				○	○	○						
정과리	사랑으로 감싸는 意識의 외로움 - 黃順元의 단편들			○				○	○	○						

연구자	제목	발표지면	연구대상	내용												
				style	배경	시간	시점	구성	인물	주제(갈등)	꿈과의 관계	민속	설화와의 관계	문예사조	이니시에이션	종교기타
金仁煥	忍苦의 美學		『별과 같이 살다』『카인의 後裔』					○	○	○						
송상일	순수와 초월		『人間接木』『나무들 비탈에 서다』					○	○	○						
成民燁	존재론적 고독의 성찰		『日月』					○	○	○						
이상섭	유랑민 근성과 창조주의 눈		『움직이는 城』					○	○	○		○				종교
金治洙	소설의 조직성		『神들의 주사위』	○				○	○	○						
김주연	싱싱함 그 생명의 미학		시집전체													
吳生根	전반적 검토	전집	종합	○				○	○	○				○		恨 심리 서정
金炳翼	純粹文學과 그 歷史性 - 黃順元의 최근의 작업		창작집 『탈』, 장편전부	○				○	○	○	○					생명 역사

연구자	제목	발표지면	연구대상	내용												
				style	배경	시간	시점	구성	인물	주제(갈등)	꿈과의 관계	민속	설화와의 관계	문예사조	이니시에이션	종교기타
李甫永	黃順元의 세계		허수아비, 별, 기러기, 카인의 後裔, 내일, 나무들 비탈에 서다, 日月					○	○	○	○	○				
金治洙	외로움과 그 克服의 문제 - 黃順元의 『日月』		나무들 비탈에 서다 『日月』						○	○						구원
元應瑞	그의 人間과 단편집 『기러기』		작품집 『기러기』 『늪』						○	○						창작 배경

◎ 연구사 개요를 위한 목록(단편소설)

연구자	제목	발표 지면	연구 대상	내용												
				style	배경	시간	시점	구성	인물	주제 (갈등)	꿈과의 관계	민속	설화 와의 관계	문예 사조	이니 시에 이션	종교 기타
朴貞子	成熟과 苦憫 - 黃順元소설에 나타난 少年을 중심으로		닭제, 별, 소나기, 골목안, 아기, 송아지						○	○					○	
장수자	Initiation Story연구-황순원 단편소설을중심으로		닭제,매,왕모래,맹아원에서,학					○	○	○					○	
李運器	黃順元論試考		시집『放歌』『骨董品』소설 곡예사, 카인의 후예, 학 외 11편	○					○	○						서정 상징
金亭子	黃順元과 金承玉의 文體研究-統語論的 측면에서 본 試圖		학	○												
崔來沃	黃順元 '소나기'의 구조와 의미		소나기	○		○	○	○	○	○						상징
曹圭鎰	황순원의 「전쟁소설」소고 - 그의 단편소설을 「학」중심으로		학		○	○		○	○	○						

연구자	제목	발표지면	연구대상	style	배경	시간	시점	구성	인물	주제(갈등)	꿈과의 관계	민속	설화와의 관계	문예사조	이니시에이션	종교기타
천이두	시와 산문, 황순원	저서	시, 소설 종합	○				○	○	○	○	○	○			서정
曹南鉉	黃順元의 초기 단편소설		맹아원에서, 학, 산, 소나기 외 9편						○	○	○				○	상징
이재선	黃順元과 通過祭儀의 소설		별, 닭祭						○	○	○				○	
천이두	사실주의의 계승과 반역 -黃順元·金廷漢·崔貞熙·朴榮濬		독짓는 늙은이, 노새						○						○	
김윤식	목넘이 마을의 개	저서	목넘이 마을의 개		○				○	○						
천이두	詩的 이미지의 美學 - 黃順元의 「소나기」		소나기	○			○		○	○						이미지 상징
염무웅	8·15직후의 한국문학 -小說에 나타난 時代相과 時代意識의 考察	문예지	황소들, 아버지, 술이야기						○	○						
崔一秀	黃順元의 생각하는소설		그림자 풀이	○					○							
趙演鉉	黃順元 斷章 - 그의 全集刊行에 즈음하여		『전집』	○				○		○						서정
崔一秀	黃順元씨의 自然思想		자연	○						○				○		

연구자	제목	발표 지면	연구 대상	내용												
				style	배경	시간	시점	구성	인물	주제 (갈등)	꿈과의 관계	민속	설화 와의 관계	문예 사조	이니 시에 이션	종교 기타
李善榮	人情·虛妄·自由		『탈』	○					○	○						
郭鐘元	黃順元論		「기러기」						○	○				○		
千二斗	圓熟과 覇氣		『탈』	○	○					○						
李商燮	黃順元短篇集 『탈』		소리그림자, 아내의 눈길, 원색오뚜기, 자연							○						
金相一	順元文學과 原型		목넘이 마을 의 개	○			○	○		○						상징
田英泰	李淸俊 창작집과 黃順元의 단편 소설	잡지	나의 竹夫人 傳							○						
林采郁	黃順元作品의 構造硏究 - 단편 소설을 중으로	석사 논문	별, 소나기, 잃어버린 사람들, 원색 오뚜기, 탈	○	○	○		○	○	○		○				이미지 상징 서정
田鉉珠	黃順元短篇考察 - 이니시에이션 스토리(initiation story)를 중심으 로	석사 논문	늪, 소나기, 별, 닭제, 산 골아이, 이리 도, 왕모래, 산						○	○					○	

연구자	제목	발표지면	연구대상	내용												
				style	배경	시간	시점	구성	인물	주제 (갈등)	꿈과의 관계	민속	설화 와의 관계	문예 사조	이니 시에 이션	종교 기타
權惠政	黃順元의 額子小說研究		링반데룽 비늘, 눈 외 18편	○		○		○		○			○			
玄永鐘	이니시에이션 研究 -廉想涉, 黃順元, 金承鈺, 金源一 작품을 중심으로		소나기, 맹아원에서, 산		○				○	○			○			
김희범	黃順元小說의 人物研究 - 단편소설에 나타난 어린이와 노인을 중심으로		닭제, 별, 소나기, 왕모래, 황노인 외 6편	○				○	○	○					○	서정
정과리	현실의 구조화	저서	집					○		○						
홍정선	이야기의 소설화와 소설의 이야기화	저서	단편종합										○			

◎ 연구사 개요를 위한 목록(장편소설)

연구자	제목	발표지면	연구대상	내용												
				style	배경	시간	시점	구성	인물	주제(갈등)	꿈과의 관계	민속	설화와의 관계	문예사조	이니시에이션	종교기타
李起墅	小說에 있어서의 象徵問題-黃順元의 『움직이는 城』을 中心으로	논문집	움직이는 城		○				○	○						상징
韓承玉	黃順元 長篇小說研究- 罪意識을 中心으로		장편 종합		○			○	○	○						
조연현	黃順元論		장·단편 종합	○					○	○						
丘昌煥	黃順元의 生命主義 문학 - 『카인의 後裔』를 論함		카인의 後裔	○			○	○	○	○		○		○		
김윤식	生의 內在性과 小說의 內的 形式	저서	술이야기 별과 같이 살다, 늪, 별	○			○			○			○			
김 현	소박한 受諾 - 『별과같이 살다』 小考		별과 같이 살다	○					○	○						
李正淑	자아인식에의 여정 - 황순원의 『움직이는 城』		움직이는 城					○	○	○						종교
황순원	流浪民 根性과 詩的根源		문예지	종합					○	○			○	○		自評
김영화	황순원의 소설과 꿈		산골아이 일월 외 21편								○					

연구자	제목	발표지면	연구대상	내용												
				style	배경	시간	시점	구성	인물	주제 (갈등)	꿈과의 관계	민속	설화와의 관계	문예 사조	이니시에 이션	종교 기타
元亨甲	버림받은 言語圈 - 『움직이는 城』의 인물들		움직이는 城	○				○	○	○						言表 종교
정다비	사랑의 두 모습		神들의 주사위	○					○	○						
李炯基	詩에서 詩로		늪, 기러기, 움직이는 城	○				○	○	○						이미지 종교
千二斗	空白으로부터의 再建	문예지	종합													작가론
千二斗	종합에의 의지 - 『움직이는 城』의 기법		움직이는 城	○	○			○	○	○						종교
원형갑	『나무들 비탈에 서다』의 背地		나무들 비탈에 서다	○					○	○						작가 의식
"	『나무들 비탈에 서다』의 背地 (中)								○	○						
"	『나무들 비탈에 서다』의 背地 (下)			○		○			○	○						
李東夏	韓國小說과 救援의 問題 - 『殉教者』와 『움직이는 城』을 중심으로		움직이는 城						○	○						종교

연구자	제목	발표 지면	연구 대상	내용												
				style	배경	시간	시점	구성	인물	주제 (갈등)	꿈과의 관계	민속	설화 와의 관계	문예 사조	이니 시에 이션	종교 기타
金相一	黃順元의 문학과 惡		카인의 後裔	○					○	○						
이어령	植物的 人間像 -『카인의 後裔』론		카인의 後裔	○	○	○			○	○						종교
洪禎云	黃順元論 -『움직이는城』의 실체		움직이는 城						○							종교
千二斗	『나무들 비탈에 서다』의 基点 - 元亨甲氏의 所論에 酬酌하여 (上·下)		나무들 비탈 에 서다	○	○			○	○	○						
千二斗	전체로서의 국면들 - 黃順元『神들의 주사위』의 문제점		神들의 주사위					○	○	○					○	
李泰東	實存的 現實과 美學的 顯現 - 黃順元論		카인 後裔, 日月, 탈 외 9편		○				○	○			○	○	○	
김열규	새 發展의 契機 -「黃順元 전집」에 부쳐	잡지	종합	○	○		○		○					○		
千二斗	밝음의 미학「人間接木」으		人間接木		○				○	○						小說史
金東銑	黃고집의 美學 黃順元가문		종합													작가 傳記

연구자	제목	발표지면	연구대상	style	배경	시간	시점	구성	인물	주제(갈등)	꿈과의 관계	민속	설화와의 관계	문예사조	이니시에이션	종교기타
千二斗	土俗世界의 設定과 그限界 - 김동리·황순원·오유권 등을 중심으로		카인의 後裔, 별과 같이 살다		○				○							
李 薫	文學風土記 - 平壤篇															親交 관계
方炅華	黃順元「日月」研究 - 入社式을 中心으로	석사 논문	日月		○				○	○	○				○	
安泳禮	黃順元 小說에 나타난 꿈 研究		카인의 後裔, 日月 외 17편						○	○	○	-				상징
朴魯哲	황순원 소설에 나타난 구원의 영상 - 『카인의 後裔』를 중심으로		카인의 後裔, 나무들 비탈에 서다, 日月		○	○		○	○	○						
배선미	黃順元 長篇小說 研究 - 戰爭에 의한 被害樣相 및 克服意志를 중심으로		카인의 後裔, 人間接木, 나무들 비탈에 서다	○	○	○			○	○						생애 이미지 상징
洪淳在	黃順元의 『움직이는 城』 연구		움직이는 城	○		○		○	○	○						상징 종교
김경희	黃順元 소설 연구 - 장편에 나타난 人物의 葛藤을 중심으로		장편종합	○					○	○						종교

연구자	제목	발표지면	연구대상	내용												
				style	배경	시간	시점	구성	인물	주제 (갈등)	꿈과의 관계	민속	설화 와의 관계	문예 사조	이니 시에 이션	종교 기타
林寬洙	黃順元 作品에 나타난 「自己實現」 문제 - 「움직이는城」을 중심으로	석사 논문	움직이는 城, 별, 그늘						○	○	○					상징 심리 종교
裵圭鎬	黃順元 小說의 作中人物 研究 - 「나무들 비탈에 서다」를 中心으로		나무들 비탈에 서다					○	○	○						
金榮桓	黃順元 小說의 作中人物 연구		나무들 비탈에 서다, 일월, 움직이는 성						○	○						종교
金鐘會	黃順元小說의 作中人物 研究 - 「日月」과「움직이는 城」을 중심으로		日月, 움직이는城					○	○	○						종교
金京惠	黃順元 長篇에 나타난 人間救援 意識에 관한 考察 - 「나무들 비탈에 서다」「日月」「움직이는 城」을 中心으로		나무들 비탈에 서다, 日月, 움직이는 城					○	○	○						상징 종교
柳在鳳	黃順元 小說에 나타난 주인공의 人間像 考察		장편종합						○	○						
김치수	소설의 사회성과 서정성	저서	별과 같이 살다	○												

연구자	제목	발표 지면	연구 대상	내용												
				style	배경	시간	시점	구성	인물	주제 (갈등)	꿈과의 관계	민속	설화 와의 관계	문예 사조	이니 시에 이션	종교 기타
최동호	憧憬의 꿈에서 피사의 斜塔까지		시종합													
김상태	한국현대소설의 문체 변화		종합	○												
권영민	황순원의 문체 그 소설적 미학		종합	○												
김현	계단만으로 된 집		『ㅂ月』	○					○	○						

〈자료 2〉

작 품 명	제시되는 공간 (*,#,( )표 필자)
1) 늪	건넌방-- 집 -- 부엌-* 골목-- 집 -- 늪 -- 아파트(내집)
2) 거리의 부사	집 -- 부엌 -- 옆방 -- 공원 -- 내 방 -- 일층 구호실(친구방) -- 아파트 -- 집 --* 공원 -- 집-* 거리-- 집
3) 배역들	* 거리-- 공원-- 아틀리에(친구)-- 집(친구)-- 엘리베이터-- 병원-- 영화관-- 찻집-- 술집
4) 돼지계	남새밭 바자(채소밭 울타리)-- 들-- 토방-- 논-- 집-- 남새밭 바자-- 집-- 논-- 집-- 들-- 집-- 남새밭 바자
5) 갈대	공지-- 움집-- 공지-- 움집-- 공지-* 거리- 움집-- 공지
6) 지나가는 비	강가-- 하숙방--*거리-- 집(송암선생)-- 하숙방
7) 닭제	뜰안-- 동구밖-- 갈밭-- 집-- 동구밖--갈밭-- 못-- 집
8) 원정	방(아내가 있는 방)-- 웃방(내방)-- 아랫방(식모방)--웃방(내 방)-- 아랫방-- 아내의 본가-- 집-- 아내의 본가 -- 집-- 아랫방-- 골목-- 집-- 찻집-- 집
9) 피아노가 있는 가을	집-# 난이의 집(回想)-- 산-- 뒷거리-- 산밑 촌락 작은 집
10) 사마귀	집--* 밖-- 아랫방-- 위층(현이 있는 방)-* 밖-- 위층-- 우물가-- 위층-- 밖-- 툇마루-- 밖-- 이웃집-- 실험실--공원-- 집-* 공원-- 집-- 위층-- 실험실-- 하숙집
11) 풍속	*밖-- 건넌방--*거리-- 찻집-- 집-- 건넌방-- 안방
12) 별	집뜰-- 막다른 집-- 과수노파가 사는 골목-- 골목# 바다-# 대동강#모란봉-- 뜰안-- 대동강 모란봉-- 집-- 강가--골목
13) 산골 아이	'도토리': 산골집 방안-* 여우고개-- 방안-* 여우고개--'크는 아이':방안-* 장-* 밖-- 방-* 산막골-* 굴-* 밖-- * 산막골-- 방안

14) 그늘	목로상 안쪽(선술집)-- 목로상 바깥(선술집)-# 서울-- 선술집-* 대동강-- 집(청년의 집)-- 대동강-- 선술집
15) 저녁놀	보통벌-# 집(그의 집)-- 집(그의 집)
16) 기러기	동네-- 안마당-- 동둑-* 평양-* 평양-- 오막살이집(동구밖)-- 평양-- 안방
17) 병든 나비	*골목(거리)-- 목공소-- 집안-- 목공소-# 집-# 목공소-#소학교 운동장-- 집-- 목공소-- 소학교 운동장-* 보통벌
18) 애	집(권노인)-- 집(권노인)-- 부엌-- 모란봉 뒷산-- 현무문-- 집이 있는 골목안 우물-- 대문 안-- 닭장-- 모란봉 뒷산-- 집이 있는 골목 우물-- 대문 안
19) 황노인	사랑방-- 부엌-- 대문-- 부엌-- 광-- 돼지우리-- 대문--부엌-- 대문-# 남촌-- 부엌-- 뜰-- 사랑-- 부엌-- 일깐--작은 개울
20) 머리	간 막은 웃간(집)-- 대동강 둑 비석공장-- 집-- 큰집(여나문 집 떨어져 있는)-- 집
21) 세레나데 (회상으로일관)	그의 옆집-- 대동강-- 그의 집-- 개울-- 맞은 집-- 술집--거리
22) 노새	자기집 옆(유청년)-- 옆집-- 문간방(노새주인집)-- 집(유청년)-- 옆집-- 집(노새주인집)-- 집(옆집)-- 장국집--거리(서평양역)-* 대동문통-- 감북이-* 본 평양역-* 서평양역-- 대동강 둑-- 대동강 다리-- 집
23) 맹산할머니	집(기와집)-- 낡은 집
24) 물한모금	간이역 앞 벌-- 초가집
25) 독짓는 늙은이	가마틀(앵두 나무집)-- 독 가마(앵두나무집)-- 그 집--가마터
26) 눈	일간-* 밖-- 산수갑산-* 밖
27) 술	서성리 나까무라 양조장--* 진남포-* 평양성안-- 살림방(양조장 숙직실 옆)-- 그 집(지배인 사택)-- 현관문-- 마루방-- 광-- 양식 응접실-- 변소로 통하는 복도-- 안방-- 안뜰-- 집뒤 울안-- 양실-- 지하실-- 목욕탕-- 부엌--*민영상공과-- 집-* 사무실-- 집-* 집(필배)-- 사무실--*집(필배)-- 집-- 사무실

28) 두꺼비	남대문쪽-- 남대문 시장# 북지부산-- 남대문시장 초입--진고개 어느 찻집-* 평양북지-- 삼청동 막바지에 있는 집-- 집(현세)-- 위층-- 밑층-* 삼청동-* 골목-- 오래된 집-- 진고개다방-- 삼청동 집-- 복덕방(삼청동)-- 집-* 밖-- 복덕방(삼청동)-- 집-- 진고개 다방-- 복덕방-- 진 고개 다방
29) 집	*서당골-- 막둥이 아버지 집--#이북 서울-- 막둥이네 집--#타곳-- 집-- 웃골# 대전-- 서당골-- 막둥이네 집-* 최문 이 땅(개간한 땅)-- 뒷재-- 냇가-- 논-- 동구밖-- 집
30) 황소들	씨돌이네 집 일간-- 안마당-- 잿간-- 오양간# 충주-- 집 -- 아랫동네-- 동구밖-- 냇둑# 충주-- 밤길-- 흰바위골- - 충주로 가는 길-- 강둑#충주 김대통영감의 집-- 남산--충주--*김대통영감의 집# 중문# 대문-- 거리-- 골목* 김대통영감의 집
31) 담배 한 대 피울 동안	방안-* 일본-* 목로집-* 덕수궁 앞-- 다동# 마산서당--#집# 사랑방# 안방-- 다동 목로집-- 집-- 삼청동까지 가는 길-* 평양 기독병원 -- 집
32) 아버지	* 삼청동까지 가는 길--# 평양 기독병원-- 집
33) 목넘이 마을의 개 (회상으로 일관)	목넘이 마을-- 서북간도-- 우물가-- 집(산밑 간난이네 집 방앗간)-- 서북간도-- 간난이네 집 채전-- 큰동장에 집--작은 동장네 집-- 서쪽 산--간난이네 집-- 큰동장네 집--뒷산-- 작은 동장네 집-- 마당귀(차손이네)-- 서산밑 방앗간-- 여웃골-- 목넘이 마을
34) 솔메마을에서 생긴 일	솔메마을--# 개울가 모래밭--# 집(송서방)--# 집(최서방네)-- 뒷간(송서방)-- 최서방네 뜰 송서방네 마당-# 들판--* 거리-- 집(송서방)
35) 어둠속에 찍힌 판화	뜰 아래 방-- 안방(주인집)-* 부산 대구 이북 초산--안방(주인집)# 산-# 방안-# 뒷산-- 대문-- 방안-- 뜰 아래 방
36) 곡예사	대구 부산-- 변호사댁 헛간-- 우물-- 안뜰-- 변소-- 애들- 남포동집(부모네)-- 외가집-- 이모네 집-- 남포동집 방-- 학교-- 부둣가-- 방-- 학교(남포동)-- 집
37) 골목안 아이	골목밖 쓰레기통-- 부엌-- 길건너 앞집-- 부엌-- 대문
38) 무서운 웃음 (회상으로일관)	시골할아버지댁-- 민영감네-- 대문안뜰
39) 이리도 (회상으로일관)	집(평양)-- 방(민수)-- 우리집-- 상하이-- 홍콩-- 싱가포르-- 만주
40) 모자	부엌-* 밖-- 방안-* 회사-- 집--한길-- 집(사장)-- 회사-* 거리-- 집(사장집)

41) 왕모래	방안-* 사금판-- 방안-* 굴뚝 모퉁이-- 집(솟을 대문집)-- 집(자기가 살던)-- 어떤집-* 포목점-- 농기구점-- 안방-- 집(곰보 아주머니네)-- 밖-- 여관집-- 변소-* 약방-- 여관방
42) 청산가리	집(학교사택)-- 닭장-- 밖-- 집-- 닭장-- 방-- 닭장--방 -- 닭장-- 방
43) 참외	안뜰-- 밖-# 뚝섬건너 일원리-* 서울
44) 부끄러움	집(부산 오형네)-* 광복동다방-- 서재앞 뜰-- 현관옆 채전 닭장-- 부산 앞바다-- 집(오형네)-* 밖-* 이앗다리(평양)-- 방-- 집-- 집(오형네)
45) 매	뒤 울안-- 마루-- 건넌방-- 뜰-- 부엌-- 써커스장-- 집- - 뜰-- 써커스장-- 집-- 대문 뜰
46) 여인들	집-- 방안-- 부엌-- 우물 뚝-# 어떤 부락-# 뒤 울안-- 방안
47) 사나이	부엌-- 방-- 부엌-* 친정-- 식당-- 안방-- 방(여자의)-- 집(판자)-- 다락-- 부엌-- 다락
48) 두메	*평양-* 홰나무 고개-- 집-- 건넌방-- 닭장-- 동장네 사랑방-- 뒷간-- 방-- 집(작대영감)-# 홰나무 고개-- 집(동장네)-# 장거리
49) 필묵장수	*울진 집(동장네집)-- 사랑방-- 장--*강릉주문진-- 집(여인이 혼자 사는)-- 집(동장네)-* 구주 동경-- 동구밖 주막-* 주문진 삼척 강릉-- 동장네 집
50) 과부	방(한씨부인)-- 집(팔촌동생)-- 방-- 부엌-- 아랫목--동구밖 방죽-- 방(한씨)-- 안방-- 방-* 소년과부방-- 초가집-- 밖-- 아랫목-- 방
51) 불가사리	부엌-- 함박골 까치골-- 길-- 양덕 평양 성전 장림-- 집 (곱단이네)-- 토방-- 부엌-- 집(반수영감네)-- 평양-- 집(곱단이네)-- 부엌-* 동탕지벌-- 방안-# 뒷산-- 부엌-- 웃방-- 앞마당-- 산길
52) 잃어버린사람들	*서젯골-- 앞방죽-- 집(석이)-# 박참봉네 집-# 원두막--방(석이)-- 안방-- 서울-* 삼천포-* 하동-- 집-- 밭두렁-- 부엌-* 양짓골-* 사천장-- 집(석이)-- 사랑대문 앞-- *지리산 속-- 집-- 통영-- 집

〈자료 3〉

외부에 대한 소설내용 요약	작품제목	외부에 대한 소설내용 요약	작품제목
거지가 떨고 앉아 있다.	거리의 부사	비위생적이다.	배역들
거리의 여인이 있다.	갈 대	뭇사내를 상대하는 여인이있다.	지나가는 비
구렁이가 살고 있는 음침 한 곳	닭 제	술취한 여인이 있다. 고양이가 쥐를 잡아 먹고피칠한 입을 핥는다.	사마귀
어지럽다	풍 속	추잡한 행위를 하는 장소 누이를 죽이려는 마음먹는 장소	별
여우가 총각을 유혹하는, 늘범이 떠나지 않는 험한 곳	산골 아이	마음의 울분을 터뜨리는 곳	저녁놀
술을 먹거나 노름을 하는곳	기 러 기	자신이 죽으면 들어갈 관이 있는 곳	병든 나비
심화가 울적하면 나가는 곳 각박한 세상현실이 있는 곳	노 새	무서운 소문이 난무하는 곳	맹산할머니
노름하는 곳	집	방화와 총소리 무서움이 있는 곳	황소들
외국인을 상대하는 댄스홀 여자가 있는 곳	담배 한대 피울 동안	쫓겨난 미친새가 새끼를 낳고 사는 곳	목넘이 마을의 개
장거리에서 온 예쁜 색시가 있는 곳	솔메마을에서 생긴 일	가족들이 잘곳을 마련키위해 방황하는 곳	곡예사
더러운 쓰레기통이 있는 곳	골목안아이	무서운 이리떼가 사람 잡아먹는 곳	이리도

아버지가 도둑질하고, 어머니가 바람피고...	왕 모 래	예쁜 병아리를 채어가는 도둑 고양이가 있는 곳	청산가리
어머니가 가벼운 도둑이 되는 곳	참 외	어린 것이 가벼운 햇볕만봐도 깜짝깜짝 놀라는 곳	부끄러움
소년이 돈을 훔쳐가지고 나갈 구경거리가 있는 곳	매	고단한 노인이 떠돌아 다니는 곳	필묵장수
소년 과부가 도망치려는 곳	과 부	사랑하는 여자를 빼앗긴 곳	잃어버린 사람들

〈자료 4〉

작품 제목	<집>에 관한 관련 사항 요약
거 리 의 부 사	이층에 사는 내가 조선인임이 발견되어 여주인으로부터 나가달라는 압력을 받는다. 나는 별로 나갈 생각이 없다.
기 러 기	기대하던 데릴사위가 일은 안하자 동구밖에다 오막살이 집을 장만해주어 그리로 내보내고 말았다.
병 든 나 비	늦게 본 아들에게서 본 귀엽기만 한 손자 달이 와서 매달리는게 말할 수 없이 짐스럽게만 느껴지고 말았다. 그리고는 자기도 큰 집을 팔아가지고 여기 칠성문 앞 모래터에다 자그마한 집 하나를 장만하고 늙은 식모에게 맡긴 간편한 살림을시작한 것이다.
황 노 인	근면하고 살림이 괜찮은 황노인이 육순 잔치날 어릴적 동무인 재니(광대)를 만나 손님들이 벅적거리는 사랑, 안방 등을피해서 일간에서 같이 술을 마시며 회포를 푼다.
머 리	웃간에 올라가 지금 몇시인지 알아오지 않는게 다 못마땅하고 불쾌하다(웃간은 안집, 혹은 안방으로 추측됨)··편도선염 때문에 뜨금거리는 목 치료를 위해서 돼지고기를 좀 구하려는 사람의 이야기.
노 새	노새 주인이 문간방에서 저녁상을 받고 있다.... 누이동생을 술집에 팔아 그 돈으로 노새를 사서 벌이를 해보려고 하는 어떤 청년의 이야기.
맹 산 할 머 니	싸리문 전골에 있는 이 기와집은 평양에서 제일 낡은 집의 하나일 뿐만아니라 다시 없이 낮은 집이었다. 칠순이 넘은 가난한 여노인네가 의지할 데 없는 남자 노인에게 발휘하는 휴머니즘.
물 한 모 금	개울둑 가까이 초가집이 하나 외따로이 서 있다. 채마를 하는 중국 사람의 집이다.
독짓는 늙은이	독들을 마당에 내이자 독가마 속에서 거지들이 무슨 독을 지금 굽느냐고 중얼거리며...
술	해방을 맞아 도망간 일본인 사택을 차지하려는 이야기.

두 꺼 비	여기 저기서 잠꼬댄듯 않는 소리가 들린다. 하기는 모두가 중병을 앓는 사람의 꼴이다. ... 중략... 이 양옥 밑층은 어느 병원의 무료입원실 그대로다.
집	새로운 형태의 지주가 막둥이 할아버지네 집 터전이 탐이나 교묘한 수법으로 사려고 한다.... 이튿날 막둥이 아버지는자기네 낡은 집 밑에 시체가 되어 발견됐다. 기울어졌던 기둥을 밀어 집을 넘어 뜨리면서 깔린 것 같았다.
황 소 들	재작년 가을 어버지를 따라 소 사러 와서 들렸던 김대통영감(지주)네의 으리으리하게 큰 집이 눈 앞에 턱 나타난다. 그 때 아버지는 우람스런 대문을 들어서자마자 .... 소작인들이 악질 지주네 집에 쳐들어가서 불을 지르는 이야기.
담배 한대 피울 동안	아버지 장사를 치른 두달쯤 후 집을 팔아 버리고 작은 집으로 바꾸었던 것이다. 재산이라곤 그 집 하나였지만 집만 바라보면 살 수 없었기 때문이었다. 일년쯤 뒤에는 또 그 집을 팔고 더 조그만 집으로 옮기었다..... 중략... 그 새 그 조그맣던 집마저 팔아버리고 셋방을 든지도 오랬다.
목넘이 마을의 개	간난이네 집 수수강 바자문. 대문에서 들어다뵈는 부엌문 밖 개 구유에는 (큰 동장네 집)...
어둠속에 찍힌 판화	그만하면 방도 깨끗한 편이었다. 한간짜리 이 뜰아랫방이...(피난살이의 어려움속에서 겪는 주인내외의 슬픔.)
곡 예 사	모 변호사 댁이었다. 굉장히 큰 저택이었다. 이 저택을 둘러싸고 있는 또 상당히 넓은 뜰 한구석에 끼어 있는 헛간이 내사랑하는 아내와 귀여운 자식들의 방이었다. (피난살이의 어려움 중 가족의 주거공간 확보에 대한 어려움과 서러움)
왕 모 래	지겟문에 햇살이 훤희 비치기를 기다려... 이 화냥년이 집세를 두달치나 잘라먹구...어느 솟을 대문 앞에 이르러...(바람이나 도망친 돌이가 이집 저집 심부름꾼으로 팔려 다니는 이야기)
청 산 가 리	들어 있는 학교사택 주위가 꽤 널따라해서 제법 닭 같은 것을 기를 만 했다.
부 끄 러 움	동향한 서재 앞뜰에는 향나무랑 사철나무랑 오형이 아끼는 나무들이... 현관 옆에는 여러해 묵은 파초가... (부산 피난시절 자주 놀러가던 오형이라 는 사람의 집에 대한 묘사, 거기서 벌어지는 이야기)

매	써커스 구경에 혹한 소년이 셋방든 청년의 돈을 훔치거나 청년은 그것을 감싸준다.
사 나 이	판자집 하나를 사가지고 가락국수 장사를 시작했다…한참 바쁠 때는 가락국수 남비를 돌보느라고 빈대떡을 태우는 수가 많았다. 사람을 하나 얻어야만 할 것이었다.판자집 위에 다락을 하나 들였다…
필 묵 장 수	늙은 동장이 언제나 그를 자기네 사랑방에 재워 보냈다.
잃어버린 사람들	석이는 더 참을 수가 없었다. 박참봉네는 높은 돌담장에 무명필을 걸고 넘어가 순이를 업어내는 것이다.

〈자료 5〉

『전집』 1.<늪><기러기>

늪: 도시	허수아비:산촌(서북지방)
거리의부사: 도시	별:강가(서북지방)
배역들:도시	소라: 바닷가
돼지계:농촌(서북지방)	피아노가 있는 가을:역근처
갈대:도시외곽	지나가는 비:강가
닭제:농촌	
원정:도시	사마귀:도시외곽
풍속:도시	도토리:산촌(서북지방)
그늘:도시외곽(서북지방)	저녁놀:농촌-도시(서북지방)
기러기:농촌(서북지방)	병든나비:도시외곽(서북지방)
애:도시외곽(서북지방)	황노인:농촌·서북지방
머리:도시외곽(서북지방)	세레나데:도시외곽(서북지방)
노새:도시외곽(서북지방)	맹산할머니:도시외곽(서북지방)
물한모금:농촌(서북지방)	독짓는 늙은이:농촌(서북지방)
눈:농촌:(서북지방)28	

『전집』 2.<목넘이마을의 개><곡예사>

술:도시
집:농촌
담배한대피울동안:도시
목넘이마을의 개:농촌(서북지방)
목숨:산(서북지방)
메리크리스마스:도시
골목안아이:도시
이리도:도시
그:이스라엘 17

두꺼비:도시
황소들:농촌
아버지:도시
곡예사:농촌
아이들:바닷가
곡예사:도시
무서운웃음:농촌
모자:도시

『전집』 3.<학><잃어버린 사람들>

소나기:농촌(개울가)
맹아원에서:바닷가
청산가리:도시외곽
부끄러움:도시
매:도시
사나이:도시
필묵장수:바닷가
불가사리:산촌(서북지방)
산:산촌
소리:산촌 19

왕모래:농촌--도시
학 :농촌
참외:도시외곽
몰이꾼:도시
여인들:농촌
두메:산촌(서북지방)
과부:농촌
잃어버린 사람들:농촌--산촌
비바리:바닷가

총 64편

〈자료 6〉

	제 목	화 자	주인물	부 인 물	전체행동의 크기	인물이 소개 되는 양식	비 고
1	링반데룽	1인칭 전지적	나	그네(설희),광견병 걸린 친구	에피소드	자신과 다른 인물과 제3자 등 혼합된 방식	이중액자 또는 에피소드소설
2	모든 영광은	1인칭 객관적	사내	나, 친구부인, 아이	에피소드	자기자신과 다른 인물에 의해	상징물:눈, 성본능
3	너와 나만의 시간	3인칭 전지적	주대위	김일등병(19세), 현중위	플롯	제3자인 화자에 의해서	꿈의 상징성, 반투명성
4	한 벤치에서	3인칭 선택적 전지	그네, 그 (권투선수)		에피소드	제3자인 화자에 의해서	同床異夢
5	안개구름 끼다	1인칭 전지적	파쪽(펨프)	명자(창녀), 포주, 나, 정군	플롯	다른 인물에 의해서	'나'가 완전한 부인물이 아님
6	할아버지가 있는 데쌍	1인칭 전지적	황순승, 황염조, 할아버지	나	에피소드	자신과 다른 인물에 의해	수필에 가깝다, 원제:<데쌍>
7	내고향 사람들	1인칭 객관적	김구장	나	에피소드	자신과 다른 인물에 의해	
8	가 랑 비	1인칭, 3인칭 전지적	그(경찰)	산사람과 내통한 젊은아낙, 나	에피소드	혼합된 방법	액자소설

	제 목	화 자	주인물	부 인 물	전체행동의 크기	인물이 소개 되는 양식	비 고
9	송 아 지	1인칭, 3인칭 선택적 전지	돌이	아버지	에피소드	제3자인 화자에 의해서	액자소설
10	그래도 우리끼리는	1인칭 객관적	나		장면	자기자신에 의해서	수필에 가깝다,애주와 절주 이야기
11	비 늘	1인칭 객관적	나	은영이모녀, 곰보	에피소드	자기자신과 다른 인물에 의해	액자소설
12	달과 발과	3인칭 선택적 전지	새끼게	엄지게, 계집애 장어	플롯	제3자인 화자에 의해서	우화소설 이니시에이션소설
13	소리 그림자	1인칭 객관적	나, 성일	교회장로, 목사	에피소드	자신과 다른 인물에 의해	
14	온기 있는 파편	3인칭 선택적 전지	준오 (대학생)	창녀, 그녀의 남편	에피소드	제3자인 화자에 의해서	
15	아내의 눈길	3인칭 선택적 전지	현구(34)	아내, 유서방, 자두나무집 할머니	에피소드	제3자인 화자에 의해서	발표시 제목 <메마른 것들>
16	조그만 섬마을에서	1인칭, 3인칭 전지적	주막집 아주머니 (진이)	욱이(남편), 나	에피소드	자신과 다른 인물과 제3자에 의한 혼합 방법	에피소드적 액자소설
17	원색 오뚜기	3인칭 선택적 전지	윤노인	며느리, 대장장이 코주부	에피소드	제3자인 화자에 의해서	
18	수컷 퇴화설	3인칭 선택적 전지	박교수 (58)		에피소드	제3자인 화자에 의해서	수필에 가까운 소설

	제 목	화 자	주인물	부 인 물	전체행동의 크기	인물이 소개 되는 양식	비 고
19	자 연	1인칭 전지적	나	너	플롯	등장인물 자신에 의해서	2인칭 '너'와의 관계에대한 독백형식
20	닥터 장의 경우	3인칭 전지적	탁터 장	쥬리 박	에피소드	다른 인물과 제3자에 의해	
21	우산을 접으며	3인칭 선택적 전지	허웅 (60)	혜경	에피소드	제3자인 화자에 의해서	수필에 가까운 소설, 불랙 몰리
22	피	3인칭 선택적 전지		아이,아버지, 다람쥐장수	에피소드	제3자인 화자에 의해서	아이의 눈에 비친 적자 생존의 모습
23	겨울 개나리	3인칭 선택적 전지	간호 보조원 아줌마	상철,처제 영이(고3)	에피소드	제3자인 화자에 의해서	
24	차라리 내 목을	1인칭 객관적	김유신	나(馬),천관 아 가 씨 (창 기)	에피소드	등장인물 자신에 의해서	말이 화자
25	막은 내렸는데	3인칭 선택적 전지	남자	창녀(20)	에피소드	자신과 제3자에 의해서	남자와 펜끝과의 대화, 의식의 흐름
26	숫자풀이	1인칭 객관적	나		에피소드	등장인물 자신에 의해서	독백 형식
27	마지막 잔 - 원웅서 형에게	1인칭 개관적	나, 원웅서		에피소드	자신과 다른 인물에 의해	수필적
28	이날의 지각	3인칭 선택적 전지	그(대졸 인텔리 청년)	여자(34), 넝 마주이자들	에피소드	제3자인 화자에 의해서	의식의 흐름

	제 목	화 자	주인물	부 인 물	전체행동의 크기	인물이 소개 되는 양식	비 고
29	뿌 리	3인칭 선택적 전지	교회 아줌마 (중년)		장면	제3자인 화자에 의해서	
30	나무와 돌, 그리고	3인칭 선택적 전지	그(영문 학자)		장면	제3자인 화자에 의해서	회고적, 수필적
31	그물을 거둔 자리	3인칭 선택적 전지	그(정년 퇴직전 노인)	중학교 은사 정선생	에피소드	제3자인 화자에 의해서	거미의 상징성, 본능과 생명력
32	그림자 풀이	3인칭 선택적 전지	그(교수)		에피소드	제3자인 화자에 의해서	장자적 사유
33	나의 죽부인전	3인칭 전지적	한노인 (전직 교사)	제자 ㅈ (고전 문학자)	에피소드	제3자인 화자에 의해서	본능과 생명력
34	땅 울 림	1인칭 객관적	나, 강노인		장면	자신과 다른인물에 의해	

〈자료 7〉

	<너와 나만의 시간>			<한 벤치에서>		<온기있는 파편>		<아내의 눈길>		<원색 오뚜기>		<수컷 퇴화설>, 박교수	<닥터 장의 경우>, 터장
	주대위	김일등병	현중위	그네	그	준오	창녀	현구	아내	윤노인	며느리		
남 자	+	+	+	-	+	+	-	+	-	+	-	+	+
젊 은	+	+	+	+	+	+	+	+	+	-	+	-	-
늙 은	-	-	-	-	-	-	-	-	-	+	-	+	+
학식있는	+	-	+	?	+	+	-	?	?	-	-	+	+
허약한 체질	-/+	-	+	?	-	?	?	-	?	-	-	+	?
인정많은	-	+	+	+	+	+	?	-/+	+	+	?	+	-
감정적인	+	+	-	-	+	-/+	+	-/+	+	-	?	+	+
합리적인	+/-	-	+	+	-	+/-	-	+/-	-	+	+	-	+
행동성의	+	-	+	-	+	-/+	+	+/-	-	+	+	-	+
소심한	+	+	-	+	-	+	-	-	+	+	-	+	-
현실적인	-	+	+	+	-	+/-	+	+/?	-	+	+	+	+
강박 관념의	+	-	-	-	-	+	-	-	-	+	?	+	-
내적 성실성	+	-	-	+	+	+	+	-/+	+	+	+	+	-
소신있는	-/+	-	-	-	+	-	+	-/+	+	+	?	+	+
죽음의 공포	+	+	+	?	?	+	-	?	?	+	+	+	?
무의식 적인	-/+	+	-	-	-/+	-/+	+	+	-/+	-/+	-	+	+
부유한	?	?	?	?	?	+	-	-	?	?	-/+	+	+

	<겨울 개나리>		<막은 내렸는데>		<우산을 접으며>,허옹	<이날의 지각>, 그	<뿌리>,교회아 줌마	<그물을 거둔 자리>, 그	<그림자 풀이>, 그	<나의 죽부인전>,한노인
	아줌마	상철	남자	창녀						
남 자	-	+	+	-	+	+	-	+	+	+
젊 은	-	+	+	+	-	-	-	-	-	-
늙 은	-	-	-	-	+	-	-	+	+	+
학식있는	-(?)	+	+(?)	+(?)	+	+	-	+	+	+
허약한 체질	-	-	-/+	+	+	-	+	?	?	?
인정많은	+	?	?	?	+	?	?	?	?	?
감정적인	+	-	+	-	+	?	?	-/+	-	-
합리적인	-	+	-/+	+	-	-/?	-	+/-	+	+/-
행동성의	+	-	+/-	?	+	-	?	-	+	-
소심한	?	?	+	-	?	+	?	+	+	+
현실적인	-	+	-/+	+	-	-	-	+/-	-	-
강박관념의	?	-	+	-	+	+	+	+	+	+(?)
내적 성실성	+	?	-/+	+	+	-/?	+	+	+	+
소신있는	+	?	-/+	+	?	-	?	-/+	+(?)	+
죽음의 공포	?	?	-/+	+	?	?	?	+	-(?)	?
무의식 적인	+	-	-/+	+	+	-/+	+	-	-	+/-
부유한	-	+	?	-	+	?	-	+	+	+

▌ 찾아보기 ▌

■ 저자약력 ■

박 양 호

1974년 현대문학으로 데뷔
창작집『마음의 외줄타기』외 다수
장편소설『벼락크럽』외 다수
국제펜 문학상외 다수의 문학상 수상
1981년부터 전남대학교 사범대학 국어교육과에서 교수로 재직중

황순원 문학연구

초판인쇄 2010년 5월 17일
초판발행 2010년 5월 25일

저   자 박양호
발 행 처 도서출판 박문사
책임편집 김진화
등록번호 제2009-11호

우편주소 서울시 도봉구 창동 624-1 현대홈시티 102-1206
대표전화 (02) 992 / 3253
팩시밀리 (02) 991 / 1285
홈페이지 http://www.jncbms.co.kr
전자우편 bakmunsa@hanmail.net

ⓒ 박양호 2010 All rights reserved. Printed in KOREA

ISBN 978-89-94024-31-8 93810   **정가** 20,000원

* 이 책의 내용을 사전 허가 없이 전재하거나 복제할 경우 법적인 제재를 받게 됨을 알려드립니다.
** 잘못된 책은 구입하신 서점이나 본사에서 교환해 드립니다.